光文社古典新訳文庫

戦争と平和 5

トルストイ

望月哲男訳

kobunsha classics

JN031916

光文社

Title : ВОЙНА И МИР
1865-1869
Author : Л.Н.Толстой

目次

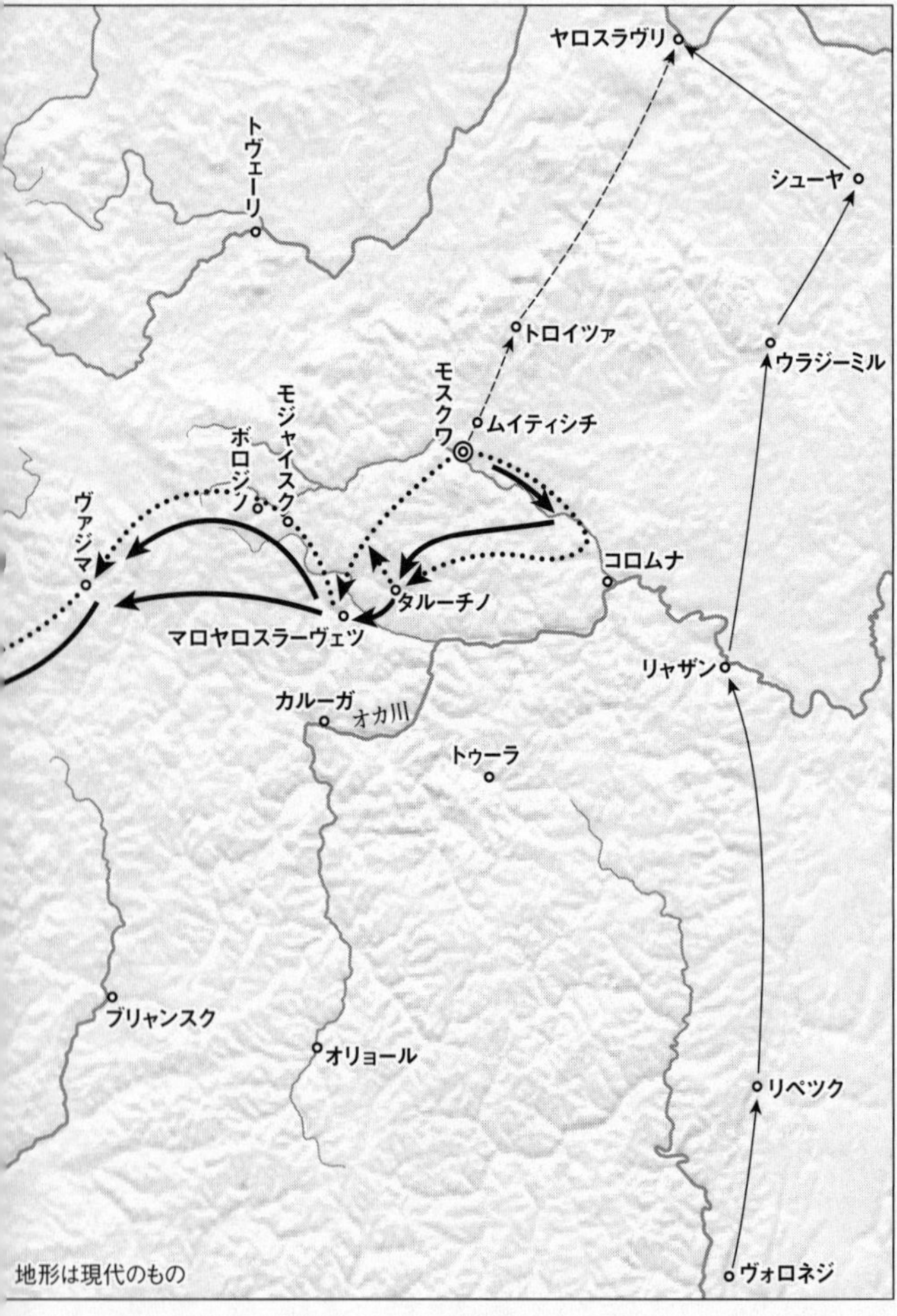
ヤロスラヴリ
トヴェーリ
シューヤ
トロイツァ
ウラジーミル
モスクワ
ムイティシチ
モジャイスク
ボロジノ
ヴァジマ
コロムナ
タルーチノ
マロヤロスラーヴェツ
リャザン
カルーガ
オカ川
トゥーラ
ブリャンスク
オリョール
リペツク
地形は現代のもの
ヴォロネジ

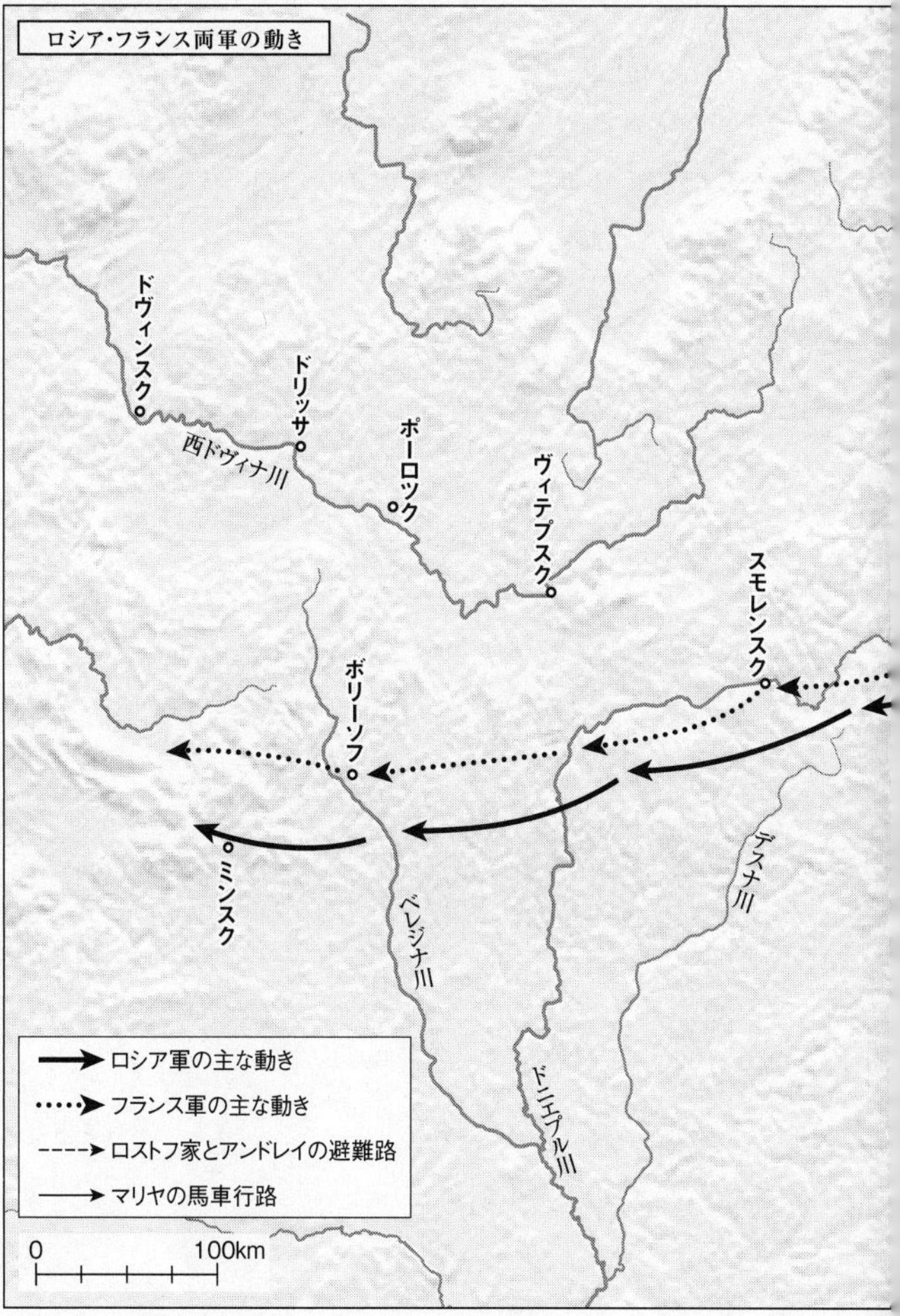
ロシア・フランス両軍の動き
ドヴィンスク
ドリッサ
ポーロック
ヴィテプスク
西ドヴィナ川
スモレンスク
ボリーソフ
ミンスク
ベレジナ川
デスナ川
ドニエプル川
ロシア軍の主な動き
フランス軍の主な動き
ロストフ家とアンドレイの避難路
マリヤの馬車行路
0
100km

戦争と平和5

第3部（つづき）

第3編

1章

人間の頭脳は、運動を完全に連続したものとして認識することができない。どんな運動であれ、その法則を人間が認識できるのは、その運動のどこかの部分を任意に切り取って分析対象とする場合に限る。ところが、まさにそんなふうに、連続した運動を任意の断片的な単位に分割してしまうところから、人間の誤りの大半もまた生じるのだ。

いわゆる古代の詭弁として有名なものに、アキレスは亀より十倍も足が速いにもかかわらず、先を行く亀にどうしても追いつけない、というのがある。アキレスが亀との間の距離を歩き終えた時には、亀はもうその距離の十分の一だけ先に進んでいる。アキレスがこの十分の一を歩き終えた時には、亀はもう百分の一だけ先に進んでいる……といった具合で、いつまでもきりがないというわけだ。古代人はこの問題を解決不能と見なしていた。この場合、ナンセンスな結論（アキレスは亀に追いつけない）が生じた原因は、ひとえに、アキレスの運動も亀の運動も連続的に行われているにもかかわらず、その運動を任意に断片的な単位に分割することを許してしまっていることにある。

運動をどんなに細かな単位に分けていっても、われわれは問題の解に近づくのみで、決して解そのものを得ることはできない。ただ無限小の値を立てて、そこから十分の一までの等比数列を設定し、その等比数列の和を得ることによってのみ、われわれは問題の解に至ることができる。新しい数学の一部門では、無限小を扱う方法を会得したことによって、より複雑な運動の問題においても、かつては解決不能とみられてきた問いに、いまや解が出せるようになっている。

古代人の知らなかったこの新しい数学分野では、運動の問題を検討するにあたって、無限小の値、すなわち運動の主条件（完全な連続性）の復元を可能とするような極小値を設定することにより、運動を連続したものとしてではなく個々の単位として考える人間の頭脳が犯さざるを得ない過ちを、修正するのである。

歴史運動の法則の究明においても、まったく同じことが生じている。

人類の運動は、無数の人々の自由な意志から生じ、連続的に進行している。その運動の法則を捉えるのが歴史の目的だ。ところが、あらゆる人々の自由な意志の総和である連続的な運動の法則を把握するために、人間の頭脳は、任意の、断片的な単位を設定しようとする。歴史の第一の手法は、連続した事件群の中から任意に一連の事件を取り上げ、それを他から切り離して検討するやり方だが、実はどんな事件にもそれ自体の始まりなどはないし、またあり得ない。一つの事件は常に別の事件から連続して発生するのだ。歴史の第二の手法は、皇帝なり軍司令官なりの一人物の行動を人々の自由な意志の総和として研究するやり方だが、人々の自由な意志の総和が歴史上の一人物の行動として表れるためしなどないのである。

歴史学は進歩するにしたがって、検討対象をますます小さな単位に区切ってゆき、その方向で真理に近づこうとしている。しかし歴史が扱う単位がいかに小さくなろうと、他から切り離された単位を認めること、何らかの現象の始まりを設定すること、そしてすべての人の自由な意志が一人の歴史上の人物の行動に表れるのだと仮定することが、それ自体虚偽であるという感はぬぐえない。

歴史の導く結論はすべて、批評する側が何ら努力せずとも、ただ観察対象をより大きな、あるいは小さな単位に区切ってみるだけで、ひとりでに跡形もなく崩壊してしまう。もちろん歴史家が常に任意な単位を設定する以上、批評する側も常に同じことをする権利があるのだ。

ただ観察対象として極小の単位たるべき歴史の微分値[1]、すなわち人々の志向の類型による単位を設定し、さらにそれを積分する（その無限小の値の総和を得る）技法を会得することによってのみ、われわれは歴史法則の把握に期待をかけることができるのだ。

十九世紀の最初の十五年間に、ヨーロッパでは何百万という人々が異常な動きを見せた。人々は普段の仕事を捨ててヨーロッパの一つの側から別の側へと突進し、略奪し、殺し合い、勝ち誇り、絶望し、そうして何年にもわたって生活の歩みの全体が変貌し、激しい運動状態を呈するようになった。それがはじめのうちはどんどん勢いを

1 ボリス・エイヘンバウムの指摘によれば、歴史論に数学の概念を応用するこうした姿勢には、トルストイと親交のあったスラヴ派の軍人・数学者・チェスプレイヤーのセルゲイ・ウルーソフ公爵（一八二七～九七）の影響がみられ、歴史運動の最小単位を表す「歴史の微分値」という概念もその延長上にある。Борис Эйхенбаум. Лев Толстой. München: Wilhelm. Fink Verlag, 1968. C. 341-385.

増し、後には衰微する形で進んだのだ。この運動の原因はいったい何か、あるいはこれはいかなる法則によって生じたのか？――人間の頭脳はそう問いかける。

歴史家はこの問いに答えようとして、パリの町のある建物の中で何十人かの人間が行った行動や演説を叙述し、その行動と演説に革命という名を与える。[2]次にナポレオンと何人かの彼の支持者および敵対者たちの詳細な伝記を紹介し、彼ら相互の影響関係を語ったうえで、以上がこの運動の原因であり、そしてこれがその法則であると説くのだ。

しかし人間の頭能はこうした説明を信じることを拒否するばかりか、ずばり説明の仕方が間違っていると言うだろう。なぜならばこうした説明では、より弱い現象がより強い現象の原因とされてしまっているからである。人々の自由な意志の集合こそが革命を生み、ナポレオンを生んだのであり、またそうした意志の集合のみが、革命とナポレオンに耐え、ついにはそれらを滅ぼしたのである。

「しかし征服が行われるときには必ず征服者がおり、国家にクーデターが起こるときには必ず偉大な人間たちがいた」と歴史は語る。確かに、征服者たちが現れると必ず戦争が起こった――そう人間の頭脳は答える。しかしそれは征服者たちが戦争の原因だったことの証明にはならないし、一人の人間の個人的活動のうちに戦争の法則を見出すことが可能だったという証明にもならない。うちの時計を見ていると、短針が十のところに来るたびに必ず近所の教会で祈禱《きとう》の開始を告げる鐘の音が聞こえる。しかし、時計の針が十時を指すたびにいつも鐘が鳴り出すからといって、時計の針の位置が鐘の動きの原因だと結論づける権利は、私にはない。

蒸気機関車が走っているのを見かけると、必ず汽笛の音が聞こえ、バルブが開いて車輪が動くのが見える。しかし、だからといって汽笛と車輪の動きが機関車の動きの原因だと結論付ける権利は、私にはない。

農民たちは、晩春に冷たい風が吹くのは楢《なら》の木が芽吹くからだと言っている。確かに毎春楢が芽吹くころに必ず冷たい風が吹く。しかし、楢が芽吹くときに吹く風の原因は私には分からないとはいえ、寒風の原因が楢の芽吹くことだという農民たちの意見には賛成できない。風の力は木の芽の影響範囲の外にあるということ一つからしても、そう言わざるを得ないのだ。私が目にするのはただ、あらゆる生活上の現象に含まれる諸条件の符合にすぎず、したがって時計の針や蒸気機関車のバルブと車輪や楢

2　一七八九年カトリックのジャコバン修道会の修道院を拠点に結集し、フランス革命の最左翼に成長していったジャコバン・クラブの活動を示す。

の芽をどんなに長く、どんなに細かく観察したところで、鐘の音や機関車の動きや春風の原因が分かるはずはないのである。それを知るためには完全に観察対象を切り替えて、蒸気や鐘や風の運動の法則を研究しなくてはならない。歴史もまた同じである。そしてその試みはすでになされている。

歴史法則を研究するためにはわれわれは完全に観察対象を切り替える必要があり、皇帝だの大臣だの将軍だのは放っておいて、大衆を動かす無限小の諸要因を類型別に研究すべきである。そうした方法によって歴史法則がどの程度人間に解明可能かは誰にも言えないが、しかし歴史法則を捉える可能性は明らかにこの方向にしか開けていない。しかも人間の頭脳は、これまでもっぱら歴史家たちが、あれこれの皇帝やら司令官やら大臣やらの活動を記述し、またそうした活動に関する自らの考えを述べるのに注いだ努力の百万分の一も、この方向に注いではこなかったのである。

2章

ヨーロッパの十二民族の軍隊がロシアに押しよせてきた。[3] ロシアの軍と住民は、衝突を避けてスモレンスクまで後退し、スモレンスクからさらにボロジノまで後退した。

フランス軍は刻々とその突進力を増しながら、運動の目的地であるモスクワへと向かっていく。ちょうど落下する物体が地面に近づけば近づくほど速度を増すように、その突進力は目的地に近づくほど強まっていく。背後には食糧もない敵の国土が何千キロも続き、前方の目的地までの距離は、ほんの数十キロしかないのだ。ナポレオン軍のすべての兵がこれを感じ取り、侵入軍はただ突進力のみに任せて、どんどん目的地に迫っていく。

ロシア軍の内部では、退却を繰り返すにつれてますます敵への憎しみの念が燃え盛る。軍は退却する過程で一つにまとまり、膨れ上がっていく。ボロジノで衝突が起こる。いずれの軍も壊滅することはないが、ロシア軍は衝突の直後に後退する。それは一つの球が自分よりも強い勢いで向かってきた別の球と衝突して跳ね返るのと同じく、必然的なことだ。そして同じく必然的に、勢いよくぶつかってきた侵入軍の球のほうも(衝突によって力を使い果たしながらも)そのまままだいくらかの空間を転げていくのだ。

3　国際的な編成による大陸軍《グラン・ダルメ》を率いたナポレオンの遠征を、ロシアでは「十二民族《ナシェストヴィエ・ドゥヴァナーデシャチィ・》の来襲《ヤズィコフ》」と呼びならわしてきた。

ロシア軍は百二十キロ後退してモスクワの後方へと退き、フランス軍はモスクワまで達して、そこで止まる。その後五週間、ただ一度の戦闘も行われない。フランス軍はじっと動かない。致命傷を負った獣が、血を流しながら傷をなめているように、彼らは何一つなすこともなく五週間モスクワにとどまり、それから不意に、何の新しい原因もないのに、逃走を始める。まずはカルーガ街道[4]に殺到し（勝利の後も、というのもマロヤロスラーヴェッツ[5]で戦いがあって彼らはまた敵を退けたのだったが）、一度として本格的な戦いをしようとせずに、ますます歩度を速めてスモレンスクへ、さらにスモレンスクを越え、ヴィルナもベレジナも越えて、どんどん先へと逃走していったのだ。

八月二十六日の晩、クトゥーゾフも全ロシア軍もボロジノの会戦は勝利に終わったと確信していた。クトゥーゾフは皇帝にもその通り書き送った。クトゥーゾフは敵を殲滅《せんめつ》するために新たなる戦闘を準備せよと命じたが、これは別に誰かをだます策略だったのではなく、敵の負けだと思い込んでいたからだ。会戦に参加したものは皆そう理解していたのである。

ところが同じ晩から翌日にかけて次々と知らせが届くと、前代未聞の損害を受け、軍の半分が失われていることが明らかになったため、新しい戦闘は物理的に不可能となったのである。

諸情報を集め、負傷兵を収容し、弾薬を補給し、戦死者の数をまとめ、死亡欠員となった指揮官ポストに新任者を配備し、兵員に十分な食事と睡眠を与えぬうちは、戦闘を仕掛けることは無理な相談だった。

一方フランス軍は、会戦のすぐ後、すなわち翌朝にはすでに（今や目的地までの距離に反比例するかのように高まった例の突進力で）勢いに乗じてロシア軍に襲い掛かってきた。クトゥーゾフもこの翌朝に攻撃をかけることを望み、全軍もそれを望んでいた。しかし攻撃するにはそれを望むだけでは足りず、そうするだけの可能性がなくてはならないのだが、その可能性はなかったのである。こうして一行程分後退せざるを得なくなり、次にまた同じくもう一行程の後退を余儀なくされ、さらにまた一行程という具合で、結局九月一日、すでにモスクワの間近まで来た時点で、軍の隊列における士気は極度に高まっていたにもかかわらず、状況に押される形で、軍はモスクワを越えてさらに後退せずにはいられなかった。そうして軍はさらに一行程、最後の

4　モスクワから南西約百九十キロのカルーガに通じる街道。

5　モスクワの南西百二十キロの町。一八一二年十月十二日、ここでカルーガ街道に出ようとするナポレオン軍とロシア軍の間で十七時間に亘る戦闘が行われた。

後退を行い、モスクワを敵に明け渡したのである。

戦争や戦闘の計画というものは、指揮官たちが、ちょうどわれわれが皆するように、書斎に座って地図を見ながら、これこれの戦いが起こった場合には自分ならこういう手を打つといったふうに想を練りながら作るものだ――人はそんなふうに思いがちである。そんなイメージに馴染んでいる人には、いろんな問いが頭に浮かぶことだろう――なぜクトゥーゾフは退却の過程でこれこれこういうことをしなかったのだろう、なぜ彼はフィリ[6]よりもっと手前で陣を構えなかったのか、なぜ彼はただちにカルーガ街道へと退却せず、モスクワを通り抜けて行ったのか、等々と。そんな発想に慣れている人々は、あらゆる総司令官が仕事をする際に常に直面する不可避的な条件というものを忘れているか、あるいは最初から知らないのだ。司令官の仕事というものは、われわれが頭の中で想像するようなものとは似ても似つかないものだ。われわれが想像するのは、自由に書斎にくつろぎながら、いつかどこかで行われた戦役で、双方の軍勢の数も場所も分かっているケースについて地図を開いて調べつつ、ある一時点を出発点として自分なりの考察を加えるといったものだ。ところが、総司令官というものは、われわれが常にそこから出来事を考察しようとするような、何らかの出来事の始まりという条件に身を置くことは決してない。総司令官はいつも動きつつある一連の諸事件の真っただ中にいるのであり、したがって生じつつある出来事のあらゆる意味を検討し尽くすことなど、決して、一瞬たりともできはしないのだ。事件は気づかぬうちに、一瞬ごとにその意味を浮かび上がらせていく。そして事件が次々と、絶え間なく正体をあらわにしていくその合間にも、総司令官は常に複雑なゲームの中心にあって、数々の陰謀、気がかり、依存、権力、計画、助言、威嚇《いかく》、欺瞞《ぎまん》に取り囲まれている。そんな中で彼は自分に向けて提起される、いつも互いに矛盾し合う無数の問いに答えなければならないのである。

世の軍事学者たちは、クトゥーゾフはフィリの遥か手前の地点で軍をカルーガ街道へと向けているべきだったし、当時そのような提案をした者さえいたのだと、大まじめでわれわれに説く。しかし総司令官は、とりわけ困難な状況下では、一つどころか同時に何十もの提案を受けているのだ。そして戦術論やら戦略論やらに裏打ちされたそうした提案は、それぞれ互いに矛盾し合っているのである。総司令官の仕事は、単にそうした提案のうちのどれかを選べば済むと見えるかもしれないが、それさえ彼に

6　モスクワ近郊の村。後出のドロゴミーロフ関門から二キロほど西。九月一日にこの村で作戦会議が開かれ、以降の方針が決定された。

は不可能である。事件も時間も待ってくれないからだ。例えば彼が、二十八日にカルーガ街道へ進路を移すべしという提案を受けたとしよう。ところがちょうどその時ミロラードヴィチの副官が馬で駆けつけ、直ちにフランス軍と一戦交えるべきか、それとも退却すべきかと問う。命令はその場で、直ちに発する必要がある。だが退却の指令を出せば、軍はカルーガ街道への分岐点から外れてしまう。しかも副官に続いて主計が顔を出して糧秣《りょうまつ》を何処に運ぶべきかと訊ね、病院長は負傷者を何処に運ぶべきかと訊ねる。ペテルブルグからの急使はモスクワを放棄することは認めないという皇帝の手紙を届け、総司令官の失脚を企んでいるライバルは（こういう連中は常に、一人どころか何人もいた）、カルーガ街道へ抜けるのとは正反対の新しい案を出してくる。総司令官自身は力尽き、ひと眠りして英気を養う必要がある。なのに褒賞を飛ばされた将軍がもったいぶってやって来て直訴し、住民たちは保護してくれとせがみ、周辺の地形の視察に派遣した将校が戻ってきて、その前に派遣した将校とは全く正反対の報告をし、スパイ、捕虜、偵察将官が、それぞれ敵軍の状況について食い違った証言をする。総司令官の活動に必ずついて回るこうした不可避的な条件を理解しない、もしくは忘れることに慣れた人々は、例えば、九月一日のフィリにおける軍の状況を示して、総司令官は九月一日の時点で、完全に自由な立場からモスクワを放棄するか防衛するかの問題を決断することができたのだと想定する。ところがモスクワから五キロにまでロシア軍が来ていた段階では、そんな問題自体があり得なかったのだ。では一体いつこの問題は決断されたのか？　ドリッサでもスモレンスクでもあっただろうし、ますますはっきりとしてきたのは二十四日のシェワルジノ、そして二十六日のボロジノであり、そしてさらにボロジノからフィリに至る退却の途上で、日々、時々、刻々と決断が下されていったのである。

3章

ボロジノから退却したロシア軍は、フィリ近辺に陣を張っていた。陣地の巡察を終えたエルモーロフがクトゥーゾフ元帥のもとへ馬を乗りつけた。

「この陣地で戦うのは不可能です」彼は告げた。クトゥーゾフは怪訝《けげん》な顔でしばし相手を見つめ、もう一度言ってみろと命じた。エルモーロフが繰り返すと、クトゥーゾフは相手に片手を差し伸べて言った。

「手をかせ」そう言うと彼は相手の手を取って裏返し、脈をとる格好をして告げた。「君はどこか悪いんだな。自分が何を言っているのか考えてみたまえ」

クトゥーゾフはドロゴミーロフ関門から六キロ離れた叩頭の丘《ポクロンナヤ・ガラ》[7]に登り、馬車を下りて道端のベンチに腰を下ろした。将軍たちの大集団がその周囲に集まる。モスクワから来たラストプチン伯爵もこれに加わった。錚々《そうそう》たる面々がいくつかのグループに分かれて話をかわしている——現陣形の利点と欠点について、軍の状態について、想定される計画について、モスクワの状況についてと、総じて話題は軍事問題だ。別にそのために召集されたわけではないし、そういう名前で呼ばれていたわけでもないが、誰もがこれは作戦会議だと感じ取っていた。会話は終始一般的な問題の範囲にとどまっていた。誰か個人的なニュースを伝えたかったり知りたかったりする者がいると、そこだけ小声になり、そしてすぐにまた一般的な問題に戻る。一同の間には冗談口も笑い声も聞こえず、笑顔さえ見られなかった。誰もが見るからに努力して、緊張した場の雰囲気を乱すまいとしていた。しかもどのグループも、話をかわしながら総司令官に近い位置にとどまろうと努め(総司令官のベンチがいくつもの人の輪の中心に位置していた)、彼の耳に声が届くような話し方をしていた。総司令官は周囲の会話に耳を傾け、時には聞き返すこともあったが、自分から話に加わることはせず、どんな意見も表明しようとしなかった。たいていはどれかのグループの会話をしばらく聞いていたかと思うと、あたかもそこで話されていることは自分が知りたかったこととはかけ離れているとでも言いたいかのように、がっかりした顔でそっぽを向いてしまう。ある者たちは選ばれた陣地を話題にしながら、陣地そのものを批評するよりも、むしろそんな陣地を選んだ者の知能程度を批評していた。別の者たちは、ここに至るまでにすでに失敗が犯されていたのであり、三日前に戦っておくべきだったのだと論じていた。第三のグループはサラマンカの戦いを話題にしていたが、語り聞かせているのはスペインの軍服を着た、到着したばかりのフランス人クロサール[8]だった（このフランス人は、ロシア軍に仕えるドイツ人公爵の一人とサラゴサの包囲戦[9]を分析していた。モスクワ防衛も同じ手法で可能だと予想していたのだ）。第四のグループではラストプチン伯爵が話し役で、自分はモスクワの義勇隊《ドゥルジーナ》とともに首都の城壁のもとで死ぬ覚

7　モスクワ郊外南西部の丘で古来旅人がここから首都モスクワを望み見て礼をしたところからポクロン（叩頭＝深いお辞儀）の丘と呼ばれた。現在は一八一二年の祖国戦争と第二次世界大戦（大祖国戦争）の戦勝記念公園となっている。

8　フランス革命の際にオーストリアに亡命し、後にスペイン軍についてナポレオン軍と戦ったフランス人の軍人。

9　スペインのサラゴサ要塞は一八〇八年の戦いで仏軍に包囲されながら二か月以上も持ちこたえた。

悟であるが、それにしてもこれまで自分が蚊帳《かや》の外に置かれていたのはどうにも悔やまれる、もしも前もって知っていたなら、別の手も打てたのに……などと述べていた。第五のグループは各人が戦術論の蘊蓄《うんちく》を傾けながら、軍が今後取るべき方向について論じていた。第六のグループはまったく意味のないことを喋っていた。クトゥーゾフの顔が次第に心配そうな、悲しげな表情になっていく。あらゆる周囲の会話から彼が読み取ったのはただ一つ、文字通りの意味で、モスクワを防衛する物理的可能性は皆無だということだった。つまり、仮にどこかの頭のおかしな総司令官が戦闘命令を発したところで、混乱が生じて結局は戦闘にならないだろうと思われるほどに可能性がないのだった。なぜかと言えば、上級の司令官たちが揃いも揃って今の陣地を役に立たぬものと認めているばかりか、口を開けばひたすら今の陣地は必ず放棄されるゆえ、その後でどうなるかということばかり論じているからである。はたして指揮官が、自ら戦闘不能とみなしている戦場に軍を投入できるだろうか？　下位の指揮官や兵士たちでさえも（そうした者たちもまた自分の考えは持っているのだ）、同じく陣地を役に立たぬものと認めているので、確実に負けると分かっている戦いに出るわけにはいかなかった。ベニグセンがこの陣地の防衛に固執して、他にもまだそれを審議している連中がいるとしても、もはやそれは問題自体として意味があるのではなく、ただ議論を仕掛け、たくらみを仕掛ける口実としての意味しか持たない。クゥーゾフにはそれが分かっていた。

ベニグセンは陣地を選定したうえで、ロシア人顔負けの猛烈な愛国主義をひけらかしながら（クトゥーゾフはそれを聞いて顔をしかめずにはいられなかった）、モスクワの防衛を断固主張した。クトゥーゾフにはベニグセンの意図が手に取るように分かっていた――もしも防衛に失敗した場合には、戦いもせずに雀《ヴォロビヨーヴィ・ゴールィ》が丘[10]まで軍を引いたクトゥーゾフに責任をおっかぶせ、勝った場合には自分の手柄とし、自案が受け入れられなかった場合には、モスクワ放棄という罪の責任を自分だけまぬかれようというのだ。しかしこのような陰謀の問題はこの老人の目下の関心対象ではなかった。クトゥーゾフの頭を占めているのは、一つの恐るべき問題だった。そしてその問題の答えを彼に聞かせてくれる者は誰一人いなかった。目下の彼にとっての問題とは、ひとえに次の事柄であった――『いったいナポレオンをモスクワまで来させてしまったのはこの私だろうか、だとしたら私はいつそれを行ったのか？　その決定はいつなされたのか？　果たして昨日、私がプラートフに後退命令を送った時か、それとも一

10　モスクワ南西部の小高い丘。現モスクワ大学のある場所。

昨日の晩、私が居眠りをしながらベニグセンに指揮を委ねた時か？　それとももっと前だったのか？……しかしいつ、いったいいつこの恐るべき問題は決定を見たのだろうか？　モスクワは放棄せざるを得ない。軍は後退させねばならないし、その命令を出す必要があるのだ』その恐るべき命令を発することは、彼には軍の指揮権を放棄することに等しいと思われた。しかるに彼は権力を愛し権力に馴染んでいたばかりか（トルコ戦役で自分が仕えていたプロゾロフスキー公爵[11]が崇敬を浴びた時、彼は苦々しく思ったものだった）、自分こそがロシアを救うべき運命を授けられており、それ故にこそ皇帝の意志に反してまで、国民の意志によって総司令官に選ばれたのだと確信していたのである。ただ自分のみがこの困難な条件下で軍の頂点に立って持ちこたえることができる、そして世界中でただ自分のみが、恐れることなくあの不敗のナポレオンを敵にすることができるのだと、彼は確信していた。それゆえ彼は、その自分が発しなくてはならぬ命令を思い、慄然《りつぜん》としたのであった。だが何かしらの決定を下さざるを得なかったし、今やあまりにも自由な性格を帯び始めていた自分の周囲のお喋りに、終止符を打たねばならなかった。

彼は上級将官たちを呼び寄せた。

「私の頭が良かろうが悪かろうが、この頭のほかに頼るものはないからな」そう言ってベンチから立ち上がると、彼は馬車を待たせてあるフィリに向かって馬を歩ませた。

4章

百姓アンドレイ・サヴォスチヤノフの家屋の広々とした良い方の棟で、二時に会議が召集された。この百姓家の大勢の家族は、男も女も子供も、玄関を隔てた、かまどに煙突のついていない別棟の方でひしめき合っていた。ただ主人アンドレイの孫娘で六歳になるマラーシャだけは、クトゥーゾフ大公爵《スヴェトレイシー》にかわいがられてお茶の時には砂糖のかけらをもらったりしながら、広い方の棟のペチカの上にそのまま残っていた。将軍たちが次々と部屋に入って来ては、上席にあたる聖像の下のゆったりとした長椅子にそれぞれの場を占めると、マラーシャはペチカの上からこわごわと、うれしそうに彼らの顔や軍服や勲章を見つめるのだった。ただマラーシャがひそかに「お爺さん」と名付けた肝心のクトゥーゾフは、他の将軍たちとは離れて、ペチカの後ろの暗

11　一八〇八年の対トルコ戦役の総司令官。

い片隅にぽつんと座っていた。クトゥーゾフは折り畳み式の安楽椅子に深く身を沈め、しきりに呻《うめ》くような声を発してはフロックコート型の軍服の襟を整えていたが、どうやら襟ボタンを外しても首が絞めつけられる感じがして仕方がないようだった。入室した者たちが次々に元帥閣下に歩み寄ると、彼はある者には握手をし、ある者には会釈をしてみせる。副官のカイサーロフがクトゥーゾフの正面にある窓の日除けを開けようとすると、クトゥーゾフは怒った様子で手を振ったので、カイサーロフは、閣下は顔を見られたくないのだと悟った。

百姓家らしい樅《もみ》の木のテーブルの上には、地図、計画書、鉛筆や紙が置かれていたが、その周りが大変込み合ってきたので、従卒たちがさらに長椅子を運んできて、テーブルの脇に置いた。その新しい長椅子に、新たにやって来たエルモーロフ、カイサーロフ、トーリが腰を下ろした。聖像の真下の最上席には、青白い病気のような顔をして高い額と毛のない頭部との境目がなくなっているバルクライ・ド・トーリが、聖ゲオルギー勲章を首にかけて座り込んでいる。彼はすでに昨日から発熱に苦しんでいて、まさにこの瞬間も悪寒がして節々が痛かった。その隣にはウヴァーロフが腰を下ろし、（皆と同じように）小声で、せわしい身振り手振りを交えながら、バルクライに何かを伝えていた。小柄で丸々としたドーフトゥロフが、眉をあげて腹の上で手を組みながら、じっと耳を傾けている。反対側には豪胆そうな目鼻立ちをした眼光鋭い大きな頭部を片肘を突いて支えた格好で、オステルマン＝トルストイ伯爵が座り、どうやら自分の考えに耽っているようだった。ラエフスキーは待ちくたびれたといった表情で、いつもの癖で黒いこめかみの毛を前の方にカールさせる仕草をしながら、クトゥーゾフに目を遣ったり入り口のドアに目を遣ったりしている。コノヴニーツィンのきりっとした美しい、善良そうな顔は、優しくていたずらっぽい笑みに輝いていた。マラーシャの視線を捉えた彼が目で合図してみせると、少女は思わずにっこりと笑った。

一同はベニグセンを待っていたのだが、ベニグセンは改めて陣地を巡察するという口実の下でうまい午餐《ごさん》を終《しま》いまで味わっているところだった。人々は四時から六時までこうしてただ待つだけで、会議に入ろうともせず、小さな声で雑談をかわしていたのである。

ようやくベニグセンが顔を見せると、クトゥーゾフはそれまでいた片隅から出てきてテーブルに向かったが、少し手前でとどまったため、彼の顔がテーブル上に出された蠟燭の光を浴びることはなかった。

会議の冒頭でベニグセンは一つの問いを投げかけた。「ロシアの聖なる古来の首都を戦わずして放棄すべきか、あるいは護るべきか?」長い間、全員黙り込んだままだった。皆が表情を嶮《けわ》しくしていると、しじまの中にクトゥーゾフの怒ったようなめきと咳払いが聞こえてきた。皆の目が彼を見た。マラーシャもまたお爺さんを見つめる。誰よりも近いところにいた少女には、クトゥーゾフの顔が皺だらけになるのが見えた。まるで今にも泣きだしそうだった。しかしそれは長くは続かなかった。

「ロシア、ロシアの聖なる古来の首都、首都!」やにわに口を開いてベニグセンの言葉を腹立たしげな声で繰り返すことにより、クトゥーゾフは相手の言葉に含まれた欺瞞の響きをあぶりだそうとしていた。「一言申し上げますがな、閣下、それはロシア人にとって意味のない問いです。(彼は重たい体をぐいと前に傾けた) そのような問いは立てるべきではないし、そんな問いは意味を成しません。私がこれらの諸君に集まって検討していただきたかったのは、軍事上の問いです。すなわち『ロシアの救いは軍にかかっている。戦いを選んで軍もモスクワも失う危険を冒すのと、戦わずにモスクワを明け渡すのとでは、いずれが有利か?』まさに以上のような問いに対する諸君の意見を私はうかがいたいのです」(彼は後ろに身を倒して安楽椅子の背にもたれた)。

議論が始まった。ベニグセンはいまだ自分の負けゲームだとはみなしていなかった。フィリで防衛戦を行うのは不可能だというバルクライその他の意見を認めつつ、彼はひたすらロシア的愛国心とモスクワへの愛を錦の御旗のように掲げて、夜間に軍を右翼から左翼に移動させ、翌日フランス軍の右翼に攻撃を仕掛けるという案を提起した。意見は分かれ、この案への賛否両論が戦わされた。エルモーロフ、ドーフトゥロフ、ラエフスキーがベニグセンの案に賛成した。首都を放棄する前に何らかの犠牲が必要だという思いからか、あるいはほかの個人的な思惑からかは不明だが、これらの将軍たちはあたかも一つのことを理解していないかのようだった。すなわちこの会議には事態の不可避的な進路を変える力はなく、モスクワは現時点ですでに放棄されているのだということを。他の将軍たちはこのことを理解していて、モスクワの問題は脇に置き、後退の際に軍が取るべき方向を論じていた。目の前の出来事をわき目もふらずに観察していたマラーシャは、この会議の意味を別様に理解していた。彼女には、問題はただ「お爺さん」と「裾長さん」（そう彼女はベニグセンを名付けていた）の間の個人的な戦いだと思われたのである。彼女は話をかわす際に両者がつんけんし合っているのを見て取り、そして胸の内でお爺さんを応援していた。話し合いの真っ最中に、彼女はお爺さんがベニグセンにちらりと狡《ずる》そうな視線を投げかけたのに気づいた。そして続いて、うれしいことに、お爺さんが裾長さんに何かを言い、それで相手の鼻っ柱をくじいたのを見て取った。ベニグセンは急に顔を赤らめると、忌々しそうな様子で部屋中を歩き回ったのである。これほどまでベニグセンの肺腑を抉《えぐ》った言葉とは、フランス軍の右翼に攻撃を仕掛けるために、夜間に軍を右翼から左翼に移動させるという彼の提案の利点と欠点に関するもので、それをクトゥーゾフは落ち着いた静かな声で言い放ったのだ。

「諸君、私は」とクトゥーゾフは言った。「伯爵の計画には賛成しかねます。敵が至近距離にいる時に軍を移動させるのは常に危険だからです。軍事史もこの考えを裏付けています。そう、例えば……（クトゥーゾフはあたかも例を求めて考え込むかのようにしながら、明るい、無邪気そうな目でベニグセンをじっと見つめた）そう、例えばあのフリートラント会戦[12]です。思うに伯爵もよくご記憶でしょうが、あの戦いが……あまり上首尾でなかったのも、ひとえにわが軍があまりにも敵から近い距離で隊形替えを行ったからでした……」これに続く一分間の沈黙を、一同は大変長く感じたものだった。

討論はまた復活したが、しかししばしば中断が入り、もはや語るべきことがないという感じになってきた。

そんな中断のひと時、クトゥーゾフが深いため息をついて何か発言しそうな気配を見せた。皆が彼を振り向いた。

「さて諸君、どうやら、割れた壺の代金は私が払わねばならんようだ[13]」フランス語でそう言うと、彼はゆっくりと立ち上がってテーブルに歩み寄った。「諸君、私は諸君の意見を聞いた。私に賛成いただけない方々もいると思う。しかし私は（彼はここで間を置いた）、わが皇帝と祖国より委ねられた権力を行使して、退却を命じる」

この後将軍たちは、ちょうど葬儀の後の会衆のように、厳粛な顔つきで黙り込んだまま粛々と解散していった。

何人かの将軍たちは、会議の時に張り上げていた声とは全く様変わりした穏やかな声になって、総司令官にあれこれの報告をした。

夕食に戻るべき時間をもうだいぶ過ぎていたマラーシャは、後ろ向きになって裸足の小さな足でペチカの壁のくぼみを伝って下りると、将軍たちの脚の間を縫ってドアに突進していった。

将軍たちを帰した後、クトゥーゾフはテーブルに肘を突いて座り込んだまま、長いことひたすら例の恐るべき問題を考えていた。『いったいいつ、いったいいつ、最終

12　第2部第2編17章で言及された一八〇七年六月の露仏間の戦いで、ここでベニグセンはナポレオンに敗れた（第2巻531頁注43参照）。

13　自分が責任をとるしかないというフランス語の言い回し。

的にモスクワが放棄されることが決まったのだ？　この問題を決した出来事はいつ起こり、そしてその責任は誰にあったのだ？』

「こんなことに、こんなことになるとは」もはや真夜中になったころ部屋に入って来た副官のシュネイデルに向かって彼は言った。「まさかこんなことになるとは思いもよらなかった！　考えもしなかった！」

「閣下、お休みにならなくてはいけません」シュネイデルは言った。

「いや、なにくそ！　奴らに馬の肉を食らわせてやるぞ、トルコ軍のようにな」相手の言葉に答えずにクトゥーゾフはそう叫ぶと、ふっくらとしたげんこつでテーブルをドンと叩いた。「奴らに思い知らせてやる、せめて……」

5章

クトゥーゾフと対照的なのがラストプチンであった。彼は、戦闘なしで軍が引くことよりももっと重大な事柄、すなわちモスクワの放棄とモスクワへの放火という事柄に関して、主導者だったとみなされている人物だが、彼はこの時まったく別の行動をとっていた。

その事件、すなわちモスクワの放棄と放火は、ボロジノ会戦後において、軍が戦わずしてモスクワの後方まで退却することと同じく、不可避的な出来事であった。ロシア人ならだれしも、推論によってではなく、われわれの内にあり父祖の内にもあった感覚によって、ああなるしかないのが予見できたことだろう。

スモレンスクをはじめロシアの地の全市全村において、ラストプチン伯爵や彼のビラのお世話にならずとも、モスクワで起こったのと同じことが起こっていた。人々はのんびりと敵を待ちかまえ、反乱も起こさず動揺もせず、誰も八つ裂きにしたりせず、自分には最も困難な瞬間になすべきことを見出す力があると感じながら、冷静に自分の運命を待っていた。そしていざ敵が迫ってくると、住民の中の富める者たちは財産を置き去りにしてその場を去り、貧しい者たちは後に残り、置き去りにされたものに火をつけて、灰燼《かいじん》に帰せしめたのだった。

物事はそうなるものだし常にそうなるのだという意識が、昔も今もロシア人の胸の内には存在している。そしてそうした意識に加えて、モスクワは敵の手に渡るだろうという予感も、一八一二年のモスクワのロシア人社会にはあった。すでに七月や八月初めにモスクワを出始めていた人々がいたが、彼らはそうした予感があったことを証明している。持てるものだけを持ち、家も財産の半分も打ち捨てて出て行った人々は、一種の秘めた（潜在的な《ラタン》）愛国心に従って行動したのだ。その愛国心とは、声高《こわだか》に表現されるものでもなければ、祖国の救済のために子供さえ殺すといったたぐいの不自然な行為で表されるものでもなく、ただ目立たぬ、素朴な、本能的な形で表現されるもので、またそれゆえに常にもっとも強力な効果を発揮するのである。

「危険から逃げるのは恥ずべきことだ。モスクワから逃げるのは臆病者だけだ」――彼らはこんな言葉を浴びせられた。ラストプチンはそのビラで、モスクワから出て行くのは恥ずべき行為であると、彼らに言い聞かせようとした。臆病者呼ばわりされるのは恥ずかしかったし、出て行くのも恥ずかしかったが、それでも人々は町を出た。そうしなければならないのが分かっていたからだ。なぜ彼らは出て行ったのか？　ナポレオンが征服した土地土地で行った残虐行為を語ることで、ラストプチンが人々を怯えさせたからだという想定は成り立たない。町を出る人々は、中でも最初に出て行った豊かな、教養ある人々は、大変よく知っていたからだ――ウイーンもベルリンもそっくり元のままに残っているし、ナポレオン軍の占領下にあった時でさえ、住民は魅力的なフランス人たちとともに楽しい時を過ごしたということを。そもそも当時のロシア人は、男性も、そしてとりわけ女性も、フランス人が大好きだったのだ。

人々が町を出たのは、ロシア人にとって、フランス人が支配するモスクワにいることがいいか悪いかという問い自体があり得なかったからだ。フランス人の支配下に入ることなどできるわけがない、つまり最悪のことだった。人々はボロジノ会戦の前から町を出ていたし、ボロジノ会戦の後ではさらに雪崩《なだれ》を打つように退去していった。防衛への檄《げき》に耳も貸さず、イヴィロンの生神女《しょうしんじょ》の聖像《イコン》を掲げて戦いを挑もうというモスクワ総司令官[14]の声明にも、フランス軍を滅ぼすはずだという気球にも、ラストプチンがそのビラに書きつけたありとあらゆるでたらめにも、見向きもしなかった。人々はわきまえていた――戦うべきは軍である。そしてもしも軍が戦闘不能なら、貴族の令嬢だの召使だのを引き連れて三ツ丘《トリ・ゴルイ》[15]に行ってナポレオンと戦えるはずがない。だとすれば逃げるしかないのだ。自分の財産をあたら放置し、失うのがいかに惜しかろうとも。逃げる人々は、住民によって置き去りにされ、消失することの明らかな(巨大な木造都市が放棄されれば必ず火事で焼失するのだから)この巨大な、豊かな首都の大きな意味について、考えようとはしなかった。彼らはそれぞれ自分のために

14　モスクワ総督の職名が戦争の激化した一八一二年七月からモスクワ総司令官に変更され、ラストプチン(ロストプチン)は以降正式にはこの職名で呼ばれる。

15　モスクワ南部の関門。ラストプチンはここで九月一日に防衛戦を行うことを市民に呼び掛けていた。

逃げたのであり、しかもひとえに彼らが立ち去ったおかげで、ロシア国民の最高の名誉として永遠に残るべき、かの偉大なる出来事が起こったのである。早くも六月の時点でお抱えの黒人や道化女たちを引き連れてモスクワを発ち、サラトフの村に移った貴族夫人がいた。彼女は、自分はボナパルトの家来ではないという漠然とした意識にかられて、ラストプチン伯爵の指令で引き止められはしないかとびくびくしながら退去したのだったが、その貴族夫人こそ、ロシアを救うことになった偉大な事業を坦々と、しかも過《あやま》たずに行ったのである。ところが当のラストプチン伯爵はと言えば、町を出る者たちを侮辱したかと思えば役所を引っ越させたり、何の役にも立たぬ銃を酔っぱらい連中に放出したり、聖像《イコン》を担ぎ出したかと思えばアウグスティン主教[16]が聖《せい》骸《がい》と聖像《イコン》を疎開させようとするのを禁じたり、モスクワにある個人所有の荷馬車を軒並み没収したかと思えば、百三十六台の馬車を仕立ててレピッヒの作った気球を運んだり、モスクワを焼くとほのめかしたり、自宅に火を放ったと語ったりしたかと思えば、自分が建てた孤児院を破壊したことについて、フランス人どもに宛てて、物々しい非難声明を書いたり、モスクワ放火の栄誉を自分の身に引き受けたかと思えばそれを否定したり、スパイを捕まえて私のところへ連れて来いと人々に命令したかと思えば、それに従った者たちを叱責したり、フランス人全員をモスクワから追放するかと思えばモスクワのフランス人住民全体の中心人物であるマダム・オーベル・シャルメ[17]を町に残したり、そうかと思えば、尊敬すべき老郵便局長クリュチャリョーフを特段の罪もなく逮捕し流刑に処すことを命じたり、[18]フランス軍と戦う名目で住民を三ツ丘《トリ・ゴルイ》の関門に集めておきながら、集まった住民を厄介払いしようとして人殺しをさせて、自分は裏門から逃げ出したり、口では自分はモスクワの不幸を見るに忍びないと言いながら、アルバムには自分がそれに加担しているといった意味のフランス語の詩を書き込んだり、[19]といったありさまだった。すなわちこの人物には起こりつつある出来事の意味が理解できず、ただ自分が何かをして誰かをびっくりさせてやろう、何か愛国

16　当時のロシア正教会の重鎮で、高齢のプラトン府主教に代わって事実上モスクワ府主教管区を統括していた。

17　第2部第5編6章に登場したフランス人裁縫師で流行のファッションサロンの女主人（第3巻369頁参照）。

18　クリュチャリョーフはフリーメイソンの一員。この処分の原因は彼の息子が父親の手元にあった外国新聞を友人に与えたことによるとされる。

19　原注『われタタールの身に生まれ、ローマ人たらんと欲す。フランス人はわれを蛮人と呼び、ロシア人はジョルジュ・ダンダンと呼ぶ』（ジョルジュ・ダンダンはモリエールの戯曲の主人公）。

的で英雄的なことをしてやろうという願望しかなかった。だからまるで小さな子供のように、モスクワの放棄と焼失という荘厳でかつ不可避な出来事を前にしてはしゃぎまわり、自分を巻き込んで押し流してゆく国民の奔流を、小さな手で勢いづけたり押しとどめたりしようと試みていたのである。

6章

宮廷のメンバーとともにヴィルナからペテルブルグに戻って来たエレーヌは、難しい状況に置かれていた。

ペテルブルグでエレーヌは、国家の最上級の地位の一つを占める高官から特別な庇護を受けていた。ところがヴィルナで彼女は、若い外国の王子《プリンス》と親しい仲になった。ペテルブルグに戻ってみると、王子も例の高官もともに同じ町にいて、それぞれが自分の権利を主張したので、エレーヌはいまだ経験したことのない新たな課題に直面することになった。すなわちどちらの男性とも親密な関係を保ちながら、どちらも傷つけないという課題である。

他の女性にとっては難しい、解決不能とさえ見える問題も、このベズーホフ伯爵夫人を躊躇《ためら》わせたためしは一度としてなかった。彼女が当代随一の賢い女性という評判を勝ち得ていたのは、どうやら伊達《だて》ではなかったのである。仮に彼女が自分の行為をこそこそ隠しながら、悪知恵を弄《ろう》してこの気まずい状況から逃れようとしたなら、それだけでもうことは破綻《はたん》していただろう。つまり自分の非を認めたことになるからだ。しかし自分の願いをすべて実現するだけの力を備えた真実偉大なる人間であるエレーヌは、そんな姑息《こそく》なまねはしなかった。それどころか、ただちに自分にこそ道理があるとみなし、しかもその道理を自ら固く信じたうえで、他の者はみんな間違っているという態度をとったのだった。

思い余った若い外国の王子が、初めて彼女を責める言葉を口にすると、彼女は美しい頭《こうべ》を傲然《ごうぜん》ともたげて相手を斜《しゃ》に見やりながら、断固とした口調で言ったものである。

「それこそまさに殿方のエゴイズムと残酷さですわね！　きっとそんなことをおっしゃると思っていましたわ。女性が自分を犠牲にしてあなたさまに身を捧げ、苦しんでいるのに、いただくご褒美がそれなんですね。殿下、殿下は私が縁の深い方々や親しい方々とお付き合いするのに口をはさむどんな権利をお持ちなんでしょう？　あのお方は、かつて私にとって父親以上の存在だったんですのよ」

王子は何かを言おうとしたが、エレーヌはそれを遮《さえぎ》った。

「それは確かに」と彼女は続けた。「あの方が私に寄せてくださるお気持ちは、必ずしも父親的なものではないかも知れませんが、だからといってあの方を私の家から閉め出すわけにはいきませんでしょう。私は殿方とは違って、恩を仇《あだ》で返すような真似はできませんわ。それに殿下にもご承知おきいただきたいのですが、自分の胸に秘めた感情については、私、神さまと自分の良心にしか釈明いたしません」言い終わった彼女は、高く隆起した美しい胸に片手をあてて天を仰いだ。

「しかし僕の言い分も聞いてください、お願いです」

「私と結婚してください、そうすれば私はあなたさまのしもべになりますわ」

「でもそれは不可能です」

「あえて身を落として私と結婚しようとしてはくださらないのね、あなたさまは……」泣き声でエレーヌは言った。

王子は彼女を慰めにかかった。エレーヌは涙ながらに（身も世もないかのような調子で）言うのだった――自分の結婚を妨げるものは何もない、そういう実例だってある（当時はまだそうした例はわずかだったが、彼女はナポレオンやその他身分の高い人間たちの名を挙げた）、自分は一度だってあの夫の妻であったことはない、自分は人身御供《ひとみごくう》にされたのだ――と。

「でも法律が、宗教が……」早くもたじたじとなった王子が言う。

「法律、宗教……そんなもの、いったい何のために考え出されたのでしょう、もしもこの程度のことさえかなえられないくらいなら！」エレーヌは言った。

こんな単純な理屈さえ自分で思いつけなかったことをいぶかしみながら、王子は親しい間柄にあったイエズス会士たちに相談を持ち掛けた。

何日か後、カーメンヌィ・オーストロフのエレーヌの別荘で開かれた魅惑的な宴《うたげ》の一つで、彼女は雪のような白髪と黒く輝く目をした年配の魅惑的な短衣《ローブ・クルト》のイエズス会士、[20]ムッシュー・ド・ジョベールに紹介された。照明が施され音楽が聞こえる庭でムッシュー・ド・ジョベールは長いことエレーヌを相手に神とキリストと聖母の御心への愛を語り、唯一の真なるカトリック信仰によって現世と来世において与えられる慰めについて語った。エレーヌは感動を覚え、何度か彼女とムッシュー・ド・ジョベールはともに目に涙を浮かべ、声を震わせたのだった。エレーヌはダンスのパートナーに呼ばれたため、この将来の「良心の指導者」との談話を中断しなければ

20　聖職者の位を持たないイエズス会のメンバーを意味し、後出の長衣のイエズス会士（聖職者・修道士）と区別される。

ならなかったが、しかし翌日の晩にはムッシュー・ド・ジョベールは単身エレーヌを訪れ、そしてその後頻繁に彼女のもとに出入りするようになったのだった。

ある日、エレーヌはカトリックの聖堂に連れていかれ、そこで祭壇の前に導かれて跪《ひざまず》いた。年配の魅惑的なフランス人の指導者が彼女の頭に手を置くと、彼女は、後に本人が語ったところによれば、なにかしらすがすがしい風のようなものが胸のうちに吹き下るのを感じた。それこそが恩寵であると彼女は説明されたのだった。

この後案内されてやってきた長衣《ローブ・ロング》の神父がエレーヌの告解を聞き、罪の赦《ゆる》しを与えた。翌日彼女のもとに聖餐《せいさん》の入った箱が届けられ、彼女が用いるようにそのまま自宅に置かれた。何日かたつと、うれしいことにエレーヌは、今や自分が真正のカトリック教会に入信しており、数日中には自分のことが法王の耳にまで達して、何らかの書類が送られてくることになっていると知らされたのだった。

この間に自分の周囲で、自分に対して行われたすべての事柄、かくも賢い人々が自分を気遣い、これほどまでに気持ちの良い、洗練された形で自分に施してくれたすべての事柄、そして今や自分の身を包んでいる小鳩のような純潔さ（彼女はこの間ずっと白いドレスに白いリボンという服装をしていた）――なにもかもが無上の満足を与えてくれたが、とはいえ彼女は片時も、満足感にかまけて自分の目的を見失うことはなかった。そして悪だくみにおいては愚か者が賢い者の鼻面《はなづら》を引き回すという世の習い通り、自分がこんなにも行き届いた言葉や行為で大切に扱われるのは、ひとえにカトリックに入信させてイエズス会のための寄進を巻き上げようという狙いからであるのを察したエレーヌは（このことはじかに彼女にほのめかされもした）、金を出すに先立って、まず自分を夫から解放するべくあらゆる手段を講じていただきたいと、断固要求したのだった。彼女の理解するところでは、あらゆる宗教の意義は、人間が欲望を充足させるにあたり一定の礼節を守ることに他ならなかったからである。そんな思惑《おもわく》から、彼女はある時、告解聴聞神父との談話の際に、結婚がどの程度自分を拘束しているかという問いへの答えをしつこく要求したのであった。

　両者は客間の窓辺に座っていた。夕暮れ時だった。窓から花の香りが漂ってくる。エレーヌは肩と胸のところが透けた純白のドレスを纏《まと》っていた。神父はでっぷりと肥え太り、きれいに剃り上げた福々しい顎と気持ちよく引き締まった口元をした人物で、真っ白な両手をつつましく膝の上で組み、エレーヌの間近に座って、唇にうっすらと笑みを浮かべ、相手の美しさに対する穏やかな讃嘆のまなざしで時折彼女の顔を見つめながら、当面の問題に対する自らの見解を述べているところだった。エレーヌは不安げな笑みを浮かべながら相手の縮れた髪や、つるつるに剃り上げられた、黒っぽいまるまるとした頬を見つめつつ、会話が新しい展開を遂げるのを今か今かと待っていた。しかし神父は、美しい話し相手がこんなにも間近にいることを楽しみながら、ひたすら自分の話の展開ぶりに酔うばかりだった。

この良心の指導者の論旨は以下の通りだった——あなたはご自身がしようとしていることの意味をわきまえぬままに、一人の男性に結婚の操を守る誓約を与えたが、一方相手の男性も、結婚の宗教的な意味を信じぬまま婚姻関係に入ることで、冒瀆を犯した。その結婚は、結婚が必然的に持つべき相互的な意味を持たなかった。しかし、それでもなお、あなたの誓約はあなたを縛るものだった。あなたはその誓約を破った。それによってあなたはどんな罪を犯したことになるだろうか？　赦されるべき罪か、それとも致命的な罪か？　赦されるべき罪である。なぜならあなたは悪しき意図を持たずにその行為を行ったからだ。もしも今あなたが、子をもうけるために新たなる婚姻関係に入るならば、あなたの罪は赦されうるだろう。ただし問題はまたもや二つに分かれる。第一は……。

「でも、私の考えでは」うんざりしたエレーヌが、例の魅惑的な笑みを浮かべたまま、だしぬけに発言した。「私はもう真正の宗教に入信したわけですから、偽の宗教が私に課した義務に縛られるはずはないですわよね」

良心の指導者は、こんなにも単純なやり方で目の前に立ててみせられたコロンブスの卵に唖然とした。自分の女弟子の思いがけぬほど早い上達ぶりに感嘆したのだったが、しかしせっかく自分が知力を絞って構築してきた論理の伽藍《がらん》を、途中で放棄するわけにはいかなかった。

「ではその点を吟味《ぎんみ》してみましょうか、奥さま」神父は笑みを浮かべてそう言うと、自分の女弟子の考えを覆しにかかった。

7章

エレーヌの理解では、この問題は宗教的な観点からはごく単純で容易なものだったが、なおかつ自分の指導者たちがもたついているのは、ひとえに世俗権力がこの件をどのように見るかを警戒しているためだった。

そんなわけでエレーヌは、社交界における問題の環境整備が必要だと判断した。彼女は例の高官の老人の嫉妬心を煽《あお》ったうえで、最初の求愛者に言ったのと同じことを告げた。つまり自分に対する権利を手に入れる唯一の手段は、自分と結婚することだというふうに問題を持ち掛けたのである。最初の瞬間は年老いた重要人物も最初の若い王子と同じように、生きている夫を捨てて結婚しようというこの提案に面食らったものだが、エレーヌの側が、これは生娘が結婚するのとまったく同様に簡単で自然なことであると固く信じて疑わない態度を貫いているのが、この相手にも効果を発揮した。もしもエレーヌ自身にほんのわずかでもためらいや恥じらいや隠しごとの気配があったならば、事は間違いなく失敗していただろう。しかしそんな隠しごとや恥じらいの気配は微塵《みじん》もなかったし、それどころか彼女は率直で腹蔵のない無邪気な態度で、親しい友人たちに(ということはつまりペテルブルグの全社交界に)自分は王子と高官の両者から求婚されたが、二人とも好きなので、どちらも傷つけたくないと思っていると言いふらしたのだった。

たちまちペテルブルグ中に噂が広がったが、それはエレーヌが夫と離婚しようとしているという噂ではなかった(もしもそんな噂が広がれば、きわめて多くの者がそんな不法な意図に抗議の声をあげたことだろう)。まっすぐに広がった噂は、あの不幸な、魅力満点のエレーヌが、二人の相手のどちらと結婚しようか悩んでいるというものであった。問題はすでにこれがどの程度まで成立可能な話なのかということではなく、単にどちらの組み合わせが有利であるか、そして宮廷はこれをどう見ているかということにすぎなかった。確かに、中には問題が高度すぎてついて行けずに、こんなことは結婚の秘跡に対する冒瀆であると思ってしまうような旧弊な人たちもいることはいたが、しかしそうした人々は少なかったし、発言も控えていた。大多数の人々は、エレーヌに降りかかった幸運の問題と、どちらを選ぶのが得策かという問題に関心を示したのであった。生きている夫を捨てて結婚することが正しいのか間違っているのかということは、問題にされなかった。なぜならその問題は（いわゆる）「私やあなたよりももっと賢い人々」にとってはすでに解決済みらしく思えたし、問題の解決の正しさに疑いをさしはさんだりすれば、自分の愚かさと処世の才の欠如をさらけ出す恐れがあったからである。

ただ一人、この夏息子の一人と会うためにペテルブルグに来ていたモスクワのアフローシモフ夫人だけは、世間の見方とは逆行する独自の意見を堂々とあけっぴろげに表明していた。ある舞踏会でエレーヌを見かけると、アフローシモフ夫人は広間の中央で彼女を呼び止め、一同が沈黙している中で例の胴間声を張り上げて言ったものだった。

「このあたりじゃ、女が生きてる夫を捨てて結婚するようになったそうね。あなたひょっとして、自分がそんな新機軸を思いついたんだと思い込んでいるんじゃない？とっくに先を越されているわよ。そういうことを思いつく人間は、昔からいたからね。

どこの×××でもそんなふうにやっているわ」そんな言葉を吐くと、アフローシモフ夫人はいつもの脅すようなしぐさで広い袖口をたくし上げ、きつい目つきであたりをにらみつけながら部屋を横切って行った。

アフローシモフ夫人はたしかに恐れられてはいたが、ペテルブルグでは道化扱いされていたので、彼女の発言からも明示をはばかる下品な一言だけが注目されてささやき交わされ、発言のキモはその一言に尽きるということになってしまったのだった。

ワシーリー公爵は近頃とみに自分の言ったことを忘れがちで、同じことを何度も何度も繰り返すようになっていたが、そんな彼は娘のエレーヌを見かけるたびにこう言った。

「エレーヌ、お前にちょっと言っておくことがある」娘を脇に連れていき、握った相手の手を下に引っ張るようにしながら、父親は語り掛けるのだった。「ちょっと小耳にはさんだところでは何か計画があるようだな、ほらあの……分かるだろう。それで、いいかお前、お父さんは心から喜んでいるんだ、お前のその……何をな。お前も随分我慢してきたわけだから……。いいか、お前……自分の心の声に従うことだ。それが私の忠告だよ」そうして相も変わらぬ興奮ぶりを押し隠しながら娘の頬に頬を押し当て、去っていくのだった。

　当代一賢い男という世評を失っていない例のビリービンは、エレーヌの私心のない友であり、魅力的な女性の周辺によくいるような、決して恋人役に昇格することのできない男友達の一人であったが、そのビリービンがあるとき小さな内輪の集まりの席で、親友のエレーヌにこの件に関する自分の見解を表明した。

「お願いよ、ビリービン（エレーヌはビリービンのような男友達をいつも苗字で呼んでいた）」彼女は指輪のいっぱいはまった白い手で相手の燕尾服の袖口に触れた。「妹に教えるつもりで言って下さいな、私はどうすべきかを？　二人のうちどちらを選べばいいの？」

　ビリービンは眉の上部に皺を寄せ、唇に笑みを浮かべて考え込んだ。

「なるほど、それは僕にとって別に藪から棒なご質問ではありませんよ」彼は答えた。「本物の親友として、僕はずっと前からあなたの問題を考えていましたからね。よろしいですか、仮に王子と（つまり若い男性の方と）結婚されれば」彼はここで指を一本折った。「あなたはもう一人の方の妻となる可能性を永遠に失い、おまけに宮廷の不興を買うことにもなるでしょう（ご存知のように宮廷間の縁戚関係も絡んできますからね）。ところが老伯爵の方と結婚されれば、あなたはあの方の晩年の日々に幸せを添え、しかも後には……つまりあなたがあのような大人物の未亡人となったあかつきには、あの王子もあなたとの結婚が身分違いではなくなるでしょうよ」こう言うとビリービンは寄せた皺を伸ばした。

「さすが本当の親友だわ！」うれしそうににっこりと笑ってそう言うと、エレーヌはまた片手でビリービンの袖に触れた。「でも私、お二人とも好きで、どちらも悲しませたくないのよ。お二人の幸せのためには命だって捧げる覚悟よ」彼女は言った。ビリービンは肩をすくめた。そんなに辛《つら》い状況だとしたら、さすがの僕もお助けできませんといった仕草である。

『いやはや見上げた女性だね！　これこそ、妥協のない立論というやつだ。いっぺんに三人の男の妻になってやろうという勢いだよ』ビリービンは内心で思った。

「でもちなみに、ご主人はこのことをどう思っているのですか？」彼は訊ねた。自分の評価は固まっているから、こんな身も蓋もない質問をしても体面を損なう気づかいはないという態度である。「あの方は賛成されますかね？」

「それはもう！　夫は私をとても愛していますからね！」エレーヌは言った。なぜかピエールも自分を愛していてくれるという気がしていたのだ。「私のためなら何でもしてくれますわ」

ビリービンは皺を寄せた。これから警句を飛ばすぞというしるしである。

「離婚さえもね」彼は言った。

エレーヌは笑い出した。

この結婚の目論見の合法性に対して疑義を持った者の一人に、エレーヌの母親のクラーギン公爵夫人がいた。彼女はこれまでずっとわが娘への羨望《せんぼう》の念に苦しんできたのだが、いまや羨望のタネとなっているのが自身の心に一番近しい人物であったため、夫人はどうしても娘の意図に賛同できなかったのである。夫が生きている場合、離婚して再婚することはどの程度可能か――夫人がロシアの司祭にそんな相談を持ち掛けたところ、司祭は、それは不可能であると答え、ありがたいことに、生きた夫と別れて再婚する可能性を正面から否定した（と司祭が思う）福音書の一節を示してくれた。鉄壁と思われるその論理で武装した公爵夫人は、娘が一人でいるところを捕まえようと、朝早く娘のところへ出かけて行った。

母親の反対意見を聞き終えたエレーヌは、そっと嘲《あざけ》りを含んだ微笑を浮かべた。

「だってはっきりと言われていますからね、出されたる女を娶《めと》る者は云々と[21]」年老

21「淫行の故ならで其の妻を出す者は、これに姦淫を行はしむるなり。また出されたる女を娶る者は、姦淫を行ふなり」マタイによる福音書第5章32節（『舊新約聖書文語訳』日本聖書協会）。

いた公爵夫人は言った。

「あらお母さま、馬鹿なことをおっしゃらないで。何も分かっていないくせに。私には立場上、いろいろな義務があるのよ」エレーヌはロシア語からフランス語に変えて言い返した。ロシア語だといつも何か自分の問題が曖昧《あいまい》になる気がするのだった。

「でもあなた……」

「ああ、お母さま、どうしてお分かりにならないの、罪を赦す権利を持っていらっしゃる法王さまが……」

この時エレーヌのお相手役として住み込んでいる女性が、広間の方に殿下がお見えになって、お目にかかりたいとおっしゃっていると伝えた。

「だめよ、お会いできないとお伝えして。お約束を守っていただけなかったので、私がひどく怒っているとね」

「伯爵夫人、どんな罪にも赦しがあってしかるべきですよ」長い顔に長い鼻をした金髪の青年が部屋に入ってきてそう言った。

老公爵夫人は恭《うやうや》しく立ち上がり、腰をかがめて挨拶する。入って来た青年の方は夫人を見向きもしなかった。公爵夫人は娘に一つ頷いてみせると、泳ぐような足取りで戸口へ向かった。

『いや、あの子の言うとおりだわ』老公爵夫人は思った。彼女の信念は王子さまの出現で崩れてしまったのである。『あの子の言うとおりだ。でも、私たちはどうしてそれを知らなかったのだろう、あの二度と戻らない青春時代に？　こんなにも単純なことだったのに』馬車に乗りこみながら老公爵夫人はそんな思いに駆られていた。

八月の初めにはエレーヌの身の振り方はすっかり確定し、彼女は夫に向けて手紙を認《したた》め（夫は自分をとても愛していると彼女は思っていた）、自分が某氏と結婚するつもりであること、および唯一の真正なる宗教に入信したことを告げ、この書状を届ける者の指示に従って、離婚に必要な手続きを滞りなく済ませてほしいという依頼を伝えた。

『なお、私の友であるあなたが、神の聖なる強き庇護のもとにあるよう、お祈りいたします。あなたの友エレーヌ』

この書状がピエールの家に届けられたのは、ちょうど彼がボロジノの戦場にいた時だった。

8章

すでにボロジノ会戦が終わろうとしていた頃、ラエフスキーの砲台から二度目に駆け下りたピエールは、兵士の群れとともに谷沿いにクニャジコヴォに向かった。包帯所までやって来たが、血が見えたり叫び声やうめき声が聞こえてきたりしたので、あわてて兵士の群れに混じってさらに先へ進んだ。

この時のピエールがただひとつ心の底から望んでいたのは、この日一日経験したあの恐ろしい印象群から少しでも早く抜け出していつもの生活環境に戻り、自分の部屋の自分のベッドで安らかに眠ることだった。普段の生活環境に戻ってはじめて、自分自身も、自分がこの目で見て経験したことも理解できるようになる——そんな気がしていた。しかるにその普段の生活環境がどこにもなかったのである。

彼が歩いている道には砲弾や銃弾がうなりをあげて飛来することこそなかったが、周囲の様子はどこもかしこもあの戦場の光景と同じだった。苦しみ、疲れ果て、時に妙に冷淡な表情をした人々の顔も同じなら、流れる血も、兵隊外套も、聞こえてくる射撃音も同じだった。射撃音は遠かったが、それでも恐怖を呼び起こした。これに熱暑と埃が加わっていた。

モジャイスク街道を三キロほど進んだところで、ピエールは道端に座り込んだ。夕闇が地表に降りてきて、砲声も静まった。肘枕をして横たわると、長いことそのままの格好で、すぐ脇の薄暗がりを通って進んでいくたくさんの人影を眺めていた。そうしている間もひっきりなしに、砲弾が恐ろしいうなりを立てて自分に向かって飛んでくる気がして、そのたびにビクッとして起き上がった。ここに来てからどれほどの時間がたったか、覚えていなかった。真夜中になって三人組の兵士が木の枝を引きずってきて彼の脇に場所を占め、焚火を起こし始めた。

兵士たちはピエールを横目で窺いながら火を起こすと、上に小鍋をのせ、乾パンをほぐして入れた上に脂身のかたまりを乗せた。脂っこい食べ物のうまそうな匂いが煙のにおいに混じって漂ってくる。ピエールは起き直ってため息をついた。三人の兵士たちはピエールを無視して食いながら、仲間内で話をしている。

「おい、あんたどこの隊だね？」不意に中の一人がピエールに声をかけてきた。質問はどうやらピエールの気持ちを汲んだもので、つまりお前も食いたいならくれてやるが、ただし自分が真っ当な人間だということを証明しろと言っているのだ。

「俺？　俺か？……」なるべく身分を低く見せて兵士たちにも身近で分かりやすい

人間だと思ってもらわなくてはと感じつつ、ピエールは言った。「俺はもともと義勇隊の将校なんだが、ただ隊は一緒じゃない。戦《いくさ》に来る途中で、仲間とはぐれてしまってね」

「しょうがねえなあ！」兵士の一人が言った。

別の兵士も首を振ってみせる。

「どうだい、一口やるか、もしよけりゃ、ごった煮だがな！」最初の兵士がそう言うと、木の匙を舐めてきれいにしてよこした。

ピエールは焚火のそばに腰を下ろし、鍋の中のごった煮とやらを食べ始めたが、それは彼がこれまで口にしたどんな食べ物よりも美味に思えたのだった。小鍋に覆いかぶさるようにして、山盛りに掬《すく》ったごった煮を何匙も何匙もがつがつと食べている彼の顔を焚火が照らし出していたが、その間兵士たちは黙って彼を見つめていた。

「行先はどこだい？　言ってみな！」また兵士の一人が言った。

「モジャイスクだ」

「どうやらあんた、貴族の旦那だな？」

「そうだ」

「名前は？」

「ピョートル・キリーロヴィチ」

「じゃあ、ピョートル・キリーロヴィチさんよ、一緒に行こうじゃないか、送って行ってやるからさ」

真っ暗闇の中、兵士たちはピエールを伴ってモジャイスク目指して出発した。

モジャイスクに着いて町への急な坂を上り始めたころには、もう雄鶏が鳴いていた。兵士たちと歩みを共にするピエールは、自分の宿があるのは町はずれの坂下であり、もはや通り過ぎてしまっているのをすっかり失念していた。もしも坂の中腹で彼の雇っている馬丁と出くわさなかったなら、彼はそのことをずっと失念したままだったろう（それほどまでにぼんやりしていたのだ）。馬丁は町中主人を捜し歩いたあげく宿へ戻る途中で、夜目にも白く見える帽子でピエールだと気づいたのだった。

「伯爵さま」彼は言った。「もうだめかと思いました。どうしてまた徒歩でなど？いったいどこへおいでになろうというのですか！」

「ああ、そうか」ピエールは言った。

兵士たちは足を止めた。

「というと、部下が見つかったんだな？」一人が言った。

「じゃあ、おさらばだな！　ピョートル・キリーロヴィチ、だったっけ？　あばよ、ピョートル・キリーロヴィチ！」他の者たちの声が言う。

「さようなら」そう答えるとピエールは馬丁とともに宿を目指した。『いや、よ『彼らに礼をしなくては』ふとそう思って彼はポケットに手をかけたが、『いや、よしておけ』と何ものかの声が言った。

旅籠《はたご》では客室に空きがなく、ぜんぶ埋まっていた。ピエールは内庭へと抜けると、頭から外套をかぶって、自分の幌馬車の中に横たわった。

9章

頭をクッションにのせたかと思う間もなく、ピエールはすっと眠りに落ちていくのを覚えた。だが不意に、まるで現実の出来事のようにはっきりとドーン、ドーン、ドーンという砲声が聞こえ、うめき声、叫び声、砲弾の着弾音が聞こえ、血と火薬の臭《にお》いがして、嫌悪、恐怖、死の感覚に捕らえられた。ぎょっとして目を開き、外套のかげから頭をもたげる。内庭はしんと静まり返っていた。ただ門のあたりでどこかの従卒が、庭番と言葉をかわしながらぬかるみをピチャピチャ歩いていく音がする。頭上の、暗い板庇《いたびさし》の陰では、起き上がったピエールの動きに驚いた小鳩たちがバタバタと翼を鳴らした。庭一面に旅籠特有の強い臭い、乾草や堆肥やタールの臭いが漂っていたが、その平和な臭いがこの瞬間のピエールにはうれしかった。二枚の黒々とした板庇の間に澄んだ星空が見えた。

『よかった、あれはもう済んだことなんだ』もう一度頭から外套を被りながらピエールは思った。『ああ、恐怖とはなんと嫌な感情だろう、その恐怖の虜《とりこ》になるなんて、僕はなんと恥ずかしい奴だろう！　だが彼らは……彼らは常に、最後までどっしりと落ち着いていた……』彼は思った。ピエールが彼らというのは兵士たちのことであった。すなわち砲台にいた者たちや、彼にごちそうしてくれた者たちや、聖像《イコン》に祈っていた者たちのことだった。彼らが――あの奇妙な、これまで知らなかった彼らが、ピエールの頭の中で他のすべての者たちからはっきりと、くっきりと際立った存在になっていたのである。

『一兵卒になることだ、ただの一兵卒に！』眠りに落ちながらピエールは考えた。『あの共同の生活に丸ごと浸り、彼らを彼らたらしめているものに全身を貫かれるべきだ。しかしこの役にも立たぬ、忌々しい、上っ面だけの人間きどりの重荷をすべてわが身からかなぐり捨てるには、いったいどうしたらいいんだ？　僕にもそうできそうな時があった。あの父のもとから逃げることもできたんだ、そうしたいと思っていたとおりに。あのドーロホフと決闘した後だって、一兵卒として追放されてもおかしくなかったのだし』ピエールの脳裏に、ドーロホフに決闘を挑んだあのクラブでの会食と、トルジョークで出会った恩人の姿が浮かんだ。すると今度は、フリーメイソンの荘厳な会食集会の様子が浮かんできた。その集会はイギリスクラブで行われたものだった。そこでは誰か見知った、親しい、大切な人物がテーブルの端に座っていた。そう、あの方だ！　恩人だ。『でも、あの方は亡くなったのでは？』ピエールは思った。『そう、死んだんだ。でも、生き返っているとは知らなかった。あの方が亡くなったのは、何と悔やまれることだろう。そしてまた生き返ったのは、何と喜ばしいことだろう！』テーブルの片側に座っていたのはアナトール、ドーロホフ、ネスヴィツキー、デニーソフ他これに類した面々だった（これらの者たちのカテゴリーは、彼が彼らと呼んだ者たちのカテゴリーと同じく、ピエールの夢の中ではっきりと規定されていた）。そしてその者たちは、アナトールもドーロホフも、大声で叫び、歌っていた。ただその叫びの背後から、ひたすら語り続ける恩人の声が聞こえる。その声は戦場のどよめきのごとく物々しく絶え間ないものだったが、心地よく人を癒す声だった。ピエールには恩人の言っていることは理解できなかったが、しかし（夢の中では思想のカテゴリーもまたはっきりしていたので）恩人が善について、彼らのような者になる可能性について語っているのは分かっていた。そしてその彼らが、素朴で善良な、毅然たる顔つきで、四方から恩人を取り巻いていた。だが善良な彼らもピエールには見向きもせず、知らん顔をしている。ピエールは彼らの注意を引きつけて、何か言いたいと思った。身を起こしかけたが、とたんに足がひやっとしてむき出しになった。

決まりが悪くなって、手で足を隠す。本当に外套が足からずり落ちていた。外套を掛けなおす間、ピエールは一瞬目を開いて、さっきと同じ板庇を、柱を、内庭を目にしたが、今やそのすべてが青みがかった明るみを帯びて、露か霜で一面キラキラしていた。

『夜が明けるんだ』ピエールは思った。『しかしそんなことはどうでもいい。恩人の言葉をしっかり聞き届けて理解しなくては』彼はまた外套にくるまったが、しかし会食集会も恩人も、もはや姿を現さなかった。浮かんできたのはただ、誰かが口にしたのかもともと自分で考えていたのかはともかく、はっきりと言葉で表現された一つの思想だった。

後になってこれらの思想を思い起こしながらピエールは、それがこの一日の印象群によって呼びおこされたものであるにもかかわらず、誰か自分以外の者が自分に語り掛けてきた思想にちがいないと思った。目覚めている時の自分には、そんなふうに考え、自分の思想を表現する力はなかった気がしたからである。

『戦争とは神の掟に対する人間の自由の、この上なく困難な服従である』声が語っていた。『純朴さは、神への従順さを意味する。神から逃れることはできない。それ故に彼らは純朴である。彼らは語ることなく、ただひたすら行う。語られた言葉は銀であり、語られぬ言葉こそ金である。死を恐れている限り、人間は何一つ得ることができない。死を恐れぬ者は、全てを手にする。もしも苦しみがなければ、人間は自分の限界に気付かず、自分自身を知ることもないだろう。最も難しいのは（ピエールは夢の中で考え続けていた、もしくは聞き続けていた）自分の心のうちですべてのものの意味をうまく統一することだ。すべてを統一するだって？』ピエールは自問した。『いや、統一するんじゃない。いろんな思想を統一するなんて不可能だから、そうした思想をすべてつなげていくのだ――それこそが肝心だ！　そう、つなぐべきだ《ソプリャガーチ・ナーダ》、つなぐべきなんだ！』まさにこうした言葉で、唯一こうした言葉でこそ自分が言いたかったことが表現され、自分を苦しめていた問題が解決されるのを感じながら、ピエールは内心有頂天になって胸の内で繰り返すのだった。

「そう、つなぐべきだ、つなぐべき時なんだ」

「馬をつながなくては《ザブリャガーチ・ナーダ》、そろそろつなぐ時間ですよ、伯爵さま！　伯爵さま」誰かの声が繰り返す。「つながなくては《ザブリャガーチ・ナーダ》、そろそろつなぐ時間ですよ……」

馬丁がピエールを起こそうとして呼びかけているのだった。日光がじかにピエールの顔を照らしていた。汚い旅籠に目を遣ると、中央の井戸のところで兵士たちが痩せた馬に水を飲ませており、門からは荷馬車が出て行くところだった。ピエールはうんざりした気分で目をそらすと、目をつぶり、あわててまた幌馬車の座席に倒れ込んだ。『いやだ、あんなものはいらない、見たくもないし分かりたくもない。寝ている間に示されたことを理解したいのだ。あと一秒もあれば全部分かったことだろうに。しかし一体どうすべきなのか？　つなぐといっても、どうしたら全部がつながるのだろう？』自分が夢の中で見て考えたことの意味がそっくり崩れ去ったのを感じて、ピエールは愕然としたのだった。

馬丁と御者《ぎょしゃ》と庭番が口々にピエールに話したところでは、将校が一人訪ねてきて、フランス軍がモジャイスクのすぐそばまで来ており、わが軍は撤退を始めたと告げたとのことだった。

ピエールは起き上がると、馬車の仕度をして後から追ってこいと言い置いて、自分は町を突っ切る道を歩き始めた。

軍は町を出て行く際に、およそ一万の負傷兵を残していこうとしていた。その負傷兵たちの姿が家々の庭にも窓辺にも見え、通りにも群れを成していた。通りには負傷兵たちを運んでいくはずの荷馬車が並んでいたが、その周囲では叫び声や罵り声、それに殴り合いの音が聞こえた。ピエールは自分に追いついてきた幌馬車を顔見知りの負傷した将軍に提供し、相乗りでモスクワを目指して出発した。道中ピエールは義兄アナトールの死とアンドレイ公爵の死を知った。

10章

三十日にピエールはモスクワに帰りついた。すると市の関門のすぐそばで、モスクワ総司令官ラストプチン伯爵の副官に出会った。

「あなたのことを探しまわっていたところですよ」副官は言った。「伯爵がどうしてもあなたさまにお会いしたいとのことで。極めて重要な用件で、即刻ご足労願いたいと申しております」

ピエールは家にも寄らず辻馬車を雇うと、総司令官のもとへと出かけて行った。

ラストプチン伯爵はこの朝、郊外のソコーリニキ[22]にある別荘から市内に戻ったばかりだった。伯爵の家では玄関の間も応接室も役人たちでいっぱいだった。伯爵に呼ばれてきた者もいれば、指示をうかがいにやって来た者もいた。ワシーリチコフとプラートフはすでに伯爵と面会して、モスクワの防衛は不可能であり、モスクワは明け渡されると伝えていた。この知らせは住民には伏せられていたが、役人たち、つまりいろんな役所の長たちは、モスクワが敵の手に渡ることをラストプチン伯爵と同じように知っていた。それで彼らは責任逃れをするために、それぞれ任されている部署をいかに処理すればよいかという指示を仰いでおこうと、総司令官のもとへやって来たのだった。

ピエールが応接室に入っていくと、ちょうど軍の急使が伯爵の部屋から出てくるところだった。

皆が一斉に投げかける質問をにべもなく片手を振ってはねつけると、急使は広間を突っ切って去っていった。

応接室で待つ間、ピエールは疲れた目で部屋にいる様々な人々を見回してみた。老

22　モスクワ北東部の地区で、この当時は郊外だった。
23　イラリオン・ワシーリチコフ（一七七七～一八四七）。少将でラエフスキー指揮下の歩兵師団長。

人も若者も、武官も文官も、官位の高い者も低い者も交じっている。誰もが不満と不安を抱えているように見えた。ピエールはある役人たちのグループの近くに移った。顔見知りが一人交じっていたからである。ピエールとあいさつを交わすと、役人たちはまた元の会話を続けた。

「いったん町から出してまた元へ戻す――それで何の問題もありません。それにこんな状況では、何一つ責任は負えませんしね」

「でもほらこんなふうに、あの方は書いていますよ」別の役人が手に持った印刷物を示しながら言った。

「それは別問題ですよ。民衆にはそういうものが必要なんです」最初の役人が言った。

「何ですか、それは?」ピエールは訊ねた。

「ほら、新しいビラが出たんですよ」

ピエールはビラを手に取って読み始めた。

『クトゥーゾフ大公爵は、接近中の援軍と速やかに合流するために、モジャイスクを通過して敵の急襲を受けない堅固な場所に陣を据えた。当地からそこへ四十八門の砲及び弾薬が送られ、大公爵は最後の血の一滴を振り絞ってでもモスクワは死守する、市街戦もいとわないとおっしゃっている。市民諸君、役所が閉じたからといって意に介さぬように。整理のための措置にすぎないのだ。われわれはあの悪党どもにきっちりと裁きを下す所存である！　その時が来たら、私は町からも村からも精鋭の力を必要とするだろう。決行の二日ばかり前に召集をかける。今はまだ必要がないので、私も黙っているところだ。武器は斧でいいし、熊狩りの二叉槍《ふたまたやり》でも悪くないが、一番好ましいのは三叉の熊手だ。フランス人はライ麦の束ほどの重さもないからだ。明日の昼過ぎ、私はイヴィロンの生神女の聖像《イコン》を掲げて、戦傷者の慰問にエカテリーナ記念病院を訪れる。水の清めの儀式を行おう。そうすれば負傷者たちも速やかに回復するだろう。私自身も今は元気である。片目を患っていたが、今では両目ともよく見える』

「軍人の諸君から聞いたのですが」ピエールは言った。「市街戦というのはまったく無理で、しかも陣地が……」

「そう、まさにそのことを今話していたんですよ」最初の役人が言った。

「これはどういう意味です――片目を患っていたが、今では両目ともよく見える、とは？」

「ラストプチン伯爵はものもらいができていたんですよ」副官がニッと笑って言った。「それで、伯爵さまはどうなさったのか皆が訊ねに来ていると申し上げたら、たいへん動揺されましてね。で、あなたこそどうなさいました、ベズーホフ伯爵」不意に副官が笑みを含んだ声でピエールに向かって言った。「何かご家庭でご心配事があるように伺いましたが？　伯爵夫人が、つまり奥さまがどうかされたとか……」

「僕は何も聞いておりませんが」ピエールは平然と言った。「それで、どんなことをお聞きになったのです？」

「いや別に、まあ、人はよくあることないこと言いますからね。私はただ、ちらりと耳にしたというだけで」

「いったい何を耳にされたのですか？」

「いや噂によれば」またさっきと同じ笑みを浮かべて副官が言った。「伯爵夫人が、つまり奥さまが、国外に出ようとされているとか。まあ、与太話《よたばなし》でしょうが……」

「ありうることです」ぼんやりと周囲を見回しながらピエールは言った。「おや、あれは誰ですか？」パリッとした青い羅紗《ラシャ》の町人コートを着た背の低い老人を指さして、彼は訊ねた。雪のように真っ白な顎鬚《あごひげ》と、同じく真っ白な眉をした、血色のいい人物である。

「あれですか？　あれは商人ですよ、というか酒場の経営者で、名はヴェレシチャーギン。もしかしてあの宣伝ビラの件をお聞き及びではないですか？[24]」

「ああ、するとあれが例のヴェレシチャーギンですか！」老いた商人の毅然とした落ち着き払った顔に裏切り者の片鱗を読み取ろうと、食い入るように見つめながらピエールは言った。

「あれは本人ではありません。あれは例の宣伝ビラの作者の父親です」副官は言った。「息子の方は監獄に入っていますが、きっとひどい目に遭うことでしょう」

星形勲章を付けた一人の小柄な老人と、十字章を首にかけたドイツ人の役人が、話の輪に近寄ってきた。

「いやはや」副官は物語るのだった。「こいつは厄介な事件でしてね。二か月ほど前、例の宣伝ビラが明るみに出たんですよ。ラストプチン伯爵に報告が行くと、伯爵は捜

24　モスクワの商人ヴェレシチャーギンの息子が対ロシア戦の勝利を宣言したナポレオンの書簡と演説をハンブルクのフランス語新聞から翻訳し、流布して反逆罪を宣告された事件で、注18の郵便局長クリュチャリョーフの一件と関連している。ヴェレシチャーギンは後に民衆に引き渡されて処刑されたが、その経緯は本巻第3部第3編25章で語られる。

査を命じられた。そこでガヴリーロ・イワーヌィチが捜査したところ、宣伝ビラはちょうど六十三人の人間の手から手へと渡っていたわけです。うち一人の人物を訪ねていって、誰からもらったのかと訊ねると、これこれの人間からと答える。その人間のところへ行って、誰からもらったのかと訊ねる、といったふうにして、回り回ってヴェレシチャーギンにたどり着いたわけですが……これがなんと、ろくに学校にも行っていない商人の小せがれで、まあその、たわいもないぼんぼんなんですね」副官は苦笑して言った。「そいつを、誰からもらったのかと問い詰めたわけです。そこで肝心なのは、こちらには相手が誰からもらったのか分かっているということです。だって、例の郵便局長以外にあり得ませんからね。しかし奴らの間には口裏合わせが出来上がっていたのでしょう。誰からももらっていません、自分で書きました、という返事です。それからはもう脅してもすかしても、自分で書きましたの一点張り。で、そのままラストプチン伯爵に報告が行くと、伯爵は本人を召喚しろとのご命令。そこで御自ら『お前は誰から宣伝ビラをもらったのだ？』と訊ねられましたが、『自分で書きました』という返事です。それが、相手はあの伯爵ですよ！」副官は得意さとうれしさの混じった笑みを浮かべて言った。「もうかんかんになってしまいましたが、それも当然ですね。とにかく、この無礼者、嘘つき、強情もののめが！……というわけですよ」

「そうか！　伯爵はあのクリュチャリョーフの名前を引き出す必要があったわけですね、分かりますよ！」ピエールは言った。

「そんな必要は全くありません」副官がうろたえたように言った。「クリュチャリョーフにはそうでなくても罪状が揃っていて、それで追放になっているのですから。問題はまさに伯爵がかんかんになってしまったことです。『お前ごときにどうして書ける？』伯爵はそう言って、テーブルの上にあった例の『ハンブルク新聞』をつかみました。『ほらこれだ。お前は自分で書いたんじゃない、訳したんだ。しかもひどい訳しっぷりだ。フランス語もろくに知らないくせに、この間抜けが』それで相手はどうしたと思います？『いいえ、新聞など何一つ読んでいません、自分で書いたのです』と言い張るのです。『そうか、そう言い張るなら、お前は売国奴として裁判にかける、そうすれば絞首刑だぞ。言ってみろ、誰からもらった？』『新聞なんか読んでいません、自分で書きました』というわけで、ついに平行線のまま。伯爵は父親まで呼びつけましたが、自分の言うことを曲げないのです。そこで裁判にかけて、判決は確か懲役刑になりました。[25] この度《たび》は父親が息子の嘆願に来たわけです。しかしやくざなガキですな！　だいたいがああした商人の小せがれときたら、しゃれ者で女たらしのくせに、それがひょいとどこかで講演でも聞くと、もう不屈の反逆者にでもなった気でいるんですから。父親はあのカーメンヌィ橋のたもとで酒場をやっていて、その酒場には、いいですか、主なる神の巨大なイコンがかかっていて、片手には王笏《おうじゃく》を、もう片手には十字架つきの黄金球［帝王のしるし］を持っている姿なのですが、あの青年はそのイコンを何日か家に持ち帰って、そして何をしでかしたと思いますか！やくざな絵描きを見つけてきて……」

11章

この新しい話の真っ最中に、ピエールはモスクワ総司令官のもとに呼ばれた。ピエールはラストプチン伯爵の執務室に入っていった。ちょうど渋い顔つきをしたラストプチンが、片手で額や目のあたりを擦《こす》っているところだった。背の低い男が何やら話しかけていたが、ピエールが入っていくと、ぴたりと口を閉じて出て行った。

「やあ！　ようこそ、偉大なる戦士君」男が出ていったとたんラストプチンはそんな挨拶をしてきた。「武勇伝はうかがっておりますよ！　でも用件はそれじゃありません。君、ここだけの話だが、君はフリーメイソンですね？」ラストプチン伯爵は厳しい口調になった。まるでフリーメイソンであるのが何か悪いことであって、ただしお目こぼししてやってもいいぞ、とでも言いたいかのようである。ピエールは黙ったままだった。「いいかね君、私にはすっかり分かっているのですよ。いやもちろん、フリーメイソンにも色々いるでしょうし、おそらく君は、人類救済にかこつけてロシアを滅ぼそうとするような、そんな連中の仲間ではないと思いますがね」

「おっしゃる通り、僕はフリーメイソンです」ピエールは答えた。

「なるほど、やっぱりね。そこでだが、恐らく君も知っているとおり、あのスペランスキーとマグニツキーはしかるべき場所へ追放されました。あのクリュチャリョーフ氏も同じ目に遭っているし、ソロモンの神殿を建てるという名分のもとに自分の祖国の神殿を破壊しようとする残余の者たちも、皆同列に処分されています。お分かりいただけるでしょうが、これにはそれなりの根拠があります。つまり仮に当地の郵便局長が有害な人物でなかったならば、私が彼を追放できるはずがないのです。さてこのたび耳にしたところでは、君はあの人物が町を出るための馬車を提供したうえに、

25　一八一二年八月十九日付の元老院によるヴェレシチャーギンへの宣告は、ネルチンスクでの無期懲役プラス鞭打ち刑だった。

保管するようにと書類まで受け取ったそうじゃないですか。私は君が気に入っていますし、君にとって悪いことは望みません。むしろ倍も年上の身として、父親になったつもりで忠告するのですが、あの種の人間とは一切関係を断ちなさい。そうしてご自分もなるべく早いうちにここを出て行くのです」

「しかし、伯爵、あのクリュチャリョーフにいったいどんな罪があるというのですか？」ピエールは訊ねた。

「それは私が知っていればいいことで、君が私に訊ねるべきことではない」ラストプチンは声を張り上げた。

「もしもナポレオンの宣伝ビラを頒布したというのが罪状でしたら、それはまだ証明されていませんし」ピエールは（ラストプチンに目もくれずに）言った。「それにヴェレシチャーギンも……」

「そいつこそ本命だ」急に顔を曇らせてピエールを遮ると、ラストプチンはさっきよりもさらに声を張り上げた。「ヴェレシチャーギンは裏切り者で売国奴であるがゆえに、しかるべき刑を受けることになる」ラストプチンの言葉には、侮辱されたことを思い起こした人間の憤りがふつふつと煮えたぎっていた。「ともかく私が君を呼んだのは、別に自分の仕事をとやかく言ってもらうためじゃない。君に忠告を与えるためだよ。もしそう言ってほしければ、命令をな。クリュチャリョーフのような連中とはすっぱりと縁を切って、ここから出て行きたまえ。つまらぬ考えはこの私が頭から叩き出してやる、相手がだれであろうとな」ここでハッとわれに返った様子のラストプチンは、まだ何の罪も犯していないピエールを怒鳴りつけている感じになってしまったのに気づいたのだろう。彼はピエールの手を優しくつかむと、こう付け加えた。「全社会的な災厄が目の前に差し迫っているせいで、私も誰彼かまわず愛想よくお相手するような余裕はないんですよ。まったく、時には目が回るようですからな！　そこで、君、君個人はこの先どうするつもりですか？」

「別に何も」相変わらず目も上げず、考え込んだような表情も変えずにピエールは答えた。

伯爵は渋い顔をした。

「君に友人として忠告しておこう。さっさと出て行きなさい、私が言いたいのはそれだけだよ。肝に銘じておくんだね！　じゃあ行きたまえ。ああ、そうだ」すでにドアの外に出ていたピエールに彼は大声で言った。「君の奥方がイエズス会の神父たちの手に落ちたというのは本当かね？」

ピエールは返事もせず、一度として人に見せなかったような険しい怒りの表情でラストプチンのもとを辞去した。

帰宅したのはすでに日暮れ時だった。この晩、彼のもとには八名ほどの雑多な人物が出入りした。ある委員会の書記、彼が寄付した大隊の隊長、支配人、執事、いろんな請願者たちである。誰もがピエールに用事があり、ピエールはそれを解決してやらねばならなかった。だがピエールはそうした用件を何一つ理解できず興味も持てぬまま、何を問われてもただひたすら、問いかける相手を厄介払いできるような答えをするばかりだった。ようやく一人きりになると、彼は妻の手紙の封をはがし、目を通した。

『彼ら──あの砲台にいた兵士たち、アンドレイ公爵が戦死した……あの老人……純朴さとは神に対する従順さだ。苦しまなくてはならぬ……万物の意味……つなげなくては……妻が結婚する……忘れ、そして理解しなくては……』そのまま彼はベッドに近寄ると、着替えもせずに倒れ込み、すぐさま眠りに落ちた。

翌朝目を覚ますと、執事がやって来て、ラストプチン伯爵のところから特別に警察官が派遣されてきて、ベズーホフ伯爵は町を出たか、それとも出ようとしているところかと確認されました、と報告した。

客間では用事をかかえた様々な訪問者が十名ほど、ピエールを待っているという。ピエールは手早く着替えを済ませると、自分を待っている者たちのもとへは行かずに、裏の外階段へと向かい、そこを通って門を出ていった。

この時以降モスクワが崩壊し尽くす時まで、ベズーホフ家の者たちが八方手を尽くして探し回ったにもかかわらず、誰一人ピエールを見かけた者もなく、彼の消息を知る者もなかったのである。

12章

ロストフ一家は九月一日まで、つまり敵がモスクワに入ってくる前日まで、町に残っていた。

ペーチャがオボレンスキー・コサック連隊に入隊して、同連隊が編制されていたベーラヤ・ツェルコフィへと出立した後、老伯爵夫人はふと恐怖に見舞われた。自分の息子が二人とも戦地にいる、二人とも自分の翼の下から去っていった、そして今日明日にもどちらかが、あるいは二人そろって（ちょうど知人の女性の三人の息子がそうだったように）戦死してしまうかもしれない——そんな思いが今、この夏、はじめて容赦なくはっきりと夫人の頭に浮かんだのだった。夫人はニコライを手元に呼び寄せようとしてみたり、ペーチャのもとに出かけていこうとしたり、彼をペテルブルグのどこかに勤務させようと算段したりしたが、いずれも不可能だと分かった。ペーチャの方は、連隊ごと呼び戻すか、あるいは別の実戦部隊に転属させるという手段でも使わない限り、呼び戻すことはできない相談だった。ニコライの方は軍のどこかにいて、最後の手紙に公爵令嬢マリヤとの出会いを事細かに書いてきたが、それ以来一切音沙汰はなかった。伯爵夫人は眠れぬ夜々を過ごし、やっと眠りに落ちたかと思うと、息子たちが死ぬ夢を見るのだった。何度となく相談やら交渉やらを重ねたあげく、ついに夫の伯爵が妻の心を鎮める手段を思いついた。彼はペーチャをオボレンスキー連隊から、モスクワ郊外で編制中のベズーホフ［ピエール］の連隊へと転属させたのだ。ペーチャが軍務に就いているという点は変わりなかったが、この転属のおかげで伯爵夫人は少なくとも息子の一人を自分の翼の下に見る喜びを得られることとなり、さらには二度とこの子をよそにやらなくてもいいように、この先も常に、夢にも実戦などには加わらぬような場所に勤務させたいと希《ねが》うのだった。ニコライ一人が危険に身をさらす立場にいたころは、伯爵夫人は、自分はすべての子供のうちで長男のことを一番愛していると思っていた（夫人はそのことを疚《やま》しくさえ思っていたものだ）。

ところが末っ子のわんぱく坊主で、勉強嫌いのうえに家のものは壊し放題、みんなを辟易《へきえき》させていたペーチャが、獅子鼻でお茶目な黒い目、艶々と血色のいい頬にうっすらと産毛《うぶげ》が生えたばかりのあのペーチャが、なんだか戦争ばかりしていて、しかもなんだかそれを楽しんでいるような、大人ばかりのむくつけき、残忍な男たちの世界へ行ってしまうと、母親にはその子こそ自分が一番、他のどの子より飛びぬけて愛していた子供だったと思えてきたのだった。その待ち望んでいるペーチャがモスクワへ帰還するはずの日が近づけば近づくほど、伯爵夫人の不安はますます募《つの》っていった。すでに彼女は、そんな幸せはついに味わえないのではないかと思うようになっていたのだ。ソーニャばかりか愛するナターシャも、夫でさえも、そばにいると伯爵夫人の苛立ちを募らせた。『こんな者たちには用はない、私にはペーチャの他は誰も要らない！』と夫人は思うのだった。

八月も終わるころになって、ロストフ一家はニコライの第二の手紙を受け取った。軍馬の調達に派遣されたヴォロネジ県から出されたものだった。その手紙を読んでも伯爵夫人は安心できなかった。一人の息子が危険でない場所にいると分かると、なおさらペーチャのことが心配になったのである。

八月二十日の声を聞くと、もはやほとんどすべての知人たちがモスクワを出ており、皆が口をそろえて伯爵夫人に一刻も早く出立するようにすすめたにもかかわらず、夫人は秘蔵っ子のかわいいペーチャが戻ってくるまではといって、出立の話には一切耳を貸そうとしなかった。八月二十八日にそのペーチャが戻って来た。迎えた母親の異様に熱烈な、べたべたした歓迎ぶりは、十六歳の将校のお気に召さなかった。母親は、もう二度と自分の翼の下からこの子を離すまいという意図を隠してはいたのだが、ペーチャの方は母の腹の内を悟って、うっかり母親とべたべたして女々《めめ》しい軟弱者に堕してしまったら大変と（これは彼の心の声だった）本能的な恐怖を抱き、母親を冷たくあしらって近寄らず、モスクワ滞在中はもっぱらナターシャと付き合っていた。ナターシャに対しては、彼はいつも特別な、ほとんど恋する者にも似た、弟としての愛情を抱いていたのだった。

いつものんきな伯爵らしく、八月二十八日になっても出立の用意はいまだ何一つできておらず、リャザンとモスクワの村から来る予定になっていた全家財搬出のための荷馬車が届いたのは、ようやく三十日のことだった。

二十八日から三十一日にかけて、モスクワ中があたふたと動き回っていた。連日ドロゴミーロフ関門に何千というボロジノ戦の負傷者たちが運び込まれては町のあちこちに搬送され、そうして住民や家財をのせた何千台もの荷馬車が、他の関門から出て行った。ラストプチンのビラにもかかわらず、あるいはビラとは無関係にというべきか、ビラのおかげでというべきか、互いにひどく矛盾し合う奇妙なニュースが町中に伝わっていた。誰一人町から出すなという指令が出ていると言う者もいれば、反対に、聖像《イコン》はすべて教会から運び出され、住民も全員強制的に退去させられると語る者もいた。ボロジノ戦の後また戦闘があり、フランス軍が撃破されたと言う者もいれば、それどころかロシア軍は全滅したと言う者もいた。モスクワの義勇隊が聖職者たちを先頭に立てて三ツ丘《トリ・ゴルイ》に向かうという話をする者もいれば、アウグスティン主教が退去を止められたとか、裏切り者たちが逮捕されたとか、百姓たちが反乱を起こして町を出て行く者たちからものを奪っている、等々といった噂をする者もいた。しかしこれはみなただの話であり、本音のところでは、出て行く者たちも残っている者たちも（モスクワ放棄を決めたフィリの会議はまだ行われていなかったにもかかわらず）、皆、口には出さずとも感じ取っていたのだ――モスクワは必ずや明け渡されることになるゆえ、一刻も早くここから立ち去り、自分の身と自分の財産を守らねばならないということを。すべてが一挙にはじけ飛び、一変することは必定と思われたが、しかし九月一日まではまだ何一つ変化はなかった。刑場へ引かれていく罪人が、じきに自分は死ぬのだと知りながら、相変わらず周囲をじっくり見まわしたり、曲がった帽子を直したりしているのと同じように、モスクワの人々も、慣れ親しんできた約束事の生活基盤がそっくり吹っ飛んでしまうような破滅の時が迫っているのを知りながら、なんとなく普段の生活を続けていたのだった。

モスクワが占領される前のこの三日間を、ロストフ家の者たちは全員、それぞれの気がかりにかまけて過ごしていた。家長のイリヤ伯爵は、ひっきりなしに市内を馬車で回っては、あちこちで噂話を集めたかと思うと、家では出立の準備と称して、大雑把で上っ面な、しかもせわしい指図を与えるのだった。

伯爵夫人は家財整理の監督にあたっていたが、何もかも気に食わぬことだらけで、絶えず自分を避けまくっているペーチャを追いかけ、ずっとペーチャと一緒にいるナターシャに焼きもちを焼くのだった。一人ソーニャだけが実務的な方面の作業、すなわち荷造りを指揮していた。ただしソーニャはこのところずっと、目立って寂しげで口数も少なかった。ニコライが公爵令嬢マリヤとの出会いを手紙に書いてよこしたとき、伯爵夫人が彼女のいる前で、マリヤさんとニコライが出会うなんてまるで神さまの配剤のように思えると、うれしそうに述懐したのである。

「ボルコンスキーさんがナターシャに求婚した時には」と伯爵夫人は言うのだった。「ちっともうれしいとは感じなかったけれど、ニコライがあの公爵家のお嬢さんと結ばれるのは、いつだって願っていたし、その予感もあったのよ。本当にそうなってくれたらどんなにすてきでしょう！」

ソーニャはまさにその通りだと感じた。つまりロストフ家の財政を立て直す唯一の可能性は、裕福な女性と縁組みすることであり、公爵令嬢マリヤは好ましい相手だと感じたのである。ただしそれは彼女には極めて辛い認識だった。自らの悲哀にもかかわらず、あるいはおそらく自らの悲哀ゆえに、彼女は最も面倒な仕事である整理と荷造りの指図をわが身に引き受け、毎日朝から晩まで忙しくしていた。伯爵も伯爵夫人も、何か指示するべきことがあるときには、まず彼女に言うのだった。反対にペーチャとナターシャは、両親の手伝いをしようとしないばかりか、たいていは家中の者を煩わせ、邪魔してばかりいた。家の中では一日中ドタバタ騒ぎが続き、叫び声やわけもない高笑いが響いていた。二人がゲラゲラ笑って楽しんでいるのは、決して笑う理由があるからではなかった。むしろ喜ばしく愉快な気持ちが胸にあふれているせいで、何があってもそれが喜びと笑いのタネになったのだ。ペーチャが愉快にしているのは、家を出て行った時にはまだ子供だった自分が、帰って来た時には（皆に言われたように）立派な男になっていたからだった。彼はこうして家にいることがうれしかったし、またベーラヤ・ツェルコフィにいたままなら戦闘に出る望みはまだ先のことだったのに、こうして近日中に戦いが始まろうとしているモスクワに来ることができたのもうれしかった。そして何よりも大きな喜びのタネは、ナターシャが楽しそうにしていることだった。彼の気分はいつだってこの姉の気分次第だったからである。ナターシャが快活にしているのは、あんなにも長いこと沈んだ気分でいた末に、今ようやく自分の悲しみのタネを思い起こさせるものがなくなり、そして自分が健康になったからだった。もう一つ、彼女の快活さの原因は、自分を賛美してくれる人がいることで（人々の賛美というのは、彼女の中の機械が完全に自由な働きをするために不可欠な、歯車のグリースのようなものだった）、ペーチャがその賛美者だった。そして二人がはしゃいでいる一番大きな理由は、戦争がモスクワの間近に迫っていて、やがて関門での戦闘が起こり、武器が配られるだろうこと、皆が奔走し、どこかに逃げ出そうとしていること、すなわち全体として何か並々ならぬ出来事が起ころうとしていることだった。そうしたことはいつだって人間にとって、とりわけ若い人間にとって、わくわくすることなのである。

13章

八月三十一日土曜日、ロストフ家はまさに上を下への大騒ぎだった。ドアはすべて開け放たれ、家具はすべて運び出され、あるいは脇に寄せられ、鏡も絵も外されていた。どの部屋にも長持《ながもち》が並び、乾草や包装紙や縄紐がころがっていた。荷物を運び出す百姓や召使たちが、どしどしと寄木の床を歩き回っている。内庭には百姓たちの荷馬車がひしめき、中にはすでに荷を積んで縄をかけられたものもあれば、いまだ空っぽのものもあった。

おびただしい数の召使たちと荷車を運んできた百姓たちの声と足音が、互いに呼び交わすように庭にも家の中にも響いていた。伯爵は朝からどこかへ出かけていた。伯爵夫人は気苦労と騒音のせいでひどい頭痛が出たため、酢で湿した布を頭に巻いて、新しい休憩室で横になっていた。ペーチャは家にはいなかった（出かけた先は友人のところで、その友人と一緒に義勇隊から実戦部隊へと移る算段をしていたのである）。ソーニャは広間にいてクリスタルや陶の器の梱包に立ち会っていた。ナターシャは取り散らかった自室の床に、投げ出されたままのドレスやリボンやショールに囲まれて座り込み、古い舞踏会用のドレスを手にしたまま、じっと床を見つめていた。そのドレスは(すでに型は流行遅れになっていたが)彼女が初めてペテルブルグの舞踏会に出た時に着ていたものだった。

皆が大忙しの時に家にいながら何もしないのは疚《やま》しい気がしたので、朝から何度か仕事に手を出そうとしてはみたのだが、どうにもこの用事は気が乗らなかった。ナターシャは何か本気になって全力で取り組むようなことでなければ、やる気も力も出ない性分なのだ。ソーニャが陶器の梱包を仕切っているのをしばし傍観した後で、手伝おうとしてみたが、すぐに放り出して自室に戻り、自分の荷づくりにとりかかった。それもはじめのうちは、自分のドレスやリボンを小間使いたちに分けてやるのを楽しんでいたが、それがすんで、結局は残ったものを梱包しなければならないという段になると、それがつまらない仕事に思えてきた。

「ドゥニャーシャ、あなた荷造りしてくれない? いいわね? いいでしょ?」

頼まれたドゥニャーシャが、すべてやっておきますと機嫌よく請け合うと、ナターシャは床に座り込んで古い舞踏会衣装を手に取ったまま、当面考えるべきこととはおよそかけ離れた事柄に、じっと思いを巡らし始めたのだった。ナターシャをこのもの思いから呼び覚ましたのは、隣の女中部屋から聞こえてくる女中たちの話し声と、彼女たちが部屋から裏口階段へと駆けだして行く、あわただしい足音だった。ナターシャは立ち上がって窓の外を見た。見ると通りに、負傷兵を搬送する馬車の長大な列が止まっていた。

女中、従僕、女中頭、乳母、料理人、御者、先導御者、料理見習い人たちが、門のところに立って負傷者たちを眺めている。

ナターシャは白いハンカチを髪にかぶせると、両手でその端を押さえながら通りに出て行った。[26]

元女中頭だった年寄りのマヴラ・クズミーニシナが、門のところにいる集団から離れて、筵《むしろ》で幌馬車風に仕立てた荷馬車に近寄って行くと、荷馬車に横たわっている若い、青白い顔の将校と話をかわした。ナターシャは何歩か進んでいったところで立ち止まると、ハンカチをおさえた格好のまま、元女中頭の会話に耳を傾けた。

「何ですって、するとあなたさまはモスクワにどなたも身寄りの方がいらっしゃらないのですか？」マヴラ・クズミーニシナが話しかけていた。「どこかに宿でも取られれば落ち着かれることでしょうが……。もしなんでしたら、うちにいらっしゃいま

26　外出時、女性は髪を隠すのがマナーだった。

せんか。ご主人方は出て行かれるところですし」

「さてどうでしょう、許可がもらえるでしょうか」将校はか細い声で答える。「ほら、あそこに隊長殿がいます……訊いてみていただけませんか」彼は馬車列の脇を通って通りを戻って来る太った少佐を指さした。

ナターシャは負傷した将校の顔を怯えたような眼でのぞき込むと、すぐさま少佐を迎える形で歩み寄って行った。

「負傷兵の方を家にお泊めしてよろしいでしょうか?」彼女は訊ねた。

少佐はにっこり笑い、帽子の庇に手をやって敬礼する。

「誰をご所望ですかな、お嬢さま?」目を細めて笑みをうかべたまま彼は言った。

ナターシャが動じずに同じ質問を繰り返すと、相変わらずハンカチの端を手で押さえたままだったにもかかわらず、その顔といい、態度といい、あまりにも真剣だったので、少佐も笑うのをやめ、まずは、そんなことがどの程度可能だろうかと自問するように考え込んでから、応諾の答えを返してきた。

「ああ、なるほど、いやもちろん、結構ですよ」彼は言った。

ナターシャは軽く一礼すると、将校に覆いかぶさるように立って哀切な調子でいたわりの言葉をかけているマヴラ・クズミーニシナのところに、足早に戻って行った。

「だいじょうぶよ、あの人が結構ですって言ったから！」ナターシャは小声で告げた。

将校は幌をかぶせた荷馬車に乗ったまま通りを外れてロストフ家の邸内に入り、同じく負傷兵を乗せた何十台かの荷馬車も、次々と町の住民たちの招きを受けて、ポヴァルスカヤ通りの家々の邸内に引き入れられ、車寄せへと導かれていった。日常生活の規範を外れて見知らぬ人々を迎え入れるこうした態度が、どうやらナターシャの気に入ったようだった。彼女はマヴラ・クズミーニシナと一緒になって、できるだけたくさんの負傷兵たちを自宅の邸内に招き入れようと努めた。

「でもやはり、お父さまにご報告しておかなくてはなりませんね」マヴラ・クズミーニシナが言った。

「大丈夫、大丈夫よ、だってどうせ同じことじゃない！　一日だけ私たちが客間に移ればいいんだから。私たちの部屋のある側を全部この人たちに使ってもらって結構よ」

「あら、お嬢さま、それはあんまりですわ！　せいぜいが離れや、下男部屋や、乳母の部屋なんかでしょうが。でも、それもやっぱり伺ってからでないと」

「じゃあ、私が訊いてくるわ」

ナターシャは家に駆け込むと、忍び足になって半開きになった休憩室の戸口へと入っていった。部屋の中には酢とホフマン鎮痛液のにおいが漂っていた。

「眠っていらっしゃるの、お母さま?」

「ああ、眠れるもんですか」やっとうとうとしたばかりのところを起こされて、母親は言った。

「あら、お母さま」ナターシャは母の前に跪くと、母の顔の間近まで顔を寄せて言った。「ごめんなさい、赦してね、もうしない、起こしてしまったのね。私、マヴラ・クズミーニシナに言われて来たの。あちらにね、負傷した人たちに入ってもらったの。将校さんたちよ。かまわないでしょう? どこにも収容先のない人たちなのよ。お母さまならお許しくださるって分かっていたから……」彼女は息を継ぐ間も惜しんで、早口で述べ立てた。

「どこの将校さんですって? いったい誰をお迎えしたの? まったくぷんぷんかんぷんだわよ」伯爵夫人が言った。

ナターシャが笑い出すと、夫人もまたうっすらとした笑みを浮かべる。

「分かっていたわ、お母さまは許してくださるって……じゃあ、そう伝えておくわね」そう言って母親にキスをすると、ナターシャは立ち上がってドアに向かった。

広間で彼女は父親と出くわした。父親は悪いニュースをもって帰宅したところだった。

「うちは長居しすぎたんだ!」伯爵はついつい憤りをあらわにして言った。「クラブも閉まっているし、警察まで出て行こうとしていやがる」

「お父さま、負傷兵さんたちを家にお招きしたんだけど、かまわないでしょう?」ナターシャは父に言った。

「もちろんさ、かまわんよ」伯爵はうわの空で答えた。「そんなことはどうでもいい。それより、お願いだからつまらんことにかまけていないで、荷造りを手伝っておくれ。そうして出て行くんだ、出て行くとも、明日には出発だ……」伯爵は執事にも使用人たちにも同じ命令を伝えた。

昼食の席では、戻って来たペーチャが仕入れてきたニュースを披露した。それによると、今日クレムリンで住民に武器が配布されたようで、ラストプチンのビラには決行の二日ばかり前に召集をかけるとあったにもかかわらず、すでに明日には全住民が武器を持って三ツ丘《トリ・ゴルイ》に向かうべしという命令が下されたのは確実で、そこで一大決戦が行われるだろうとのことだった。

伯爵夫人はそんな話をする息子の愉快そうな、興奮しきった顔を、はらはらしながら見つめていた。彼女にはよく分かっていた——もしも自分が一言でもペーチャに、お願いだからそんな戦いに行かないでほしいなどと言おうものなら（息子が来るべき戦闘を歓迎しているのは分かっていたので）、息子はきっと男らしさだとか名誉だとか祖国だとか、無意味な、男本位の、頑固な、そのくせこちらが反論できないようなことを言い募り、結局は何もかも台無しになってしまうことだろう。それで彼女は、うまく事をすすめて戦いの起こる前に出立し、そのとき息子も一家を守ってくれる庇護者として連れていこうという腹積もりで、この場ではペーチャに何一つ言わなかった。そして食後に夫を呼び寄せて、涙ながらに、どうか自分を一刻も早く、できれば今夜のうちにでもここから連れ出してほしいと懇願した。女性らしい無意識の愛の手管を発揮して、これまで一切恐れ知らずで通してきた彼女が、もしも今夜のうちに立ち去らなければ、自分は怖くて死んでしまうだろうと述懐するのだった。見せかけなどではなく、今や夫人はすべてを恐れていたのである。

14章

娘のところに出かけていたマダム・ショースが、帰り道にミャスニツカヤ通りの酒屋で見かけたことを話すと、伯爵夫人の恐怖は一層募った。通りを歩いて帰ってくる途中、彼女は酒屋の前で暴れている酔いどれの集団に通せんぼをされてしまったのだった。辻馬車を雇い、小路伝いに迂回して家に戻ることができたのだが、御者の話では、群衆は酒屋の酒樽を次々に叩き割っており、しかもそれが命令によって行われているとのことだった。

食事の後ロストフ家の者たちはみな喜び勇んで、大急ぎで荷造りと出発の準備に取りかかった。老伯爵もにわかにこれに加わると、午後の時間ずっと休むことなく内庭と家の間を行き来しながら、ただでさえ慌てている使用人たちをむやみに怒鳴りつけては、なおさら慌てさせていた。ペーチャは庭で指図をしていた。ソーニャは、伯爵があれこれとつじつまの合わぬ指示を出すせいで、どうしていいのか分からなくなり、すっかり途方に暮れていた。使用人たちは怒鳴ったり言い合ったり騒いだりしながら、部屋部屋を、そして庭を駆けまわっていた。ナターシャもまた、何にでも見せる持ち前の熱しやすさを発揮して、にわかに仕事にとりかかった。はじめのうち、彼女が梱包の仕事に加わろうとしても、半信半疑の対応しか返ってこなかった。何を言っても冗談だと受け取られ、聞き入れてもらえなかったのだ。しかし屈することなく熱意を込めて自分に従うよう要求し、無視されると腹を立てて泣き出しそうになったため、ついには皆も彼女が本気だと信用したのだった。彼女は多大な努力を注いでまず一つの力業《ちからわざ》を成し遂げ、その結果権威を獲得することになったのだが、その力業とは絨毯の梱包だった。伯爵家には高価なゴブラン織りやペルシャ絨毯があった。ナターシャがこの作業に取り掛かった時、広間には二つの収納箱が開いたまま置かれていた。一方はほぼ天辺《てっぺん》のあたりまで陶器が詰まっており、もう一方には絨毯が入っていた。陶器類はテーブルの上にもまだたくさん並んでおり、しかもさらに倉庫から運び出されてくるところだった。新しく三個目の箱詰めにとりかからねばということで、使用人たちが収納箱を取りに出かけた。

「ソーニャ、待って、このままで全部収まるわ」ナターシャが言った。

「無理ですよ、お嬢さま、もう試してみたんですから」食堂係が応じる。

「いいえ、待って、お願い」そう言うとナターシャは箱から紙にくるんだ深皿や平皿を取り出し始めた。

「深皿はこちらの絨毯の方に入れるのよ」彼女は言った。

「でもまだ絨毯だって、三つの箱でも収まるかというほどあるんですよ」と食堂係。

「いいから待ってちょうだい」そう言ってナターシャは手早く巧みに分別し始めた。

「これはいらないわ」とキエフ製の平皿を見て言い、「これはよし、絨毯の方に入れましょう」とザクセン製の深皿を見て言う。

「かまわないで、ナターシャ、もうたくさんよ、私たちが詰めるから」非難の口調でソーニャが言った。

「ほらほら、お嬢さま！」執事もたしなめる。だがナターシャはめげることなく詰めたものをすっかり取り出して広げると、直ちに改めて詰め込みにとりかかったが、その際、粗末な国産の絨毯や余分な食器を全部持っていく必要はないとして取り除けていった。不要なものが除けられると、皆で再度の詰め込みにかかる。すると実際、持っていくに値しない安物をほとんど取り除いたおかげで、高価なものは全部二つの収納箱に収まったのだった。ただし絨毯の箱の蓋が閉まらない。もう少し品物を抜いてもよかったのだが、ナターシャは自分が一度決めたことに固執して、隙間を詰め、並べ替え、押さえつけ、食堂係や自分が梱包作業に引き込んだペーチャに蓋を押さえさせ、また自らも必死の努力をするのだった。

「さあ、もういいでしょ、ナターシャ」ソーニャが彼女に声を掛ける。「分かった、あなたの言った通りよ。あとは一番上のを一つ外したら」

「いやよ」ほどけた髪が汗ばんだ顔にかかるのを片手で止め、片手で絨毯を押さえつけながら、ナターシャは叫んだ。「さあ、押さえて、ペーチャ、ほら！　ワシーリイチ、押さえて！」すると絨毯がぎゅっとひしゃげて、蓋がぴたりと閉じた。手を叩いて歓呼の叫びを上げるナターシャの目から涙がほとばしった。だがそれも一瞬の出来事で、彼女はすぐに次の作業にかかった。すでに彼女は十分に皆の信頼を得ており、伯爵も、お嬢さまが旦那さまのお言いつけを変更なさいましたと言われても、怒りはしなかった。召使たちもナターシャのところに来ては、荷車に縄をかけてもよろしいでしょうか、積み荷の量はこれで十分でしょうかと訊ねるありさまだった。ナターシャの采配のおかげで仕事がはかどり、不要なものは残して最も貴重なものだけがきわめてコンパクトに荷造りされたのだった。

しかし全員が獅子奮迅の努力をしたにもかかわらず、深夜になってもまだ全部を積み込むことはできなかった。伯爵夫人は眠りにつき、伯爵も出発を翌朝に延期して寝室に引き上げた。

ソーニャもナターシャも、着替えずにソファー室で寝た。

この夜更け、もう一人新しい負傷者がポヴァルスカヤ通りを運ばれてきて、門の前に立っていたマヴラ・クズミーニシナがこれをロストフ邸に立ち寄らせた。マヴラ・クズミーニシナの見るところ、この負傷者はかなりの重要人物だった。運んでいる乗り物も四輪の幌馬車で、雨除けも幌もぴったりと閉じられている。御者台には御者と並んで年のいった品のいい従僕が座っていた。後ろについている荷馬車には、医者と二名の兵隊が乗っていた。

「うちへいらしてください、どうぞ。ご主人方は避難されるところで、家はすっかり空いておりますから」マヴラは従僕に向かって言った。

「そうですなあ」従僕はため息交じりに応える。「このままでは行きつけそうもありませんからな！　私どももモスクワに家があるのですが、なにせ遠いし、誰も住んでおりませんので」

「どうかうちへおいで下さいな、宅の主人方のところには何でもどっさりありますから、どうぞ」マヴラ・クズミーニシナは言うのだった。「それで、たいそうお悪いので？」彼女は言い添えた。

従僕は片手を振ってみせた。

「行きつけそうもないくらいですからな！　お医者に訊いてみなくては」そう言って御者台から降りると、従僕は荷馬車に歩み寄った。

「いいでしょう」医者は答える。

従僕はまた幌馬車に近寄って中を覗くと、ちょっと首を振って御者に屋敷の中に乗り入れるよう指示し、自分はマヴラ・クズミーニシナのそばに立ち止まった。

「主よ、救いたまえ！」

そう唱えるとマヴラ・クズミーニシナは負傷者を家の中に入れるよう勧めた。

「ご主人方は何ともおっしゃいませんから……」彼女は言った。しかし階段を上るのは避けねばならなかったので、負傷者は離れの方に入れられ、元のマダム・ショースの部屋に寝かされた。この負傷者こそがアンドレイ・ボルコンスキー公爵だった。

15章

モスクワ最後の日がやって来た。晴れ渡った、のどかな秋の一日だった。曜日は日曜日。普段の日曜日と同じく、どこの教会でも礼拝式を告げる鐘が鳴り響いていた。どうやらいまだ誰一人、何がモスクワを待ち受けているのか、理解できている者はいないようだった。

ただ社会状況の二つの指標だけが、モスクワの置かれた状態を物語っていた。下層民、すなわち貧民階層と、そして物価である。工員、召使、百姓の巨大な集団が、役人や神学生や貴族も巻き込んで、この日の早朝三ツ丘《トリ・ゴルイ》に繰り出した。そこでしばらく待機していたが、ラストプチンは現れず、モスクワが明け渡されることを確信すると、この集団はモスクワ中の酒屋だの飲み屋だのに散っていったのだった。この日の物価もまた状況を指し示していた。武器、金《きん》、馬車や馬の価格はうなぎのぼりとなり、紙幣や都市生活用品の価格はどんどん下落したので、昼頃には羅紗地のような高価な品物を運ぶのに、辻馬車の御者が荷物の価格の半分もの運賃を要求したり、百姓の馬に五百ルーブリもの値がついたりというケースまで見られた。家具や鏡やブロンズ製品は、ただで手に入ったのである。

格式のある旧家のロストフ家では、従来の生活環境が崩壊してもさしたる影響は被らなかった。使用人に関して言えば、数多い召使たちのうちほんの数人が、夜の間に姿を消したのみで、しかも盗まれたものは何もなかった。物価に関して言えば、村々から集まって来た三十台の荷馬車は、多くの人が羨む一大資産ということになり、大金を出すから譲ってくれと申し出る者たちが現れた。荷馬車に巨額の値がついたばかりではなく、前の晩から、そして九月一日の早朝から、ロストフ家の屋敷の庭には、同家や近隣の屋敷に収容されている負傷した将校たちが、従卒や下僕を送ってよこしたり、あるいは自ら足を引きずってやってきたりして、モスクワから退去するために馬車を貸してもらえるよう取り計らってくれないかと、使用人たちに懇願するのだった。この種の依頼の窓口となった執事は、負傷者たちに同情はしつつも、そのようなことは伯爵さまにお取り次ぎすることすら出来かねますと言って、きっぱりと断っていた。取り残される負傷者たちがいかに不憫《ふびん》だとはいえ、一台荷馬車を譲れば次の一台を譲らぬ理由がなくなり、あげくの果ては自分たちの乗用馬車まで与える羽目になるのは必定だったからである。荷馬車三十台ではしょせんすべての負傷者たちを救うことはできないし、皆が困っている時には、まず自分と自分の家族の身を心配しないわけにはいかないではないか――そんなふうに執事はご主人になり代わって考えたのだった。

一日の朝目覚めたイリヤ伯爵は、ようやく明け方になって眠りに就いたばかりの妻を起こさぬようにそっと寝室を出ると、藤色の絹の部屋着姿で表階段に出た。内庭には荷造りの出来上がった荷馬車がずらりと並び、表階段の下には乗用馬車が並んでいた。馬車寄せのところで執事が、一人の年のいった従卒と片手に包帯をした顔色の悪い若い将校を相手に立ち話をしている。伯爵を見ると執事は将校と従卒にきっぱりとした厳しい合図をしてみせ、立ち去るように促した。

「どうだ、準備は整ったかね、ワシーリイチ？」禿げた頭を撫でてそんな声を掛けながら、伯爵は人のよさそうな顔で将校と従卒を見やり、会釈してみせた（伯爵は初対面の相手を好む質《たち》だった）。

「すぐにでも馬をつなげます、伯爵さま」

「それは結構だ。じきに家内も目を覚ますから、そうしたら出発だ！　で、あなた方は？」彼は将校に話しかけた。「うちにお泊りで？」将校がさっと歩み寄ってくる。青ざめていた顔がにわかに鮮やかな朱に染まった。

「伯爵、実はお願いがあるのですが、私をその……ぜひとも……お宅の荷馬車のどこかに乗せていただけないでしょうか。私は身一つで何の持ち物もありません……荷と一緒にでも……まったくかまいませんので……」将校がしまいまで言い終わらぬうちに、従卒が自分の主人のために同じことを伯爵に頼み込んできた。

「ああ！　ほう、ほう、ほう」伯爵は急いで応じた。「それはもう、喜んで。ワシーリイチ、手配しなさい、なに、あの辺の荷馬車を一台か二台空けてな、あの辺のだ……それで……要るものがあれば……」なんだかあいまいな表現で、何やら指図めいたことを伯爵は口にした。だがその途端、将校が熱烈な感謝の表情を浮かべたために、伯爵の指図したことがもはや既定の事実となってしまった。周囲を見回すと、内庭にも門のあたりにも離れの窓の向こうにも、負傷者や従卒たちの姿が見える。皆が揃って伯爵を見つめ、表階段に向かってこようとしていた。

「伯爵さま、どうか回廊の方へお越しを。あそこにある絵はいかがいたしましょうか？」執事が言った。それで伯爵は執事とともに屋内に戻ったが、その際にも便乗を乞う負傷者たちを断らぬようにと、改めて指図したのだった。

「なに、何か荷を降ろせばいいだろう」あたかも誰かに聞きつけられるのを恐れるように、彼は小さな、秘密めいた声で付け加えたのだった。

九時に伯爵夫人が目を覚ますと、かつての夫人の小間使いで、夫人の憲兵隊長のような役割を果たしていたマトリョーナ・ティモフェーエヴナが、昔の女主人に、マダム・ショースが大変ご立腹だと報告し、さらにお嬢さまたちの夏服をここに残して行くわけにはいかないと告げた。どうしてマダム・ショースが怒っているのか、あれこれ問いただして分かったことは、彼女のトランクが荷馬車から降ろされたうえに、すべての荷馬車の荷が解かれて家財道具が降ろされ、代わりに負傷者たちが乗せられているが、それは伯爵が持ち前のお人好しぶりを発揮して負傷者たちを乗せてやるようにと指示を出したからだというのだった。伯爵夫人は夫を呼びつけるように命じた。

「どういうことですの、あなた、荷物がまた降ろされているというじゃありませんか？」

「だからね、お前、そのことでお前に話があったんだよ……ねえ、お前……実は私のところに将校がやってきてね、負傷者のためにいくつか荷馬車を分けてくれないかと頼まれたんだ。だってね、家財道具なんかはいわば天下の回りものだが、あの人たちはここに置いて行かれたらどうなるか、考えてもごらんよ！……それに、まさにうちの邸内に、私たちが自分で呼んだせいで、ああして将校さんたちがいるわけだから……だからね、思うんだよ、実際、ねえお前、ひょいとね……連れて行ってやればいいじゃないかってね……急ぐ身でもないじゃないかってね……」伯爵のおずおずとした口調は、いつも金に絡んだ話をするときの彼に特有のものだった。伯爵夫人もこの口調に慣れていた。夫がこういう口調になるときには、必ず子供たちを破産させるような物騒な話題が飛び出すのだ——やれ回廊だの温室だのをこしらえようとか、やれ家庭劇場だの楽団だのを作ろうとか。夫人はこれに慣れていたし、そしてこのおずおずとした口調で表現されるものごとに常に抵抗するのを自分の務めと心得ていたのだった。

夫人はいつものしおらしく哀切な表情を作って夫に言った。

「聞いて、あなた、あなたはただで家を手放すようなことをしておきながら、今度は私たちの、いえ、子供たちの財産まですっかりだめにしようとしているのよ。だってあなたが言ったんでしょう、うちには十万ルーブリからの家財があるって。いいこと、私は承知しません、承知しませんとも。勝手なことばかりして！　負傷者のためには政府というものがあるんですからね。本人たちだって承知していますよ。見てごらんなさい、ほらあのお向かいのロプヒーンさんのところなんて、一昨日にはもうきれいに運び出してしまったじゃないですか。他所《よそ》ではみんなそうしているんですよ。間が抜けているのは私たちばかり。私はいいとして、せめて子供たちの身を思ってくださいよ」

伯爵は両手を振り回し、何も言わずに部屋を出て行った。

「お父さま！ お二人で何を話していたの？」父親の後から母の部屋に入って来たナターシャが、すれ違いざまに父に声をかけた。

「何でもない！ お前には関係ない！」伯爵は怒った声で言った。

「いいえ、私、聞こえたもの」ナターシャは言った。「どうしてお母さまは反対していらっしゃるの」

「お前に何の関係があるんだ？」伯爵は怒鳴った。ナターシャは窓辺に寄って考え込んだ。

「お父さま、ベルグさんがいらしたわ」彼女は窓の外を見ながら言った。

16章

ロストフ家の娘婿であるベルグは、すでに大佐になって聖ウラジーミル勲章と聖アンナ頸綬《けいじゅ》勲章を拝受しており、相変わらず参謀次長というのんきで居心地のいい地位を占めていた。すなわち第二軍団参謀長付第一課次長が彼の肩書だった。

彼はこの九月一日に軍からモスクワにやって来たばかりだった。

彼にはモスクワですべき仕事は何一つなかった。しかし気づいてみると皆が休暇願を出して軍をはなれてモスクワへと赴き、そこで何かしていたので、彼もまた家庭の用事、家族の用事の名目で休暇を取る必要を感じたのだった。

ベルグは、ある公爵が所有していたのとそっくり同じの、食い太った葦毛馬二頭に引かせたスマートな軽快馬車を舅《しゅうと》の家に乗り付けた。内庭とそこにある荷馬車の群れをひとわたり注意深く見渡すと、彼は表階段を上りながら真新しいハンカチを取り出して忘備のための結び目を作った。

玄関部屋から客間へともどかしげな足取りで泳ぐように駆けこむと、ベルグは伯爵を抱きしめ、ナターシャとソーニャの手に口づけし、せかせかと姑《しゅうとめ》の健康具合を訊ねた。

「今どき健康でいられるかい？　まあ、聞かせてくれ」伯爵が言った。「軍はどうだ？　退却しているのか、それともまだ会戦があるのか？」

「お義父《とう》さま、ただ開闢《かいびゃく》前からおわします神のみが」ベルグは言った。「わが祖国の命運を決定できるのですよ。軍は英雄的精神に燃えており、目下首脳部は、要するに集合して協議しているところです。この先どうなるかは分かりません。しかし総じて申し上げるならば、先の二十六日の戦闘において彼らが、つまり全ロシア軍が（と彼は言い直した）示した、というか見せつけた勇猛な士気、古代の戦士さながらの雄々しさは、これを形容するにふさわしい言葉が見つからないほどのものでありました……本当です、お義父さま（ここで彼は自らの胸をドンと打ってみせた。これはある将軍が彼の目の前で話しながらしてみせた仕草だったが、若干間合いが外れていた。本当は『全ロシア軍』というところで胸を打つべきだったのだ）、正直に申し上げますが、われわれ指揮官には兵士たちをけしかけたりする必要は一切なかったばかりか、むしろかろうじて制御していたほどでした、あの、あの……雄々しき古代の戦士のごとき奮戦ぶりを」彼は口早に言った。「バルクライ・ド・トーリ将軍に至っては、まさに、どこにあっても御自身の命を的にして、軍の先頭に立っていらっしゃいました。

わが連隊は丘の斜面に配備されていたのです。ご想像いただけますか！」こんな調子でベルグは最近聞いたいろんな話から、自分が覚えている限りを披露してみせたのだった。ナターシャは、ベルグが当惑するほどひたと彼の顔に目を据えたまま、まるでその顔に何かの問題の答えを見つけ出そうとするかのように、まじまじと見つめていた。

「ロシアの戦士たちが見せつけたような、ああした類の英雄的精神は、もはや想像の域を超えた、絶賛に値するものです！」ベルグはナターシャのほうを向いてそう言うと、あたかも彼女に媚びを売るかのごとく、そのまじまじとした視線に笑みで応えてみせたのだった……。「『ロシアはモスクワにあるのではなく、祖国の子らの心の中にある！』至言ではありませんか、お義父《とう》さま？」ベルグは言った。

この時休憩室から、疲れて不機嫌そうな顔をした伯爵夫人が出てきた。ベルグは急いで駆け寄ると、夫人の手に口づけをしてお体の具合はと訊ね、「お察しします」というふうに相手の言葉にうなずきながら、そのまま夫人の傍らにとどまった。

「確かに、お義母《かあ》さま、まさしく、すべてのロシア人にとって辛く悲しい時です。でも、どうしてそこまで心配されるのです？　まだ出て行く余裕はありますよ……」

「訳《わけ》が分からないのよ、皆が何をやっているのか」伯爵夫人は夫の方を向いて言った。「今聞いたところでは、まだ何も準備ができていないっていうじゃないの。せめて誰かがきちんと指図してくれなくちゃ。つくづくミーチェンカがいてくれたらって思うわ。これじゃいつまでたっても終わらないもの！」

伯爵は何か応じようとしたが、どうやら思いとどまったようだった。椅子から立ち上がると、彼は戸口に向かった。

この時ベルグが、ちょっと鼻をかもうという風情でハンカチを取り出したが、さっき付けた結び目を見てはたと考え込むと、やれやれという感じで意味ありげに首を振った。

「ところで、お義父さま、一つ折り入ってお願いがあるのですが」彼は言った。

「はあ？……」伯爵が足を止めて答える。

「先ほどユスーポフ家の脇を馬車で通りかかると」ベルグは笑みを浮かべて言った。「顔見知りの執事が駆けだしてきて、何か買い取ってくれないかと頼むのですよ。まあ、興味半分で覗いてみると、化粧箪笥と化粧台が目に止まりました。ご存知のように、うちのヴェーラがちょうどそんなのを欲しがっていて、そのことで言い合いになったこともあったのですよ（化粧箪笥と化粧台の話になると、ベルグは自然と自宅の調度が整うのをうれしがる口調になった）。これがまたいい品物でしてね！　前開きになっていて、イギリス風の隠し引き出しが付いているんですよ、分かるでしょう？　ヴェーラは前から欲しがっていたんです。それでプレゼントをしてやりたいと思いましてね。見たところ、お宅の庭にはずいぶんたくさん百姓たちがいますね。どうか一人貸していただけませんか、駄賃はたっぷりはずみますし、それに……」

伯爵は渋い顔になって咳ばらいをした。

「家内に頼むがよかろう、私が仕切っているわけじゃないから」

「もし難しいようでしたら、どうかご放念ください」ベルグは言った。「ただヴェーラのために是非にと思っただけですから」

「いやはや、まったく君たちにはもううんざりだ、うんざりだ、うんざりだよ！……」伯爵は声を荒らげた。「頭がくらくらする」そう言って彼は部屋を出て行った。

伯爵夫人は泣き出した。

「分かります、分かりますよ、お義母さま、実に辛いご時世ですね！」ベルグが言った。

ナターシャは父親とともに部屋を出たが、何か必死に思案を巡らしている様子で、はじめは父の後を歩いていたのに、やがて階下へ駆け下りて行った。

表階段にはペーチャが立っていた。モスクワを出て行く使用人たちに武器を渡す仕事をしていたのだった。庭には相変わらず荷を積んだ荷馬車が並んでいた。中の二台は縄が解かれ、その一台に一人の将校が、従卒に支えられて乗り込もうとしていた。

「何のせいか知っている？」ペーチャがナターシャに訊ねた（ペーチャが言っているのが、両親がなぜ喧嘩しているのかという意味だとナターシャには分かった）。彼女は答えなかった。

「お父さんが、荷馬車を全部負傷者の運送用に提供しようとしたからだよ」ペーチャが言った。「ワシーリイチが話してくれたんだ。僕に言わせれば……」

「私に言わせればね」不意にナターシャがむしゃくしゃした顔をペーチャに向けて、ほとんど怒鳴りつけるように言った。「私に言わせれば、これはもうまったく最低な、まったく人の道に外れた、まったく……あきれ果てたことだわ！　いったい私たちはドイツ人か何かなの？……」彼女の喉がひきつるようなすすり泣きにぴくぴく震えだす。すると彼女は、このまま気がくじけて、せっかくの鬱憤《うっぷん》のエネルギーを無駄に散らしてしまうのを恐れるかのように、くるりと身を翻し、まっしぐらに階段を駆け上って行った。伯爵夫人の脇にはベルグが座り込み、親身で丁重な様子で慰めていた。伯爵はパイプを手にして部屋を歩き回っていたが、その時ナターシャが怒りに顔をゆがめて、疾風のごとく部屋に飛び込んできたかと思うと、速足でつかつかと母親に歩み寄った。

「こんなの最低だわ！　人の道に外れているわ！」彼女は叫んだ。「お母さまがこんなことを命じるなんて、ありえない」

ベルグと伯爵夫人は、訳が分からぬといった顔で唖然としてナターシャを見つめている。伯爵は窓辺に立ち止まって耳を澄ました。

「お母さま、こんなこと許されないわ。ごらんなさい、お庭の様子を！」ナターシャはわめきたてた。「あの人たち、置いてきぼりなのよ！……」

「お前、どうしたの？　あの人たちって誰？　どうしろって言うの？」

「負傷兵の皆さんのことを言っているのよ！　こんなこといけない、お母さま、とんでもないことだわ……だめよ、お母さま、こんなことだめ、お願いだから、どうか聞いて……お母さま、いったい私たちの荷物が何だっていうの、お願いだから一目ごらんになって、あのお庭の様子を……お母さま！……こんなのいけないわ！……」

伯爵は窓辺に立って、こちらを振り返りもせぬままナターシャの言葉に耳を傾けていたが、その彼が不意に鼻水をすすり上げたかと思うと、窓に顔を寄せた。

娘の顔を覗き込んだ伯爵夫人は、そこに母親を恥じている表情を読み取り、娘の義憤を読み取って、なぜ今夫がこちらを見ようとしないのかも理解した。夫人は茫然とした顔で周囲を見回した。

「あら、だったら好きなようにしたらいいでしょう！　私は誰の邪魔もするつもりはありませんから！」そう言う彼女の声には、すぐには降参しないぞという気迫がこもっていた。

「お母さま、赦して、お願いよ！」

だが伯爵夫人は娘を押しのけると、夫に近寄って行った。

「あなた、あなたが仕切ってくださいね、しかるべく……だって私じゃ分かりませんから」詫びるように目を伏せて彼女は言うのだった。

「ヒヨコが……まさにヒヨコが雌鶏に教えを垂れるってやつだよ……」うれし涙に掻き暮れながら伯爵が妻をかき抱く。夫人はこれ幸いとばかりに、恥じ入っている自分の顔を夫の胸に隠した。

「お父さま、お母さま！　私が指図してもいいわね！　いいでしょう？……」ナターシャが訊ねる。「でもやっぱり、一番必要なものは全部持っていきましょうね……」彼女は言った。

伯爵がうんと頷くと、ナターシャは昔鬼ごっこをしたころと同じ俊足で、広間を抜けて玄関部屋に駆け込み、そのまま階段を下りて庭に出て行った。

使用人たちがナターシャの周りに集まって来たが、彼女が伝えようとする指示を怪《け》訝《げん》に思ってなかなか信じようとせず、とうとう伯爵自身が出てきて、妻の名前で、荷馬車は全部負傷者の運搬用に提供し、長持の類は倉庫にしまうことという命令を確認するに及んで、ようやく納得したのだった。いったん指示を理解すると、みんなは喜んでかいがいしく新しい作業にとりかかった。召使たちは今や命令に違和感を覚えないどころか、反対にそうする以外ありえないとまで感じていた。わずか十五分ほど前までは、負傷者を置き去りにして家財を運んでいくことが、不思議に思えないどころか、それ以外にはありえないことと感じられていたのが、すっかり逆転してしまったのである。

家じゅうの者が、あたかも今までそうしてこなかったことを償《つぐな》うかのように、負傷者たちを馬車に収容するという新しい仕事にかいがいしく取り掛かった。負傷者たちはそれぞれの部屋から這い出して来ると、青白い顔に喜々とした表情を浮かべ、荷馬車の周りにずらりと並んだ。荷馬車があるという噂は近隣にも流れたため、他の屋敷からも負傷者たちがロストフ家の庭に集まり出した。その多くは、わざわざ荷降ろしをせず、ただ自分たちを荷の上に乗せてくれと頼んだ。だが、いったん始まった荷降ろし作業は、もはや止めようがなかった。ぜんぶ残そうが半分残そうが、変わりはなかったからである。昨晩あんなに頑張って食器、ブロンズ製品、絵や鏡を詰め込んだ長持類が、片付けられぬまま庭に置かれていたが、それでもまだ、これとこれを降ろせばもう一つ二つ荷馬車が回せるといった算段が続けられ、着々と成果を上げていた。

「あと四人は乗せていけますな」支配人が言った。「私は自分の荷馬車を譲ります。そうしないと場所が足りませんしね」

「だったら私の衣装用荷馬車も譲りましょう」伯爵夫人が言った。「ドゥニャーシャは私と一緒に箱馬車の方に乗ってもらうから」

こうして衣装用の荷馬車までが明け渡されて、負傷者たちを乗せるため三軒先の屋敷に送られた。一族郎党召使も含め、みな明るく生き生きとしていた。ナターシャは久しく味わったことのない喜びと幸せに満ちた高揚感に包まれていた。

「これを結わえ付けるような場所があるかい？」長持を箱馬車の狭い後部席に収めようとしながら、使用人たちが相談していた。「せめて一つでも荷馬車を残さにゃなるめえ」

「中身は何なの？」ナターシャが訊ねる。

「伯爵さまの御本ですよ」

「置いていって。ワシーリイチが片付けてくれるわ。要らないものよ」

乗用馬車は人だけでいっぱいになり、ペーチャの座る場所が危ぶまれるほどになった。

「ペーチャは御者台よ。ねえ、ペーチャ、御者台でいいでしょう?」ナターシャが大声で訊ねた。

ソーニャもまたずっと忙しく働いていた。だが彼女が忙しくしている目的は、ナターシャの目的とは正反対だった。彼女は置いていくべきものを片付け、伯爵夫人の希望でそうした品物のメモを取りながら、少しでも多くのものを持っていこうと骨折っていたのである。

17章

一時過ぎ、馬もつないで荷積みも済んだロストフ家の四台の馬車が、車寄せに並んでいた。負傷者たちを乗せた荷馬車は、次々と屋敷から出て行くところだった。

アンドレイ公爵を乗せた幌馬車が表階段の脇を通りかかると、車寄せの脇に停めた伯爵夫人の背の高い箱馬車の中で小間使いと一緒に夫人の座席を整えていたソーニャが、これに目を留めた。

「あれ、誰の幌馬車なの？」箱馬車の窓から首を出してソーニャは訊いた。

「まさかご存知なかったのですか、お嬢さま？」小間使いが答えた。「負傷された公爵さまですわ。うちにお泊りになって、一緒にご出発なさいます」

「それで、どなたなの？　お名前は？」

「例の、当家の御婚約者でいらした、ボルコンスキー公爵さまですわ！」ため息をつきながら小間使いは答えた。「瀕死の重傷とのことで」

ソーニャは箱馬車から飛び出して伯爵夫人のもとへ駆けつけた。伯爵夫人はすでに旅装を整え、ショールを纏い帽子も被って、疲れた様子で客間を歩きまわりながら、家の者たちを待っているところだった。皆が集まったらいったんドアを閉めて腰を下ろし、出発前のお祈りをしようというのである。ナターシャはまだ部屋にはいなかった。

「お母さま」ソーニャは言った。「アンドレイ公爵がうちにいらっしゃいます、瀕死の重傷を負って。私たちと一緒に出発されます」

伯爵夫人はびっくりして目をむくと、ソーニャの腕をつかんで周囲をうかがった。

「ナターシャは？」夫人は言った。

ソーニャにとっても伯爵夫人にとっても、この知らせは最初の一瞬、ただ一つのことしか意味していなかった。二人ともナターシャのことは知りぬいていたので、ナターシャがこのことを知ったらいったいどうなってしまうのかという恐れの気持ちが、ともに好意を持っていた人物への同情の念を圧殺してしまったのである。

「ナターシャはまだ知りません。でもあの方は私たちと一緒に行かれるのです」ソーニャは言った。

「それで、瀕死の重傷なの？」

ソーニャはこくりと頷いた。

夫人はソーニャを抱いて泣き出した。

『主の道は測りがたし！』彼女は思った。今起こりつつあることすべてに、これまで人間の目から隠されていた全能の神の御手が現れ始めているのを感じていたのである。

「ねえ、お母さま、準備完了よ！　あら、何のお話？……」部屋に駆け込んできたナターシャが元気いっぱいの顔で訊ねた。

「べつに」夫人は答える。「準備できたのなら、出掛けましょうね」そう言うと夫人はうろたえた顔を隠そうとハンドバッグを覗き込む仕草をした。ソーニャがナターシャを抱き、キスをする。

ナターシャは訝《いぶか》しげな目で相手を見た。

「どうしたの？　いったい何が起こったの？」

「何も……ないわよ……」

「私にとってひどく悪いことなのね？……いったい何なの？」勘のいいナターシャは問い詰める。

ソーニャは一つため息をついたまま、何も答えなかった。伯爵、ペーチャ、マダム・ショース、マヴラ・クズミーニシナ、ワシーリイチが客間に入ってくると、ドアを閉めて皆で腰を下ろし、黙ったまま互いを見ずに何秒か座っていた。

伯爵が一番に立ち上がると、大きく息をつき、聖像《イコン》に向かって十字を切った。皆がこれに倣《なら》った。続いて伯爵は、モスクワに残るマヴラ・クズミーニシナとワシーリイチを抱き、二人が彼の手を取って肩に口づけする間、軽く相手の背を叩き、何かしらはっきりしない、優しい慰めの言葉をかけていた。夫人は聖像室に去ったが、ソーニャが行ってみると、壁にまばらに残った聖像の前に跪いていた（家庭の伝承で最も大切とされている聖像何点かは、一緒に持っていくことになっていた）。

表階段でも内庭でも、去って行こうとする者たちが、ペーチャが武器として与えた短剣やサーベルを持ち、ズボンの端を長靴にたくし込んでベルトや帯でキリリと腰を締めた出で立ちで、残る者たちと別れの挨拶をしていた。

旅に出る時はいつもそうだが、忘れものやら詰め方を間違ったものやらが次から次へと出てくるので、ずいぶん長い間、箱馬車の開けっ放しのドアと踏み台の両脇に伯爵夫人の乗車を助ける用意をした従者を二人立たせたまま、クッションやら包みやらを持った小間使いたちが、家と箱馬車、幌馬車、軽快馬車の間を駆け足で往復するという状態が続いた。

「呆れた忘れん坊ぞろいだねえ！」伯爵夫人が小言を言っている。「お前だって分かっているでしょう、こんなんじゃ私が座れないことくらい」言われたドゥニャーシャは歯を食いしばって返事もせず、不満の表情もあらわに、座席を直しに箱馬車に飛び込んでいくのだった。

「やれやれ、この連中ときたら！」伯爵が首を振りながらもらす。

伯爵夫人にこの御者とでなければ出かける気にならないと言わしめた老御者のエフィームは、高い御者台の自分の席に収まったまま、背後で起こっていることを振り向いて見ようともしなかった。三十年の経験から彼は分かっていた――まだすぐには「では出発！」の声はかからないし、その声がかかってからも、まだ二度も止まれの声がかかって忘れ物を取りに人が遣わされ、その後でさらにもう一度止まらされて、伯爵夫人が自ら顔を出し、お願いだから下り坂では慎重に走ってねと念を押すのだ。それが分かっていたので彼は自分の馬たちよりも辛抱強く、これから起こることを待っていた（馬の中でもとりわけ左側の栗毛の鷹《ソーコル》は、じれて足を踏み鳴らしたり、轡《くつわ》を嚙んで具合を確かめたりしていた）。ようやく全員が乗りこみ、踏み台が畳まれて箱馬車に収められ、ドアがぴしゃりと閉まり、手箱を取りに人がやられ、伯爵夫人が窓から首を突き出してしかるべき注意を与えた。するとエフィームはゆっくりと帽子をとって十字を切った。先導御者も他の従者たちもこれに倣った。「出発だ！」エフィームが帽子を被って言った。「曳《ひ》け！」先導御者が馬に手綱をくれる。二頭立ての右手の馬が首輪を首に食い込ませるようにして曳くと、高いスプリングがビンと鳴り、車体がぐらりと揺れた。従僕が一人、動き出した馬車の御者台に飛び乗る。庭からでこぼこの敷石道へ出る時、箱馬車はがたんと揺れ、他の馬車もまた同じように揺れた。こうして馬車の列は通りを上って行った。箱馬車の中でも幌馬車の中でも軽快馬車の中でも、皆が通りの向かいにある教会の方を向いて十字を切った。モスクワに残る者たちは馬車列の両側を歩きながら見送っていた。

箱馬車の母の隣の席に座り、置き去りにされる不安げなモスクワの家々の壁が傍らをゆっくりと過ぎてゆくのを眺めるナターシャは、この時めったに味わえないほどの喜びを覚えていた。彼女は時折箱馬車の窓から首を突き出しては、後ろを振り返ったり、先を行く負傷者の馬車の長い列を眺めたりした。ほぼ先頭のあたりに、アンドレイ公爵の幌馬車の閉じた幌の部分が見えていた。誰が乗っているのか彼女は知らなかったが、自分たちの馬車列がどの辺まで続いているかを知りたいときには、彼女は必ずその幌馬車を目で探すのだった。その馬車が先頭だと心得ていたからである。

クドリノ広場のあたりではニキーツカヤ通りからも、プレスニャ通りからも、郊外のポドノヴィンスコエからも、ロストフ家と同じような馬車隊がいくつとなく合流し、サドーヴァヤ大通りでは乗用馬車も荷馬車も二列になって進むようになった。スーハレフの塔[27]の脇を通るとき、馬車や徒歩の人々を興味深そうにきょろきょろ見回していたナターシャが、急にうれしい驚きの声を上げた。

「あらまあ！　お母さま、ソーニャ、見て、あの方よ！」

「どなた？　どなたなの？」

27　サドーヴァヤ大通り（現環状道路の一部）沿いのスーハレフ銃兵連隊の敷地近くにピョートル大帝が建てた、高さ六十四メートルの多目的記念塔で、十八世紀末には周囲に市場ができた。モスクワのランドマークの一つだったが、一九三四年、スターリンによる都市改造計画で破壊された。

「見て、間違いない、ベズーホフさんよ！」馬車の窓から身を乗り出したナターシャは、背の高い太った男を見ながら言った。男は御者の長上着《カフタン》を着込んではいるが、歩きぶりや物腰から変装した貴族の旦那であることは明らかだった。男は粗羅紗《そらしゃ》の外套を着た黄色い顔の髭のない小柄な老人と肩を並べて、スーハレフの塔のアーチの下に入っていこうとしていた。

「間違いないわ、ベズーホフさんよ、長上着《カフタン》を着てどこかの小柄なお爺さんと一緒よ！　間違いないわ」ナターシャは述べ立てた。「見て、見てよ！」

「いいえ、人違いよ。そんなバカなことあるはずがないでしょう」

「お母さま」ナターシャが叫ぶ。「私、この首を賭けたっていい、あの方よ！　請け合うわ！　止めて、馬車を止めて！」彼女は御者に向かって叫んだ。しかし御者も止めるわけにいかなかった。メシチャンスカヤ通りからもさらに乗用馬車や荷馬車が繰り出してきて、ロストフ家の者たちにさっさと行け、道を塞ぐなと怒声を浴びせたからである。

実際、すでに前よりもずっと距離を置いたところからではあったが、ロストフ家の者たちは全員ピエールを、もしくは異様なまでにピエールそっくりの人物を目にしていた。御者の長上着《カフタン》を着てうつむいたまま、真剣な顔つきをして通りを歩いている。

傍らには下男といった風情の小柄な鬚《ひげ》のない老人がいた。この老人が箱馬車から顔を突き出して自分の方を向いている人物に気付き、恭しい態度でピエールの肘に触れると、こちらの箱馬車を指さしながら何か告げた。ピエールは老人の言うことが長いことのみ込めなかった。どうやらそれほどまでに考えごとに没頭していたようだ。やっと相手の言うことを理解して指さされた方角に目を遣り、ナターシャの姿を見分けると、彼は一瞬にしてわきあがった感情に身を任せ、足早に箱馬車めがけて歩き出した。だが十歩ほども進んだところで、きっと何かを思い出したのだろう、ぴたりと立ち止まってしまった。

箱馬車から突き出たナターシャの顔は、優しくからかうような笑みに輝いている。

「ベズーホフさん、ここまでいらして！　あなただって分かっているのよ！　びっくりしたわ！」相手に手を差し伸べながら彼女は叫んだ。「どうなさったの？　なぜそんな格好を？」

ピエールは伸ばされた手を取ると、（馬車が進み続けていたので）歩きながらぎこちなくその手に口づけした。

「どうなさったの、伯爵？」母親の夫人が驚きと同情のこもった声で訊ねた。

「どうしたかですって？　どうしたかとか、なぜかとか、どうかお訊ねにならないでください」そう答えるとピエールはナターシャを見た。彼女のキラキラしたうれしげなまなざし（彼は目で見なくともそれを感じていた）の魅力に彼は圧倒されていた。

「もしかして、モスクワに残られるおつもり？」

ピエールはしばし答えなかった。

「モスクワに？」彼は疑問調で言った。「そう、モスクワに残ります。お別れですね」

「ああ、私も男だったらよかった。そうすれば私、きっとあなたと一緒に残ったことでしょう。そうなったらなんとすてきでしょう！」ナターシャは言った。「お母さま、いいこと、私、残るわ」ピエールはしばしぽかんとナターシャを見つめていたが、いざ何か言おうとすると、伯爵夫人の言葉に遮られた。

「あなたは戦争にいらしたんですね、聞きましたわ」

「ええ、行きました」ピエールは答えた。「明日もまた戦闘がありますが……」彼が話し出そうとするとナターシャが口をはさんだ。

「でも、どうなさったの、伯爵？　すっかりお変わりになられて……」

「ああ、訊かないでください、訊かないで、自分でも何も分からないのです。明日こそ……。いや、だめだ！　では失礼、失礼します」彼は言った。「ひどいご時世ですね！」そう言って馬車から離れると、彼は歩道に下がった。ナターシャはなおも長いこと窓から首を突き出したまま、彼に向けて優しく、ちょっとからかいを帯びた、うれしそうな笑顔を輝かせていた。

18章

ピエールが自分の屋敷から姿を消してもう二日目になるが、この間ずっと彼は主《あるじ》を失った故バズデーエフの住居に身を置いていた。ことの次第は以下のようである。

モスクワに戻ってラストプチンと会った日の翌日、目を覚ましたピエールは、自分はどこにいるのか、何を求められているのか、長いこと理解できなかった。客間で自分を待っている者たちの名が告げられ、その中に妻のエレーヌの書状を持参したフランス人までが交じっているとの報告を受けると、彼はふと、何かにつけて陥りがちな混乱と絶望の気分に襲われた。もはや万事休す、何もかもこんがらかり、崩れ落ち、正しい者も悪い者もなく、前途には何もない、しかもこの状況からはどうしても抜け出せない――不意にそんな気がしたのである。不自然な薄笑いを浮かべて何やらぶつぶつつぶやきながら、彼は途方に暮れた様子でソファーに腰を下ろしたかと思えば、立ち上がってドアに歩み寄り、隙間から客間を覗いたり、両手を振り回しながら元の場所に戻って本を手に取ったりしていた。再度執事がやって来て、ピエールに、奥さまからのお手紙を持参したフランス人がほんの一分でもいいからぜひお目にかかりたいと言っている旨を告げ、さらに亡きバズデーエフさまの奥さまのところから使いが来て、奥さまご自身はすでに田舎に移られたので、書物を引き取りにいらしていただきたいとのことだったと告げた。

「ああ、分かった、すぐに、いや待て……いや、いい……かまわん、ただ伝えろ、すぐに行くと」ピエールは執事に言った。

だが執事が出て行くが早いか、ピエールはテーブルの上にあった帽子をつかみ、奥のドアから書斎を出た。廊下には誰もいなかった。ピエールは長い廊下を歩いて階段まで行くと、顔をしかめて両手で額を擦りながら最初の踊り場まで下りた。表玄関のドアの脇には玄関番が立っていた。ピエールが下り立った踊り場からは、別の階段が裏口へと続いていた。ピエールはその階段を下り、内庭に出た。誰も見ている者はいなかった。だが門から通りへ出た途端、馬車を寄せて待機していた御者たちや庭番が御主人の姿に気付き、帽子をとってあいさつした。自分に向けられた視線を意識したピエールは、ちょうど駝鳥《だちょう》が見つかるまいと思って茂みに頭だけ隠すのと同じような振る舞いをした。顔を伏せ、足取りを速めて通りを歩きだしたのである。

　この朝ピエールを待ちかまえていたあらゆる仕事のうちで、故バズデーエフ氏の書物と書類の整理作業こそが、最も緊要なものと思われた。

　最初に通りかかった辻馬車を雇うと、彼はバズデーエフの未亡人の住居がある総主教池地区《パトリアルシエ・プルドゥイ》へ行くように命じた。

　モスクワから出て行こうとする荷馬車の列が四方八方からやってくるのをしきりに見回し、がたがた揺れる古い軽四輪馬車から滑り落ちないように巨大な体のバランスを取りながら、ピエールはちょうど学校を抜け出した子供が味わうような解放感を覚えて、御者との話に花を咲かせた。

　御者の話によれば、この日クレムリンで武器の配分があり、明日はみんなが三ツ丘《トリ・ゴルイ》関門の外に駆り出され、そこで大規模な戦闘が行われるということだった。

　総主教池地区《パトリアルシエ・プルドゥイ》に着くと、ピエールは久しく訪れていなかったバズデーエフの屋敷を探し当てた。馬車を降りてくぐり戸に近寄っていく。五年前にトルジョークでバズデーエフ氏に出会ったとき一緒にいたゲラーシムという黄色い顔をした鬚のない老人が、彼のノックに応えて出てきた。

「御在宅か？」ピエールは訊ねた。

「伯爵さま、ソフィヤ・ダニーロヴナ奥さまは、現今の状況を鑑《かんが》みて、お子さまたちとご一緒にトルジョークの村へ避難されました」

「でも入らせてもらうよ、本を選ばなくてはならないんだ」ピエールは言った。

「どうぞ、御意のままに、旦那さまが亡くなられて（ああ、天国に安らいたまえ）、御兄弟のマカール・アレクセーヴィチさまが残っておられますが、ご存知の通り少し問題がおありで」年老いた召使は言った。

バズデーエフの弟のマカール・アレクセーヴィチは、ピエールの知っているところでは、精神に異常をきたして酒浸りになっている人物だった。

「ああ、ああ、分かっているよ。じゃあ、入るとしよう……」そう言ってピエールは家に入っていった。背の高い禿げ頭の老人が、部屋着姿で玄関室に立っていた。赤い鼻をして、素足にオーバーシューズを履いている。ピエールを見ると老人は怒った口調で何かぶつぶつと言い、廊下へ姿を消した。

「大変頭脳明晰な方でしたが、今ではご覧の通り、衰えられました」ゲラーシムが言った。「書斎でよろしいですか？」ピエールはうんと頷いた。「書斎は封印された時のままになっております。奥さまからは、あなたさまのところから人が来たら、御本をお渡しするようにとのお申しつけをいただいております」

まだ恩人が存命の頃、よく畏敬に胸を高鳴らせながら入室したあの陰気な書斎に、ピエールは入っていった。バズデーエフの死以来、埃がたまり放題で人の手も触れていない分、書斎はなおさら陰気臭かった。

ゲラーシムは鎧戸を一枚あけると、足音を忍ばせて部屋を出て行った。書斎をぐるりと一巡りすると、ピエールは手書きの書類が並んでいる戸棚に近寄り、かつて結社の最も大切な聖物とされていたものの一つを取り出した。それは真正のスコットランドの会規に恩人が注釈と解説を付したものだった。埃だらけのライティングデスクに向かって腰を下ろすと、ピエールは目の前にその手写本を置き、開いたり閉じたりしていたが、しまいに脇に押しやって、両手で頬杖をついたまま物思いに耽った。

何度かゲラーシムがそっと書斎を覗いたが、見えるのはピエールが同じ姿勢で座っているところばかりだった。二時間以上が経った。ゲラーシムは注意を引こうと、あえて戸口で音を立ててみたが、ピエールの耳には入らなかった。

「辻馬車に帰るように申しましょうか？」

「ああ、そうだったな」ハッとわれに返ったピエールが、急いで立ち上がりながら答える。「ところでな」ゲラーシムのフロックコートのボタンをつまみ、キラキラと潤んだ、喜びにあふれる眼で老人を頭のてっぺんから足の先まで嘗《な》め回すように見ながら、ピエールは言った。「いいか、明日戦闘があるのを知っているだろう?……」

「噂は聞いておりますが」ゲラーシムが答える。

「頼みがある、私が何者か、誰にも言わないでくれ。そうして、私の言うとおりにしてほしい……」

「承知しました」ゲラーシムは答えた。「お食事をご所望で?」

「いや、私に必要なのは別のものだ。百姓の服と、それからピストルだよ」不意に顔を赤らめてピエールは言った。

「承知いたしました」ちょっと考えてゲラーシムは言った。

その日の残りをピエールは一人で恩人の書斎にこもって過ごしたが、ゲラーシムの耳に聞こえたところでは、ずっと落ち着きなく部屋の片隅から片隅へと往復しながら、何か独《ひと》り言を言っていた。そして夜も同じ部屋に彼のために用意されたベッドで寝たのである。

生涯いろいろ奇妙なことを経験し尽くしてきた召使の習性で、ゲラーシムはピエールが移り住んできたことも平然と受け止めたし、おまけにどうやら、仕えるべきご主人ができたことをうれしがる様子でもあった。早速その晩、いったい何のためにそんなものが必要なのかと不審に思うことさえなく、彼はピエールのための長上着《カフタン》と帽子を手に入れ、さらに明日にはご依頼のピストルを入手しましょうと約束した。例のマカール・アレクセーヴィチはこの晩二度、オーバーシューズを履いた足をペタペタいわせながらドア口までやって来て立ち止まり、おもねるような眼でピエールを見ていた。しかしピエールがそちらを振り向くや否や、恥じらうような、怒ったような感じで部屋着の前を合わせ、急いで遠ざかっていくのだった。ゲラーシムが彼のために手に入れて蒸気消毒までしてくれた御者用の長上着《カフタン》を着込んだピエールが、ゲラーシムと連れ立ってスーハレフの塔のふもとにピストルを買いに行こうとしていた時、彼はロストフ一家と出くわしたのだった。

19章

九月一日の夜、ロシア軍はモスクワを通過してリャザン街道に退却せよというクトゥーゾフの命令が出された。

先発部隊は深夜に移動を開始した。深夜に行軍する部隊は急ぐことなく坦々と、秩序だって移動していった。だが明け方に出発した部隊は、ドロゴミーロフ橋のあたりまで来たときに、前方の川のこちら側では無数の将兵がひしめき合って橋に殺到し、

プレオブラジェンスカヤ関門へ
ソコーリニキ
関門
現サドーヴォエ環状道路
スーハレフの塔
ペトロフカ
ルビャンカ
ミャスニツカヤ
トヴェルスカヤ
ゴスチンヌィ・ドヴォール
クレムリン
キタイ・ゴロド
ロゴーシュスカヤ関門
ポクロフスカヤ関門
スパースカヤ関門
ボリシャヤ・オルディンカ
ピャトニツカヤ
リャザン街道
モスクワ川
トゥーラ街道
カルーガ
関門へ
地形は現代のもの

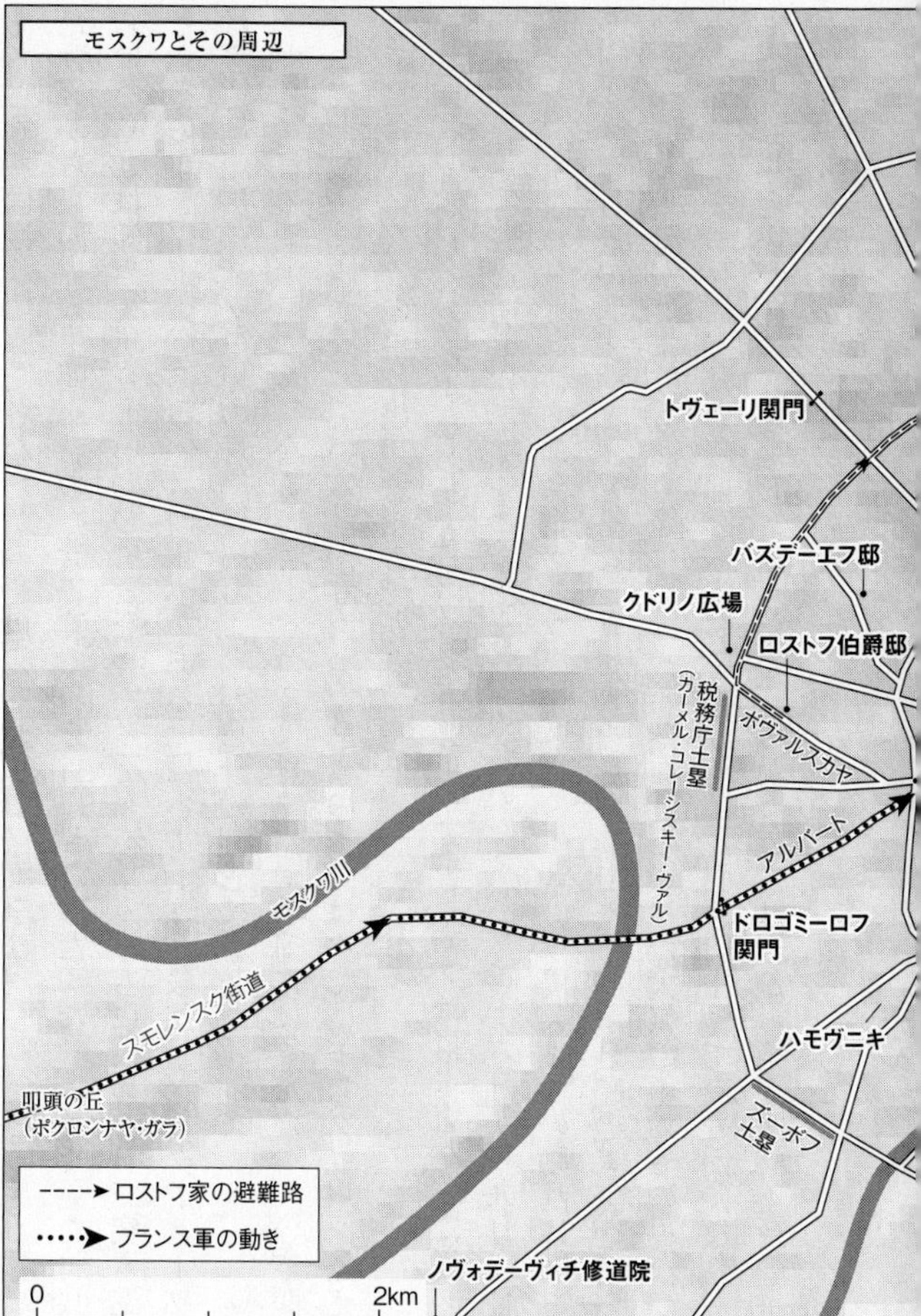
モスクワとその周辺
トヴェーリ関門
バズデーエフ邸
クドリノ広場
ロストフ伯爵邸
税務庁土塁
(カーメル・コレーシスキー・ヴァル)
ポヴァルスカヤ
アルバート
ドロゴミーロフ
関門
モスクワ川
スモレンスク街道
叩頭の丘
(ポクロンナヤ・ガラ)
ハモヴニキ
ズーボフ
土塁
ロストフ家の避難路
フランス軍の動き
ノヴォデーヴィチ修道院
0
2km

あちら側では渡り切った者たちが岸を越えて通りや横町をびっしりと埋め尽くし、また背後からも同様の集団が詰め寄せてくるのを目にしたのだった。これを見た将兵たちはなぜとは知らず焦りと不安の虜となった。そしてやみくもに橋めがけて突き進むと、そのまま橋上へ、あるいは浅瀬へ、あるいはボートへと殺到した。クトゥーゾフは裏道伝いにモスクワ川の対岸に出るよう、自分の御者に命じた。

九月二日の朝十時ころになると、ドロゴミーロフ橋の手前には、ただっ広い空間にぽつんと後衛部隊が残っているばかりだった。軍の本隊はすでにモスクワ川を越え、さらにはモスクワの外に出ていたのである。

ちょうど同じころ、すなわち九月二日十時に、ナポレオンは自軍を左右に従えて叩頭《ポクロンナヤ・ガラ》の丘に立ち、眼前に広がる光景を見つめていた。八月二十六日から九月二日にかけて、すなわちボロジノの会戦からフランス軍のモスクワ侵入までの動乱に満ちた記憶すべき日々の間ずっと、見事な、常に人を驚かしてやまぬ秋日和《あきびより》の天気が続いていた。低い太陽が春よりも熱く照りつけ、希薄な澄み切った大気の中でものみなが煌《きら》めいて目にまぶしく、秋の馥郁《ふくいく》たる空気を吸う胸は、引き締まって爽やかになり、夜になってさえ暖かな日もあって、そんな暗く暖かな夜には空から絶え間なく金の星々が降り、人目を驚かせ喜ばせるのだった。

九月二日の朝十時も、まさにそんな天気だった。朝の輝きはまるで魔法のようだった。叩頭の丘《ポクロンナヤ・ガラ》から見るモスクワは、川や庭園や教会を擁して広々と開け、あちこちの聖堂の円屋根を陽光に星々のごとくに煌めかせながら、自分自身の生を営んでいるように見えた。

見たこともない形をした奇妙な建築物群を持つ不思議な町の光景を眼前にして、ナポレオンは、自分たちのことを知らぬ他所《よそ》の人間の生活の形を目の当りにした人が感じるような、幾分羨望の混じった不安な好奇心を覚えていた。たしかにその町は全力で自分自身の生を営んでいたのだ。離れたところからでも生きているものと死んだものを過《あやま》たず見分ける鍵となる微妙な気配によって、ナポレオンは叩頭の丘《ポクロンナヤ・ガラ》から、町の中に生命の脈動を見出し、その大きな美しい体の息遣いのごときものを感じ取ったのである。

「無数の教会を擁するアジア風の町、聖なるモスクー！　ついにそれが目の前にあるのだ、あの名だたる町が！　その時が来たのだ！」そう言うとナポレオンは馬を下り、目の前にそのモスクーの地図を広げるように命じて、通訳のルローヌ・ディドヴィーユを呼び寄せた。『敵に占領された都市とは、純潔を失った娘のようなものだ』そんな考えが浮かんだ（これは彼がスモレンスクで捕虜になったトゥチコフ将軍[28]

のない東方の美女の姿を見ていた。不可能と思われた久しい夢がついにかなったことに言った言葉通りだった）。そんな目で彼は眼下に横たわる、いまだかつて見たこと

のない東方の美女の姿を見ていた。不可能と思われた久しい夢がついにかなったことが、われながら不思議に思えた。明るい朝の日差しの中で、町を眺めたり地図を見たりしながらこの町の細部を確かめていると、自分のものにできるという確信に胸が沸き立つと同時に恐怖を覚えるのだった。

『だがいったい、これ以外の結果があり得ただろうか？』彼は思った。『ほら、それが、その首都が、俺の足元に横たわって自らの運命を待っている。アレクサンドルは今どこにいて、何を思っているだろう？　奇《くす》しくも美しき、荘厳なる都市！　そして奇《くす》しくも荘厳なる今のこの瞬間《とき》！　俺はあの者たちの目にどんな姿で映っているだろうか！』彼は自分の兵たちのことを思った。『ほらあれが、あの疑ぐり深いすべての者たちへの褒賞なのだ』間近にいる側近たちや、近寄ってきて整列しつつある兵士たちを見渡しながら、彼は思った。『俺が一言発し、手を一振りしさえすれば、あの皇帝《ツァーリ》たちの古い都は滅びることだろう。だがわが慈悲は、常にまず敗者のもとに下される。俺は寛大で真に偉大なる存在でなくてはならないのだ。いや待てよ、何かの間違いではないか、俺がモスクワにいるなんて』ふとそんな思いが彼の頭をよぎった。

『だがほら、モスクワはわが足元に横たわっているぞ、黄金の円屋根と十字架を陽光

に照り映えさせ、震わせた姿で。だが俺はモスクワを容赦してやる。古代からの蛮政と暴政の記念碑の上に、俺は正義と慈悲の偉大なる言葉を記すだろう……あのアレクサンドルがまさにその意味を最も身に染みて悟ることだろう。俺には彼の気持ちが分かる（ナポレオンの頭の中では、今起こりつつあることの最大の意義は、自分とアレクサンドルとの私的な戦いにあるのだった）。クレムリンの高みから——そう、あれがクレムリンなのだ、そうだ——俺は彼らに正義の法を与え、真の文明の意義を示し、代々の貴族が自らの征服者の名を、愛をもって想起するようにさせてやる。彼らの代表使節団に向けて俺は言うだろう。「余は戦争を望まなかったし、今も望んではいない。余が戦争を遂行したのは、ひとえに諸君の宮廷の間違った政策のためである。余はアレクサンドルを愛し、敬っている。そしてモスクワでは、余と余の諸国民の名に恥じぬものであれば、和平の条件を受け入れる」と。戦いにおける幸運を、尊敬する

28　パーヴェル・トゥチコフ（一七七六〜一八五八）。ロシアの将軍。スモレンスクの会戦で後衛軍を率いて活躍したが、負傷して捕虜となり、パリに送られる。後にロシアに戻って軍務に復帰したあと、元老院議員などの要職に就いた。ボロジノの会戦で活躍したニコライ・トゥチコフ（一七六五〜一八一二）、アレクサンドル・トゥチコフ（一七七七〜一八一二）を含む五人兄弟の一人。

皇帝を貶《おとし》めるために利用するつもりはない。「貴族諸君」と彼らに言ってやろう。「余は戦争を望むものではなく、自らの臣民すべての平和と安寧を望むものである」と。ともかく俺には分かっている――彼らが目の前にいれば、自分が発奮し、いつもの通り明晰に、堂々と、立派に演説することが。だがいったいこれは本当のことだろうか、俺がモスクワにいるなんて？　そうだ、ほらあれがモスクワだ！』

「貴族たちを連れて来るのだ」彼は供の者たちに向かって言った。すぐさま一人の将軍がきらびやかな随員団を伴って、貴族たちを集めに騎馬で出発した。

二時間がたった。ナポレオンは朝食を済ませると、再び叩頭の丘《ポクロンナヤ・ガラ》の同じ場所に立ち、代表使節団を待った。貴族たちへの演説は、すでに頭の中に出来上がっていた。その演説は威厳に満ち、ナポレオンの心得る偉大さに満ちたものだった。

モスクワで行動の主調とすべく意図していた寛大さのトーンに、ナポレオン自身が魅了されていた。彼はすでに頭の中で皇帝《ツァーリ》の宮殿における集会の日取りまで決めようとしていたが、そこではロシアの高官たちとフランス皇帝の高官たちが一堂に会するはずであった。すでに胸の内では、住民を魅了できるような知事の任命までしようとしていた。モスクワに数多くの慈善施設があると知った彼は、頭の中ですべてのそうした施設に自分の慈悲が降り注がれるべしという決定を下そうとしていた。アフリカではイスラムの寺院に頭巾のついた長衣を纏って座らざるを得なかったように、モスクワでは代々の皇帝と同じく慈悲深くあらねばならないと彼は思っていた。そして胸に訴えるものとくれば、まずは「わが愛しき、優しき、哀れな母親」と口にせずにはいられない典型的なフランス人である彼は、ロシア人の心を決定的に揺さぶるために、全ての慈善施設に大きな文字で「わが愛しき母に捧げる施設」と書かせるべく命じようとしていた。『いや、単に「わが母の家」としよう』と彼は胸の内で決めたのだった。『しかし、本当にモスクワにいるのだろうか？　そうだ、ほら目の前にあるじゃないか。それにしても、町の代表使節団が一向に姿を見せないのは、いったいどうしてなんだ？』彼は思った。

一方、皇帝の随員団の背後では、将軍や元帥たちの間でひそかに物議がかもされていた。代表使節団を求めて派遣された者たちが、モスクワは空っぽであり、住民はすっかり町から出て行ってしまったという知らせを持って帰って来たのである。話し合っている者たちの顔は蒼白で動揺しきっていた。住民がモスクワを置き去りにしたということが（その事態そのものがいかに重要と見えたにせよ）彼らを当惑させていたわけではなかった。彼らを当惑させたのは、そのことをどのように皇帝に伝えるか、すなわち、どのようにしたら皇帝陛下を恐るべき、フランス語で言うところの

「滑稽な《リディキュール》」立場に追いやることなく、陛下が延々と貴族連中を待っておられたのは無駄だったこと、あそこにいるのは酔っ払いの集団ばかりで、他には誰もいないことをお伝えするかという問題だった。ある者たちは、是が非でも何らかの代表使節団らしきものをかき集めてくるべきだと主張し、別の者たちはこれに反論して、慎重に頭を使って皇帝の心の準備を促したうえで、真実を打ち明けるべきだと主張していた。

「やはり申し上げないわけにはいきませんでしょうが……」側近の面々は言うのだった。「しかし皆さん……」状況を一層苦しくしているのは、皇帝が自らの寛容な施策に頭を巡らしながら、辛抱強く地図の前を行き来して、ときおり小手をかざしてモスクワへの道を見やっては、愉快そうに誇らしげにほほえんでいることであった。

「やはり無理ですよ……」肩をすくめながら言う側近の面々は、「とんだ物笑いの種《ル・リディキュール》……」という、言わずと知れた恐ろしい言葉を口に出す勇気もなかった。

一方皇帝は、いたずらに待つことに疲れたうえに、自らの俳優的感性によって、偉大なる時があまりにも長く続きすぎて偉大さを喪失しつつあるのを感じ取り、片手を振って合図した。すると信号砲の単発の砲声がとどろき、四方八方からモスクワを包囲していた軍勢が、モスクワを目指して、トヴェーリ関門、カルーガ関門、ドロゴミーロフ関門へと進軍を開始した。どんどん速度を速めて速歩や駆け足で互いに追い越し合いながら、軍勢は自分たちがたてたもうもうたる砂埃に隠れ、混然と溶け合った喚声の轟《とどろ》きを大気に響かせつつ、進んでいく。

軍勢の動きに魅せられつつ、ナポレオンは将兵とともにドロゴミーロフ関門まで馬を進めたが、そこでまたもや立ち止まり、馬を下りると、税務庁土塁《カーメル・コレーシスキー・ヴァル》[29]のあたりを長いこと行ったり来たりしながら代表使節団を待ったのである。

20章

一方モスクワは空っぽだった。市中にまだ人はいた。それまでの全住民の五十分の一はまだ残っていたのだが[30]、しかし町は空っぽだった。ちょうど女王蜂を失って滅びつつある蜜蜂の巣箱が空っぽなように、空っぽだったのだ[31]。女王蜂を失った巣箱にはもはや生活はないが、表面的には他の巣箱と同じく生活し

29 モスクワの周囲、現サドーヴォエ環状道路のさらに外側に一七四二年に作られた環状土塁で、全長三十七キロメートル。本来酒類の持ち込みをはばむ税関の施設として作られたのでこの名で呼ばれるが、長いこと警察機能を含めてモスクワ市の市域の境界とみなされていた。

30 一八一二年当時のモスクワ市の人口は約二十七万だった。

ているように見えるものだ。

真昼の熱い日差しの中、女王蜂を失った巣箱の周りには、他の生きた巣箱の周りと同様、蜜蜂たちが飛び回っている。遠くまで蜜の匂いを漂わせているのも同じなら、その蜂たちが巣箱に出入りしている様子も同じだ。だがじっと見つめているだけで、その巣箱にはもはや生活がないことが分かる。蜜蜂の飛び方も生きた巣箱とは違っているし、養蜂家の五感に響く匂いも音も、いつもとは違っているのだ。養蜂家が病んだ巣箱の壁を叩いても、かつてのように瞬時にして何万匹もの蜜蜂が一斉に威嚇するように尻を固め、急速に羽を打ち合わせて、シュウシュウといった生気に満ちた空気音を立てて応じることはない。彼に応えるのは空の巣箱のあちらこちらでうつろに響く、不ぞろいなブンブンという羽音にすぎない。出入り口の穴から漂ってくるのも、かつてのような蜜と毒の混じったアルコールのような、かぐわしい匂いと、充満した温気《うんき》ではなく、蜜の匂いに空虚と腐敗の臭気が混じりこんでいるのだ。入り口の脇でも、もはや命がけで巣を守る覚悟の衛兵たちが、尻を上げた格好で警戒警報を鳴らしているわけではない。仕事にいそしむ蜂たちのたてる、ちょうど湯がふつふつ沸き立つような、なめらかで静かな音も聞こえず、聞こえるのは調子はずれでばらばらの、無秩序なざわめきばかりである。巣箱にこそこそとすばしこく出入りしているのは黒くて長めの体に蜜をいっぱいつけた泥棒蜂で、これは人を刺さず、危険からは身をかわすタイプだ。かつては巣に入るのは何かを持ち帰った蜂だけで、出て行く蜂は手ぶらだったが、今やお土産をせしめた蜂が飛び立っていくのである。養蜂家は下の蓋を外し、巣箱の底部を覗き込む。これまでは静かに仕事にいそしむ黒い艶々した蜂たちが、互いの脚につかまりながら床までだらりと連なって、絶えずかすかな作業音をたてつつ蠟《ろう》を引いていたものだったが、今やその代わりに、干からびかけた蜂たちが寝ぼけた様子でぼんやりと、巣箱の底や壁をあちこち這いまわっているばかり。かつて巣箱の床は蜂蠟《ほうろう》[32]できれいに固められ、団扇《うちわ》代わりの羽で吹き清められていたものだが、今

31　この連想の源泉の一つとして寓話作家イワン・クルイロフの『鴉《からす》と鶏』(一八一二)の次の一節があげられる。「スモレンスキー公［クトゥーゾフ］が／挑発に対して計策で武装し／新たなヴァンダル人に罠を仕掛け／奴らを殲滅せんとモスクワを後にした時／住民たちは身分の上下を問わず／時を待たずに身支度をして／モスクワの城壁から外へ脱出した／巣箱から飛立つ蜜蜂の群れのように」(鳥山祐介訳)。なおクルイロフのこの寓話詩は、町に残った鴉がスープにされてしまう点で、当時のモスクワ脱出をめぐる評価においても、トルストイの作品との関連で興味深いが、その点については、鳥山祐介の次の論考を参照。「巣箱から飛立つ蜜蜂の群れのように―クルイロフの寓話詩『鴉と鶏』と1812年のモスクワ―」『千葉大学比較文化研究1』(二〇一三)。

ではその床に、蠟のかけらやら、蜂の糞やら、死にかけてかろうじて小さな脚をうごめかしている蜂やら、すっかり死んで片付けられていない蜂やらが横たわっている始末だ。

養蜂家は上の蓋を開いて巣箱の上部を見る。巣の穴という穴にびっしりとへばりついて幼虫を温めている一面の蜜蜂の列の代わりに、彼が見るのは見事に仕上げられた複雑な巣の細工そのものだ。ただしそれももはや以前のような清らかなものではない。すべてが荒らされ、汚されている。例の泥棒蜂、すなわち黒い蜂たちが、蜜房から蜜房へと速足でこそこそと歩き回っている。本来の主人だった蜂たちは、干からびかけ縮こまり、衰弱した、老いぼれのような姿で、ゆっくりとうろついている。誰の邪魔もせず、何も望まず、生きているという意識も失ったまま。飛行中の雄蜂、雀蜂、丸花蜂、蝶々が、わけもなく巣箱の壁にぶつかってくる。死んだ蜂の子や蜜の入った蜜房の隙間では、時折あちこちから怒ったような羽音が聞こえる。どこかで二匹の蜜蜂が、昔の習慣と記憶に誘われるまま巣を掃除し、蜜蜂や丸花蜂の死骸を片付けているが、何のためにそんなことをしているのか、自分たちも分かっていない。別の片隅では別の二匹の老いた蜜蜂が、面倒くさげに取っ組み合ったり互いの体を清め合ったり餌を与え合ったりしているが、果たして喧嘩しているのか睦み合っているのか、自分たちにも分からないのだ。また別の場所では蜜蜂の群れが押し合いへし合いしながらなぜか犠牲にされた一匹に襲い掛かり、叩いて息の根を止めようとしている。そうして弱ったり殺されたりした蜂は、ゆっくりと、まるで羽毛のように軽々と、積もった死骸の山の上に落ちていくのである。養蜂家は巣の中を見ようとして中央の二枚の蜜房を開いてみる。かつてはそこに何千匹もの蜜蜂が背中合わせにうずくまり、びっしりとしたいくつもの黒い塊をなして、至高なる生殖の神秘を体現していたものだが、その代わりに彼が目にするのは、何百匹かの物憂げな、半死半生の、眠り込んだ蜂の残骸ばかりである。彼らは、これまで自分たちが守って来たが今はもう失われてしまった聖所にうずくまったまま、自分でも気づかぬうちに、ほぼすべて死に絶えているのだ。その体からは腐敗と死の臭いが漂っている。ただ何匹かだけが、身じろぎをして立ち上がり、ふらふらと飛んで侵入した敵の手にとまるが、もはや相手を刺して死ぬ力もない。残りの死んだ蜂たちは、まるで魚のうろこのようにぽろぽろと下に落ちていく。養蜂家は蓋を閉ざし、その巣箱にチョークで印をつける。そうして時を見て枠を外し、火にくべるのである。

32　蜜蜂が樹脂と蜜蠟を混ぜて作る抗菌物質。プロポリス。

疲れて不安げな、仏頂面のナポレオンが税務庁土塁のあたりを行きつ戻りつしながら、たとえ表向きとはいえ彼の理解する礼儀の遵守という観点からは不可欠なもの、すなわち代表使節団を待っていた時、モスクワはこのように空っぽな状態だったのである。

たしかにモスクワのあちこちの片隅では、いまだ人々が古くからの習慣を守ってうごめいてはいたが、自分たちが何をしているかは分かっていなかった。

いよいよナポレオンに、しかるべき慎重な手順を経て、モスクワが空っぽであることが告げられると、彼はそれを報告した者を怒りの眼で一瞥《いちべつ》し、くるりと背を向けると、また黙って歩き続けた。

「馬車を出せ」彼は命じた。出された箱馬車に当直の副官と並んで乗りこむと、彼は市の外に広がる集落を目指した。

『モスクワが無人とは。まったくありうべからざる出来事だ！』彼はそんな独り言を言った。

結局彼は市内には向かわず、ドロゴミーロフの郊外集落にある旅籠に泊まった。

芝居は見せ場でつまずいたのである。

21章

ロシア軍は深夜二時から午後二時にかけてモスクワを通過した。最後にモスクワを出る住民や負傷者たちがこれについて行った。

軍の移動中で最も大きな渋滞が起こったのは、カーメンヌィ橋、モスクワ川橋、ヤウザ橋の橋上であった。

クレムリンの周囲でいったん二手にばらけた兵士の集団がモスクワ川橋とカーメンヌィ橋の上で再び密集すると、団子状態で足止めを食ったのをこれ幸いと、膨大な数の兵が橋からもと来た方へと引き返し、こっそりとものも言わずに福者ワシーリー寺院の手前を折れ、ボロヴィツキー門のあたりまで行くと向きを変えて坂を上り、赤の広場へと向かっていった。ある種の勘の働きで、そこに行けば他人のものでも簡単に手に入ると感じていたのである。バーゲンに群がる客たちのようなそんな一大集団が、ゴスチンヌィ・ドヴォール[33]に入りこみ、通路という通路を埋め尽くした。だがそこには店主たちが客を誘う愛想のいい甘ったるい声も聞こえなければ、立ち売り人もおらず、派手な衣装で買い物をする女客の群れも見られなかった。見えるのは軍服や外套姿で銃も持たない兵士たちの姿ばかりで、黙ったまま品物を背負って出て行き、また手ぶらで売り場に入ってくるのだった。店主や手代たちは（その数はわずかだったが）おろおろと兵士たちの間を歩き回り、自分の店を開けてみたり閉じてみたりしながら、自分たちも使用人の手を借りて商品をどこかに移していた。ゴスチンヌィ・ドヴォールの傍の広場には鼓手たちが立って集合の太鼓を打ち鳴らしていた。しかし太鼓の音を聞いても略奪兵たちはこれまでのように駆け足で集合しようとしないどころか、反対に太鼓から遠くへと逃げだす始末だった。兵士たちに交じって売り場や通路のそこここに、灰色の長外套を着た、頭を剃られた者たち[34]の姿も見られた。将校が二人、一方は軍服に肩帯を付けた姿で痩せた黒葦毛の馬にまたがり、一方は外套を着て徒歩のまま、イリインカ通りの街角に立って何やら話をかわしていた。そこへもう一人の将校が馬で駆けつけてきた。

「将軍が、何が何でも直ちに全員をここから追い払えとご命令だ。まったく、こんなことは前代未聞だ！　兵員の半数が逃げ出すなんて」

「お前、どこへ行く？……お前たち、どこへ行くか？……」歩兵が三名、外套の裾をからげた格好で脇をすり抜け、ゴスチンヌィ・ドヴォールに向かうのを見ると、将校は怒鳴りつけた。「とまれ、ごろつきども！」

「まあ、ためしにあいつらを集めてみるんだな！」別の将校が応じる。「集められっこないから。それより早いこと先へ進むことだ、残っている者たちまで逃げださないうちにな。それに尽きるよ！」

「いったいどうすれば先へ進めるんだ？　あの橋の上で団子になって、にっちもさっちもいかずに立ち往生しているんだぞ。それとも、残りの連中が散り散りにならないように、非常線を張れとでもいうのか？」

「いいから現場へ行きたまえ！　連中を追い立てるんだ！」上級将校が一喝した。

肩帯をした将校が馬を下りると鼓手を呼びつけ、一緒にゴスチンヌィ・ドヴォールのアーチをくぐっていった。何人かの兵士がかたまって逃げだしていく。鼻の周りの頬に赤いニキビを散らした店主が一人、食い太った顔にどっしりと落ち着いた計算高い表情を浮かべて、いそいそとしゃれ者めいた身振りで両手を大きく振りながら将校

33　ゴスチンヌィ・ドヴォールは商人の館というほどの意味。十六世紀からクレムリンにほど近い商人集落に住居や倉庫を兼ねた商店の集まる館として発展し、十八世紀末にエカテリーナ二世の主導により、三階建て、七百六十の店を擁する大ショッピング・センターとなった。祖国戦争の大火で焼けた後、一八三八年に再建された。

34　脱走した囚人たち。

に近寄ってくる。

「将校さま」彼は言った。「お願いでございます、どうかお助けを。それは私どもも、些細な損に目くじら立てることはいたしません、喜んでご奉仕しますよ！　羅紗《ラシャ》地ならすぐにでもお持ちします、高貴なお方のためならば、二枚でも喜んで進呈いたしましょう！　感謝のしるしですから。しかしこれは言語道断、ただの強盗じゃありませんか！　お願いです！　番兵か何か立てていただくか、せめて戸締りくらいさせていただきたいところで……」

何人かの商店主が将校の周りに集まってきた。

「やい！　何を四の五の言っている！」中の一人、痩せぎすな、厳しい顔つきの男が言った。「首を斬られた者が髪の毛のことで文句を言っても仕方あるまい。何でもいい、誰でもいいから勝手に持っていきやがれだ！」荒っぽい仕草で片手を一振りすると、男は将校から顔を背《そむ》けた。

「そりゃあんたは好きなことを言ってりゃいいさ、イワン・シードルィチ」最初の店主が怒った口調で言った。「どうかひとつ、将校さま」

「よせよせ！」痩せぎすの男が叫んだ。「うちじゃあ三軒の店に十万ルーブリ分もの品物が置いてあるんだ。軍がいなくなったら守れるもんかい。なあみんな、神さまの力でなされることは人間業じゃ太刀打ちできねえんだ！」

「お願いしますよ、将校さま」最初の店主がお辞儀をしながら促す。将校は当惑してたたずんでいる。その顔にもためらいが見られた。

「えい、俺に何の関係がある！」不意にそう叫ぶと、将校はその場を離れ、売り場をどんどん先へと進んで行った。一つの開いた店から殴打の音と罵り声が聞こえたかと思うと、ちょうど将校がそこへ差し掛かったとき、その店のドアから、灰色の百姓外套を着た、頭を剃られた男が突き飛ばされて出てきた。

男は身をかがめたまま、店主たちと将校の傍らをすり抜けていった。将校は店の中にいる兵士たちをどやしつけた。だがその時、モスクワ川橋の上で大群衆のすさまじい叫び声が響いたので、将校は広場めがけて飛び出して行った。

「どうした、いったい何があったんだ？」彼は訊ねたが、同僚はすでに叫び声のする方に向かって、福者ワシーリー寺院の脇を抜けて馬を走らせていた。将校も馬に乗り、同僚の後を追った。橋まで駆けつけたとき彼が目にしたのは、前車から外された二門の大砲、橋の上を進んでいく歩兵隊、何台かの横倒しになった荷馬車、何人かの度肝を抜かれたような顔、そしてにやにや笑っている兵士たちの顔だった。大砲の脇には二頭の馬を付けた荷馬車が一台停まっている。荷馬車の車輪の後ろには、首輪を着けたボルゾイ犬が四頭、身を寄せ合っている。荷馬車には山のような荷が積まれ、そのてっぺんの、子供用の小さな椅子がひっくり返しておいてある隣に、女がひとりちょこんと座りこみ、金切り声をあげて猛烈に泣きわめいているのだった。同僚たちが将校に語ったところでは、群衆が叫び、あの女が金切り声をあげているのは、次のような事情からだった。つまり群衆がひしめいているところにエルモーロフ将軍が馬車で通りかかり、兵士たちが勝手に店を荒らしまわって、住民たちの大群が橋を通せんぼしているのを知ると、大砲を前車から外し、橋を砲撃するまねをせよと命じたのだ。すると群衆は、荷車を倒し、互いを踏みつけ、必死に叫び、押し合いへし合いしながら、ついにはすっかり橋の上から姿を消した。それで軍も前進できたというわけである。

22章

一方で町そのものはがらんとしていた。通りにはほとんど人っ子一人いない。家々の門も商店も、すっかり閉まっていて、ただところどころ酒場の周辺で、ポツリポツリと叫び声や酔っぱらいの歌が聞こえる。馬車で通りを行く者はなく、歩行者の足音もめったに聞こえない。ポヴァルスカヤ通りは完全にシーンとして人気《ひとけ》がなかった。ロストフ家の屋敷の広大な内庭には、乾草の食い残しや出て行った荷馬の糞が散乱しており、人の姿は一人として見えなかった。家財ごとそっくり残されたロストフ家の中では、二人の使用人が大きな客間に陣取っていた。屋敷番のイグナートと召使の少年ミーシカだった。ミーシカはワシーリイチの孫で、祖父と一緒にモスクワに残ったのだった。ミーシカはクラヴィコードを開けて一本指で弾いていた。屋敷番の方は大鏡の前に立ち、両手を腰に当てたポーズでうれしそうに笑っていた。

「ほら、上手でしょう！　どう？　イグナートおじさん！」少年が急に両手で鍵盤をたたきながら言う。

「おいおい！」自分の顔が鏡の中でどんどん笑み崩れていくのを物珍しげに見つめながら、イグナートは応じた。

「この恥知らずども！　まったく、恥知らずだよ！」急に背後で声がした。そっと部屋に入って来たマヴラ・クズミーニシナの声だった。「よくもまあ、太った面《つら》をして歯をむき出して。そんなことをさせるためにお前たちを残したんじゃないよ！　あっちは何も片付いていないで、ワシーリイチがへたばっているじゃないか。今にひどい目に遭わしてやるからね！」

イグナートは腰ひもを直し、にやにや笑いをやめ、おとなしく目を伏せて部屋から出て行った。

「おばちゃん、僕ぼちぼちやるから」少年は言った。

「こっちもあんたをぼちぼちかわいがってやるよ。このわんぱく小僧！」片手で脅すまねをしながらマヴラ・クズミーニシナが声を張り上げた。「爺ちゃんのところに行って、サモワールの仕度をしな」

マヴラ・クズミーニシナは埃を払ってからクラヴィコードを閉じると、深いため息をついて客間を出て、入り口のドアに鍵をかけた。

庭に出たマヴラ・クズミーニシナは、これからどこへいったものかと考えた。離れのワシーリイチのところへ行ってお茶を飲もうか、それとも物置部屋に行って、まだ片付けの済んでいないものを片付けようか？

ふと静かな通りから小走りの足音が聞こえてきた。足音はくぐり戸のところで止まった。誰かが手で開けようとするらしく、掛け金のカチャカチャという音が響く。マヴラ・クズミーニシナはくぐり戸のところへ行った。

「どなたにご用ですか？」

「伯爵です、イリヤ・アンドレーヴィチ・ロストフ伯爵に」

「それであなたさまは？」

「私は将校です。ぜひお目にかかりたいのです」ロシア人らしい気持ちの良い、おまけに貴族らしい声だった。

マヴラ・クズミーニシナはくぐり戸を開けた。すると十八歳ほどの丸顔の将校が庭に入って来た。顔立ちにロストフ家の人々を偲《しの》ばせるところがあった。

「お発ちになりました。昨日の晩のお祈りの頃にここを出られまして」優しい声でマヴラ・クズミーニシナは告げた。

若い将校はくぐり戸に立ちながら、邸内に入るべきか入るべきでないのかとためらう様子で、ちっと舌を鳴らした。

「いや、まいったなあ！」彼は言った。「昨日伺っていれば……。ああ、実に残念だ！……」

一方マヴラ・クズミーニシナは、青年の顔立ちのそこここに表れたなじみ深いロストフ一族の特徴や、彼が身に着けている破れ外套や履き潰した長靴を、しげしげと親身な目で見つめていた。

「伯爵さまにどんなご用事だったのでしょうか？」彼女は訊ねた。

「実は……いやまあ後の祭りです！」くやしそうに言うと、将校は立ち去ろうとするかのようにくぐり戸に手を掛けたが、またためらって足を止めた。

「実はですね」不意に将校は言った。「私は伯爵の血縁の者で、伯爵にずっと大変よくしてもらっていたのです。それがまあ、こんなふうに（そう言って彼は人のよさそうな明るい笑みを浮かべながら自分のコートと長靴に目を遣った）ひどい風体《ふうてい》になって、懐もすっからかんになってしまったものですから、それでひとつ伯爵におねだりしようかと……」

マヴラ・クズミーニシナは相手に最後まで言わせなかった。

「ちょっとお待ちいただけますか。ほんの一分ですから」彼女は言った。そして将校がくぐり戸にかけた手を放すやいなや、くるりと踵《きびす》を返すと、年のいった女らしい速足で、自分の住む離れのある裏庭を目指して歩み去った。

マヴラ・クズミーニシナが自室に駆け戻る間、将校はうなだれて自分の破れ長靴を見つめながら、微苦笑を浮かべて庭を歩き回っていた。『伯父さまと会えなかったのは実に残念だ。でも、いいお婆さんだな！　どこに行ったんだろう？　それに、うちの連隊に追いつくにはどんな近道を通って行ったらいいか、何とか調べておかなくては。連隊は今頃ロゴーシュスカヤ関門のあたりまで行っているはずだな』若い将校はこの間にそんな思いを巡らしていた。マヴラ・クズミーニシナは慌てふためきながらも決然とした表情で、チェックのハンカチの包みを手にして、家の角から出てきた。何歩か手前で包みを開くと、中から白い二十五ルーブリ紙幣を取り出し、急いで将校に渡した。

「もしもご主人さまが御在宅でしたら、もちろんのこと、御親族としてきちんとしたことをなさったでしょうが、これは……さしあたり……何かのお役にと……」マヴラ・クズミーニシナは気後れしてしどろもどろになった。だが将校は拒絶もせず、悠揚として紙幣を受け取ると、マヴラ・クズミーニシナに礼を言った。「伯爵さまがご在宅でしたらよろしかったのですが」と、マヴラ・クズミーニシナはなおも詫びる口調で続けた。「キリストさまがついていらっしゃいますよ！　どうぞご無事で」青年を見送りながらマヴラ・クズミーニシナはお辞儀をしてはなむけの言葉を述べるのだった。将校はわが身を笑うかのような笑みを浮かべながら、首を振り振り自分の連隊の後を追って、人気のない通りをヤウザ橋の方角にほとんど全速力で駆けだして行った。

一方マヴラ・クズミーニシナは、まだ長いこと涙に濡れた目をして、思いに沈むように首を振りながら、閉じたくぐり戸の前にたたずんでいた。見知らぬ将校への思いがけない、母親のような慈《いつく》しみと哀れみの念が、潮のように満ちてくるのを感じていたのである。

23章

ワルワルカ通りの普請中の建物、下が酒場になっているその建物から、酔漢たちの叫びや歌が聞こえてくる。狭く薄汚い部屋の中、いくつかのテーブルの脇に置かれた長椅子の上に、十人ほどの工員たちが陣取っていた。みんな酔っぱらって汗にまみれ、トロンとした目つきで、力みかえり、大口を開けて何かの歌を歌っている。歌は不揃いで、無理やり精いっぱい声を張り上げている様は、どうやら歌いたくて歌っているのではなく、こうして酒を飲んで楽しんでいるぞと見せつけるために歌っているようだった。中の一人、小ぎれいな青い町人風の羅紗の長上着を着たのっぽで金髪の若者が、立って皆を睥睨《へいげい》している。細い鼻筋がすっと通ったその顔は美男といっても通りそうだったが、絶えずぴくぴくうごめいている薄い、引き締まった唇と、トロンとして不機嫌そうな動かぬ目が、印象を損なっていた。若者は歌っている者たちのただ中に立ち、どうやら何かが頭に浮かんでいるらしく、肘まで袖をまくり上げた白い右手を物々しくもぎこちない仕草で仲間の頭上に振りかざすと、汚れた指を無理やり大きく開いてみせようとするのだった。まくり上げた上着の袖がすぐに落ちてくるので、若者はそのたびに左手でせっせと袖をまくり直す。まるで振り上げられた白い筋張った片腕が必ずむき出しであることが、何かとりわけ重要な意味を持つかのようであった。歌の途中で、玄関と表階段から喧嘩の怒声と殴り合いの音が聞こえてきた。のっぽの若者はさっと片手を振り下ろした。

「やめだ！」彼は命令口調で叫んだ。「喧嘩だ、みんな！」そう言って彼は、相変わらず袖をまくり上げながら表階段へ出て行った。

工員たちも後に従った。この朝、のっぽの若者に引き連れられてこの酒場で飲んでいた工員たちは、酒場の主人のために工場から革を持ち出してきて、見返りに酒を出してもらったのだった。ところがこの酒場でどんちゃん騒ぎしている音を聞きつけた近所の鍛冶場の鍛冶工たちが、さては酒場荒らしだと思い込み、強引に押し入ろうとした。そこで表階段で喧嘩騒ぎになったというわけだった。

酒場の主人が戸口のところで鍛冶工の一人と取っ組み合っているところへ、工員たちが出てきたものだから、鍛冶工は主人の手から身をもぎ放したが、勢いで顔面から舗道へ倒れ込んでしまった。

もう一人の鍛冶工がドアへ突進しようとして、酒場の主人に胸からぶつかっていく。

袖まくりした例の若者が、出てくるなりドアに突進してくる鍛冶工の顔面を殴りつけ、けたたましい声で「みんな、仲間が殴られているぞ！」と叫んだ。

その時、最初の鍛冶工が地面から起き上がり、裂けた顔の血のりをかきむしるようにしながら、泣き声で喚いた。

「お巡りさん！　人殺しだ！……人を殺しやがった！　みんな！……」

「ああ、恐ろしい、人を殺すなんて、何てことを！」近所の家の門から出てきた女が金切り声を上げる。血まみれになった鍛冶工の周りに人垣ができた。

「こいつ、さんざんぼったくりやがって、身ぐるみ剝《は》ぐようなことをしてきたくせに」誰かが酒場の主人に向かって言った。「どうして人殺しまでしようってんだ？　この悪党めが！」

表階段に立ったのっぽの若者は、こうなったら誰を喧嘩の相手にしてやろうかと迷うふうに、どんよりとした目で酒場の主人を見たり鍛冶工たちを見たりしていた。

「人殺しめ！」不意に彼は酒場の主人に向かって言った。「こいつを縛り上げろ、みんな！」

「何だと、俺一人を悪者にしようっていうのか！」飛び掛かって来た者たちから身を振り放して叫ぶと、酒場の主人は被っていた帽子をもぎとって地面に投げつけた。

あたかもこの行為が何か神秘的な威嚇の意味を持っていたかのように、主人を取り囲んでいた工員たちが、ふとためらって足を止めた。

「おいお前、俺は決まりというものはちゃんとわきまえているんだ。このまま自分の足で警察に行って申し開きをしてやるよ。まさか行けやしないとでも思ったか。見てろ、今どき強盗の真似は誰にも許されんからな!」帽子を拾い上げながら主人は啖《たん》呵《か》を切った。

「じゃあ、行ってやろうじゃねえか、こん畜生!」「行ってやろうじゃねえか……こん畜生め!」代わる代わる同じセリフをぶつけ合いながら、主人とのっぽの若者はそろって通りを進んで行った。血まみれの鍛冶工がこれに並ぶ。工員たちや野次馬連中が、ガヤガヤ喋ったり叫んだりしながら後に続いた。

マロセイカ通りの角まで来ると、靴屋の看板がかかった大きな建物が板を打ち付けて閉鎖されており、その前に靴職人が二十名ばかり、しょんぼりした顔で立ち尽くしていた。仕事着の上にボロボロの羅紗の長上着を羽織った、痩せて憔悴しきった連中である。

「あの野郎め、ちゃんと給料を払いやがれ!」まばらなひげを生やした痩せた職人が眉をひそめて言った。「それを、さんざん俺たちの血をすすっておいて、ぽいとおさらばだ。好きなだけこき使いやがって、まるまる一週間もよ。足腰立たなくさせておいて、自分だけドロンを決め込みやがった」

人の群れに血まみれの人間まで交じっているのを見ると、喋っていた職人は口を閉ざした。そして靴職人たちが揃ってにわかに好奇心をあらわにしながら、歩く集団に加わってきた。

「皆さんどこへお出かけで？」

「知れたことよ、お上《かみ》の役所さ」

「ところで、味方の軍が負けたっていうのは本当で？」

「じゃああんた、どう思っていたんだよ！　よく聞くことだな、世間の噂をよ」

いろんな問答が聞こえてくる。酒場の主人は、皆が話に夢中になっているのをいいことに、わざと集団から遅れて、そのまま自分の店に戻っていってしまった。

のっぽの若者は、敵の酒場の主人が姿を消したのにも気づかぬまま、むき出した片手を振りまわしながら延々と喋り続け、皆の注目を集めていた。この男なら皆が感じている疑問を解決してくれるだろうと見込んだ一同は、もっぱら彼の周りに寄り集まっていた。

「決まりってやつを示してもらおうじゃないか、法律を示してもらおうじゃないか、そのためにお上ってものがあるんだからな！　そうだろう、正教徒のみんな？」のっぽの若者は薄笑いしながら言うのだった。

「あの野郎、そのお上までいなくなったとでも思っていやがるのか？　いったいお上なしで立ちゆくもんかい？　それじゃあ、盗みのし放題じゃねえか」

「何を下らねえこと言っていやがる！」人群れの中から野次が飛んだ。「それじゃあ、連中がモスクワを捨てて行こうとしているのはどういうことだ！　お前は冗談半分の与太話を本気にしているだけさ。ものすごい数の味方の軍隊が引き揚げていくんだぜ。そうして敵を迎え入れようってわけだ！　それがお上のやり口さ。みんなが何と言っているか聞いてみろ」のっぽの若者を指さしながら人々は口々に言うのだった。

キタイゴロドの壁のあたりで別の小さな集団が、粗末な羅紗外套を着て手に一枚の紙を持った男を取り巻いていた。

「布告だ、布告を読んでいる！　布告を読んでいるぞ！」集団の中でそんな声が響くと、皆が一斉に読み手の男のところに殺到した。

粗末な羅紗外套の男が読んでいたのは八月三十一日付のビラだった。群衆に取り巻かれると男はたじろいだようであったが、例ののっぽの若者が間近にまで割り込んでいって頼み込むと、かすかに声を震わせながらも、ビラをもう一度初めから読み始めた。『明日早朝、私は大公爵《スヴェトレイシー・クニャーシ》のもとを訪れる』と男は読んだ（「ピカピカ《スヴェトレーユシチー》の公爵《クニャーシ》だと」とのっぽの若者が得意げに口をほころばせて、眉はひそめたまま繰り返した）。『殿下と打ち合わせをし、行動し、軍が悪者どもを根絶やしにするのを助けるためである。われわれもまた悪党どもの息の根を……』ここまで読んで男は間を置いた（「ほらみろ」と勝ち誇ったようにのっぽの男が叫ぶ。「あのお方の手に負えない問題《ディスタンツィヤ》はないんだ……」）。『……止め、迷惑な客どもを悪魔のもとへ追い払おうではないか。私は午餐までには戻る。皆で取り組み、徹底的にやっつけて、悪党どもをギャフンと言わせよう』

読み手が最後の文句を読むころには、聴衆は完全に沈黙していた。のっぽの若者もしょんぼりと頭を垂れたままだ。最後のいくつかの文言を誰一人理解できなかったのは明らかだった。とりわけ『私は午餐までには戻る』の一節には、見るからに読み手も聞き手もがっかりしていた。みんなは何か高尚なメッセージを期待していたのに、このくだりはあまりにも単純で不必要なまでに平明だった。これはまさに自分たちの誰でもが言えそうなことにほかならず、それゆえ最高権力者の発行する布告にはあるまじき言葉だったのである。

皆がっかりしたように黙り込んで立っていた。のっぽの若者は唇をもぐもぐと動かし、身を揺らしていた。

「あの人に聞いてみようじゃねえか！……」「あれがご本人かい？……」「だって、むこうから頼んできたんじゃねえか！……でなきゃ、どうして……」「あの人が教えてくれるぜ……」集団の後列の方でにわかにそんな声が響き、皆の注意が広場に乗りこんできた無蓋の四輪馬車に向けられた。警察長官の馬車で、竜騎兵が二名、騎馬で随行している。

警察長官はこの朝ラストプチン伯爵の命令で艀《はしけ》を焼き払いに行った帰りで、この任務で儲けた巨額の金を、この時懐に入れていた。自分の方に向かってくる人群れを見ると、長官は御者に停まれと命じた。

「何で集まっておるのだ？」三々五々おずおずと馬車に近寄ってくる人々に向かって彼は質《ただ》した。「何で集まっておる？　お前たちに訊いておるのだ！」返事がないので長官は重ねて問い質した。

「この者たちは、閣下」粗末な羅紗外套を着た小役人が答えた。「この者たちは、長官さま、ラストプチン伯爵閣下のご布告に従って、身命を惜しまずご奉仕したいと願っておるものでして、決して伯爵閣下のおっしゃるような暴徒などではなく……」

「伯爵はお発ちになっていない、ここにいらっしゃる。お前たちのことについてもご指示があるはずだ」長官は言った。「やれ！」彼は御者に指示した。集団は足を止め、去り行く馬車を見送りながら、長官が言った言葉を聞き取った者たちの周りに群がった。

一方警察長官は怯えたように後ろを振り返ると、御者に何かを告げた。すると馬たちはさらに速度を上げて駆け出した。

「まやかしだぞ、みんな！ 伯爵本人に会わせろ！」のっぽの若者の声が叫んだ。

「逃がすな、みんな！ ちゃんと説明させるんだ！ 引き留めろ！」あちこちで叫びが上がり、みんなが馬車の後を追って駆けだした。

集団は警察長官を追ってガヤガヤ騒ぎながらルビャンカに向かって行った。

「ちくしょうめ、貴族の旦那と商人は出て行って、どうして俺たちだけ見殺しなんだい？ まさか、俺たちは犬っころ扱いなのかい、ええ？」集団の中で頻繁にそうした声が上がっていた。

24章

九月一日の晩、クトゥーゾフとの面会を終えたラストプチン伯爵は、自分が作戦会議に呼ばれなかったこと、そして首都防衛への参加をという自分の提言をクトゥーゾフが一顧だにしなかったことに落胆と屈辱を覚え、さらには首都の平穏や首都住民の愛国的な気分といった事柄は第二義的なものであるどころか、全く不要な、どうでもいい問題であるといった考え方を陣中に見出して驚愕していた。そうした諸々を嘆き、怒り、愕然としたまま、ラストプチン伯爵はモスクワに戻って来たのだった。夜食を済ませると伯爵は着替えもせずに寝椅子に横たわったが、十二時すぎに急使に起こされた。クトゥーゾフの書状を届けにきたのである。書状には、軍はモスクワを越えてリャザン街道へと退却するので、軍が町を通過するのを先導する警察官を出してもらえないかと書かれていた。情報そのものはラストプチンにとって目新しいものではなかった。昨日の叩頭の丘《ポクロンナヤ・ガラ》でのクトゥーゾフとの会見からばかりでなく、すでにボロジノ会戦の際に、モスクワを訪れる将軍たちが皆、異口同音にこれ以上戦闘はできないともらし、すでに伯爵の認可のもとに毎夜国有財産が運び出され、住民たちも半分近くが出て行ったあたりから、ラストプチン伯爵はモスクワがいずれ放棄されるであろうことを予期していた。にもかかわらずこの知らせが、クトゥーゾフの指令を添えたただのメモの形で、それも深夜の十二時すぎに届けられた時、伯爵は驚きかつ憤慨したのである。

後になって、この当時の自分の活動を説明した手記の中で、ラストプチン伯爵は何度か、当時の自分には二つの重要な目的があったと書いている。すなわちモスクワの平穏を維持しかつ住民を退避させることであった、と。仮にこの二重の目的を認めるならば、ラストプチンの行動はすべて非の打ちどころのないものだったことになる。何故《なにゆえ》にモスクワの聖物が、武器が、弾丸が、火薬が、備蓄の穀物が運び出されなかったのか、何故に何千もの住民がモスクワは放棄されないといって騙され、その結果財産を失う羽目になったのか？――首都の平穏を守るため、とラストプチン伯爵の説明は答えてくれる。では何故にあちこちの役所の役にも立たぬ書類の束やら、レピッヒの気球やらその他いろんなものが運び出されたのか？――町を空っぽにするため、とラストプチン伯爵の説明は答えてくれる。何かが住民の平穏を脅かしていたのだと認めるだけで、あらゆる行動が正当化されてしまうのである。

あらゆる残虐なる恐怖政治も、もとはといえば、ひとえに住民の平穏への配慮からきているのだ。

では一八一二年のモスクワでラストプチン伯爵が住民の平穏に危惧を覚えた根拠は何だったのか？ 市内に騒擾《そうじょう》の気配を予感した理由は何だったのか？ 住民は町を出て行き、軍が退却の過程で町を埋め尽くしていた。それでどうして民衆の反乱が起きなければならないのか？

モスクワのみならずロシアのどこにおいても、敵の侵入に際して騒擾めいたものは一つも起きていない。九月の一日二日とも、モスクワには一万人以上の人間が残っていたが、モスクワ総司令官ラストプチンの屋敷に、それも彼自身のせいで群衆が結集したこと以外、何も起こってはいないのだ。仮にボロジノ会戦後にモスクワの放棄が明白化した、もしくは少なくとも予想しうる事態となった時点で、銃器を分けたりビラを撒いたりして住民を動揺させる代わりに、ラストプチンがあらゆる聖物、火薬、弾丸、金品の搬出の措置を取り、町が放棄されることを住民にはっきり宣言していたならば、明らかに住民の騒擾の可能性はさらに低下していたことだろう。

熱しやすい多血質で、常に行政組織の最上部に身を置いてきたラストプチンは、愛国の念はあるものの、自分が統治しようとする住民について、何一つ理解してはいなかった。敵がスモレンスクに侵入した当初から、ラストプチンは頭の中で、国民感情の指導者、すなわちロシアの心の指導者という役割を自分用に作り上げた。彼は自分がモスクワ住民の外面的な活動を統括している気になっていたばかりか（行政の長はえてしてそんな気でいるものだが）、自前のアピールやビラによって住民の気分までリードしている気にもなっていた。ところがそのビラときたら、庶民の間でもバカにされるようなやくざな言葉で書かれていて、上の御方《おんかた》からそんな言葉で話しかけられても一向にピンとこなかったのである。ラストプチンはこの国民感情の指導者という麗《うるわ》しい役柄がすっかり気に入って、役になり切っていたものだから、その役を捨てて、何の英雄的な見せ場もないままにモスクワを放棄しなければならぬという展開になったのがあまりにも唐突に感じられ、立っていた大地がにわかに足元から崩れたような衝撃を受けて、どうしてよいか途方に暮れているありさまだった。モスクワの放棄ということを承知してはいたのだが、最後の瞬間までそれを心から信ずることができずにいたため、その目的のために何一つしてこなかったのである。住民が退去していくのは彼の希望に反したことであった。役所の移転も単に役人たちの要求によるもので、伯爵はしぶしぶ彼らに許可を与えただけだった。彼自身はもっぱら、自分用に拵《こしら》えた役割を演じることだけにかまけていたのだ。奔放な想像力に富んだ人々によくあるように、彼はすでに以前からモスクワが放棄されることを知っていながら、ただそれを頭で分かっているだけで、心の底から信じてはいなかったので、その新しい状況に置かれた自分をイメージできなかったのである。

彼の活動はすべて熱のこもった精力的なものだったが（それがどれほど効果があり、どれほど住民に伝わっているかは別として）、その活動はことごとく、住民のうちに彼自身が味わっているのと同じ感情を掻き立てることにのみ注がれていた。すなわち愛国心に根差したフランス人への憎悪と、自負心である。

しかしいざ事態が現実の歴史的な規模に発展し、ただ言葉でフランス人への憎しみを表現するだけでは足りず、かといってその憎しみを戦闘の場で表現することもできず、また自負心もモスクワ一個の問題に関してさえ役立たず、全住民があたかも一人の人間のように財産を捨ててモスクワから流出していくという否定的な行動によって自らの国民感情の力のすべてを表現する状態になると、ラストプチンが選んだ役割が、にわかに無意味なものとなってしまった。彼は自分が急に孤独な、弱い、滑稽な、浮き上がった存在になったのを感じたのである。

眠っていたのをたたき起こされてクトゥーゾフの冷たい命令口調の手紙を受け取ったラストプチンは、責任の重大さを感じれば感じるほど、ますます腹が立った。モスクワにはまさしく自分に託されているものが、すなわち国庫に属するものがそっくり残されており、そのすべてを彼は搬出せねばならなかった。だがすべてを持ち出すのはできない相談だった。

『いったいこれは誰のせいだ、誰がこんな体《てい》たらくを許したのだ?』彼は考えた。『もちろん、この俺ではない。俺はしっかり準備をしていた、モスクワをこの通り堅持して来たんだ! なのに連中がこんな体たらくにしてしまいやがった! 悪党どもが、裏切り者どもが!』誰が悪党で誰が裏切り者なのか、頭の中ではっきりと名指しているわけではなかったが、しかし彼は自分が置かれたこのいかがわしくも滑稽な状況を作った犯人として、誰かしらそうした裏切り者を憎まずにはいられない気持ちだったのである。

この晩は夜通しラストプチン伯爵は、モスクワのあらゆる方面から寄せられて来る問い合わせに対して指示を与え続けていた。側近の者たちはこれほど不機嫌な、苛《いら》立《だ》った伯爵を見たことがなかった。

「閣下、世襲領地局から人が来ています」「局長が指示を仰いでいるとのことで……」「主教管区監督局からです」「元老院からです」「大学からです」「養育院からです」「副司教が人をよこして……」「問い合わせが……」「消防隊の件はいかがいたしましょう?」「監獄から所長が……」「精神科病院の院長が……」一晩中引きも切らず伯爵は取次を受け続けたのだった。

こうしたすべての問い合わせに対して、伯爵は短いぷりぷりした答えを与えた。その趣旨は――自分の指示など今となっては無用だ、自分がこれまでせっせと準備してきた事業が今や誰かの手ですっかり台無しにされてしまったのだから、今起こっていることの責任はすべてその誰かが背負うべきだ、というものであった。

「いいからそのでくの坊に言ってやれ」世襲領地局からの問い合わせに対して彼はこう答えるのだった。「お前が残って自分の書類の番をしろとな。まったく、どうしてお前は消防隊のことでそんなつまらない質問を持ってくるんだ？　馬がいるんだから、ウラジーミルに行けと言え。フランスのやつらに残してはいかんぞ」

「閣下、精神科病院の監督が参りましたが、どのような指示を与えましょうか？」

「どのような指示だと？　みんな立ち去れと言え、それだけだ……患者は町に放せばいい。頭のおかしな連中がわが軍を指揮しているご時世だ、これも神のお導きだろう」

獄中の足かせのついた囚人たちの処遇について質問された時には、伯爵は監獄の所長を怒鳴りつけた。

「何だと、この人手のない時に、お前のところに護送兵を二大隊も回せるか？　放してやれ、それだけだ」

「閣下、政治犯もおりますが。メシコーフとかヴェレシチャーギンとか」

「ヴェレシチャーギンだと！ まだ絞首刑になっておらんのか？」ラストプチンは声を張り上げた。「あいつを俺のところに連れてくるんだ」[35]

25章

朝の九時近くにはすでに軍のモスクワ通過が終わっていたが、この頃になると伯爵の指示を仰ぎに来る者はもはや誰一人いなかった。逃げられる者たちは皆勝手に逃げて行ったし、残った者たちは、何をすべきか勝手に判断していたからである。

伯爵はソコーリニキに行くための馬車を出すように命じておいて、不機嫌な血の気の失せた顔で黙り込んだまま、腕組みをして書斎に座り込んでいた。

行政官というものは誰でも、平穏な、動乱のない時代には、自分の管轄下にある住民はすべて、ひとえに自分の尽力のおかげで暮らしていけるのだと思い込んでいる。どんな行政官も、自分が必要とされているというその意識こそが、自らの労苦と努力に対する最大の報酬だと感じているのだ。歴史の海が凪《な》いでいる間は、為政者・行政官は古ぼけた小さなボートに乗って国民という大きな船に竿を突っ張りながら進んでいるくせに、突っ張らせてもらっている相手の船が、あたかもこちらの力で進んでいるかのような錯覚に陥りがちだが、それも理解できることだ。ところがいったん嵐が来て海が荒れ、船自身が動き出すと、もはやそんな勘違いをしてはいられなくなる。船はぐんぐんと勝手なペースで進んでいき、竿はもはや動き出した船に届かず、それまで権力者、力の源泉を気取っていた為政者は、にわかにちっぽけな、役立たずの、弱い人間に転じてしまうのである。

ラストプチンはそれを感じ、まさにそのことに苛立っていたのである。

先刻群衆に停車させられた警察長官と、馬の用意ができたのを告げに来た副官とが、一緒に伯爵の部屋に入って来た。二人とも蒼白な顔をしており、警察長官は任務を果たしたことを報告した後、この伯爵家の庭に膨大な数の群衆が集まっていて、伯爵に面会を望んでいる旨を知らせた。

ラストプチンは何とも答えぬまま立ち上がると、足早に豪華な明るい客間に向かい、バルコニーのドアに歩み寄ってノブに手を掛けたが、また離すと、窓の方に移った。

35　ヴェレシチャーギン事件に連座して官位と貴族身分を奪われ、兵卒に降格された人物。

窓からは群衆の全貌が見渡せた。背の高い若者が前列の方に立ち、厳しい表情で腕を振り振り何か喋っている。血だらけの鍛冶工が陰気な顔でそのそばに立っていた。閉めた窓を通してざわめく声が聞こえた。

「馬車の用意はできたのか？」窓から離れるとラストプチンは訊いた。

「できております、閣下」副官が答える。

ラストプチンはもう一度バルコニーのドアに近寄った。

「あの者たちは何を要求しているのだ？」彼は警察長官に訊いた。

「閣下、彼らは閣下のご命令でフランス軍を迎え撃つために集まったのだと申しております。何か裏切りというようなことを叫んでおりました。とはいえ、あれは暴徒でございます。私もやっとのことで振り切ったほどで。閣下、あえて御忠告申し上げますが……」

「下がってよろしい、君に言われずとも、何をすべきかはわきまえている」ラストプチンは腹立たしげに声を張り上げた。彼はバルコニーのドアのところに立ったまま群衆を眺めていた。『ロシアがこんなことになったのも奴らのせいだ！　俺がこんな目に遭うのも奴らのせいだ！』現状のすべての責任を負うべき何者かへのふつふつたる憤りがこみ上げるのを覚えながら、ラストプチンは考えていた。激しやすい人間によくあるように、すでに怒り狂った状態にありながら、まだ自分の怒りの対象が見つかっていないのだった。『あれこそ賤民《せんみん》ってやつだ、国民のカスだ』群衆を眺めながら彼は思った。『奴らが馬鹿な真似をして、このくずどもを煽り立ててしまったんだ！　こいつらには生贄《いけにえ》が必要だな』腕を振り上げているのっぽの若者を見ているうちに、ふとそんな考えが浮かんだ。彼の頭にそんな考えが浮かんだのも、実は彼自身がそうした生贄を、つまり自分の怒りをぶつける対象を必要としていたからに他ならなかった。

「馬車は用意できているんだな？」もう一度彼は訊ねた。

「用意できております、閣下。ヴェレシチャーギンの方はいかがいたしましょうか？　表階段のところに待たせてありますが」副官が答えた。

「ああ！」不意に何かを思い出してびっくりしたといった様子でラストプチンは叫んだ。

それからさっとドアを開けると、彼は決然とした足取りでバルコニーに出て行った。にわかに話し声が止み、被り物がとられ、全員の目が出てきた伯爵を振り仰いだ。

「やあ、みんな！」伯爵は早口に大声で言った。「よく集まってくれたな。私もすぐにそちらに出て行くが、しかしまず手始めにわれわれは一人の悪党の制裁をすませなければならない。モスクワが滅びる原因を作った悪党を処罰するのだ。ちょっと待ってくれたまえ！」そう言うと伯爵はバタンと大きな音を立ててドアを閉め、さっきと同じく足早に部屋へと戻った。

群衆の間を好意的な安堵のつぶやきが駆け抜けた。「してみると閣下が悪人を全部懲らしめてくださるんだ！」「お前は閣下をフランス人呼ばわりしてたが……何もかも閣下が解決してくださるんじゃねえか！」人々は自分たちの疑い深さの咎《とが》を互いに相手に擦《なす》り付けるようにして、そんな言葉を交わし合うのだった。

何分かすると玄関の扉から将校が一人急ぎ足で出てきて何かを命じ、竜騎兵たちが直立姿勢をとった。物見高い群衆がバルコニーの側から表階段の方へと移っていく。ラストプチンが怒気もあらわな速足で表階段に出てくると、誰かを探し出そうというように、きょろきょろと素早くあたりを見回した。

「あいつはどこだ？」そう口に出した途端、伯爵は家の角から二人の竜騎兵に挟まれた形で出てくる若い男に気付いた。細長い首をして、半分剃られた頭髪が伸びかけている。若い男は、かつては小粋だった、青羅紗を表地にした狐の裏毛の擦り切れた長外套を着こみ、汚れた手織り麻の囚人ズボンを穿《は》いて、そのズボンの裾《すそ》を、磨いてない履き潰された細いブーツに突っ込んでいた。細く弱々しい両足には重そうな足かせが装着されており、それが若い男のためらいがちな足取りをいっそう困難にしていた。

「おお！」そんな声を上げるとラストプチンは、狐の裏毛外套を着た若い男からあわてて視線をそらし、表階段の下の段を指さして言った。「ここへ立たせろ！」若い男は足かせをガチャガチャいわせながら苦労して指定された段まで足を運ぶと、締め付けてくる外套の襟を指で押さえて長い首をクルリクルリと二度回し、一つ息をついてから、神妙な仕草で、労働をしつけていない華奢な両手を腹の前で組んだ。

若い男が階段の上に身を落ち着ける間、何秒か沈黙が続いた。ただ一か所にひしめき合っている者たちの後列の方で、うめきやうなり声、小突き合いや足を踏みかえる音が響いていた。

男が指定の場所に収まるのを待つ間、ラストプチンは眉根を寄せたまま、片手で顔を擦っていた。

「みんな！」ラストプチンはキンキンとよく通る声で言った。「この男はヴェレシチャーギン、すなわちモスクワが滅びる原因を作った例の悪党だ」

狐の裏毛外套を着た若い男は両手の先を腹の前で組み、少し前かがみになった神妙なポーズで立っていた。髪が剃られているせいでみっともない形になった痩せこけた顔が、絶望の表情を浮かべたままうつむいている。伯爵が話を始めると、ゆっくりと頭をもたげて伯爵の方を見あげた。何か相手に言いたい、あるいはせめて視線を合わせたいという気持ちがうかがえた。だがラストプチンは男の方を見ようとしなかった。若い男の細長い首の耳の裏のあたりで、血管が縄のように膨らんで青みを帯びたかと思うと、急に顔面が真っ赤になった。

全員の目が男に注がれていた。男はちらりと群衆を見た。そして人々の顔に読み取った表情から何らかの希望を得たかのように、悲しげなおずおずとした笑みを浮かべると、再びうつむいて階段の上で足の位置を直した。

「この男は皇帝と祖国を裏切ってボナパルトに寝返り、全ロシア人の中でただ一人ロシアの名を辱め、そしてこの男のせいでモスクワが滅びようとしている」抑揚のない鋭い声でそう言うと、ラストプチンは相変わらず神妙なポーズで下に立っているヴェレシチャーギンをさっと一瞥した。するとその一瞥で堪忍袋の緒が切られたかのように片手を振り上げ、ほとんど怒鳴るような声で皆に呼び掛けた。「お前たちで裁いて、この男に罰を食らわせてやれ！　身柄はお前たちに渡そう！」

皆は黙り込んだまま、ただますます固く身を寄せ合うばかりだった。互いに身を支え合い、この汚染された人いきれの中で呼吸し、身動きする力もないままに、なにか知らぬ、わけの分からぬ、恐ろしいことを待ち構えているのが、耐え難くなってきた。目の前の出来事を一部始終目にし耳にした前列の者たちは、驚きのあまり目を大きく見開き口をぽかんと開けたまま、全身の力を振り絞って、後ろの者たちの圧力を背中で支えていた。

「奴をぶちのめしてやれ！……裏切り者が滅びて、二度とロシア人の名を辱めぬように！」ラストプチンはけたたましい声を上げた。「たたき斬ってやれ！　この私が命じる！」ラストプチンの言葉ではなくその憤怒に燃えた声の響きを聞き取った群衆は、うなり声をあげて詰め寄ったが、そこでまた立ち止まってしまった。

「伯爵！……」またも訪れた一瞬のしじまの中に、ヴェレシチャーギンのおどおどした、と同時に芝居がかった声が響いた。「伯爵、私たちは同じ一つの神を戴いており……」頭《こうべ》をもたげたヴェレシチャーギンがそう言うと、またもやその細い首の太い血管が充血し、顔面にさっと朱が走って、また消えた。彼は言おうとしたことをしまいまで言わせてもらえなかった。

「奴をたたき斬ってやれ！　この私が命じる！……」ラストプチンがにわかにヴェレシチャーギンと同じく真っ青な顔になって叫んだ。

「抜刀！」将校が自らサーベルを抜きながら竜騎兵たちに号令した。

また一つ、さっきよりもさらに強力な波が群衆の間を伝い、前の列まで駆け抜けたかと思うと、その波に押されるようにして前列の者たちが、ふらふらと表階段の上り口まで迫っていった。例ののっぽの若者はすっかり表情をこわばらせ、振り上げた片手を止めたままヴェレシチャーギンの隣に立っていた。

「斬れ！」将校が竜騎兵たちにほとんどささやくような声で命ずると、兵士の一人がにわかに憎悪に顔をゆがめ、鈍い幅広の両刃の長剣《パラーシ》でヴェレシチャーギンの頭を一撃した。

「あ！」ヴェレシチャーギンは短い、驚愕の叫び声をあげた。怯えてあたりを見回すその姿は、なぜ自分がこんな目に遭うのか分かっていないようだった。同じ驚愕と恐怖のうめきが群衆の間を駆け抜けた。

「ああ、神さま！」誰かの悲痛な叫びが聞こえた。

だが驚きの叫びをもらした直後に、ヴェレシチャーギンは痛さのあまり訴えるような悲鳴を上げ、そしてその悲鳴が彼の命取りとなった。これまで群衆を抑えてきた、極限まで張り詰めた人間的な感情の歯止めが、一瞬にして吹き飛んでしまったのだ。いったん罪に手を染めたからには、最後までやり切らなくてはならなかった。咎めるような悲痛なうめき声は、群衆の猛々しい怒りの咆哮によってかき消された。ちょうど船をも破壊する最後の、第九の波のごとく、最後の抗《あらが》いがたい大波が後列から押し寄せ、前列にまで伝わったかと思うと、前にいた者たちをなぎ倒し、全てを呑み込んでしまったのである。先ほどの竜騎兵がさらに一撃を与えようとすると、ヴェレシチャーギンは恐怖の叫びを上げ、両手で身をかばいながら群衆の方に突進した。そのまま例ののっぽの若者にぶつかると、若者はヴェレシチャーギンの細い首に両手で絡みつき、獣のような咆哮《ほうこう》とともに相手もろとも、怒声をあげて押し寄せてくる群衆の足元に倒れ込んだ。

ある者たちはヴェレシチャーギンを、別の者たちはのっぽの若者を、殴ったり引きむしったりした。押しつぶされた者たち、のっぽの若者を助けようとする者たちが叫んでも、群衆の凶暴さを掻き立てる役にしかたたなかった。半死半生になるまで殴られた血まみれの工員を、竜騎兵たちも長いこと助け出すことができなかった。そして、いったん手を付けたことを片付けてしまおうとした群衆がむきになって事を急いだにもかかわらず、ヴェレシチャーギンを殴ったり首を絞めたり引きむしったりしていた者たちも、同じく長いこと息の根をとめることができなかった。そうした者たちをさらに四方八方から群衆が取り囲み、彼らを真ん中にした一つの塊となって右に左に揺れ動き、とどめを刺すことも放り出すこともさせなかったからである。

「斧で殴ってやったらどうだ?……」「もうぺしゃんこさ……」「裏切者め、キリストさまを売りやがった!……」「生きているぞ……」「しぶとい野郎だ……」「身から出た錆よ」「閂《かんぬき》で殴ってやれ!……」「まだ生きているのか?」

やっと犠牲者が抵抗をやめ、悲鳴が規則的な、長く尾を引く喘鳴《ぜんめい》に変わると、群衆は横たわっている血まみれの体の周りで、あわただしく場所を交代し始めた。各人がそれぞれ近くまで来て、なされたことの結果に見入り、恐怖や非難や驚愕の表情を浮かべて、人ごみを分けて戻っていくのだった。

「ああ、神さま、けだものみてえな連中だよ、これじゃ生きているはずがねえ!」群衆の中でそんな声がした。「まだ若い奴だったじゃねえか……」「きっと商人の子さ、いかにもそうだぜ!……」「人違いだったっていう話もあるな……」「人違いだと……」「ああ神さま!……」「もう一人もやっちまいやがった、虫の息だとよ……」「ああ、何ていう連中だ……」「罪を恐れねえ奴らだ……」青ざめた顔に血や埃がこびりつき、細長い首がぱっくりと裂けた死体を見つめながら、先ほどと同じ人間たちが、今や切なげな哀惜《あいせき》の表情を浮かべて、そんな言葉を交わすのだった。

職務熱心な警察官が、閣下の屋敷に死体が転がっているのを見苦しいと感じて、竜騎兵たちに死体を通りに引きずり出すように命じた。竜騎兵が二人がかりでボロボロに痛めつけられた両脚を持ち、死体を引きずって行く。長い首の先の、血にまみれ埃にまみれた、命のない剃り上げられた頭が、地面の上をがくがくと左右に揺れながら引かれていった。人々は死体から身を避けようとしてひしめき合っていた。

ヴェレシチャーギンが倒れたところに群衆が獣のような咆哮を上げて殺到し、もみ合っていた時、ラストプチンは急に真っ青な顔になって、馬を待たせておいた裏口の外階段に向かう代わりに、自分でもどこへ何をしに行くのか分からぬまま、速足で下の階の部屋に続く廊下を歩きだした。顔は血の気のないままで、まるで熱病患者のような下顎の震えがどうしても止まらなかった。

「閣下、こちらです……どこへいらっしゃるので？……こちらへどうぞ」背後から震える声が、驚いたような調子で呼び止める。ラストプチン伯爵は返事をする力もないままおとなしく向きを変えると、指示された方へと歩き出した。裏の外階段に出ると幌馬車が待っていた。ここでも群衆の喚く声が遠いどよめきとして聞こえてきた。ラストプチン伯爵は急いで幌馬車に乗りこむと、郊外のソコーリニキにある自分の別荘へ行くように命じた。ミャスニツカヤ通りに出て、もはや群衆の喚声が聞こえなくなると、伯爵は後悔し始めた。自分が部下たちの前であのような動揺や動転ぶりをみせてしまったことが、今思い出すと気に食わなかったのだ。『民衆は恐ろしい、民衆らは忌まわしい』彼はフランス語で考えていた。『連中はまるで狼のように、肉を食わなくちゃ満足できないのだ』「伯爵、私たちは同じ一つの神を戴いており」――例のヴェレシチャーギンの言葉が突然頭に浮かぶと、不快な寒気が背筋を走った。だがその感覚は一瞬のもので、ラストプチン伯爵は弱気な自分を蔑《さげす》むようにニヤッと笑った。『俺には別の義務があったのだ』彼は思った。『住民をなだめる義務だ。他にもたくさんの犠牲者が死んでいったし、これからも死んでいくが、それはみな公共の福祉のためだ』そうして彼は、自分の家族に対する義務、自分の（自分に託された）首都に対する義務全般について考え、さらに自分自身について思いを巡らし始めた。ただしそれは単なるフョードル・ワシーリエヴィチ・ラストプチン一個人としての自分ではなく（彼は、フョードル・ワシーリエヴィチ・ラストプチンは公共の福祉のために自己を犠牲にしているのだと思っていた）、モスクワ総司令官として、権力の代表者として、皇帝の全権代理人としての自分に関する思いであった。『もしも俺が単なるフョードル・ワシーリエヴィチ・ラストプチンにすぎなかったなら、俺の進む道はまったく異なっていただろうが、しかし俺は総司令官としての生命と尊厳を守らねばならなかったのだ』

馬車の柔らかなクッションの上で軽く揺られ、もはや群衆の恐ろしい喚声も耳にせずにいるうちに、ラストプチンの体は安らいだが、いつもそうであるように、体が安らぐと同時に頭の方も、精神が安らぐための理由を彼のためにでっち上げていた。ラストプチンを安らげてくれた思想は別に目新しいものではなかった。開闢《かいびゃく》以来人類は殺し合いを続けてきたが、自分と同じ人間を殺す罪を犯した者は、ただ一人の例外もなく、この同じ思想で自分の気持ちを安らげてきたのだ。その思想こそが「公共の福祉」、すなわち他の人々を幸福にしてやれるという思い込みなのである。

激情にとりつかれていない人間には、この手の幸福とは何なのか分かったためしがないが、罪を犯す人間は、その幸福がどんなものかを確実に知っている。そして今のラストプチンもそれを知っていた。

彼は今頭の中で自分のとった行動を責めていなかったばかりか、自分がまんまと好機を生かして、犯罪者を罰すると同時に群衆を鎮めるという離れ業をやってのけたことに、自己満足のタネを見出していたのであった。

『ヴェレシチャーギンはすでに裁判を受け、死刑が宣告されていたのだ』とラストプチンは考えていた（ただしヴェレシチャーギンは元老院で懲役刑の宣告を受けていただけだった）。『あいつは裏切り者の反逆者だ。俺はあいつを処罰しないで放っておくわけにはいかなかった。だからこそ一石二鳥を狙って、民衆をなだめるために生贄を与え、ついでに悪党も処罰したのだ』

郊外の別荘に着き、家のことであれこれ指図を行ううちに、伯爵はすっかり落ち着いた気分になっていた。

半時間後、早馬に馬車を曳かせてソコーリニキの野原を駆ける伯爵は、もはや過ぎたことを思い起こそうとはせず、ひたすらこれから起こることだけを考え、思い浮かべていた。彼は今ヤウザ橋を目指していた。そこにクトゥーゾフがいると聞いていたからである。ラストプチン伯爵は頭の中で、クトゥーゾフの欺瞞《ぎまん》を咎めて浴びせかけてやるべき、怒りに満ちた辛辣な糾弾《きゅうだん》の言葉を準備しているところだった。あの老いぼれた宮廷の古だぬき野郎に思い知らせてやろうとしていたのだ――首都の放棄、ロシアの破滅（とラストプチンは考えていた）によって生じるであろうすべての不幸の責任は、ひとえにお前のその耄碌《もうろく》した老いぼれ頭にあるのだと。相手に言うセリフをあらかじめ考えながら、ラストプチンは憤激のため幌馬車の中でしきりに身悶えし、腹立たしげに左右を見まわしていた。

ソコーリニキの野原はがらんとしていた。ただ奥の救貧院[36]と精神科病院があるあたりにだけ、白衣を着た者たちのかたまりが見え、さらに何人かの同じ服装の人間が、ぽつりぽつりと野原を歩き回りながら、何か叫んだり手を振ったりしているのが見える。

中の一人がラストプチン伯爵の馬車のゆく手を横切るように駆けてくる。ラストプチン伯爵自身も御者も竜騎兵たちも、漠然とした恐怖と好奇心を覚えつつ、この解き放たれた精神病患者たちの姿を、そしてとりわけ自分たちの方へ駆け寄ってくる患者の姿を見つめていた。

長い痩せ細った脚をよろめかせ、病院着をはためかせながらまっしぐらに駆けてくるその患者は、ラストプチンからじっと目を離さず、しゃがれた声で彼に何かを呼びかけ、停まれという身振りをしていた。不揃いな顎髭の房がぼうぼうに生えたその患者の陰鬱で物々しい顔は、痩せこけて黄ばんでいた。黒い瑪瑙《めのう》のような瞳が、サフランめいた黄ばんだ白目の下の部分を、不安げに駆け巡っている。

「待て！　停まれ！　命令だ！」男はよく通る声でそう叫び、それからまた、あえぎあえぎ、恫喝するような抑揚と身振りで何か叫んだ。

幌馬車に追いつくと、男は並んで走りだした。

「この俺は三度《みたび》殺され、三度よみがえった。奴らは俺を石で殴り、磔《はりつけ》にした……

36　高齢者、障害者など社会的弱者を収容し生活を助ける慈善施設。

俺はよみがえる……よみがえる……よみがえってやる……。俺の体はボロボロにされた。神の王国は崩壊する……三度破壊し、三度建設してやる」ますます声を高めながら男は叫び続けた。不意にラストプチン伯爵は、ちょうど先ほどの群衆がヴェレシチャーギンに襲い掛かった時に真っ青になった時と同じように、真っ青になった。彼は顔をそむけた。

「ス……スピードを上げろ！」彼は震える声で御者に命じた。

全速力で馬車は疾走し始めた。だがまだ長いことラストプチン伯爵は、遠ざかっていく錯乱した者の必死の叫び声を背後に聞き取り、そして目の前にはひたすら、あの狐の裏毛の長外套を着た反逆者の、驚き怯えた血まみれの顔が浮かんでいたのだった。まだ真新しい記憶にすぎないとはいえ、ラストプチンはもはやその記憶が自分の胸の奥深くまで、血肉と化すほどに食い込んでしまっているのを感じた。彼は今やはっきりと理解した――この血にまみれた記憶の痕跡は決して消えない、いやむしろ逆に、先へ行けば行くほどますます悪《あ》しく苦しきものとして、この恐ろしい記憶が自分の胸のうちで生き続け、それが生涯続くのだということを。彼には今、自分の言った「そいつをたたき斬るんだ、さもないとお前たちが自分の首で償うことになるぞ！」というあの言葉が、耳に聞こえてくるような気がした。『どうして俺はあんな言葉を口にしたんだろう！　なぜか思わず言ってしまったんだ……あんなことを言わずともよかったのだ（と彼は思った）。そうすれば何も起こらなかっただろうに』一撃を加えた竜騎兵が驚いた顔をして、そして不意に残忍な形相になった様子が目に浮かび、さらにあの狐の裏毛外套を羽織った若者が自分に投げかけた、無言の、おずおずとした非難のまなざしが目に浮かんだ。『だが俺は自分のためにあんなことをしたのではない。俺はあのように振る舞わざるを得なかった。賤民、悪党……公共の福祉』彼は思うのだった。

ヤウザ橋のたもとにはまだ軍隊がひしめいていた。暑かった。クトゥーゾフが険しい顔つきで悄然と橋の近くの床几《しょうぎ》に座り込み、砂地に鞭でいたずら書きをしていると、一台の幌馬車が音高く駆け寄ってきた。将軍の制服に羽根飾りのついた帽子を被った人物が、怒りとも驚きともつかぬ表情をした目をキョロキョロさせながらクトゥーゾフに歩み寄り、フランス語で何か喋り出した。ラストプチン伯爵だった。彼はクトゥーゾフに向けて、自分がここに来たのは、もはやモスクワも首都も存在せず、あるのは軍隊だけだからだと告げているのだった。

「もしも殿下がこの私に、もう一戦交えぬうちはモスクワを渡しはしないなどと仰《おっしゃ》っていなければ、状況は全く違い、こんな体たらくにはならなかったでありましょうが！」彼は言った。

クトゥーゾフは、自分に言われている言葉の意味が分からないといった顔でラストプチンを見つめ、この瞬間、話し相手の顔に書かれている何かただならぬものを懸命に読み取ろうとしていた。ラストプチンは当惑して黙り込んでしまった。クトゥーゾフはちょっと首を振ると、値踏みするような目をラストプチンに据えたまま、静かに言った。

「ああ、私はもう一戦交えぬうちはモスクワは渡さんよ」

クトゥーゾフが何かまったく別なことを念頭に置きながらこんな言葉を口にしたのか、それとも自分の言葉の無意味さを知りつつわざと言ったのかは不明だが、ラストプチン伯爵は何も答えずに急いでクトゥーゾフのもとを離れた。そして奇妙なことに、モスクワ総司令官の地位にあるあの誇り高きラストプチン伯爵が、短い革鞭を手にしたまま橋へと歩み寄ると、金切り声を上げて団子状態になった荷馬車を追い散らしにかかったのである。

26章

昼の三時過ぎ、ミュラの軍がモスクワに入った。前を行くのはヴュルテンブルクの軽騎兵隊、その後ろを騎馬で大きな随行団を率いて行くのが、ナポリ王ミュラその人だった。

アルバート通りの真ん中あたり、大主教奇蹟者聖ニコライ教会[37]にほど近いところでミュラは馬を停め、先行部隊からの連絡を待った。この町の要塞である「クレムリン《ル・クレムラン》」の状況を知るためである。

ミュラの周辺には、モスクワにとどまっていた住民の小さな人だかりができていた。鳥の羽根と金《きん》で身を飾った髪の長い奇妙な司令官の姿を、皆がおずおずと不思議そうに眺めていた。

「すると何かい、もしかしてあれが奴らの皇帝さまかい？　立派なもんじゃねえ

37　十六世紀からモスクワの中心部にあった古い教会。一八一二年のモスクワ大火の際にも焼けずに残り、一八四六年に大改修されたが、ソ連期の一九三二年に破壊された。

か！」ひそひそ声が聞こえる。

通訳が人だかりのところまで馬を進めた。

「帽子をとるんだ……帽子をよ」群衆の中で互いに注意し合う声がした。通訳は一人の年寄りの庭番に向かって、クレムリンは遠いのかと訊ねた。庭番は耳慣れぬポーランド訛りの言葉に怪訝《けげん》そうに耳を傾けていたが、通訳の喋っているのがロシア語だと気づかず、何を言われたのか分からぬまま、他の者たちの背後に身を隠してしまった。

ミュラは通訳に近寄ると、ロシア軍はどこにいるか訊くように命じた。ロシア人の一人が質問の意味を悟ると、続いて何人かが一斉に通訳に答えだした。先行部隊のフランス人将校がミュラのもとへ馬を走らせてきて、要塞の門が閉ざされており、恐らく中に伏兵が潜んでいると告げた。

「よし」ミュラはそう答えると、随員の一人に向かって、軽砲四門を出してその門を砲撃せよと命じた。

ミュラに続いていた隊列の後方から騎馬の砲兵隊が速歩《そくほ》で出動し、アルバート通りを駆けていく。ヴォズドヴィージェンカ通りのどん詰まりまで来ると、砲兵隊は足を止め、広場に整列した。数名のフランス人将校が指揮して砲を配置し、望遠鏡でクレムリンの様子をうかがう。

折しもクレムリンで夕べの祈りを告げる鐘が鳴り始め、その音がフランス人たちをうろたえさせた。戦闘準備の合図だと思ったのである。何名かの歩兵がクタフィヤ門めがけて駆け寄って行く。門の下には丸太がごろごろ置かれ、木の楯が並んでいた。一人の将校が部隊を率いてそこをめがけて駆け出した途端、門の下から二発の銃声が聞こえた。砲列の脇に立っていた将軍が将校に号令をかけると、将校は兵士を引き連れて駆け戻り始めた。

門のところからはさらに三発銃声が聞こえた。

一発がフランス兵の脚をかすめると、楯のかげから何人かの異様な喚声が聞こえてきた。フランスの将軍も将兵も同時に、まるで号令でもかけられたかのように、それまでの陽気でのんびりした表情から、戦闘にも苦痛にも覚悟のできた人間の、肝の据わった集中した表情へと、がらりと変わった。元帥から一兵卒に至るまで彼ら全員にとって、この場所はすでにヴォズドヴィージェンカ通りでもモホヴァーヤ通りでもクタフィヤ通りでも聖三位一体門《トロイツキエ・ヴァロータ》でもなく、恐らくは流血の戦闘が行われるであろう新たなる戦場の一郭であった。そして全員がその戦闘に備えていたのである。門からの喚声は鎮まった。砲が前面に出された。砲兵たちが火《ひ》縄桿《なわかん》の焦げた先端を吹き消した。

将校が「発射！」と号令をかけると、金属の砲弾が飛ぶヒューという音が二つ、立て続けに響いた。散弾が門の石柱に、丸太に、楯の板にあたってパラパラと音を立てる。そして広場には二つの砲煙が揺らめいていた。

クレムリンの石の城壁に放たれた連射の響きが静まった数瞬後、フランス兵たちの頭上に異様な物音が聞こえた。カラスの大群が壁の上に舞い上がり、カアカア鳴いて何千という数の翼をはためかせながら、空中を旋回し始めたのだ。そしてその音とともに、門のところで一筋の人間の叫びが発せられ、煙の向こうから帽子もかぶらぬ長上着《カフタン》姿の男が姿を現した。小銃を手にしてフランス兵に狙いをつけている。「発射！」再び砲兵将校が号令すると、小銃の発射音と二門の砲の発射音が同時に響いた。またもや硝煙で門が見えなくなった。

楯のかげにはもはやなにも動くものはなかったので、フランス軍歩兵隊の将兵が門に近寄って行った。門の下には負傷兵三名と死んだ兵が四名倒れていた。長上着《カフタン》を着た二人の男が壁沿いに、ズナーメンカ通りの方角へ逃げていくところだった。

「片付けろ」将校が丸太と死体を指さして言った。するとフランス兵たちは、負傷兵にもとどめを刺して、死体を囲い越しに投げ捨てた。この者たちが何者だったのか、誰にも分からなかった。ただ「片付けろ」の一言で、彼らは投げ捨てられ、後から嫌な臭いがしないように片付けられたのであった。ただティエールだけが、この者たちの思い出に、次のようなほんの数行の美辞麗句を捧げている。「この憐れむべき者たちは神聖なる要塞に侵入し、武器庫の小銃を手に入れ、フランス軍に向けて発砲した。何人かは軍刀で斬殺され、クレムリンから掃討された」[38]

ミュラは道が清められたとの報告を受けた。フランス軍は城門を入り、元老院広場に陣を張った。兵士たちは元老院の椅子を窓から放り出し、焚火を起こした。

別の部隊はクレムリンを通り抜けてマロセイカ、ルビャンカ、ポクロフカの各街区に陣取った。さらに別の部隊は、ヴォズドヴィージェンカ、ズナーメンカ、ニコーリスカヤ、トヴェルスカヤの街区に陣取った。どこにも家の主は見当たらず、フランス兵たちは町で民家に宿営するというよりも、町中《まちなか》で野営しているような感じになった。衣服はボロボロで腹を空かせ、疲弊しきって、人数も当初の三分の一にまで減ってこそいたが、フランス軍の兵士たちはまだ秩序正しく整然とモスクワに入ってきた。

38　アドルフ・ティエール（一七九七〜一八七七）。フランスの歴史家、政治家、ジャーナリストで、七月王政期の首相、第三共和政期の初代大統領などを歴任した。歴史家としては『フランス革命史』（一八二三〜二七）、『執政政府と第一帝政の歴史』（一八四三〜六二）が有名。トルストイは本書の各所でティエールとの批判的対話を行っている。

さんざん疲弊し、消耗してはいても、いまだ戦意あふれる、恐るべき軍隊だった。しかしそれが軍隊であったのは、兵士たちが各戸に散るまでのことだった。いったん連隊の兵士たちが空っぽになった豪華な屋敷群に分宿し始めると、もはや軍隊は永遠に消滅し、住民でもなければ兵士でもない中途半端な存在、いわゆる略奪兵たちが誕生したのである。五週間後、同じ者たちがモスクワを出て行ったとき、彼らはすでに軍の体《てい》をなしていなかった。それはまさに略奪兵の群れで、一人一人がそれぞれ、価値があって必要だと思った山のような物品を、馬車にのせたり背負ったりして運んでいたのである。モスクワを出て行く彼ら一人一人の目的は、かつてのように敵を征服することではなく、ひたすら手に入れたものを失わないことであった。首の細い壺に手を突っ込んだ猿が、一度つかんだ木の実を失いたくないために握りこぶしを開こうとせず、それが命取りとなるという話があるが、モスクワを出て行く際のフランス兵たちも、略奪した品々を引きずっていこうとすれば、破滅するのは必然であった。しかし猿が木の実をつかんだこぶしを開くことができないように、フランス兵たちも略奪したものを手放すことができなかったのである。フランス軍の各連隊がモスクワのどこかの地区に入って十分もすると、もはや兵士も将校も一人として残らなかった。家々の窓から、外套を着て編み上げ靴を履いた者たちが、にやにや笑いながら部屋部屋を歩き回っている様子が見えた。穴倉や地下の貯蔵庫でも、同じような者たちが主人顔で食料品を物色していた。内庭ではやはり同じような者たちが納屋や厩舎の門を開いたり打ち壊したりしていた。台所では火を起こし、腕まくりして焼いたり捏ねたり炊いたり、女子供を脅《おど》かしたり笑わせたりあやしたりしていた。そういう者たちが至る所に見られ、店にも家にもあふれるほどいたが、軍隊はもはや存在しなかったのだ。

この日のうちにフランス軍の司令官たちから、兵士が町を出歩くのを禁ずる、住民への暴行及び略奪を厳禁する、本日夕刻総員点呼を行うなどの命令や通達が次々と出されたが、しかしいかなる措置を取ろうとも、かつて軍隊を構成していた者たちは、この豊かで、便利な設備にも備蓄にも満ちた無人の都市のあちこちに、どんどん散り広がっていった。ちょうど腹を減らした家畜の群れが、裸の野を歩いているうちは一つに固まっているが、豊かな牧草地に出た途端すぐさま抑えが利かなくなってばらばらになってしまうように、フランス軍も歯止めが利かずに、この豊かな都市に散り広がっていったのである。

モスクワには住民がいなかったので、兵士たちはまるで砂地に水がしみこむようにモスクワに吸い込まれ、最初に入ったクレムリンを起点として、とめどなく放射状に散り広がっていった。騎兵たちは家財がそっくり残された商人の家に入っていって、自分たちの馬を全部入れてもまだ余るような厩舎を見つけておきながら、さらにもっと上を行くように見える隣の家まで自分のものにしようとした。多くの者が何件かの家を私物化し、「誰それのもの」などとチョークで表示して、他の隊の者たちと喧嘩になり、殴り合いまでしていた。落ち着く先も決まらないうちに兵士たちは通りへ飛び出して町を見物し、何でもかんでも捨ててあると聞くと、貴重な品がただで手に入るような場所へとまっしぐらに駆けつけた。兵士を制止するために巡回している上官たちも、われ知らず同じ行為に引き込まれていった。馬車屋街《カレートヌイ・リャード》には乗用馬車を商う店が残っていたので、将軍たちが押しかけて自分用の幌馬車や箱馬車を物色していた。居残った住民は略奪から身を守ろうとして司令官たちを自宅に招いた。富は山ほどあって、果てしないように見えた。すでに占拠された場所の周囲には、いたるところにまだ知られてもいなければ占拠されてもいない場所があって、そこにはさらに多くの富があるとフランス兵たちには思えるのだった。こうしてモスクワは彼らを自らの奥へ奥へと吸い込んでいった。水が乾いた地面に流れ込むと、結果として水もなくなれば乾いた地面もなくなってしまうが、それとまったく同様に、飢えた軍隊が豊かで人気《ひとけ》のない町に入った結果、軍隊も消滅し、豊かな町も消滅してしまった。そしてごみの山が生まれ、火事と略奪が生じたのである。

フランス人は、モスクワ大火が起こったのはラストプチンの野蛮な愛国主義のせいだとみなしてきたし、ロシア人は火事をフランス軍の残忍さのせいだとみなしてきた。だが仮にモスクワ大火の原因論というのが、火事を一人ないし何人かの人間の責任に帰すことだとするならば、そもそもそういう意味での原因などなかったし、あり得たはずもない。モスクワが焼失したのは、どんな木造都市でも消失せざるを得ないような条件下に置かれていたからであって、その場合、町に百三十基のやくざな消火ポンプがあろうがなかろうが関係ないのである。モスクワは住民が出て行ったせいで焼失せざるを得なかったのであり、それは鉋屑《かんなくず》の山に何日もの間火の粉が降りかかっていれば燃え上がらざるを得ないのと同じく、不可避なことであった。木造都市というものは、住民すなわち家屋の所有者たちがいて、おまけに警察があってさえ、夏場にはほぼ毎日火事があるのだから、住民がおらずに軍の将兵が住みついて、パイプは吹かすわ、元老院広場で議員の椅子を燃料に焚火は起こすわ、一日二度食事の煮炊きをするわということになれば、燃えないはずがないのである。平時でもある地域の村々に軍隊が宿営するだけで、その地域の火災数がたちまち増えるのだ。空っぽになった木造都市に他国の軍隊が宿営した場合、火災の確率はどれほど跳ね上がることだろうか？ ラストプチンの野蛮な愛国主義にもフランス軍の残忍さにも、この場合何の罪もない。モスクワが焼けた原因は敵の兵士の、つまり家の主人でない住人の、パイプであり、炊事であり、焚火であり、ずぼらさだった。万一放火があったとしても（とはいえこれは極めて疑わしい。誰にしても放火する理由は何一つないし、少なくとも手間のかかる危険な行為だからだ）、放火を原因とすることはできない。放火がなくても同じことが起こっていただろうからである。

確かに、フランス人にすれば、火事をラストプチンの蛮行のせいだとするのはよい気分だろうし、ロシア人にすれば極悪人ボナパルトの非を責めたり、はたまた後に自国民の手に英雄的な松明《たいまつ》を持たせたりするのはよい気分だろうが、しかし無視できないのは、そのような直接的な火事の原因はありえなかったという事実である。なぜならば、どんな村にせよ工場にせよ家にせよ、主人が出て行った後に他人が入り込んで勝手に暮らし、煮炊きするのを許すならば、火事にならざるを得ないのと同じで、モスクワは炎上せざるを得なかったからだ。モスクワが住民の手で焼かれたというのは正しい。ただしその住民とはそこに居残っていた住民ではなく、そこから出て行った住民だった。敵に占領されたモスクワが、ベルリンやウイーンやその他の都市とは違って無傷で残ることができなかったのは、ひとえに、住民がフランス人を歓待して町の鍵を渡したりすることなく、モスクワから退去してしまったからなのである。

27章

フランス兵がモスクワ市中に放射状に広がり、吸い込まれていくという九月二日の現象が、ピエールがいま身を置いている地区にまで達したのは、やっと夕刻近くになってからだった。

この二日間、世間から遠ざかって普段とまったく違うふうに過ごした後で、ピエールは狂気にも似た状態にあった。彼の全存在が一つの執拗な思想に支配されていた。いつどうしてそうなったのかは自分でも分からなかったが、今の彼はその思想にがんじがらめに支配されているせいで、過去のことも現在のことも何一つ理解できず、目の前に起こることをひたすら夢の中の出来事のように見聞きするばかりだった。

ピエールが自分の屋敷を去ったのは、自分をがんじがらめにしていた生活上のいろんな要求のこんがらがった網の目を、まぬかれるために他ならなかった。そんな複雑なもつれを解きほぐすことなど、あの時の彼には無理だったからである。故バズデーエフ氏の書籍と書類の整理という名目でバズデーエフ宅に出かけていったのも、ひとえに気ぜわしい実生活を逃れて平安を得ることを求めていたからだし、しかもバズデーエフの思い出は彼の胸の内で、今にも自分を呑み込もうとしているかに思える不安に満ちた錯綜した世界とは正反対の、永遠の、穏やかな、荘厳な思想の世界とむすびついていたのである。静かな避難所を求めていた彼は、実際バズデーエフの書斎にそれを見出したのだった。書斎の死のような静けさの中に座って埃にまみれた故人のライティングデスクに頰杖を突いていると、この数日の思い出が、穏やかな、しみじみとした調子で、次々と頭に浮かんできた。とりわけボロジノの会戦のことが、そして自分の胸に「彼ら」という名で刻まれている種類の人々の素朴さと力に比べたら、自分はちっぽけな嘘くさい存在にすぎないという例の漠とした感覚が、思い起こされた。物思いにふけっていてゲラーシムに目覚めさせられた時、ピエールの頭にふと、来《きた》るべき（と彼は理解していた）国民によるモスクワ防衛に参加してみようという考えが浮かんだ。そしてその目的で彼は直ちにゲラーシムに、長上着《カフタン》とピストルを手に入れてくれと頼み、そして名前を伏せたままでバズデーエフ家に残るという自分の目論見を告げたのだった。その後、最初の一日を一人きりで何もせずに過ごしている間に（ピエールは何度かフリーメイソンの写本に意識を集中しようとしたが、できなかったのだ）、カバラ数秘術によれば自分の名はボナパルトの名との関係で特殊な意味を持つのだという、以前にも浮かんだ考えが何度か頭に去来した。ただし「ロシア人ベズーホフ」なる自分があの獣の権力を終わらせる使命を担っているのだという考えは、いまだ理由もなく脳裡を駆け巡っては跡形もなく消えていく、夢想の一つに過ぎなかった。

長上着《カフタン》を買って（これはただ国民によるモスクワ防衛に参加するのが目的だった）、ロストフ一家に出くわし、ナターシャから「残られるおつもり？　ああ、なんとすてきでしょう！」と言われた時、仮にモスクワが敵の手に渡っても、自分がここに残って与えられた天命を果たせたならば、実際なんとすてきだろうという考えが彼の頭に浮かんだのだった。

その翌日、身命を惜しまず、何事においても彼らに後れを取るまいという思い一つを胸に抱いて、彼は民衆とともに徒歩で三ツ丘《トリ・ゴルイ》関門の外まで出掛けた。だがモスクワ防衛が行われないのを確かめて戻って来た時、不意にそれまで単なる可能性にすぎないと思われていたことが、もはや必然的で不可避なこととなっているのを感じた。名を隠したままモスクワに残り、ナポレオンを見つけて殺害しなければならない。自分が滅びるか、あるいは全ヨーロッパの不幸を終わらせるかの瀬戸際なのだ。彼の考えでは、ヨーロッパの不幸はひとえにナポレオンの仕業だったからである。

ピエールは一八〇九年にウイーンで起きたドイツ人学生によるナポレオン暗殺未遂事件[39]の詳細に通じており、その学生が銃殺刑になったことも知っていた。そして、目論見を実現しようとすれば自分も命を危険にさらすのだという思いが、なおさら激しく彼の気持ちを掻き立てたのだった。

ピエールが抗いがたい力でこのような目論見に惹かれて行ったのは、甲乙つけがたいほど強力な二つの感情のせいだった。一つは世の不幸を意識する者が覚える、自らも犠牲をはらい苦悩を味わうべきだという気持ちであった。まさにその感情ゆえに、彼は二十五日にモジャイスクまで出かけていって最も激しい戦いの場に身を置き、今は今で自分の屋敷を捨て、慣れ親しんだ贅沢で快適な暮らしをする代わりに、着の身着のままで硬いソファーに眠り、ゲラーシムと同じものを食べているのだった。もう一つの感情は、あらゆる形式的な、人工的な、人間的なもの、大半の人間がこの世の至高の幸と見なすものを軽んずるという、漠然とした、ロシア人特有の感情であった。ピエールが初めてこの奇妙でかつ魅力的な感情を味わったのはスロヴォッコイ宮殿にいた時で[40]、そのとき彼はふと、富も力も生活も、人々がかくも熱心に築き上げ、守ろうとしているすべてのものが、仮になにがしかの価値を持つとしたなら、それはそのすべてを投げ捨てる時に味わうことのできる快楽の価値に他ならないのだと感じたのである。

まさにこのような感情に突き動かされて、他人の身代わりを引き受けた新兵は最後の一コペイカまで飲んでしまうのだし、飲んだくれた人間は、何一つ明確な理由もなく、またそんなことをすれば有り金はたいて弁償せねばならないと知りながら、鏡やらガラスやらを片っ端から壊しまくるのだ。また同じ感情に突き動かされて、人は、この世には人間社会の規範を超えた、より上位の人生に対する裁きがあるのだと公言しつつ、まるで自分一個人の権限と力を試みるかのように、（卑俗な意味で）無分別なことをし散らかすのである。

スロヴォツコイ宮殿でこうした感情を初めて味わったまさにその日から、ピエールは絶えずその影響下にあったのだが、今ようやく彼はその感情の十分なはけ口を見出したのだった。しかも自分がすでにその方向で一歩を踏み出したという事実が、現時

39　一八〇九年十月十二日、占領下のウイーンのシェーンブルン宮殿で閲兵中のナポレオンを学生フリードリヒ・シュタップスが刺殺しようとした事件。犯人は軍法会議にかかり、五日後に処刑された。

40　七月十五日、皇帝を迎えてモスクワ貴族会が開催された時のことを指す。第3部第1編22〜23章（第4巻195頁以降）参照。

点においてピエールの目論見を支え、同時に彼の退路を断っていたのである。屋敷から出奔したことも、長上着《カフタン》も、ピストルも、ロストフ一家にモスクワに残ると宣言したことも含め、もしもこれだけのことをした後で自分が他の者たちと同じようにモスクワから逃げ出したりしたら、単にすべてが意味を失うばかりか、すべてが軽蔑すべき、滑稽な振る舞いと化してしまうことだろう（ピエールはそうしたことには敏感だった）。

常にそうであるように、ピエールの体調は精神状態と釣り合っていた。慣れない粗食、この何日か飲んでいるウオッカ、ワインと葉巻の不在、汚れたまま着替えていないワイシャツ、ベッドもなく寸詰まりのソファーの上でよく眠れずに過ごした二晩――そのすべてがピエールを、錯乱に近いような興奮した精神状態にさせていたのである。

もう午後の一時過ぎで、フランス軍はすでにモスクワに入っていた。ピエールはそれに気づいていたが、行動にとりかからずにもっぱら自分の計画について考え、この先起こることの一部始終を些細な点まで事細かに思い浮かべていた。そうした想像の中で彼がありありと思い浮かべるのは、ナポレオンに一撃を加えるプロセスそのものでもなければ、ナポレオンの死でもなかった。彼が異様なほど鮮やかに、もの悲しい満足感をもって思い浮かべるのは、自らの死であり、自らの英雄のごとき雄々しい振る舞いだった。

『そうだ、一人でみんなのためにやるんだ、やりとげるか、死ぬかだ！』彼は思った。『そう、まず近寄っていって……それからパッと……得物《えもの》はピストルだろうか短剣だろうか？』ピエールは考え込んだ。『だが、どっちでも同じことだ。私ではなく、神の御手がお前を罰するのだと、そう言ってやろう（ピエールはナポレオンを殺害する時に言うセリフを思い浮かべているのだった）。ふん、仕方がない、私を捕らえて刑に処すがいい』頭を垂れ、悲しげな、しかし気丈な表情を浮かべながら、ピエールはなおも胸の内で先を続けた。

ピエールが部屋の中央に立ったまま、こんなふうに自問自答していると、書斎のドアが開いて、これまではいつもおどおどしていた例のマカール・アレクセーヴィチ［バズデーエフの弟］が、全く様変わりした姿で戸口に現れた。部屋着の前が大きくはだけ、顔は真っ赤で歪んだ形相《ぎょうそう》をしている。明らかに酔っぱらっていた。ピエールを見て一瞬狼狽したようだったが、しかしピエールの顔にも狼狽の色を読み取ると、すぐさま元気づき、細い脚をふらつかせながら部屋の中央に進んできた。

「奴らは怖気《おじけ》づきやがったんだ」彼はかすれ声で打ち明けるように言った。「言っておくが、俺は降参しない、言っておくからな……いいかい、あんた？」そう言って彼ははたと考え込んだが、ふとテーブルの上のピストルに気付くと、思いがけぬ素早さでひっつかみ、廊下に駆けだして行った。

後を追ったゲラーシムと屋敷番が、玄関ホールでマカール・アレクセーヴィチを取り押さえ、ピストルを奪いにかかった。ピエールは廊下に出て、憐れみと嫌悪の混じった表情でその半ば正気を失った老人を見つめた。マカール・アレクセーヴィチはピストルを奪われまいと顔をしかめて踏ん張りながら、かすれ声で叫んでいる。どうやら何か華々しい場面を頭に描いているようだった。

「武器を取れ！　白兵戦だ！　よせ、渡すものか！」彼は叫んでいた。

「およし下さい、お願いします、およし下さい。お願いします、どうかお放し下さい。さあ、お願いしますよ、旦那さま……」そんなふうになだめながらゲラーシムは慎重にマカール・アレクセーヴィチの肘のところをつかんで、部屋のドアの方に向き直らせようとしていた。

「貴様、何者だ？　ボナパルトだな！……」マカール・アレクセーヴィチが叫ぶ。

「いけません、旦那さま。どうかお部屋へ、どうかお休みください。ピストルはこ

「ちらへ」

「失せろ、卑しい下僕めが！　触るな！　これが見えんか？」マカール・アレクセーヴィチはピストルを振りまわしながら叫ぶ。「白兵戦だ！」

「捕まえろ」ゲラーシムが屋敷番に耳打ちした。

マカール・アレクセーヴィチはさっと両腕を取られてドアの方へと引きずられていった。

玄関ホールいっぱいにすさまじいもみあいの物音と、酔漢の喘ぎ喘ぎのかすれた大声が響き渡った。

するると突然、表階段の方から新たに耳をつんざくような女の悲鳴が聞こえたかと思うと、料理女が玄関ホールに駆け込んできた。

「やつらですよ！　みなさん！……間違いなく、やつらです。四人です、騎兵が！……」彼女は叫んだ。

ゲラーシムと屋敷番はマカール・アレクセーヴィチを放した。すると静まり返った廊下に、いくつかの手が入り口のドアを叩く音がはっきりと響き渡った。

28章

計画が成就するまでは自分の身分もフランス語の知識も人に明かすまいとひそかに決意していたピエールは、フランス兵が入ってきたらすぐに身を隠すつもりで、廊下の半開きのドアの内側に立っていた。だがフランス兵たちが入って来ても、ピエールはまだ戸口から離れなかった。抑えがたい好奇心に後ろ髪をひかれていたのである。

入って来たのは二人だった。一人は将校で、長身で威勢のいい美男子、もう一人はいかにも兵卒もしくは従卒らしく、短軀で痩身の日に焼けた男で、頰がこけ、ぼんやりとした表情をしている。将校の方が杖を突いてちょっと片足を引きずりながら、先に立って進んできた。何歩か進んだところで将校は、よい住居だと勝手に判断した様子で立ち止まると、玄関口に立っていた兵士たちの方にくるりと向き直り、上官らしい大声で、邸内に馬を入れるように命じた。それを済ませると、将校はきびきびした動作で片方の肘を上げ、口髭を整えてから、帽子に軽く手を触れて挨拶のしぐさをした。

「皆さん、こんにちは！」笑顔で周囲を見回しながら、彼は陽気にフランス語で言った。

誰も何も答えなかった。

「あなたが御主人？」将校はゲラーシムに問いかける。

ゲラーシムはびっくりして、怪訝な顔で将校を見た。

「クアルティール、クアルティール[41]、泊まるところ《ロジマーン》がほしい」寛大さと好意を笑顔に込めて小柄な相手を頭のてっぺんから足の先までしげしげと見まわしながら、将校は言った。「フランス人はね、いい奴ばかりだ。だから大丈夫さ！　仲良くしようよ、ね、お爺さん」怯えて黙り込んでしまったゲラーシムの肩を軽く叩いて、彼はそう言い添えた。

「いやはや！　これだけの家で誰もフランス語が話せないのかい？」そう言って周囲を見回した彼の目がピエールの目と交差した。ピエールは戸口を離れた。

将校は再度ゲラーシムに語り掛けた。この家にどんな部屋があるか、案内してくれというのだ。

「主人いない、分からない……私の、あなたの……」ゲラーシムは、片言のロシア

41　ロシア語の「住居（クヴァルティーラ）」をフランス語風に発音したもの。

語で言えば何とか通じるのではないかと頑張ってみるのだった。

フランスの将校は、苦笑いしながらゲラーシムの鼻先で両手を広げ、何を言っているのか分からないということを悟らせると、片足を引きずりながらピエールがたたずんでいるドアの方に向かってきた。ピエールはその場を離れて身を隠そうと思ったが、まさにその瞬間、開いた台所の扉からマカール・アレクセーヴィチが手にピストルをもって身を乗り出しているのが見えた。狂人の狡猾さでフランス人将校の方をうかがい見ると、マカール・アレクセーヴィチはピストルを構えて狙いをつけた。

「白兵戦だ!!!」酔漢はピストルの引き金に指を掛けながら叫んだ。フランス人将校がその声に振り返る。その瞬間、ピエールは酔漢に飛び掛かっていった。ピエールがピストルをつかんで上に向けた時、ついにマカール・アレクセーヴィチの指が引き金を引き、銃声がして、皆の耳を聾《ろう》し、硝煙を浴びせた。フランス人将校は真っ青になって背後のドアの方に飛び退《すさ》った。

ピストルをもぎ取って投げ捨てると、ピエールはフランス語を知っていることを隠そうという目論見も忘れて将校に駆け寄り、フランス語で話しかけた。

「怪我はありませんか?」彼は言った。

「ないようです」自分の身をあちこち触って確かめながら将校は答えた。「しかし、危ないところでしたよ」壁の漆喰の剝がれたところを指さして彼は言い添えた。「あの男は何者です?」ピエールをきっと見据えて将校は言った。

「いやあ、とんだことになってしまって、何とも申し訳ありません」すっかり自分の使命を忘れ果ててピエールは早口で言った。「あれは不幸な狂人で、自分が何をしているか分からないのです」

将校はマカール・アレクセーヴィチに歩み寄ると相手の襟首をつかんだ。マカール・アレクセーヴィチは唇をだらしなく緩め、今にも眠り込みそうな様子で、壁にもたれて左右に揺れている。

「悪党め、この落とし前はつけてもらうからな」フランス人将校は手を離しながら言った。

「われわれは勝利の後は寛大であることを旨としているが、しかし裏切り者どもには容赦しない」暗い威厳に満ちた表情になって、颯爽とした力強い身振りをしながら、彼はさらに言った。

ピエールはなおもフランス語で、この酔っぱらった正気でない人物を責めないでやってくれるように、将校の説得に努めた。フランス人は暗い表情のまま黙って耳を傾けていたかと思うと、不意に笑みを浮かべてピエールを見た。そのまま何秒か、黙ってピエールを見つめている。その美しい顔に悲劇の一場面を偲ばせる甘く切ない表情を浮かべて、彼は手を差し伸べてきた。

「あなたは僕の命を救ってくれました！　あなたはフランス人ですね」彼は言った。このフランス人にとってこれは疑う余地もない結論だった。偉大なる行為を成し遂げることができるのはフランス人のみであり、この自分、すなわち第十三軽装騎馬隊大尉であるムッシュー・ラムバールの命を救うのは、まぎれもなく最も偉大なる行為だったからである。

しかしこの結論と、それに立脚したこの将校の信念がいかに確固不動のものであれ、ピエールは相手の期待を裏切らざるを得ないと思った。

「僕はロシア人です」ピエールは即座に言った。

「チッチッチッ、そんなことは他の者に言ってください」自分の鼻先で一本指を振ってみせながら、フランス人は笑顔で言った。「すぐに化けの皮をはがしてあげますからね」彼は続けた。「同国人に巡り合うのは良いものですね。さてと！　この男をどうしたものでしょうかね？」そう問う彼は、もはや兄弟のような態度でピエールに接していた。仮にあなたがフランス人じゃなかったとしても、いったんこの世界最高の称号を与えられたからには、拒絶するわけにはいきませんよ——フランス人将校の表情にも声音にも、そんなメッセージが読み取れた。相手の最後の問いを受けてピエールは改めてマカール・アレクセーヴィチが何者かを説明し、さらにフランス兵たちがここに来る直前にこの酔っぱらった狂気の人物が弾の入ったピストルを持ち出してしまい、取り上げる暇がなかった次第を説明して、どうか彼の振る舞いをお目こぼし願いたいと頼んだ。

フランス人将校は胸をぐいと張り、片手で皇帝のようなしぐさをした。

「あなたは僕の命を救ってくれた。おまけにフランス人だ。そのあなたが、あの男を許してやってくれと頼むんですね？　じゃあそうしましょう。その男を連れていけ」ポンポンとはつらつとした口調で述べ立てると、フランス人将校は命を救ってくれた御礼にフランス人に格上げしてやったピエールの腕を取って、一緒に屋内に入っていった。

庭にいた兵士たちが銃声を聞きつけて玄関ホールに入って来て、何があったのかと訊ね、犯人の処罰をお任せくださいと申し出たが、将校は厳しい口調で止めた。

「用があったら呼ぶ」彼は言った。兵士たちは出て行った。この隙に台所に潜り込んでいた従卒が、将校に歩み寄ってきた。

「大尉殿、台所にスープと炙《あぶ》った羊肉があります」従卒は言った。「お出ししますか?」
「出せ、それとワインもな」大尉は答えた。

29章

フランス人将校はピエールとともに家の中に入った。ピエールは義務感の命ずるままに、改めて自分がフランス人ではないことを大尉に言い聞かせたうえで立ち去ろうとしたが、フランス人将校は聞く耳を持たなかった。相手がきわめて丁重で愛想がよく、好人物なうえに命を救ってもらったことで心から恩義を感じている様子なので、ピエールも断る気力が失せて、最初に入った広間に一緒に腰を据えることになった。自分はフランス人ではないというピエールの申し立てに対しては、大尉はこのような名誉ある称号をどうして拒絶することができるのか理解できないといった風情で肩をすくめてみせたうえで、もしも君がどうしてもロシア人だと思われたいのならそれはそれで構わないが、それでも自分が、命を救ってくれたことへの感謝の念によって、生涯君と結ばれていることに変わりはない、と言ったものだった。

もしもこの人物にたとえ幾らかでも他人の感情を理解する能力があって、ピエールの心持ちを見抜こうとしていたならば、ピエールはおそらく彼から逃げ出したことだろう。だが自分以外のあらゆる事柄に対するこの人物のあっけらかんとした無頓着ぶりには、ピエールも圧倒されてしまったのである。

「あなたがフランス人だろうがお忍びのロシア人公爵だろうが」汚れてはいるが上質なピエールのワイシャツや手の指輪をしげしげと見てから、フランス人が言った。「僕はあなたのおかげで命拾いしたのだから、あなたに友情を捧げたい。フランス人は侮辱されたことも世話になったことも決して忘れません。だからあなたに友情を捧げます。言いたいのはそれだけです」

将校の声音にも、顔の表情にも身振りにも、(フランス的な意味での)人のよさと上品さがあふれていたので、ピエールは無意識にフランス人の笑みに笑みを返しながら、差し伸べられた手を握りしめていた。

「第十三軽装騎馬隊大尉ラムバールです。九月七日の戦闘[42]で勲章をいただいています」こみ上げる得意げな笑みに口髭の下の唇を歪めながら、将校は自己紹介した。「さあ、そろそろお話しいただけませんか、この僕があの狂人の銃弾を受けて包帯所

42　ボロジノ会戦のこと。露暦では八月二十六日。

行きになるのをまぬかれて、こうして楽しく言葉を交わすことのできるお相手が、いったいどなたなのかを」

ピエールは自分の名を教えるわけにはいかないと答えておいて、顔を赤らめながら適当な名を考え出そうとする一方で、どうして自分が名乗れないかという理由を話そうとしたが、フランス人は急いでそれを遮った。

「もう結構です」彼は言った。「僕には分かります。あなたは将校ですね……もしかしたら佐官かな。わが軍を敵に回して戦われたのでしょう。でもそんなこと僕にはどうでもいい。僕はあなたのおかげで命拾いしたのです。僕にはそれで十分ですし、僕は完全にあなたのものです。あなたは貴族でいらっしゃる？」問いのニュアンスを込めて彼は言い添えた。ピエールは頷いた。「ではどうか、洗礼名［名前の方］だけでもお教え願えませんか？　それ以上何も伺うつもりはありませんから。ムッシュー・ピエールとおっしゃるんですね……結構。伺いたかったのはそれだけです」

炙った羊肉、オムレツ、サモワール、ウオッカにフランス人がロシアの酒倉から持ち出してきたワインが運ばれてくると、ラムバールは食事にお付き合いくださいとピエールを誘ったうえで、すぐさま自分から、いかにも健康な腹をへらした人間らしく、がつがつと勢いよく食べはじめた。丈夫な歯でどんどん嚙み砕き、ひっきりなしに舌鼓を打っては「最高だ！《エクセラーン》」「うまい！《エクスキュイ》」と連呼している。真っ赤になった顔が汗まみれだ。ピエールも空腹だったので、喜んでご相伴にあずかった。モレールという名の従卒が鍋に湯を入れて運んでくると、中に赤ワインを一本立てた。そのほかにも彼はクワスを一瓶運んできた。味見しようと台所から持ってきたのである。この飲料はすでにフランス軍にも知られていて、名前まで頂戴していた。フランス軍ではクワスはリモナード・ド・コション（豚のレモネード）と呼ばれていたのだ。モレールも自分が台所で見つけたそのリモナード・ド・コションをほめそやした。しかし大尉はすでにモスクワの中を移動する際に手に入れたワインを持っていたので、クワスの方はモレールにまかせ、自分はボルドーの瓶を手に取った。瓶を首のあたりまでナプキンでくるむと、彼は自分とピエールにワインを注いだ。空腹が収まったところへワインを飲んだおかげでますます元気づいた大尉は、食事の間ずっと喋り続けた。

「まったくねえ、ムッシュー・ピエール、僕はあなたのために感謝のお灯明を上げなくてはなりませんね、あの……狂人から守っていただいたお礼にね……。じつは僕は、このとおり、弾丸ならばもう十分なほど食らっているんですよ。ほら、まずこれが（彼は脇腹を見せた）ワグラム[43]で食らったやつ、次のこれがスモレンスクでのやつ」彼は頬の傷跡を示した。「それからこの脚ですが、ほら、言うことを聞きません。

これは九月七日のモスクワ川の戦い[44]でやられたものです。ああ！　すごい戦いだったなあ！　あれは一見の価値がありましたよ、まさに砲火の洪水でした。貴軍はわれわれに苦戦を強いたわけで、これは自慢なさってもかまいませんよ、まったく。でも誓って言いますが、こんな目にはあったものの、僕はもう一度初めからやってもいいくらいの気持ちでいますよ。あれを見なかった者は気の毒だ」

「僕はあそこにいました」

「おや、本当ですか？　それは話が早い」フランス将校は言った。「貴軍は強敵でした、正直に言ってね。あの大角面堡をよく持ちこたえましたね、まったく。それでわが軍も多大な犠牲を払わされることになったのです。実は、僕はあそこまで三度上ったんですよ。三度あの砲台を奪ったのに、三度とも撃退されました、ドミノ倒し式にね。いやあ、あれは見事でした、ムッシュー・ピエール。貴軍の擲弾兵《てきだんへい》は素晴らしかったなあ、まったく。僕は彼らが六度も密集隊列を組んで、まるで閲兵式のように出陣して来るのを見ましたよ。すごいやつらです！　この道では海千山千の強者《つわもの》であるうちのナポリ王までが『お見事《ブラーヴォ》！』と叫んでいましたよ。いやはや、うちの兵士に引けをとりませんね！」ちょっと黙ってから笑顔を浮かべて大尉は言った。「まあ、それでいいんですよ、それで、ムッシュー・ピエール。戦場では強面《テリーブル》で、そして……

美女には」彼はにやっと笑ってウインクした。「優しい《ガラーン》――それがフランス人というものですから。違いますか？」

大尉がとことん無邪気でお人好しに見えるほど朗らかで、屈託なく、また自分に満足している様子なので、ピエールも楽しい気分で彼を見ながら、思わずウインクしてしまいそうになるのだった。どうやら「優しい《ガラーン》」という言葉が、この大尉にモスクワの状況を連想させたようだった。

「それはそうと、一つ教えてください、女性がすべてモスクワから出て行ったというのは本当ですか？　妙なことを思いつくものですねえ！　女性たちは何を恐れたのでしょう？」

「でもフランスの女性だってパリから逃げ出すのじゃありませんか、もしもロシア軍がパリに入ることになったら？」ピエールは言った。

「あっはっはっ！……」フランス人将校はピエールの肩を叩きながら、多血質の人間らしく陽気に高笑いした。「やあ、これは一本取られましたね」彼は言った。「パリ

43　ウイーン北東の村。一八〇九年七月ナポレオン軍とオーストリア軍の戦闘が行われた。
44　「ボロジノの戦い」のフランス側での呼び方。

ですか？……しかしパリは……パリは……」

「パリは世界の首都《みやこ》ですからね……」ピエールが助け舟を出す。

大尉はピエールを見つめた。この人物は会話の途中でちょっと口ごもり、笑みを含んだ人なつこい目でじっと見つめる癖があった。

「まったく、もしもご本人の口からロシア人だと伺っていなかったら、僕は絶対あなたをパリっ子《パリジャン》だと思ったことでしょう。あなたは何かしら特別なものを持っていらっしゃる……」そんなお世辞を言うと、大尉はまた黙って彼を見つめるのだった。

「僕はパリにいたことがありますよ。何年も暮らしました」ピエールは言った。

「そうでしょう、一目で分かりますよ。パリ！……パリを知らない人間は野蛮人です。パリっ子《パリジャン》は二里先にいても分かります。パリ――それはタルマです、デュシェノワです、ポティエ[45]です、ソルボンヌ大学です、並木道《ブールヴァール》です」ここで、どうも話が尻すぼみになっているのに気づいた彼は、急いで言い添えた。「世界広しといえどもパリほどの町は一つしかありません。あなたはパリにお暮らしになったのに、相変わらずロシア人のままだというのですね。でもかまいません、それであなたへの敬意が減るわけではありませんから」

飲み干したワインが効いてきた上に、何日も陰鬱な想念を抱いて孤独に過ごしてきた後だったせいで、ピエールは図らずもこの屈託のない好人物との会話を楽しんでいた。

「しかし貴国の御婦人方に話を戻しましょう。ロシア女性は大変きれいだそうですね。それにしても何とおろかな考えでしょうか――フランス軍がはるばるモスクワまでやって来たというのに、草原《ステップ》に身を隠すなんて！　絶好のチャンスをみすみす逃しているわけですよ。百姓連中は話が別ですが、あなたのような教養のある階級の方々なら、われわれのことをもっとよく理解してくださっているはずですのにね。われわれはウイーン、ベルリン、マドリード、ナポリ、ローマ、ワルシャワと、世界のすべての首都を制覇してきました……。われわれは恐れられていますが、愛されてもいます。馴染みになっておいて損はない相手だと思いますよ。それに皇帝も……」先へ行こうとしたところでピエールが話を遮った。

「皇帝」相手の言葉を繰り返すピエールの顔に、にわかに悲しげな、取り乱したような表情が浮かんだ。「一体何でしょう、皇帝って？……」

45　フランソワ＝ジョゼフ・タルマ（一七六三～一八二六）。悲劇俳優。カトリーヌ＝ジョゼフィーヌ・ラファン・デュシェノワ（一七七七～一八三五）。悲劇女優。シャルル・ポティエ（一七七三～一八三八）。喜劇俳優。

「皇帝ですか？　それはつまり寛大、仁徳、正義、秩序、天才――これがすなわち皇帝ですよ！　この僕が、ラムバールが、あえてあなたに断言します。今あなたの目の前にいるこの僕は、実は八年前までは皇帝の敵でした。うちの父は伯爵で、国を追われているのです……。しかし僕はあの方に、かの人物に圧倒されてしまいました。あの方の虜になってしまったのです。あの方がフランスを偉大さと栄光で包むのを目の当たりにして、僕はどうにも太刀打ちできませんでした。あの方がなそうとしていることを理解し、あの方がわれわれのために月桂樹の褥《しとね》を用意しようとしているのに気づいた時、僕は自分に言いました――これこそが王者だと。そしてあの方に身を捧げたのです。まあ、そんな次第です！　いやまったく、あの方は古今将来を通じて最高の人物ですよ」

「彼はモスクワにいるんですか？」口ごもって後ろめたそうな表情になりながらピエールは訊ねた。

フランス人将校はピエールの後ろめたそうな表情に目を止めてニヤッと笑った。

「いいえ、明日入城される予定です」そう答えると彼はまた自分の話を続けた。

門のあたりで何人かの怒鳴り声が聞こえ、やがてモレールがやって来たので、二人の会話は中断した。モレールが大尉に報告したところでは、ヴュルテンベルクの軽騎兵隊がやって来て、大尉の馬が収容されている中庭に自分たちの馬を入れさせろと言ってもめているとのこと。話を紛糾させているもっぱらの原因は、相手がフランス語で言われていることを理解できない点にあった。

大尉は相手側の古参の下士官を自分のところへ呼び寄せると、厳しい声で所属連隊はどこか、指揮官は誰か、どんな根拠があってすでに人が入っている屋敷を占拠しようとするのかと問いただした。ドイツ人下士官はフランス語をよく理解しないながらも、最初の二つの質問に対しては、自分の所属連隊と指揮官の名を挙げた。だが最後の問いに対しては、問いの意味すら理解できぬまま、ドイツ語の文に片言のフランス単語を張りつけるような形で、自分は連隊の宿営担当で、上官からあらゆる屋敷を軒並み占拠せよという命令を受けていると答えたのだった。ドイツ語も知っているピエールが、このドイツ人の言うことを大尉に通訳し、大尉の答えをドイツ語に直してヴュルテンベルクの軽騎兵に伝えてやった。言われたことを理解すると、ドイツ人は折れて部下を連れて去った。大尉は表階段に出て行って、大声で何やら命令していた。

大尉が部屋に戻って来ると、ピエールはもと居たままの場所に頭を抱えて座り込んでいた。その顔は苦悩の表情を浮かべていた。実際彼はこの瞬間、苦しんでいたのだ。さっき大尉が出て行って一人残された時、彼はふとわれに返って、今自分が置かれている状況を意識した。モスクワが占領されたことも、幸せそうな顔をした勝利者たちがモスクワをわが物顔で闊歩し、自分に対して保護者然と振る舞っていることも、ピエールには確かにつらいことではあったが、しかしこの瞬間の彼を苦しめているのはそうしたことではなかった。彼を苦しめているのは自分の弱さの意識だった。何杯かのワインを飲み、この気のいい人物と話をしているうちに、この何日かピエールが味わい続けてきた、あの張りつめた悲壮な気分が消え去ってしまっていた。だがその気分こそが彼の計画を成し遂げるのに不可欠なものだったのだ。ピストルも短剣も百姓外套も準備されていたし、ナポレオンは明日入城することになっている。あの悪人を殺害することが有益であり、やるに値することだというピエールの信念にも変化はなかった。それなのに彼は、もはや自分にはそれはできないと感じていた。なぜか？それは分からなかったが、ただ自分が目的を遂げることはないような予感がしたのだ。自分の弱さの意識と戦おうとしながらも、漠然と、自分は弱さを乗り越えられまいという気がした。そして復讐、殺人、自己犠牲というかねてからの一連の暗い思考の流れが、最初の一人と接触しただけで、雲散霧消してしまったのを感じていたのである。

大尉は軽く片足を引きずり、何やら口笛を吹きながら部屋に入って来た。

さっきまでピエールを楽しませてくれたこのフランス人のお喋りが、今の彼には不快なものに思えた。口笛の奏でる歌も、歩きぶりも、口髭をひねる仕草も、何もかもが今やピエールには侮辱的なものと感じられたのだ。

『すぐに出て行こう、この男とはもう一言も口をきくまい』とピエールは思った。だがそう思いながらも、相変わらず同じ場所に腰を落ち着けていた。何か不思議な脱力感が彼をその場所に括りつけていて、立ち上がって出て行きたいのにそれができないのだった。

大尉の方は逆にすこぶる上機嫌なようで、部屋の中をぐるぐると二度歩き回った。目がキラキラと輝き、口髭がぴくぴくとうごめいている様子は、まるで何か滑稽なことを思いついてひそかにほくそえんでいるみたいだった。

「気に入りましたよ」彼はやにわにそう言った。「あのヴュルテンベルク連隊の隊長さん！　ドイツ人ですが、にもかかわらず立派な男です。まあしょせんドイツ人ですがね！」

彼はピエールの向かいに腰を下ろした。

「ところで、あなたはドイツ語もお出来になるんですね？」

ピエールは黙って相手を見つめていた。

「避難所《アジール》のことをドイツ語では何と言うのですか？」

「避難所《アジール》？」ピエールは鸚鵡《おうむ》返しに言った。「避難所のドイツ語はウンタークンフトです」

「何ですって？」大尉はいぶかしげな声ですぐに訊き返した。

「ウンタークンフト」ピエールは繰り返した。

「オンターコップフ」そう言って大尉は何秒か笑みを含んだ眼でピエールを見つめていた。「いやドイツ人てやつは、まったく間が抜けてますね。そうじゃありませんか、ムッシュー・ピエール？」彼は話にけりをつけた。

「さてと、あのモスクワのボルドーをもう一本いきませんか？ モレールがもう一瓶温めてくれますよ。モレール！」大尉は陽気に声をかける。

モレールが燭台とワインの瓶を運んできた。灯りのもとで改めてピエールを見た大尉は、相手の打ちひしがれたような表情にハッとした様子だった。衷心からの悲しみと同情を顔に浮かべると、ラムバール大尉はピエールのそばに寄って彼の上にかがみ込んだ。

「どうしたんです、すっかり湿っぽくなってしまいましたね」ピエールの手に触れながら彼は言った。「もしかして、僕の落ち度でしょうか？ いや本当に、何かで僕に腹を立てていらっしゃるのでは？」彼はしつこく訊ねた。「それとも状況のせいですか？」

ピエールは何も答えず、ただ優しくフランス人将校の目を見つめた。相手の心遣いがうれしかったのだ。

「正直な話、あなたに借りがあるのは別にしても、僕はあなたに友情を感じているのです。何かあなたのためにさせていただけることはありませんか？　どうか僕をお好きなように使ってください。生涯お役に立ちます。胸に手を当てて申し上げているのです」胸を叩きながら彼は言った。

「ありがとう」ピエールは言った。大尉は、ちょうどさっき避難所をドイツ語で何というのかを知った時と同じように、じっとピエールを見つめた。するとその顔が、不意に晴れ晴れとした表情に変わった。

「よし！　こうなったらわれわれの友情のために飲まなくっちゃ！」陽気に叫ぶと、彼は二つのグラスにワインを注いだ。ピエールは注がれたグラスを手に取ると、一息で飲み干した。ラムバールも自分のグラスを飲み干し、もう一度ピエールの手を握ると、感傷に浸るようなポーズでテーブルに肘をついた。

「いや、それにしても、運命というのは不思議なものですね」彼はそんなふうに切り出した。「いったい誰が思ったでしょうか、まさかこの僕が、ボナパルトと昔呼んでいたあの人物のもとで兵隊になって、竜騎兵大尉まで務めるなんて。ところがほら、こうしてあの人とともにモスクワにいるわけですから。お断りしておきますが」長い話を始めようとする人間らしい、哀愁をおびた坦々とした声で彼は続けた。「わが家の家名はフランスでも最も古いものの一つなのですよ」

こうして大尉は、フランス人らしく軽やかな屈託のない調子で、包み隠すことなく先祖代々の歴史を語り、自分の幼い頃、少年の頃、大人になってからのことを語り、係累のことも財産のことも家族のこともすっかり語り尽くしてみせた。「僕の哀れな《マ・ポーヴル・》母《メール》」が話の中で重要な役割を果たしていたのは言うまでもない。

「でも以上はまだ単なる人生の背景にすぎません。人生の本筋は、何と言っても恋愛ですからね。恋愛ですよ！　そうじゃありませんか、ムッシュー・ピエール？」元気づいて彼は言った。「さあ、もう一杯」

ピエールはまた飲み干すと、自分で三杯目を注いだ。

「ああ！　女性たちよ、女性たちよ！」とろんとした目でピエールを見つめながら、大尉は恋愛を論じ、自らの恋愛遍歴を語り始めた。その件数は実に多かったが、大尉の得意げな美しい顔と、女性を語るときの舞い上がったような熱中ぶりを見ていると、さもありなんと思えるのだった。総じてラムバールの恋愛話には、フランス人が恋愛の格別の魅力とも詩情ともみなすエロチックな要素が目立ったが、体験を語る大尉の口調には、恋愛の魅力の限りを味わい尽くし知り尽くしたのはただ自分だけであるという確固たる信念がこもっていて、女性たちの描写も実に魅力的だったので、ピエールは興味深く彼の話に耳を傾けたのだった。

明らかに、このフランス人将校が珍重する恋愛《ラムール》は、ピエールがかつて自分の妻に対して覚えたような下劣で露骨な恋情の類とも違えば、ナターシャに対して一方的に燃え立たせたようなロマンチックな恋心とも違っていた（ラムバールは前者を馬丁《ばてい》流の愛、後者を愚か者の愛として、いずれも同様に軽蔑していた）。このフランス人が礼賛する恋愛は、主として相手の女性との関係が不自然なものであり、そして数奇な事情がいくつも絡み合っていることを旨としていた。そうしたことこそが感情に大きな魅力を付加してくれるからである。

そんなふうにして大尉はある三十五歳の妖艶な侯爵夫人と、その妖艶な侯爵夫人の娘である愛くるしい、穢れを知らぬ十七歳の少女を同時に相手にした、自らの感動的な恋愛体験を物語った[46]。母親と娘が互いに心の広さを競って譲り合い、ついには母親の方が自分を犠牲にして、娘を愛人の妻として差し出したという顛末は、もはや遠い思い出であるにもかかわらず、いまだに大尉の胸を揺さぶるのだった。それから彼はもう一つ、夫が愛人役を演じて彼（愛人）が夫役を演じたというエピソードを語り、さらにいくつか、ドイツの思い出にもとづいた滑稽なエピソードを披露した。避難所《アジール》がウンタークンフトであり、夫たちは塩漬けキャベツ《ザワークラウト》を食し、若い娘たちはあまりにも金髪であるという、ドイツの話である。

いよいよ最後のエピソードは、まだ大尉の記憶も新しいポーランドでの出来事で、彼がせわしい身振りをしながら頬を真っ赤に染めて物語ったのは、次のような顛末だった。すなわち彼があるポーランド人の命を救ったところ（概してこの大尉の話には人命救助のエピソードがひっきりなしに登場した）、相手のポーランド人は妖艶な妻（パリジェンヌのハートを持つ女）を彼に託して、自分はフランス軍に入隊してしまった。大尉は幸福を味わい、妖艶なポーランド女性は彼と駆け落ちしたいと言った。だが、ここが雅量の示しどころと思った大尉は、夫に妻を返し、その際こんなふうに言ったのだ――「僕は君の命を救ったのだから、君の名誉も救おう！」この言葉を改めて口にすると、大尉は目を拭い、ぶるっと身を震わせた。まるでこの感動的な思い出を振り返ることで自分にとりついた気弱さを振り払うかのように。

大尉の物語を聞くピエールは、夜の遅い時間に、しかも酒を飲んでいるとよくあることだが、相手の話を逐一たどってすべてを理解しながら、同時に、なぜかしら頭に浮かんでくる一連の自分自身の思い出をたどっていた。相手の恋愛物語を聞くうちに、図らずも自分のナターシャへの愛がふと思い出され、想像裡《そうぞうり》に己の恋愛のいくつかの場面を思い描きながら、頭の中でそれらをラムバールの物語と比較していたのである。義務感と愛情の相克の話を聞いている時には、ピエールは愛する人とあのスーハレフの塔のところで最後に会った時のことを、目の前のことのように事細かに思い起こしていた。あの時、あの出会いは彼に何の影響も及ぼさなかった。彼は一度としてあの出会いのことを思い出さなかったほどである。しかし今の彼には、あの出会いが何かとても重大な、詩的な意味を持っていたように思えるのだった。

「ベズーホフさん、ここまでいらっしゃいな！　あなただって分かっているのよ！」

彼は今、あのとき彼女が言った言葉を耳にし、目の前に彼女の目を、笑みを、旅行帽を、はみ出した髪の房を見ていた……。するとその一つ一つに、何かしら心を揺すぶる感動的なものを感じ取るのだった。

46　スタンダールの『赤と黒』（一八三〇）の恋愛プロットを連想させる。主人公のジュリアン・ソレルも、このラムバール同様ナポレオンの崇拝者だった。

妖艶なポーランド女性にまつわるエピソードを語り終えると、大尉はピエールに向かって、この話のような愛ゆえの自己犠牲や正規の夫への嫉妬心を経験したことがあるかと訊ねてきた。

この問いに触発されるように顔を上げたピエールは、ぜひとも自分の心をとらえている思いを語らねばならないと感じた。彼はまず、自分が女性への愛というものについていささか別の考え方をしているということを説明しようとした。自分はずっと一人の女性を愛してきたし、愛している、そしてその女性は決して自分のものにはならない――そう彼は語った。

「おやおや！」大尉は言った。

続いてピエールは説明した――自分はその女性がごく若いころから好きだったのだが、彼女のことを考える勇気がなかった。相手があまりにも若かったし、自分は名もない庶子だったからだ。後になって自分は名前も富も得たが、それでも彼女のことを考えるのをはばかっていた。彼女を愛するあまり、世のすべてを超越する者の域にまで祭り上げてしまったため、当然自分などには及びもつかぬ相手と思ったからだ。ここまで話したところで、ピエールは大尉に向かって、自分の言っていることが分かるかと訊ねた。

仮に自分に分からなくとも、先を続けてほしい——大尉は身振りでそう答えた。

「プラトニック・ラブ、浮雲のような……」大尉はつぶやいた。飲んだワインのせいか、正直に打ち明けたいという気持ちのせいか、どうせこの相手は自分の話に出てくる人間を誰一人知りもしなければ今後知ることもないという思いのせいか、あるいはそのすべてのせいか、ピエールの舌はほぐれていた。そうして唇をもぐもぐさせ、トロンとした目でどこか遠くを見ながら、彼は自分の経験のすべてを語った——結婚のことも、自分の一番の親友に対するナターシャの恋の話も、彼女の裏切りも、彼女に対する自分の関係があくまでもあっさりしたものだということも。ラムバールの質問に促されて、彼ははじめ隠していた事柄、すなわち自分の身分や名前までこの相手に打ち明けてしまった。

ピエールの話の中で大尉を一番驚かせたのは、ピエールがたいそうな金持ちでモスクワに豪邸を二つも持っていること、そしてそのすべてを捨てながらモスクワを出て行こうとはせず、名前も身分も隠して町に残っているということだった。

すでに夜も更けたころ、二人はそろって通りに出た。暖かな明るい夜だった。屋敷の左手には、このモスクワのペトロフカ地区で最初に起こった火事の空焼けが明々と見えた。右手の空高くには鎌のような三日月がかかり、そしてその月の真反対の側の空には、例の明るい彗星が浮かんでいた。ピエールの心の内で彼の愛する人と結びついているあの彗星が。門のあたりにはゲラーシムと料理女と二人のフランス兵が立っていた。彼らの笑い声と、互いに通じぬ言葉で語り合う声が聞こえた。彼らは町の火事の明かりを眺めているのだった。

巨大な町の遠く離れた小さな火事には、何も恐るべきものはなかった。

高い星空を、月を、彗星を、火事の空焼けを眺めているうちに、ピエールは喜ばしい感動を覚えていた。『うん、実にいい気分じゃないか！　いったい、この上何が必要なんだ⁉』彼は思った。だがふと例の自分の計画を思い出すと、急に目めまいがして気分が悪くなったので、倒れまいと塀に寄りかかった。新しい友に別れの挨拶もしないまま、ピエールはおぼつかぬ足取りで門を離れ、自分の部屋に引き返すと、ソファーに横になってたちまち眠り込んだ。

30章

九月二日に最初に起こった火事で空が焼けるのを、徒歩や馬車で町から逃げた住民たちや退却途上の将兵が、いろんな街道からいろんな気持ちで眺めていた。

ロストフ家の一行はこの夜、モスクワから二十キロほどの距離にあるムィティシチ[47]に泊まっていた。前日の九月一日は、出発がかなり遅かったのと、荷を積んだ馬車や軍隊で道路がごった返していたうえに、かなりの数の忘れ物があって、それをいちいち取りにやらせていたため、結局一晩をモスクワからほんの五キロほどの場所で過ごすことにしたのだった。一夜明けてこの日の朝も、出発が遅くなったうえに、またもや途中で停まってばかりいたので、結局このボリシーエ・ムィティシチまで来るのが精いっぱいだったわけである。十時にはロストフ家の主人一家と、彼らに同行している負傷者たちが全員、分宿の形で大きな村の地主屋敷や百姓家に収まった。使用人、御者や負傷した将校の従卒たちが、ご主人方をそれぞれの部屋に落ち着かせて、自分たちの夜食をすませ、馬にも餌を与えた後、表階段に出てきた。

近所の百姓家にはラエフスキーの副官で手首を砕かれた負傷者が入っていて、すさまじい傷の痛みにずっと哀訴のうめきを上げ続け、そのうめき声が暗い秋の夜におどろおどろしく響き渡っていた。初日の夜はこの副官もロストフ家の者たちが入ったの

47　モスクワ北東部の村でこの当時後出のボリシーエ・ムィティシチ（大ムィティシチ）村とマールィエ・ムィティシチ（小ムィティシチ）村に分かれていた。

と同じ屋敷で一晩を過ごしたのだったが、伯爵夫人は、例のうめき声のせいでまんじりともできなかったと言って、このムィティシチでは負傷者から少しでも離れていたいというだけの理由で、別の粗末なほうの百姓家に移ってしまった。

召使の一人が、車寄せに停められた箱馬車の背の高い車体のかげになったところで、これまでとは別の小さな火事の明かりが夜闇《やいん》を照らしているのを見つけた。すでに以前から一つ火事の明かりが見えていたが、誰もがそれはマールィエ・ムィティシチの火事であり、マモーノフ・コサック連隊が放火したものだということを承知していた。

「おやあれは、皆の衆、また別の火事だな」従卒が言った。

皆が夜空の明かりに注目した。

「だって、言ってたじゃないか、マールィエ・ムィティシチにマモーノフ・コサック連隊が火をつけたって」

「見てみな！　いや、あれはムィティシチじゃない、もっと遠くだ」

「ごらんよ、確かにあれはモスクワだよ」

召使が二人、表階段を下りて行って箱馬車の向こうに回り、踏み台に腰を下ろした。

「あれはかなり左手だ！　ほら、ムィティシチはこっちだから、全く見当はずれの方角さ」

何人かが二人に続いてやって来た。

「おい、メラメラ燃えてやがるぜ」一人が言った。「あれはみんな、モスクワの火事だな。スシチョーフスカヤ街かロゴーシュスカヤ街といったあたりだ」

誰もこの意見に答えようとしなかった。そしてかなり長いこと、一同黙ってこの遠くで燃えさかる新しい火事の炎を見つめていたのである。

伯爵の側近（と呼ばれていた）ダニーロ・テレンチイチ老人が、この人垣に近寄ってきてミーシカを呼ばわった。

「こいつ、何を珍しがっているんだ、役立たずが……伯爵さまがお呼びなのに、誰もいやしない。行ってお召し物をかたづけてこい」

「水を汲みに出ただけですよ」ミーシカが言った。

「あんたどう思いなさる、ダニーロ・テレンチイチ、あの火事はどうもモスクワのように見えるが」従僕の一人が言った。

ダニーロ・テレンチイチは何も答えず、一同はまた長いこと黙ったままだった。火事の明かりは散り広がり、揺らめきながら先へ先へと伸びていく。

「いやあ、大変だ！……風があって空気も乾いているからな……」また一人の声が言った。

「見ろ、えらく燃えだしたぞ。あらあら！　カラスどもまで見える。神さま、罪深い私どもをお救い下さい！」

「多分消し止めるさ」

「誰が消すっていうんだ？」それまで黙りこくっていたダニーロ・テレンチイチの声がした。彼の声は落ち着いてゆっくりとしていた。「確かにモスクワだよ、みんな」彼は言った。「モスクワ、母なるはくあ[48]……」声が途切れ、彼はやにわに年寄りくさいすすり泣きを始めた。するとそれを聞いてようやく皆は、いま目《ま》の当たりにしている火事の明かりが自分たちにとって持つ意味を理解したようだった。いくつかのため息が、祈りの声が、そして年老いた伯爵の側近のすすり泣きが聞こえた。

31章

戻った側近が伯爵にモスクワが焼けていると報告すると、伯爵はガウンを着て見に出てきた。まだ着替えていなかったソーニャとマダム・ショースも一緒に出てきた。ナターシャと伯爵夫人だけが部屋に残った（ペーチャはもはや家族と一緒ではなかった。自分の連隊と行動を共にして一足先にトロイツァ[49]へ向かったのだ）。

伯爵夫人はモスクワの火事の知らせを聞いて泣き出した。ナターシャは青ざめた顔に据わった眼をして聖像の棚の下の長い腰掛に座ったまま（この部屋に入って腰を下ろした場所を一歩も動かぬまま）、父親の言葉にも何の反応も示さなかった。彼女は四軒先から絶え間なく聞こえてくる例の副官のうめきに耳を澄ましていたのである。

「ああ、なんて恐ろしいこと！」すっかり凍えて怯えきった顔で外から戻ったソーニャが言った。「きっとモスクワは丸焼けになってしまうわ、空が真っ赤ですもの！ナターシャ、あなたも見てごらんなさい、部屋の窓からでも見えるから」どうにかしてナターシャの気を紛らわしてやろうとするように、彼女は話しかけた。でもナターシャは何が自分に求められているのかも分からない様子で、しばし相手を見つめると、またペチカのある片隅に目を据えてしまった。この日の朝ソーニャは、なぜかしら急にそれが必要だと思い立って、ナターシャにアンドレイ公爵の負傷のことと、その公爵が自分たちの一行に交じっていることを打ち明けてしまい、伯爵夫人の驚きと怒りを買ったのだったが、その時以来ナターシャはこんな状態で固まったままなのである。

48　『母なる白亜のモスクワ』という伝統的美称を言いかけたもの。
49　至聖三者聖セルギー大修道院（トロイツェ・セルギエヴァ・ラーヴラ）のあるモスクワ北北東七十キロのセルギエフ・ポサードを指す。

伯爵夫人はめったにないほどの剣幕でソーニャを叱りつけた。ソーニャは泣いて許しを乞い、そして今こうして罪滅ぼしのように、ずっとナターシャの機嫌を取ろうとしているのであった。

「ちょっと見てごらんなさい、ナターシャ、すごい焼け方だから」ソーニャは言った。

「何が焼けているの？」ナターシャが訊ねた。「ああ、そう、モスクワね」

そう言うと、断って相手の気を悪くさせるのもいやだし、ついでに厄介払いしてしまおうといった感じで、頭をちょっとだけ窓に向けてちらりと見やったが、明らかにそんなことをしても何も見えるわけがないのだった。そうして彼女はまた元の姿勢に戻った。

「なに、そんなんじゃ見えなかったでしょう？」

「いいえ、私、ちゃんと見たわ」そっとしておいてと頼むような声で彼女は言った。

モスクワであれモスクワの火事であれ何であれ、もちろん今のナターシャには何の意味も持たないのだ。それは伯爵夫人にもソーニャにも分かっていた。

伯爵はまた衝立《ついたて》の向こうに引っ込んで横になった。伯爵夫人はナターシャに歩み寄ると、娘が病気になった時にしていたように手の甲で彼女の頭に触れ、次に熱がないか確かめるように唇で額に触れ、それから口づけした。

「凍えたのね。ぶるぶる震えているわ。もう横になったら」夫人は言った。

「横になる？　そうね、いいわ、私、横になる。すぐになるわ」ナターシャは答えた。

この日の朝、アンドレイ公爵が重傷を負っていて自分たちと一緒に移動していると聞かされると、ナターシャは、はじめのうちだけは、彼はどこに向かっているのか、どんな状態か、危険な負傷なのか、自分は会えるのかと、あれこれ質問した。ところが、彼女には面会は許されない、公爵の傷は重傷だが、命にかかわるものではない、といった返事を受け取ると、明らかに相手の言うことを信じていないそぶりながら、何を聞いても同じ答えが返って来るばかりだと悟って、問うことも喋ることもやめてしまった。そうして道中ずっと大きな目を見開いたままじっと馬車の片隅に座り続け、いままたこうして一度腰を下ろした腰掛に座り込んだままでいるのだったが、そのナターシャの目つきは伯爵夫人になじみの深い、そして夫人がその表情を心底恐れている目つきだった。彼女は何かをじっと考え込み、頭の中で何かを決心しようとしている、あるいはすでに決心したのかもしれない――それが伯爵夫人には分かっていたが、果たして何を思い詰めているのかが分からず、それが夫人を怯えさせ、苦しめていたのである。

「ナターシャ、服をお脱ぎ、いい子だから、私のベッドに寝なさい」(ベッドに寝具が用意されているのは伯爵夫人だけで、マダム・ショースと二人の令嬢たちは藁《わら》を敷いた床に寝ることになっていた)。

「いいえ、お母さま、私はここの床に寝るわ」むっとした口調で答えると、ナターシャは窓辺に寄って窓を開けた。開いた窓から例の副官のうめき声がよりはっきりと聞こえてきた。ナターシャは首を突き出して湿った夜気に身をさらす。伯爵夫人は娘の薄い肩が嗚咽に揺すぶられて窓枠を打つのを見た。うめき声がアンドレイ公爵のものでないことは、ナターシャには分かっていた。アンドレイ公爵は、自分たちのいる場所と棟続きの、ここから玄関部屋を挟んだ別の小屋に寝ている――それをナターシャは承知していたのだ。だがそれでもこの恐ろしい、止むことのないうめき声を聞くと、彼女はむせび泣かずにはいられなかったのだ。伯爵夫人はソーニャと目を見交わした。

「寝なさい、さあ寝るのよ、いい子だから」ナターシャの肩にそっと触れながら夫人は言った。「ほら、寝なさいって」

「ええ、分かったわ……すぐに、すぐに寝るから」そう答えるとナターシャは急いで服をぬぎ、スカートの結び紐を引きちぎるようにほどいた。ドレスを脱ぎ捨てて夜着を纏《まと》うと、床に敷かれた寝床の上に脚をたたんで座り、あまり長くない細いお下げ髪を肩越しに前にもってきて、編みなおし始めた。よく馴れた細く長い指が、素早く巧みに髪を解いてまた編み、お下げにまとめていく。頭は慣れた呼吸で右へ左へと向きを変えていたが、目は熱病にかかったように見開かれたまま、じっと動かずに前を見つめているのだった。寝支度を済ませると、ナターシャはドアの際の乾草の上に敷かれたシーツに静かに身を横たえた。

「ナターシャ、真ん中に寝たら」ソーニャが言った。

「いいえ、私はここで寝る」ナターシャは言った。「さあ、みんなも寝て」不機嫌な口調で付け加えると、彼女は枕に顔を埋《うず》めた。

伯爵夫人、マダム・ショースとソーニャが急いで着替えをして横になった。部屋には灯明が一つ点っているだけだった。だが外は二キロ離れたマールィエ・ムィティシチの火事の火で明るく、マモーノフ連隊のコサックたちが壊して入りこんだ通りの斜《はす》向《む》かいの酒場で酔っぱらいたちの騒ぐ声が響き、そして相変わらず絶え間ない副官のうめき声が聞こえてきた。

ナターシャは長いこと身じろぎもせず、聞こえてくる室内の音や戸外の音に耳を澄ましていた。まず母親の祈りとため息が聞こえ、彼女の体の下でベッドがきしむ音が聞こえ、なじみになったマダム・ショースの口笛まじりのいびきが聞こえ、ソーニャの静かな息遣いが聞こえた。それから母親がナターシャを呼んだが、ナターシャは返事をしなかった。

「寝ているみたいよ、お母さま」ソーニャがそっと答える。しばしの沈黙の後で夫人はもう一度ナターシャを呼んだが、もはや答える者はいなかった。

ほどなくしてナターシャの耳に母親の規則正しい息遣いが聞こえてきた。毛布からはみ出た裸足の足がむきだしの床に触れて冷たかったが、ナターシャはそれでもじっと身じろぎもせずにいた。

まるで自分の独り勝ちを祝うかのように、どこかの隙間でコオロギが鳴きだした。遠くで雄鶏が歌うと、近くの鶏たちがそれに答えた。酒場の喧騒も静まり、ただ例の副官のうめきだけが聞こえる。ナターシャは身を起こした。

「ソーニャ、眠ったの？　お母さま？」彼女はささやいた。誰も返事をしない。ゆっくりと慎重に起き上がると、ナターシャは十字を切って、細くしなやかなむき出しの足を汚れた冷たい床にそっと踏み出した。床板がみしりと音を立てる。子猫のような素早い足取りで何歩かを駆け抜けると、彼女は冷たいドアノブをつかんだ。

まるで何かしら重いものが建物の四方の壁に規則正しくぶつかって、ゴンゴンと音を立てているような感じがした。それは恐れと戦《おのの》きとそして愛に打ち震え、張り裂けそうになっている、彼女の心臓の鼓動だった。

彼女はドアを開け、敷居を跨《また》いで、玄関部屋の湿った冷たい土の床に足を踏み入れた。体を包む冷気がすがすがしかった。裸足の足先で眠っている人間を探り、跨ぎ越えると、アンドレイ公爵が寝ている小屋へと続くドアを開けた。その小屋の中は暗かった。ベッドがあって何かが横たわっており、その奥の片隅の腰掛の上には、燃え尽きて巨大な茸《きのこ》のような形になった獣脂蠟燭《じゅうしろうそく》が立っていた。

ナターシャはこの朝、アンドレイ公爵が負傷してここにいると聞いたその時からすでに、彼に会わねばならないと決めていた。なぜそうしなければならないのかは自分でも分からなかったが、その出会いが辛いものとなるだろうことは分かっていた。それだけになお、そうする必要があると確信していたのである。

一日中彼女は、夜になれば彼に会えるという希望だけを頼りに過ごしてきた。だがいざこうしてその時がやってくると、にわかに自分が目にするものへの恐怖に見舞われた。あの人はどんなに変わり果てた姿でいることだろうか？　無事に残っているのはどこだろう？　あの副官の、絶え間ないうめき声のようなものになってしまっているのだろうか？　そう、あれと同じだ。彼女の頭の中では、彼はあの恐ろしいうめき声の化身と化していたのである。片隅に何だか分からないかたまりを見つけ、毛布の下で膝を立てているのを肩の部分と勘違いした彼女は、何かしら恐ろしい人体を思い浮かべ、恐怖のあまり立ち止まった。だが打ち勝ちがたい力が彼女を先へと進ませた。慎重に一歩二歩と進むと、小さなごたごたした部屋の真ん中に出た。部屋の聖像棚の下の長い腰掛の上に別の人間が横たわり（これがティモーヒンだった）、床の上にはさらに二人、誰かが寝ていた（これは医者と従僕だった）。

従僕が身を起こして何かをつぶやいた。傷を負った足の痛みで眠れずにいたティモーヒンは、白い肌着の上に夜着を纏ってナイトキャップを被った不思議な娘の出現に目を丸くした。寝ぼけ眼の従僕が驚いた声で「何です、何のご用で？」と訊いたが、ナターシャはためらわず、むしろ足を速めて片隅に横たわっているものに近寄って行った。その体がいかに恐ろしい、人間離れしたものであろうとも、彼女はそれを見なければならなかった。彼女は従僕の脇をすり抜けた。蠟燭の上に茸のように固まっていた燃えかすが崩れ落ちて、彼女は毛布の外に両手を出して寝ているアンドレイ公爵の姿をはっきりと認めた。それは彼女がいつも見ていたままの姿だった。

彼はいつもとまったく同じ姿だった。ただ熱に火照った顔の色、うっとりと彼女を見つめるきらきらと輝く目、そしてとりわけ折り返したシャツの襟から突き出た優しい少年のような首が、そこに一種格別な、穢れを知らぬ子供のような趣を加えていた。それはしかし、彼女が一度もアンドレイ公爵のうちに認めたことのない要素だった。彼女は彼に歩み寄ると、素早くしなやかな若々しい仕草で、両膝をついた。彼はにっこりと笑って彼女に片手を差し伸べた。

32章

アンドレイ公爵がボロジノの野の包帯所でわれに返ってから七日が過ぎていた。この間、彼はほぼずっと意識を失っていた。熱病の症状と損傷した腸の炎症は、同行の医者の見立てでは、命取りになるはずのものだった。しかし七日目になると患者はパンのひと切れと茶をうまそうに平らげ、医者が認めたように、全体の熱も下がった。アンドレイ公爵は明け方に意識を回復した。モスクワを出た初日の晩はかなり暖かかったため、アンドレイ公爵は馬車に残されたまま一夜を過ごした。だがムィティシチでは、馬車から降ろして茶を飲ませてくれと、自分から要求した。百姓小屋へと移す際の痛みにアンドレイ公爵は大声で呻《うめ》き、またもや意識を失った。簡易ベッドに寝かされると、長いこと目をつぶったまま横たわっていた。それから目を開けると、静かに「茶はどうした？」とつぶやいたのだった。生活上のごく細かな事柄についてのこうした記憶力の良さは、医者を驚かせた。脈をとってみると、医者本人が驚き、不満すら覚えたことに、脈拍が改善されていた。医者がなぜこれに不満を覚えたかと言えば、これまでの経験から、アンドレイ公爵は生き永らえられないだろうし、仮に今すぐ死なないとしても、いずれ余計に苦しんで死ぬだけだと確信していたからである。アンドレイ公爵とともに、同じくボロジノ会戦で足に負傷した彼の連隊の赤鼻のティモーヒン少佐が、モスクワで合流して一緒に運ばれていた。この両者に、医者と公爵の従僕、御者および従卒二名が同行していた。

アンドレイ公爵に茶が出された。彼はむさぼるように飲みながら、熱に潤んだ目で前方のドアを見つめていたが、その様子は何かを理解し、思い出そうとしているかのようだった。

「もういらない。ティモーヒンはいるか？」彼は訊ねた。ティモーヒンが腰掛を伝って、彼のもとに這い寄ってきた。

「ここにおります、公爵殿」

「傷の具合は？」

「小生の傷ですか？　大したことはありません。それより公爵殿の御加減は？」アンドレイ公爵はまたもや何かを思い出そうとするように考え込んだ。

「本を一冊手に入れてくれないか?」彼は言った。

「どのような本でしょうか?」

「福音書だ！　手元にないのだ」

医者が入手すると約束し、それから公爵の気分をあれこれ訊ねはじめた。アンドレイ公爵は医者のすべての質問に、渋々とながら的確な答えを返し、それから体にクッションをあててほしいと告げた。どうも寝心地が悪いし、ひどく痛むというのだった。医者は従僕の手を借りて公爵の体をくるんでいた外套を持ち上げ、傷口から漂ってくる強い腐肉の臭いに顔をしかめながら、その恐るべき箇所を診察し始めた。医者は何かに大変な不満を示して、何かいつもと違った処置をし、患者に手荒く寝返りを打たせたため、患者はまたもやうめき声をあげ、回転させられた時の痛みで再び気を失い、うわごとを言いだした。早く例の本を手に入れて、そこに宛てがってくれ——そんな意味のことをしきりに口走っている。

「たやすいことだろう！　俺の手元にはないのだ。頼むから手に入れて、一瞬でもいいから宛てがってくれ」哀れっぽい声で彼はそう言うのだった。

医者は手を洗いに玄関部屋へ出て行った。

「ああ、不人情なやつらだなあ、まったく」手に水を注いでくれる従僕に向かって医者は言った。「一分でも目を離せばこのざまだ。お前たちは患者を、傷口を真下にして寝かせていたんだぞ。そもそもあれだけの痛みをどうして我慢していられたのか、驚くほどだ」

「下に宛てものを入れておいたはずですよ、いや神かけて嘘は申しません」従僕は言うのだった。

アンドレイ公爵は初めて自分のいる場所や自分の身に起こったことを理解し、自分が負傷していることを思い出した。それで馬車がムィティシチに停まるやいなや、建物の中に移してくれと申し出たのだった。痛みのために再び意識を失った彼が二度目にわれに返ったのは、百姓家の一室だった。そこで彼は茶を飲み、改めてわが身に起こったことを逐一記憶の中で再現したが、何よりもありありと思い描いたのは、例の包帯所で自分の憎む男が苦しむ様子を見るうちに、新しい、幸せを約束してくれる思想が頭に浮かんできた、あの瞬間のことだった。するとその思想が、ぼんやりとした曖昧な形ではあるが、このとき再び彼の心を捉えた。今や自分には新たなる幸せがある、そしてその幸せは何かしら福音書に通じるものである——それを彼は思い出したのだ。それで彼は福音書をくれと頼んだのだった。だが傷に悪い格好で寝かされた上に再度寝返りを打たされたため、頭の中がまた混乱してしまい、そして三度目にわれに返った時は、すでに真夜中の完全なしじまの中であった。周りの者は皆ぐっすり眠りこんでいる。玄関部屋の向こうで蟋蟀《こおろぎ》が鳴き、通りで誰かが喚《わめ》きつつ歌い、テーブルや聖像の上をゴキブリがカサコソ這い、秋の肥えた蝿《はえ》が一匹、彼の枕元や近くに置かれた、燃え尽きかけて大きな茸の形になった獣脂蠟燭の周りで、暴れている。

彼の心は正常ではなかった。健全な人間は通例、無数の事柄を同時に考え、感じ、思い出しているが、しかしそうした中からある一系列の考えや現象を選び出し、その系列の現象に意識を集中する才覚と力を持っている。健全な人間は、深いもの思いにふけっている瞬間でも、誰かが入ってくれば一瞬われに返って礼儀正しく挨拶し、それからまた自分の思考の世界へと戻っていく。アンドレイ公爵の心は、こうした意味では正常な状態ではなかった。精神の諸力はすべて過去のどんな時よりも活発で明晰だったが、そのすべてが彼の意志の外で活動していた。きわめて雑多な思念やイメージが同時に彼にとりついていたのである。時には思考が突如活発になって、健康な時には全くあり得なかったほどの力と明晰さと深さを発揮するのだが、それが活動の最中に不意に途切れたかと思うと、何か予想もしなかったイメージが現れて、もはや元の思考に戻る力はないという調子だった。

『そうだ、俺には新しい幸福、人間の生来の幸福への道が開けたんだ』薄暗い静かな部屋に横たわり、熱っぽく見開かれたじっと動かぬ目で前方を見据えながら、彼は思った。『それはあらゆる物質的な力の外にあって、外部から人間に加わる物質的な影響力を超えたところにある幸福、すなわち霊魂だけの幸福、愛の幸福なのだ！　それを理解することはどんな人間でもできるが、それに意識を向け人に課すことができたのは、ただ神のみだ。しかし一体どうして神はそのような掟を課されたのか？　なぜに神の子は？……』そこで不意にこの思考の歩みが途切れ、アンドレイ公爵の耳が何かの音を捉えた（それが夢の中の音なのか現実の音なのか、彼には分からなかった）。誰かの静かなささやき声がずっと一定のリズムで繰り返しているのだ――「イ・ピチ・ピチ・ピチ」次に「イ・チ・チ」そしてまた「イ・ピチ・ピチ・ピチ」それからまた「イ・チ・チ」と。同時に、このささやく楽の音に合わせて、アンドレイ公爵は自分の顔の上方、まさに顔の中心の真上に、細い針か木っ端でできた、なにやら不思議な空中楼閣が立ち上がっていくのを感じ取った。彼は（大変な作業ながら）その立ち上がっていく楼閣が崩壊しないように、自分が頑張って平衡を保たねばならないのだと悟った。だが、やはりどうしても楼閣は壊れ落ちてしまい、そして再び規則正しいささやきの曲に合わせて、ゆっくりと立ち上がっていくのであった。『伸びるぞ！　伸びるぞ！　グーンと伸びて、まだまだ伸びるぞ！』アンドレイ公爵は胸の内でつぶやいた。ささやきに耳を澄まし、伸びてゆく針の空中楼閣の感触を覚えるのと同時に、アンドレイ公爵は時折溶けた蠟で周囲を覆われた蠟燭の赤い光を見たり、ゴキブリの這う音や、枕や顔にぶつかって来る蠅の羽音を聞いたりしていた。蠅が顔に触れるたびに焼けるような感覚を味わうのだったが、一方で彼を驚かせたのは、自分の顔の上に立ち上がった空中楼閣に蠅が突っ込んでも、楼閣が壊れないことだった。だがそれ以外にも一つ重要なことがあった。それはドアの傍にある白いもの、スフィンクスの像であり、それもまた彼を押しつぶそうとしていたのであった。

『しかし、もしかしたらあれは俺のシャツがテーブルに置いてあるのかもしれない』アンドレイ公爵は思った。『これは俺の足で、あれはドアだ。しかしどうしてこうどんどん伸びて立ち上がっていくのか、イ・ピチ・ピチ・ピチ、イ・チ・チ、そしてまたイ・ピチ・ピチ・ピチと……』たくさんだ、もうよせ、どうかやめてくれ――何者かに向かってアンドレイ公爵は懇願する。すると不意にまた思考と感情が異様な鮮明さと力をもって湧き上がってきた。

『そう、愛だ（と彼はまたもや完全に明晰な頭に戻って考えるのだった）。しかしそれは何かがほしくて、何かのために、あるいは何かの理由で愛する愛ではなくて、あの時、瀕死の状態の俺が自分の敵を見つけて、それでもやはり相手を愛した時に、生まれて初めて経験したような、まさにそういう愛なのだ。俺が味わった感覚はまさに魂の本質としての愛であり、だからその愛には対象はいらないのだ。俺は今でもあの至福の感覚を味わっている。己の隣人を愛し、敵を愛すること。すべてを愛するということは、すなわち神をそのすべての現れにおいて愛することだ。大切な人間を愛することは人間の愛によっても可能だ。しかし敵を愛することは、神の愛によってしかできない。だからこそ俺は、自分があの男を愛していると感じた時、あれほどの喜びを覚えたのだ。あの男はどうしただろうか？　生きているだろうか……人間の愛による愛情は、愛情から憎しみに変わりうる。だが神の愛は変わり得ない。何一つ、たとえそれが死であろうと、何一つその愛を破壊できるものはない。それは魂の本質だからだ。ところがこの俺は生涯なんと多くの人間を憎んできたことか。そしてすべての人間のうちで俺があれほど愛し、あれほど憎んだ相手は、『あの女しかいない』こうして彼はナターシャを胸の内でまざまざと思い浮かべたが、それはかつて想像したような、自分にとって喜ばしい、魅力ばかりを備えた彼女の姿ではなかった。彼は初めて、彼女の魂を思い浮かべたのである。すると彼には彼女の感情が、苦悩が、恥辱が、後悔が理解できた。今こそ初めて彼は、自分の拒絶の残酷さをあますところなく理解し、自分が彼女との縁談を破棄したことの残酷さに気付いたのだった。『せめてもう一度だけでも彼女に会うことができたなら。一度だけ、あの目を見ながら、告げることが……』

イ・ピチ・ピチ、イ・チ・チ、イ・ピチ・ピチ——ブンと蠅がぶつかって来た……すると彼の意識は突然別の、現実と夢の混じった世界へと移行したが、その世界では何か特別なことが起こりつつあった。相変わらずその世界では例の楼閣が壊れもせぬままどんどん高くなり、相変わらず何ものかが伸び続け、相変わらず赤い輪に囲まれた蠟燭が燃え、ドアのそばに同じ白シャツのスフィンクスが横たわっていた。だがそのすべてに加えて、何かがギーときしむ音がして、一陣のさわやかな風が香ったかと思うと、新たな白いスフィンクスが、立った姿でドアの前に出現したのだ。そのスフィンクスの頭部には青ざめた顔と輝く目がついていたが、それはまさにたった今彼が思い浮かべていた、あのナターシャその人の顔であった。

『おお、こんな苦しい悪夢がいつまで続くんだ！』そう思ったアンドレイ公爵はその顔を自分の頭から追い払おうと努めた。だがその顔は現実の迫力をもって彼の前にとどまり続け、しかも近くに寄って来ようとしている。アンドレイ公爵はさっきの純粋な思考の世界に戻ろうとしたがかなわず、悪夢の領分へ引き込まれようとしていた。

静かなささやき声がリズミカルにつぶやき続け、何かが圧迫し、伸び、そして不思議な顔が彼の前にとどまっていた。アンドレイ公爵は正気に返ろうと全力を振り絞った。わずかに身を動かすと、にわかに耳鳴りがして目が曇り、彼は入水した人間さながらに意識を失った。ふとわれに返ると、あのナターシャ本人が生きた姿で目の前に跪いていた。それは彼が今ようやく見出したあの新たなる、純粋な、神の愛によって、世界中の誰にもまして愛したいと願っていた、あのナターシャだった。それが生きた本物のナターシャだと理解すると、彼は驚きもせず、ただ静かに喜んだ。ナターシャは跪いた姿で、怯えたように、しかも釘付けになったように(彼女は身じろぎもできないでいた)じっと彼を見つめ、泣きそうになるのをこらえていた。その顔は青白く、こわばっている。ただ下の方のどこか一部だけが、かすかに震えていた。

アンドレイ公爵は安堵のため息をつき、にっこりと笑って片手を差し伸べた。

「あなただったんですね?」彼は言った。「ああうれしい!」

ナターシャは素早くしかも慎重な動作で膝立ちのまま彼に近寄ると、そっとその手を取り、顔を寄せて、かすかに唇が触れるような口づけをした。

「赦してください!」顔を上げ、彼を見つめて彼女はささやいた。「私を赦してください!」

「僕はあなたを愛している」アンドレイ公爵は言った。

「赦してください……」

「何を赦すのですか？」アンドレイ公爵は訊ねた。

「赦してください、私が、し……したことを」わずかに聞こえるばかりのとぎれとぎれのささやき声でそう言うと、ナターシャはさらに何度も何度もかすかに唇が触れるような口づけを繰り返すのだった。

「君を愛している、前よりももっと多く、もっと良く」彼女の目が見えるように手で相手の顔を上向けながら、アンドレイ公爵は言った。

幸せの涙に濡れたその眼は、同情と愛の歓びとを含んで、おずおずと彼を見つめていた。痩せて青ざめ、唇の腫れたナターシャの顔は、美しくないばかりか、恐ろしいほどの形相をしていた。しかしアンドレイ公爵の見ているのはその顔ではなく、その輝く目で、その目はとてもきれいだった。彼らの背後で話し声がした。

今やすっかり目の覚めた従僕のピョートルが医者を起こす声だった。足の痛みで一睡もしなかったティモーヒンは、もうずっと前から出来事のすべてを目の当たりにしながら、裸の体を必死にシーツで隠して、腰掛の上で縮こまっていた。

「何をなさっているんです？」医者が寝床から身をもたげて言った。「お引き取り下さい、お嬢さま」

その時女中がドアを叩いた。娘がいないのに気づいた伯爵夫人が遣わしたのだった。夢の途中で目覚めさせられた夢遊病者さながらに、ナターシャは部屋を出て自分たちの小屋に戻ると、わっと泣きだしてもとの寝床に倒れ込んだ。

この日以来ロストフ一家の旅が続く間ずっと、休憩地でも宿泊地でも、ナターシャは負傷したアンドレイ公爵のもとを離れようとしなかった。そして医者も、ただの娘がこれほどの芯《しん》の強さを見せ、負傷者への看護技術を見せるとは思いもよらなかったと、認めざるを得なかったのである。

アンドレイ公爵が道中で、わが娘の腕に抱かれて死んでいくかもしれぬと思うと（医者に言わせればそれは十分ありうることだったが）、伯爵夫人はじつに恐ろしい気がしたが、だからといってナターシャに逆らうことはできなかった。今こうして負傷したアンドレイ公爵とナターシャの親密な関係が出来上がったからには、回復した暁にはかつての婚約関係も復活するだろうという思いも頭に浮かぶところではあったが、誰一人、ましてや本人たちはなおさらのこと、そんなことを口に出そうとはしなかった。一人アンドレイ公爵のみでなく、ロシア全体の頭上に未解決のままぶら下がっている「生か死か」という問題が、他のあらゆる仮定を影の薄いものとしてしまっていたからである。

33章

九月三日、ピエールは遅く目を覚ました。頭痛がして、着たままで寝た服が体を締め付け、胸中には前日に何やら恥ずかしいことをしでかしたという漠然とした意識がわだかまっていた。この恥ずかしいこととは、前夜のラムバール大尉との会話のことだった。

時計は十一時を指していたが、外はひどくどんよりとしているように見えた。起き上がって目を擦り、ゲラーシムがまたライティングデスクの上に置いた握りに彫りが入ったピストルに目を止めると、ピエールは自分がどこにいるのか、まさに今日という日に何をしでかそうとしているのかを思い出した。

『もはや出遅れたのではないか？』ピエールは思った。『いや、きっと彼がモスクワ入城を挙行するのは十二時前ではあるまい』これからなすべきことについてあれこれ思い煩うのを自制して、ピエールは一刻も早く行動しようとした。

着たままの服を整えると、ピエールはピストルを手に取って、もう出掛けようとした。だがそこで初めて一つの問題が頭に浮かんだ——まさかピストルを手に持って通りを歩くわけにもいかないとすれば、どんな方法でこの武器を携帯すればいいのか。大きなピストルなので、上にゆったりとした長上着《カフタン》を羽織っても、隠しきるのは難しい。腰の後ろに着けても、脇の下に挟んでも、目立たないわけにはいかなかった。おまけにピストルは発砲されたままで、ピエールはまだ装弾をしていなかった。『かまわない、短剣がある』ピエールは自分に言い聞かせた。自分の計画の実行法を練っているときに、一八〇九年にナポレオン殺害をもくろんだあの学生の一番の失敗要因は、相手を短剣で殺そうとしたことだと、何度も胸の内で結論付けていたのにである。だがあたかも自分の主眼とするのはたくらみごとを実行することではなく、自分が計画を捨てず、その実行のために全力を尽くしていることを自分に示すことにあるとでもいうかのように、ピエールはスーハレフの塔のたもとでピストルとともに買った、緑の鞘に入った鈍い、刃こぼれのある短剣を急いでひっつかむと、チョッキ《ジレ》の裏に隠したのだった。

長上着を帯で止め、帽子を目深《まぶか》にかぶると、ピエールは物音を立てぬように、大尉に出くわさぬようにと気をつけながら、廊下を抜けて街路に出た。

昨日の晩彼がごく平然と眺めていたあの火事が、夜の間にかなりの大火になっていた。四方八方に燃え広がっていたのだ。馬車屋《カレートヌイ・リャード》街も、川向こう《ザモスクヴォレーチエ》[50]も、ゴスチンヌイ・ドヴォールもポヴァルスカヤ通りも、モスクワ川の艀《はしけ》も、ドロゴミーロフ橋のたもとの薪《たきぎ》市場も、みな一斉に焼けていたのだ。

ピエールがたどるのはいくつかの裏通りを抜けてポヴァルスカヤ通りに出て、そこからアルバート街の大主教奇蹟者聖ニコライ教会へと向かう道で、彼は以前から頭の中で、この教会のもとこそ自分の目論見が実行されるべき場所と決めていたのだった。大半の家屋敷は門も鎧戸も閉ざされていた。表通りも裏通りもがらんとして人気《ひとけ》がない。空気は煤《すす》と煙の臭いがした。時折不安げなおどおどした顔のロシア人や、町中《まちなか》に合わない野営服姿で通りの真ん中を歩いているフランス人たちに出会った。いずれもがピエールを見るとはっと驚いたような顔をした。背が高くて太っていること、暗く思いつめたような、受難者風の奇妙な表情が顔にも姿全体にも漂っていることもさることながら、ロシア人がピエールに目を引かれるのは、はたしてこれがどんな階級に属する人間なのか、判断がつきかねたからである。フランス人もまたびっくりした目

50　クレムリンから見てモスクワ川の対岸（南側）の下町地区。

でピエールを見送っていたが、それは主として、ロシア人が皆怯えた目で、あるいは好奇の目で自分たちをじろじろ見ているのに対して、ピエールが自分たちに何の関心も示さないからであった。ある屋敷の門の前で、言葉の通じないロシア人たちを相手に何やら話をしていた三人のフランス兵が、ピエールを呼び止めてフランス語が話せるかと訊ねた。

ピエールは否という風に首を振り、先へと進んだ。別の裏通りでは緑色の箱[51]のそばに立っていた歩哨が彼を呼び止めたが、ピエールは二度目にいかめしい声で怒鳴りつけられ、歩哨が手に持った銃がガチャリと音を立てたときようやく、自分が通りの反対側に回らなくてはいけないのだと気づいたのだった。周囲のものは何一つ、耳にも目にも入ってこなかった。自分の目論見があたかも何か自分にとって恐ろしい、よそよそしいものででもあるかのように、彼はそれを胸に抱いたまま、焦《あせ》りつつこわごわと進んでいた。昨夜の経験で学んだ彼は、何かの拍子にそれをなくしてしまうのを恐れていたのである。だがピエールはそうした自分の気持ちを、そのまま目的地まで届けられないさだめになっていた。それどころか、仮に道中何の妨げも受けなかったとしたところで、彼の目論見は遂行されるべくもなかったのだ。というのも、ナポレオンはすでに四時間以上も前に市境のドロゴミーロフ関門を越え、アルバート通りを経てクレムリンに入り、今はクレムリン宮殿の皇帝の執務室に暗澹《あんたん》たる気分で座り込んで、消火と略奪の防止と住民の慰撫《いぶ》のために即刻とるべき措置について、詳細かつ克明な指示を与えているところだったからである。だがピエールにはそれを知る由もなかった。彼は差し迫ったことがらに没頭し、不可能な企図に頑固に取り組もうとする者の苦しみを舐めていた。それも困難なゆえに不可能なのではなく、その目論見が自分の本性に外れているがゆえに不可能なのである。彼は自分が決定的な瞬間に尻込みして、その結果自分への尊敬を失ってしまうことを恐れ、苦しんでいたのである。

周囲のものは何一つ目にも耳にも入っていなかったにもかかわらず、彼は本能で道筋の見当を付け、ポヴァルスカヤ通りに出る裏道を選び違えることもなかった。

ポヴァルスカヤ通りに近づくにつれて煙がどんどん濃くなり、火事の熱さえ感じられるようになってきた。時折家々の屋根越しに炎の舌がメラメラと立ち上る。通りで出会う人の数も増え、しかも皆ますます騒然としてきている。だがピエールは、何かしら周囲で異常な事態が生じているのを感じてはいたものの、自分が火事場に近づいているという自覚はなかった。片側がポヴァルスカヤ通りに、別の側がグルジンス

51 火薬ないし弾薬箱。

キー公爵の屋敷の庭に面している広い空き地に沿った小道を通っていたピエールは、急に自分のすぐそばで身も世もないような女の泣き声がするのを聞きつけた。夢から覚めたように立ち止まると、彼は頭を上げた。

小道の脇の、枯れて埃まみれの草の上に、家財道具が山のように積まれていた。羽根布団、サモワール、聖像《イコン》、長持といったものだ。長持の脇の地面に若くない痩せた女が座り込んでいた。上の歯が長く突き出しており、黒い婦人外套を着てボンネットを被っている。女は身悶えして、何か言いながら、激しく嗚咽《おえつ》していた。汚れた短いドレスに短い外套を着せられた十から十二歳ほどの女の子が二人、青白い怯えた顔にきょとんとした表情を浮かべて、母親を見つめている。年下の、七歳ばかりの男の子が、羅紗地の町人風コートを着て、大きな借り物の耳当て付きの帽子を被った姿で、年老いた乳母に抱かれて泣いていた。裸足の汚い女中が長持に腰かけて、白茶けたお下げ髪をほどいて、においを嗅ぎながら焼け焦げた部分を毟《むし》っては整えていた。夫は背の低い猫背気味の男で、文官服を着て輪っかのような頬髭を生やし、まっすぐにかぶった耳当て付きの帽子の下から滑らかなこめかみの毛を覗かせていたが、こわばった顔で積み上げられた長持の山を解体し、下の方から何か着るものを取り出しているところだった。

ピエールを見つけると、女は彼の足元に身を投げんばかりに寄ってきた。

「優しい旦那さま、正教徒の旦那さま、どうか、どうか、どうかお助け下さい！……どなたか、お助け下さい！」彼女はむせび泣きながら言うのだった。「娘を！……娘を！……末の娘を置いてきてしまったんです！……焼け死んでしまう！　おお、おお！　あんなに大事に育てたのに……おお、おお！」

「もうよしなさい、お前」夫が小声で妻をたしなめた。明らかに他人の前で自己弁護する口調だった。「きっと妹が連れて行ったんだよ。さもなきゃ、他にどこに行きようがあるんだ！」彼は言い添えた。

「このでくの坊！　ひとでなし！」女は急に泣き止んだかと思うと、憎々しげに叫び出した。「あんたには情というものがないんだ、自分の娘を哀れに思わないなんて。他の親なら火の中から救い出してくるよ。ところがあんたはただのでくの坊、人間でもなけりゃ父親でもない。旦那さまはご立派な方とお見受けします」女は早口になってかすれた声でピエールに話しかけてきた。「隣が火事になって、うちにも飛び火したんです。女中が『火事だ！』って叫んだもので、急いでものをかき集めて着のみ着のままで飛び出して……持ち出したのはこれで全部です……親からもらった尊い聖像《イコン》と嫁入り道具の寝具だけで、他は全部なくしました。ハッとして子供たちを探すと、末のカーチャがいません。ああ、大変！　ああああ！」女はまた泣き出した。「私のかわいい子供が、焼けてしまった、焼けてしまった！」

「それでどこに、いったいどこに娘さんを置いてきたんです？」ピエールは訊ねた。

ピエールの顔が生気を帯びたのを見て、女はこの人なら娘を救ってくれると察したのだった。

「旦那さま！　お願いです！」彼の足にしがみついて女は叫んだ。「どうか、せめて私の心を慰めると思って……アニースカ、おいで、この性悪が、ご案内するんだ」彼女は苛立ちに口を大きく開けて女中を呼んだが、その拍子に突き出た前歯が一層むき出しになった。

「案内を、案内をしてくれ、僕が……僕が……なんとかする」声をあえがせながらピエールは早口で言った。

汚い女中が長持のかげから出てきて、お下げをまとめると、一つため息をついて、ずんぐりした裸足の足で小道を歩き出した。ピエールはまるで長く気を失っていた後でふとわれに返ったような具合だった。頭をより高く掲げると、目が生気を帯びて輝きだした。そうして速足ですたすたと女中の後を歩き出すと、彼女を追い越してポヴァルスカヤ通りに出た。通りは一面、もうもうたる黒煙に覆われていた。そここで黒煙のかげから炎の舌が顔を覗かせている。火事場の前には大きな人群れがひしめいていた。通りの中央に一人のフランス軍将軍が立ち、周囲の者たちに何かを告げている。ピエールは女中と一緒に将軍の立っている場所に近寄って行こうとしたが、フランス兵たちに止められた。

「通行止めだ」制止の声がかかった。

「おじさん、こっちへ！」女中が言う。「裏道を通って、ニクーリンさんの家を抜けて行くから」

ピエールは回れ右して歩き出す。女中に遅れないようにと、時折小走りになった。女中は駆け足で通りを横切ると左に折れて裏通りに入り、三軒の家を通り越してから、右側の家の門に入っていった。

「もうすぐだわ」そう言って屋敷の庭を駆け抜けると、女中は板塀に作りつけられたくぐり戸を開け、そこで立ち止まって、小ぶりな木造の傍屋《はなれ》をピエールに指さした。傍屋は明々と熱く燃え盛っていた。片側は焼け落ち、別の側は燃えている最中で、窓の隙間からも屋根の下からも、炎が色鮮やかに噴き出している。

くぐり戸を抜けたピエールはたちまち熱気に包まれて、やむなく足を止めた。

「どれが、どれがお前たちの家なんだ？」彼は訊いた。

「ああ、ああ！」女中が傍屋を指さして泣き叫ぶ。「あれ、あれが私たちの家だったの。焼けてしまった、大事なあの子が、カーチャが、私のかわいいお嬢ちゃんが、ああ！」アニースカは泣き喚いた。火事の光景を目の当たりにして自分の気持ちも表現しなくてはと感じたのだ。

ピエールは傍屋に近寄ってみたが、熱気が強すぎるため、やむなく周囲をぐるりと迂回して、大きな母屋の脇に出た。その母屋はまだ片側の屋根が燃え始めたところで、周囲にはフランス兵の群れがひしめいている。フランス兵たちは何かを引きずっていて、はじめピエールは彼らが何をしているのか分からなかったが、すぐ目の前にいたフランス兵が鈍い短剣で百姓を殴って狐の毛皮外套を剝ぎ取ろうとしているのを見て、略奪の現場だということをぼんやりと察した。しかし彼にはそのことをじっくり考えている余裕はなかった。

壁や天井が崩れ落ちてくるバリバリ、ズシンという轟音、ヒューという火炎の息やパチパチとはじける音や人々の騒然たるどよめきを耳にし、時にはまがまがしい真黒な濃いかたまりとなって、時には煌めく火の粉を含んだモクモクした光る雲となって揺れ動く煙や、あるところでは真っ赤な藁束のように一面に燃え立ち、またあるところでは金のうろこのようにちらちらと壁を舐めている炎を目にし、そして熱気と煙と動きの速さを体感すると、ピエールは火事が常に人に及ぼす独特な興奮に駆られた。ピエールにとってその作用はとりわけ強烈だった。というのも火事を見ているうちに突然、自分にのしかかっていた思い込みから解放されたのを感じたからだ。自分が若くて陽気で機敏で決断力のある人間になった気がしたのだ。母屋の側から駆け足で傍屋を回り込み、まだ崩れないで立っている部分から中へ飛び込んでいこうとした途端、彼の頭の真上で何人かの声が叫ぶのが聞こえたかと思うと、続いてバリバリ、ドシンと何か重いものが彼のすぐ脇に落ちてきた。

見あげると、建物の窓ごしにフランス兵たちの姿が見えた。彼らが何か金属のものをいっぱい詰めた箪笥《たんす》の引き出しを投げ落としたのだ。下で待っていた別のフランス兵たちが、その引き出しに歩み寄ってきた。

「こいつはまた、何の用で来たんだい」中の一人がピエールに声をかけてきた。

「この家の中に小さな子がいるんです。子供を見かけませんでしたか?」ピエールは訊ねた。

「しょうもないこと言ってやがるぜ。とっとと消えやがれ」そんな声が聞こえ、兵士の一人は、ピエールに引き出しの中の銀器や青銅器を奪われるのを恐れたらしく、威嚇するように彼に向かってきた。

「子供だって？」上にいたフランス兵が声をかけてきた。「庭で何やらピーピー泣いているのを聞いたぞ。もしかしたら、あれがその人の子供かもしれないな。なあみんな、ひとつ人間らしくやろうぜ……」

「どこにいるんですか、その子は、どこに？」ピエールは訊ねた。

「あっちだよ、あっち」窓から家の裏手の庭を指さしながらフランス兵は叫んだ。

「待ってろ、今下りて行くから」

そして実際、一分後には、頬にちょっとした染みのある黒い目のフランス人青年が、シャツ一枚の姿で一階の窓から飛び出してくると、ピエールの肩をポンとはたいて、連れ立って庭めがけて駆けだした。

「おい、君たちも急ぐんだ」青年は自分の同僚たちにむかって叫んだ。「やけに熱くなってきたぞ」

駆け足で家の裏手に回り、砂を敷いた小道に出ると、フランス兵はピエールの腕をぐいと引っ張って円形の広場を指さした。ベンチの下にピンクの服を着た三つぐらいの女の子が横たわっていた。

「ほら、あんたの子供はあそこだ。ああ、お嬢ちゃんか、そいつはよかった」フランス兵は言った。「じゃあな、おデブさん。お互い人間らしくやろうや。俺たちはみんな人間なんだからな」そう言うと、頰に染みのあるフランス兵は仲間のところに駆け戻っていった。

うれしさに息を弾ませて駆け寄ると、ピエールは女の子を抱き上げようとした。だがいかにも虚弱そうな、母親似の、見てくれの悪い女の子は、見知らぬ人間を見ると、キャッと叫んで逃げ出した。しかしピエールは、相手を捕まえて抱き上げた。娘は敵意のこもった必死の金切り声を上げ、小さな手でピエールの腕を振りほどこうとあがき、鼻汁まみれの口でその手に嚙みついてきた。ピエールは何か小さな動物に触った時のような不気味さとおぞましさを覚えた。それでも、娘を放り出したい気持ちを抑えて、抱きかかえたまま大きな母屋の方に駆け戻っていった。だが元来た道を戻ることはもはや不可能だった。女中のアニースカもすでに姿を消していたので、ピエールは憐れみと嫌悪の気持ちを覚えつつ、切なげにしゃくり上げる泣き濡れた女の子をできるだけ優しく抱きしめたまま、別の出口を見つけようと庭を突っ切って駆け出したのだった。

34章

このお荷物を抱えたまま、家々の敷地や横丁を回ってポヴァルスカヤ通りの角にあるグルジンスキー家の庭まで駆け戻ってきた時、ピエールははじめそれが、さっき子供を探しに出かけた出発点だとは気が付かなかった。それほどまでにそこは人間と、そして家々から引っ張り出されてきた家財道具であふれかえっていたのである。火事場から逃げて来たロシア人の家族とその家財道具の他に、何人かの服装のまちまちなフランス兵たちもそこに混じっていた。ピエールはその者たちに注意を向けなかった。さっさと例の役人の一家を見つけて母親に娘を返し、また誰かを救いに行こうと焦っていたからである。自分はまだ何かたくさんのことを、少しでも早くしなければならない——ピエールはそんな気がしていた。熱気と走ったせいで体がほてっていたが、この瞬間のピエールは、さっき娘を救いに駆け出したときに味わったのと同じ若さと生気と決断力の感覚を、前よりもさらに強く感じていた。娘もすでに落ち着いて、小さな手でピエールの長上着にしがみつきながら、彼の片腕に尻を落ち着けて、まるで野生動物の仔のように周囲をキョロキョロ見回している。ピエールは時折女の子の顔を覗き込んでは軽い笑みを浮かべた。その怯えきった病的な小さな顔に、何かしら胸を打つほど純真な、天使のごときものが見えるような気がしたからである。

もとの場所には役人もその妻ももはやいなかった。ピエールは人ごみの中を速い足取りで歩きながら、行きかう様々な人々の顔をじろじろと見まわした。ふとグルジア人かアルメニア人の一家が目にとまった。仕立て下ろしの裏毛外套を着て新品のブーツを履いた、東洋系の美しい顔立ちのかなり高齢の老人と、同じく東洋系の老女、そして若い女性の三人である。非常に若いその女性は、くっきりと際立った漆黒の三日月眉といい、この上なく優しい赤みを帯びた、まったく無表情な美しいうりざね顔といい、ピエールには東洋的な美の極致と見えた。広場に散乱する家財道具と人ごみの真っただ中で、豪華な繻子《しゅす》の婦人外套に身を包み、明るい藤色のプラトークを頭に被った彼女の姿は、雪の中に放り出されたか弱い温室の花を思わせた。彼女は老婆の後ろに置かれた包みの上に腰を下ろし、長いまつ毛の生えた切れ長の大きな黒い目で、じっと地面を見つめていた。明らかに自分の美しさを自覚していて、それ故に怯えているのだ。その顔はピエールに強い印象を与えたので、彼は速足で塀沿いに進みながらも、何度か彼女を振り返った。塀の果てまで歩いても探す相手を見出せぬまま、ピエールは立ち止まってあたりを見回した。

小さな子供を抱いたピエールの姿は、今や先刻までよりもなお人目を引くものとなっていて、彼の周りには何人かのロシア人の男女が寄ってきた。

「誰かと行きはぐれたのかね、あんた?」「あんた、貴族じゃないかい?」「誰の子供だね?」いろんな問いが彼に投げかけられた。

ピエールは、子供の親は黒い外套を着た女で、さっきまで何人かの子供と一緒にここに座っていたと答え、誰かその女に心当たりはないか、どこに移ったか知らないかと訊ねた。

「それならアンフェーロフさんの一家でしょうな」年老いた教会の輔祭があばた顔の女を振り向いて言った。「主、憐れめよ、主、憐れめよ」慣れた低音で彼は言い添えた。

「アンフェーロフさんなもんかね!」女が言い返した。「アンフェーロフさんの一家はまだ朝のうちに出て行ったんだからね。きっとマリヤ・ニコラエヴナさんのところか、それともイワノフさんのところさ」

「この人は町方《ジェンシチナ》の女と言ったんだぜ。マリヤ・ニコラエヴナは貴族の奥《バールィニャ》さまじゃないか」召使風の男が言った。

「知っているんだね、出っ歯の、痩せた女だよ」ピエールは言った。

「やっぱりマリヤ・ニコラエヴナだよ。あの人たちは公園の方に移ったのさ、あの狼どもが襲って来たからね」女がフランス兵たちを指して言った。

「おお、主、憐れめよ」また輔祭が唱えた。

「あっちの方に行ってごらんよ、あの人たちはこの先にいるから。あの人に間違いない。ずっとくよくよと泣きどおしだったからね」また女が言った。「きっとあの人だよ。ほらあっちだからね」

だがピエールは女の言うことを聞いてはいなかった。すでに数秒前から彼は、自分のいる場所から数歩離れたところで起こりつつあることを、じっと目を離さずに見守っていたのである。彼が見ていたのは例のアルメニア人の家族と、彼らに近寄って来た二人のフランス兵だった。兵士の一人、小柄で落ち着きのない男は、青い外套を着こんでベルト代わりにロープを締めていた。頭には三角帽をかぶり、足は裸足である。もう一人はとりわけピエールを驚かせたのだったが、背が高く猫背気味で金髪の痩せた男で、動きがもっさりとしてのろく、うつけたような表情をしていた。粗い羅紗の兵士外套に青いズボン、大きな破れた深長靴といういでたちである。青い外套に裸足の小柄な方のフランス兵は、アルメニア人の一家に歩み寄ると、何かひとこと言って老人の足をつかんだ。すると老人はあわててブーツを脱ぎだした。兵士外套を着たもう一人の男は、美人のアルメニア女性の正面に立ち止まって、両手をポケットに突っ込んだまま、黙ってじっと彼女を見つめている。

「この子を預かってくれ、任せたぞ」女の子を手渡す格好をしながら、ピエールは有無を言わさぬ調子で女に向かって口早に言った。「親に返してやるんだ、返すんだぞ！」ほとんど怒鳴り声で女に念を押すと、ワッと泣き出した娘をそのまま地面に座らせ、彼はまたフランス兵とアルメニア人の一家の方に向き直った。老人はすでに裸足で座り込んでいた。ブーツをそっくり手に入れた小柄なフランス兵は、両方のブーツをパンパンと打ち合わせている。老人は泣きべそをかきながら何か言っていたが、ピエールはちらりと一瞥をくれただけだった。彼の注意はもっぱら兵士外套を着たフランス兵に向けられていた。兵士はこの時、ふらふらとゆっくりした足取りで若い女性に歩み寄ると、ポケットから両手を出して女性の首につかみかかった。

アルメニアの美女は、長いまつ毛を伏せて同じ姿勢でじっと座ったままで、どうやら兵士がどんな振る舞いに及ぼうとしているのか、見えてもいなければ感じてもいないようだった。

ピエールが自分とフランス兵たちとを隔てる数歩の距離を駆け抜ける間に、兵士外套を着たのっぽの略奪兵は、早くもアルメニア人女性の首のネックレスをもぎ取りにかかっており、若い女性は自分の首を両手で押さえて、絹を裂くような悲鳴を上げていた。

「その女性に手を出すな！」猛り狂ったかすれ声で一喝すると、ピエールはのっぽで猫背の兵隊の両肩をつかんで放り投げた。兵士は倒れ、ハッと身を起こすと逃げ去っていった。しかしその同僚の方は奪ったブーツを投げ捨てると、短剣を取り出し、恐ろしい形相でピエールに迫ってきた。

「おい、ふざけた真似はよせ！」兵士は叫んだ。

ピエールは狂憤の恍惚境《こうこつきょう》にあった。こんな時の彼はまったくの忘我状態で、ただし力は十倍にもなるのだった。裸足のフランス兵に飛び掛かっていった彼は、短剣の鞘を払う暇も与えず相手を打ち倒すと、げんこつで滅多打ちにしていた。取り囲んだ群衆のやんやの叫びが聞こえてきた。だがその時、通りの角からフランス軍槍騎兵の騎馬巡視隊が姿を現した。槍騎兵たちは速歩でピエールとフランス兵のもとに駆け寄り、両者を取り囲んだ。この後起こったことは何一つピエールの記憶に残っていない。覚えているのはただ、自分が誰かを殴り、誰かに殴られ、ついには自分が両手を縛られてフランス兵の群れに取り囲まれ、着衣を調べられたことであった。

「中尉殿、こいつ短剣を所持しています」それがピエールの理解した最初の言葉だった。

「そうか、武器だな！」将校はそう答えると、ピエールとともに逮捕された裸足の兵隊に向かって言った。

「よし、裁判の際に全部喋るがいい」そう言った後で将校は、ピエールを振り向いて訊ねた。「フランス語は話せるか？」

ピエールは血走った目で周囲を見回すばかりで返事をしなかった。おそらく彼の形相《ぎょうそう》はひどく恐ろしいものに見えたのだろう。というのも、将校が何やら小声で告げると、さらに四名の槍騎兵が列を離れて、ピエールの両脇に付いたからだ。

「フランス語は話せるか？」彼から距離をとったまま将校は同じ問いを繰り返した。「通訳を呼べ」隊列からロシア風の平服を着た小柄な男が馬を進めてきた。服装と話し方からピエールはすぐにその男がモスクワのある商店に勤めていたフランス人だと気づいた。

「どうも平民じゃないようですね」ピエールをうかがい見て通訳は言った。

「そうか、なるほど！　どうやらこいつが放火犯くさいな」将校は言った。「何者か訊いてみろ」彼はさらに命じた。

「お前、何者だ？」通訳はちょっとぎこちないロシア語で訊ねた。「お前、隊長に答えなければならない」彼は言った。

「俺は自分が何者か、お前たちには言わない。俺はお前たちの捕虜だ。連行するがいい」にわかにフランス語でピエールは答えた。

「ふん！　こいつめ！」将校は渋い顔をして言った。「出発！」

槍騎兵たちの周りには人々が群がっていた。誰よりも一番ピエールに近い位置にいたのは、例の女の子を抱いたあばた顔の女だった。巡視隊が動き出すと、彼女は前に進み出てきた。

「ねえ、あんたどこに連れていかれるの？」彼女は問いかけた。「この子を、この子をどうしたらいいのさ、もしもあの人たちの子じゃなかったら！」女は言い続ける。

「あの女は何が言いたいのだ？」将校が訊ねた。

ピエールはまるで酔っぱらったような気分だった。自分が助けた女の子を見て、例の恍惚感がなおさら度を増したのである。

「あの女が何を言いたいのかだって？」彼は言った。「彼女が抱いているのは俺の娘だ。俺が火事場から助け出したのさ」彼は「さよなら！」と告げると、どうしてそんな役にも立たない出まかせが口を衝いて出たのか自分でも分からぬままに、思い切りよく堂々とした足取りで、フランス兵に挟まれて歩き出した。

このフランス軍巡視隊は、略奪行為の阻止、およびとりわけ放火犯の捕縛を目的として、デュロネル将軍[52]の指令によってモスクワの様々な通りに派遣された隊の一つだった。この日フランス軍の首脳間で出された共通見解によって、火事は放火犯の仕業だということになったのである。巡視隊はいくつかの通りを回り、さらに五名ばかりの怪しいロシア人、すなわち商店主一名、神学生二名、百姓、召使各一名と、何名かの略奪兵を捕縛した。だがすべての怪しい連中の内で、最も怪しく思われたのはピエールだった。一夜を過ごすために全員が営倉のもうけられたズーボフ土塁の大きな建物に連行された際にも、ピエールは独房に入れられて厳しい監視下に置かれたのである。

（第3部終わり）

52　フランス軍のモスクワ警備司令官。

第4部

第1編

1章

　ペテルブルグの上流社会ではこの当時、かつてなかったほどの激しさで、複雑な派閥争いが行われていた。宰相ルミャンツェフ派、フランス人たち、マリヤ・フョードロヴナ皇太后派、皇位継承者の大公派、その他の派閥の対抗で、いつもどおり、宮廷に巣食う徒食者たちの雄蜂の羽音のような喧騒にかき消されながらも、熾烈《しれつ》な戦いが行われていたのである。とはいえ、昔ながらにのんびりとして贅沢な、実生活よりもその反映である幻のみを気に掛けるようなペテルブルグの暮らしは、相変わらず続いていた。そんなまったりとした生活をしているせいで、危機を認識し、ロシア国民の置かれた困難な状況を認識するためには、大変な努力を必要とした。皇帝の謁見《えっけん》も舞踏会もフランス劇場も元どおりなら、宮廷の関心事も、職務上での利害や陰謀も、元のままだった。かろうじて最上層に属する者たちの間でのみ、現状の困難さに注意を喚起するための努力がなされていた。かくも困難な状況下にありながら、皇太后と皇后が全く相反する行動をとっていることが、ひそひそ話のタネになっていた。マリヤ・フョードロヴナ皇太后は、自らの管轄下にある慈善施設や教育施設の保全に配慮して、すべての学校等をカザンに移転させる措置を決め、それらの施設の備品類はすでに荷造りがなされていた。一方エリザヴェータ・アレクセーエヴナ皇后は、どのような指示を出しましょうかという問いに対して、持ち前のロシア愛国主義をあらわにしながら、国家の施設に関することは皇帝陛下の権限なので、自分が指図することはできないとお答えになった。ご自身に関わることについては、皇后は、自分は最後の一人になるまでペテルブルグを出て行かないと仰せられた。

アンナ・パーヴロヴナ［シェーレル］の屋敷では、八月二十六日、すなわちまさにボロジノ会戦の日に夜会が行われたが、その日の目玉とされていた催しは、かつて聖セルギー尊者の聖像《イコン》[1]を皇帝に献ずるにあたって、主教猊下《げいか》が書かれた書簡の朗読であった。この書簡は愛国的な宗教人の名文の手本と見なされていた。読み手をつとめるのは当然、朗読術の巧みさで広く知られたワシーリー公爵［クラーギン］その人だった（ワシーリー公爵は皇后のもとでも朗読役をつとめたことがあった）。その朗読術なるものの中身は何かといえば、突拍子もない喚《わめ》き声と優しいつぶやきとの間に、およそ意味内容とは無関係に、ひたすら大声で、歌う調子で言葉を注ぎ込んでいくことを意味しており、どの言葉が喚き声に当たり、どの言葉がつぶやきになるかは、全くの偶然に委ねられているのだった。この朗読会は、アンナ・パーヴロヴナの夜会がすべてそうであるように、政治的な意味合いを持っていた。夜会には何人かの要人が参加することになっていたが、そうした者たちにフランス劇場通いを恥じ入らせて、愛国的な感情を鼓舞するのが狙いだったのである。すでに客はかなり集まっていたが、集まるべき顔ぶれが客間に揃ってはいなかったので、アンナ・パーヴロヴナはまだ朗読会を開始せず、一般的な談話を始めた。

この日のペテルブルグのニュースは、ベズーホフ伯爵夫人エレーヌの病気だった。伯爵夫人は何日か前にわかに発病し、花形役を務めるはずのいくつかの集まりを欠席していた。噂では面会謝絶状態で、しかも普段かかっているペテルブルグの名医たちではなく、どこかのイタリア人の医者を頼って、なにか新しい、変わった療法で治療を受けているとのことだった。

かの魅惑的な伯爵夫人の病気が、一挙に二人の男性と結婚することの困難さに起因していること、そしてイタリア人の治療なるものがその困難さの除去を意味するということを、誰しも十分に承知していたのだったが、しかしアンナ・パーヴロヴナの目の前では誰一人としてそんなことを考える度胸はなかったばかりか、そんなことは露ほども知らないかのように振る舞っていたのだった。

「聞くところでは、かわいそうに伯爵夫人はとてもお加減が悪いようですな。医者によると、狭心症だとか」

「狭心症？　それは恐ろしい病気ですよ！」

「噂では、その病気のおかげでライバルさん同士が和解したとか」

狭心症という言葉がいかにも満足そうにくり返された。

「年のいった伯爵の方は、とても参っているようですな。医者から危険な病状だと言われて、子供のように泣きだしたとか」

「ああ、万が一のことがあれば、それはもう大きな損失ですよ。あんなに魅力的な女性なのに」

1　至聖三者聖セルギー大修道院の開祖ラドネジの聖セルギー（一三一四？～九二）のこと。一三八〇年のモンゴル・タタールを相手にしたクリコヴォの戦いの際、モスクワ大公ドミートリー・ドンスコイを祝福し、その勝利を予言したという故事から、国難に際しての救世者として言及される。

「それはあの可哀そうな伯爵夫人のお話ね」近寄って来たアンナ・パーヴロヴナが言った。「私、あの方のお加減をうかがいに人を遣りましたのよ。聞いたところでは、少しは良くなられたみたい。ええ、それはもちろんあの方は、世界一魅力的な女性ですわ」言葉に熱がこもったのに自ら苦笑しながら、アンナ・パーヴロヴナは言った。「それは私とあの方では属する派が違いますけれど、だからといってあの方にふさわしい敬意を払うのにやぶさかではありませんわ。あの方はとってもご不幸なんですのよ」アンナ・パーヴロヴナはそう言い添えた。

アンナ・パーヴロヴナがそんな言葉によって、伯爵夫人の病気を覆っていた秘密の帳《とばり》をちらりと持ち上げてくれたのだと思い込んだ早とちりの青年が、思い切って、有名な医者たちが呼ばれずに危ない薬を使いそうなインチキ医者が伯爵夫人を治療していることへの危惧を表明してみせた。

「あなたの情報の方が私のよりも正確なのかもしれませんけれど」即座にアンナ・パーヴロヴナが意地悪な口調でその世慣れない青年に食ってかかった。「でも、私が確かな筋から聞いているところでは、そのお医者さまはたいそう聡明で経験豊富な方だとのことですわ。なにしろスペイン王妃の侍医ですから」そんな言葉で青年を片付けてしまうと、アンナ・パーヴロヴナはビリービンに近寄っていった。ビリービンは別のグループにいて、額に皺をよせながらオーストリア人たちの話をしていたが、どうやらその皺を一挙に伸ばして警句を吐くタイミングを計っているところのようだった。

「こいつはよくできていると思いますよ！」彼が言っているのはある外交文書のことだった。ペテロの都《ペトローポリ》[2]の英雄（とペテルブルグで呼ばれていた）ヴィトゲンシュタイン元帥が奪ったオーストリアの軍旗を、ウイーンに送り返す際に付されたもの[3]である。

「なに、どんな文句なの？」アンナ・パーヴロヴナはそうビリービンに訊ねると、気のきいたセリフを聞き逃さぬよう一同に沈黙を促したが、実は彼女は、その警句をすでに知っているのだった。

ビリービンは、自分自身が書き上げた次のような外交至急便の文言を、そのまま繰り返してみせた。

「皇帝はここにオーストリア軍旗を返送する。この友軍の旗は、道に迷ったあげく、本来の道から外れたところで発見されたものである」ビリービンは額の皺を伸ばして

2　サンクト・ペテルブルグ（聖ペテロの都）をギリシャ語ふうに呼んだ美称。
3　一八一二年夏、ヴィトゲンシュタイン元帥の率いる軍がペテルブルグ街道の防衛に当たっていた際、ナポレオン軍に寝返って侵攻してきたオーストリア軍の旗を奪ったもの。

一気に読み上げた。

「お見事、お見事」ワシーリー公爵が言う。

「その道とはワルシャワ街道かもしれませんね」大きな声で唐突にイッポリート公爵が言った。その発言の趣旨が分からなかったため、皆が彼を振り返った。イッポリート公爵本人も、明るいきょとんとした顔で周囲を見まわしている。本人も他の者たち同様、自分の発言が何を意味しているのか分からなかったのだ。彼は外交官勤めをするうちに、こんなふうに出まかせに放った言葉が実に気が利いたものだったという経験を一度ならずしていたので、ここでもダメ元のつもりで、最初に頭に浮かんだ言葉を口にしてみたのである。『ひょっとしたら大ウケするかもしれないし』と彼は考えた。『仮にウケなくても、みんなして取り繕ってくれるだろう』実際、気づまりな沈黙が場を支配したちょうどその時、アンナ・パーヴロヴナが宗旨替えをさせてやろうと待ち構えていた例の愛国心に欠ける人物が入って来たので、彼女は笑顔になってイッポリート公爵を指で脅すまねをすると、ワシーリー公爵をテーブルに招き、二本の燭台と手書きの文書を運んできて、始めてくださいと促した。皆が沈黙した。

「仁慈あまねき皇帝陛下！」ワシーリー公爵は厳しい口調で唱えると、何かこの件で反対意見を唱えたい者はいるかとばかり、聴衆をぐるりと見まわした。だが誰一人口を開こうとする者はなかった。「古き都モスクワ、新たなるエルサレムは、己《おの》がキリストを」ここで読み手は唐突に「己が」という言葉に力を込めた。「あたかも母親が孝心厚き息子らをかき抱くがごとく迎え入れ、立ち上る霧を通して汝の国家の輝かしい栄光を予見し、歓喜に満ちて歌わんとす――『ホサナ、行く手は祝福されたり！』」この最後の言葉を唱えるワシーリー公爵は、涙声になっていた。

ビリービンはしきりに手指の爪を点検し、多くの者たちはどうやら度肝を抜かれて、自分たちのどこが悪かったのかと問いかけるような顔をしていた。アンナ・パーヴロヴナは、ちょうど領聖［聖体拝領］のお祈りを先回りして唱える老婆のように、早くも書簡の文句を先取りして「たとえ驕慢なる鉄面皮のゴリアテが……」とつぶやいていた。

ワシーリー公爵は先を続けた。

「たとえ驕慢なる鉄面皮のゴリアテが、フランスの国境を越えてロシアの地に死の恐怖を振りまこうとも、ロシアのダビデのつつましき信仰という投石機が、血に飢えた敵の傲慢なる頭を、たちまちにして撃ち落とすべし。ここに古《いにしえ》のわれらが祖国の幸の擁護者、聖セルギー尊者の聖像《イコン》を、皇帝陛下に捧げ奉る。病弱の身ゆえ、陛下のご尊顔を直《じか》に拝する栄誉を得ぬことを悲しむ。ただ天上に向けて熱き祈りを捧げ、全能の神が正しき者の種を増やし、善き者たちの内に陛下の願いを成就することを念ずるものなり」

「何という力！　何という文体だ！」読み手と作者への称賛の声が聞こえてきた。この朗読に奮い立ったアンナ・パーヴロヴナの客たちは、その後も長いこと祖国の状況について語り合い、近日中に起こるべき会戦の帰趨について、様々な推測を述べ合った。

「いいこと」アンナ・パーヴロヴナは言った。「明日の陛下のお誕生日には、きっと新しい知らせが届くでしょう。私、いい予感がしますのよ」

2章

アンナ・パーヴロヴナの予感はまさに的中した。翌日、宮廷で皇帝陛下誕生日の祈禱が行われていた時、ヴォルコンスキー公爵が教会から呼び出され、クトゥーゾフ公爵からの封書を受け取ったのである。それは会戦当日にタターリノワ[4]から書き送られた、クトゥーゾフの報告であった[5]。文面には、ロシア軍が一歩も引かなかったこと、フランス軍はロシア軍よりもはるかに多くの兵員を失ったこと、本報告は急遽《きゅうきょ》戦場から書き送られたもので、最新情報の集約はまだなされていないことが記されていた。してみると、勝ち戦だったのだ。そこでただちに、そのまま教会の中で、主のご支援に感謝し、勝利を寿《ことほ》ぐ祈りが捧げられたのだった。

アンナ・パーヴロヴナの予感が当たったわけで、町にも朝のうちずっと、歓びに満ちた晴れ晴れしい気分がみなぎっていた。誰もがもはや勝利は決まったものと思いこみ、中にはナポレオンその人の捕縛を口にし、ナポレオンを帝位から引きずりおろしフランスの新しい元首を選ぶ話をする者もいた。

現場からはるか遠く離れて、しかも宮廷生活の環境に置かれている者たちには、実際の出来事を端々まで十全に、ありありと思い浮かべるのは至難の業である。やむな

4　ボロジノ近辺の村。

5　この文脈では皇帝の誕生日の祝賀がボロジノ会戦の翌日の露暦八月二十七日に行われたことになるが、アレクサンドル一世の誕生日は十二月十二日なので、これは同皇帝の聖名日《せいめいび》の祝いを指すと思われる。ただしその日付は、十三世紀にスウェーデンやドイツ騎士団の軍を破った英雄アレクサンドル・ネフスキーの記念日である八月三十日が正しい。送られてきたクトゥーゾフの報告は八月二十七日付のもので、勢力の勝る敵に一歩も譲らなかったことと同時に、六キロ後退する判断をしたことも書かれていた。

く出来事の総体が、何かしらある一つの事件の周りに収斂《しゅうれん》した形でイメージされる。この場合も、宮廷人たちの歓びのタネとなったのは、わが軍の勝利もさることながら、その勝利の知らせがまさに皇帝の誕生日に届いたということであった。それが思いがけない誕生日プレゼントの効果を発揮したのである。クトゥーゾフの知らせにはロシア軍の戦死者についても言及されており、その中にはトゥチコフ、バグラチオン、クタイソフ[6]の名も交じっていた。事件の憂うべき側面も、このペテルブルグ世界においては、おのずと一つの出来事の周囲に収斂されたが、それはクタイソフの戦死だった。クタイソフは皆に知られ、皇帝にも愛された、若くて魅力的な人物だったからだ。この日は皆が出会うたびにこんな挨拶を交わしたものだった。

「いや驚きましたな。祈禱式の最中の知らせですよ。それにしてもあのクタイソフを失うとは！　実に悔やまれますな！」

「クトゥーゾフについて私が申し上げたことを覚えていますか？」今やワシーリー公爵も予言者を気取って鼻高々に言うのだった。「私はずっと言っていたのですよ、ナポレオンに勝てるのはあの人物だけだとね」

しかし翌日になっても軍からの報告は届かず、皆の声に不安が混じってきた。宮廷人たちは、状況が分からずに苦しんでいる皇帝の様子を見て憂えていた。

「陛下のご心中はいかばかりでしょう！」廷臣たちはそんな言葉を交わし、クトゥーゾフのこともはや一昨日のように持ち上げるどころか、今や陛下のご心労の元凶として槍玉に挙げていた。ワシーリー公爵もこの日はもはやお気に入りのクトゥーゾフをほめそやそうとはせず、総司令官のことが話題に上っても沈黙を守っていた。おまけにこの日の夕刻には、何もかもが一つになってペテルブルグ住民の警戒心と不安を煽ろうとしているような具合になってきた。というのも、また一つ、恐るべきニュースが加わったからだ。ベズーホフ伯爵夫人のエレーヌが、皆があんなに満足そうに口にしていた例の恐ろしい病気で、急死したのである。上流社会では表向き口をそろえて、ベズーホフ夫人は激しい狭心症の発作のために亡くなったのだと言い交わしていたが、内輪の集まりでは、別の裏話が語られていた。それによれば、例のスペイン王妃の侍医がエレーヌに、ある種の効果を持つ何とかいう薬を少量ずつ服用するように処方したところ、エレーヌは、かの老伯爵に疑惑の目で見られていることと、離婚承諾要請の手紙を送った夫（つまり哀れな堕落したピエール）が返事をよこさないこと

6　アレクサンドル・クタイソフ公爵（一七八四～一八一二）。ロシア軍の少将、ボロジノ戦での砲兵隊指揮官。

を苦にするあまり、処方された薬をいっぺんに大量に服用してしまったため、救う暇もなく悶死《もんし》したのだった。話によれば、父親のワシーリー公爵と愛人の老伯爵がイタリア人医師の責任を追及しようとしたが、医師が哀れな故人からのとある書状を示したところ、即座に放免されたという。

世の話題は三つの悲しむべき事件の周囲に集中した——すなわち、情報を断たれた皇帝の困惑、クタイソフの戦死、およびエレーヌの死である。

クトゥーゾフの報告があった日から二日後、モスクワから一人の地主貴族がペテルブルグにやって来ると、モスクワがフランス軍に明け渡されるという知らせが、町中に広まった。由々しき出来事である！　陛下の心中はいかばかりだったか！　クトゥーゾフは裏切り者となり、ワシーリー公爵は亡くなった娘の弔問客が訪れるたびに、かつて自分が褒めちぎっていたクトゥーゾフについて（悲しみのあまりかつて言ったことを忘れるのは、許されるべきことではあるが）、目も見えんふしだらな老人に期待できるのは、せいぜいこんなことだ、と言ったものだった。

「まったく驚くばかりですな、どうしてあのような人物にロシアの運命を託すことができたのか」

モスクワ明け渡しの報が非公式なものであったうちは、まだ疑う余地もあったのだったが、その翌日には、ラストプチン伯爵から以下のような報告が入ったのだった。
『クトゥーゾフ公爵が副官を通じて本職に書状を届け、軍をリャザン街道まで先導するための警官隊の派遣を要請してきました。文面によると、遺憾ながらモスクワを放棄するとのこと。陛下！　クトゥーゾフのこの振る舞いは首都の命運を、さらには陛下の帝国の命運を決するものであります。ロシアの威容を集約した地であり、皇祖のご遺骸の眠る地である首都モスクワが敵の手に渡ると知れば、全ロシアが愕然とすることでしょう。本職は軍の後を追います。すでにすべてを搬出し、今はただわが祖国の運命を嘆くのみであります』［九月一日付報告］

この報告を受けた皇帝は、ヴォルコンスキー公爵に託して以下の勅書をクトゥーゾフに送った。

『ミハイル・イラリオーノヴィチ・クトゥーゾフ公爵！　八月二十九日以降、貴下からは何の報告も受けていない。しかるに、九月一日付で、モスクワ総司令官からヤロスラヴリ経由で、貴下が軍とともにモスクワを放棄する決断をしたとの、憂うべき知らせを受けた。かような知らせが余にいかなる作用をもたらしたか、貴下も想像可能であろうが、貴下の沈黙は余の驚きをいっそう深めるものである。本状とともに侍従将官ヴォルコンスキー公爵を派遣し、軍の状況と、かくも嘆かわしい決断を貴下に促した原因を聴取するものである』［九月七日付勅書］

3章

モスクワ放棄から九日たって、モスクワ放棄の正式な知らせを携えたクトゥーゾフの使者がペテルブルグに到着した。使者はフランス人のミショーで、ロシア語は解さないが、本人の言い分によれば、外国人でありながら心も魂もロシア人であった。

皇帝は即刻、カーメンヌイ・オーストロフ宮殿の自らの執務室に、この使者を迎えた。この戦役までは一度もモスクワを見たこともないしロシア語も知らないミショーだったが、そのモスクワの大火の知らせを携えて「仁慈いと深きわれらが君主」（彼が後の記録に用いた表現）の面前に伺候《しこう》した時には、さすがに胸が震えずにはいられなかった。なにせ彼は、燃えるモスクワの炎に照らされた道を進んできたのである。

ムッシュー・ミショーの悲哀の源は、ロシア人の悲哀の源泉とはおのずと質を異にしていたはずだとはいえ、皇帝の執務室に案内された時の彼はあまりにも悲しげな表情をしていたので、皇帝はすぐにこう訊ねられた。

「悲しい知らせを届けに来たのか、大佐?」

「まことに悲しい知らせでございます、陛下」ミショーはため息をつき、目を伏せて答えた。「モスクワが放棄されました」

「わが古《いにしえ》の都を戦わずして明け渡したというのか?」皇帝はにわかに激昂して口早に訊ねた。

ミショーは恭しい口調でクトゥーゾフに命じられた通りのことを告げた——すなわち、モスクワのすぐそばで戦闘を交えるのは不可能であり、それゆえ選択肢としては、軍とモスクワをともに失うか、それともモスクワだけを失うかの二つに一つしかなく、元帥としては後者を選ばざるを得なかったという次第を伝えたのである。

皇帝はミショーに目を向けぬまま、黙ってすべてを聞き取った。

「敵は町に入ったのか?」彼は訊いた。

「はい、陛下、そして今や町は燃えております。私が町を出た時は、一面火の海でした」ミショーはきっぱりと言ったが、しかし皇帝に目を遣った途端、自分のしでかしたことに慄然《りつぜん》とした。皇帝の息遣いが荒く、速くなり、下唇がぶるぶると震えだし、美しい青い目が瞬時にして涙にくもったのだった。

しかしそれもつかの間のことだった。皇帝はあたかも自らの弱さを咎めるかのように、たちまち険しい表情になった。そして頭をもたげると、しっかりとした声でミショーに語り掛けた。

「大佐、諸事を鑑《かんが》みるに」と彼は言った。「これは神意がわれらに大いなる犠牲を払うことを求めているのであろう……。余は神の意思に従う覚悟だ。ただ一つ教えてくれ、ミショー、戦わずしてわが古都を放棄した軍の状態は、君が出立した時点でどのようであったか？　落胆は見られなかったか？……」

仁慈いと深き君主が平静を取り戻したのを見ると、ミショーもまた落ち着きを取り戻したが、しかしこのように本質的な質問を正面からぶつけられて、それにまっすぐに答えなければならないとなると、まだその用意ができてはいなかった。

「陛下、真の軍人にふさわしく、腹蔵なくお答え申し上げることをお許しいただけるでしょうか？」彼は時間をかせぐために言った。

「大佐、余は常にそれを求めているのだ」皇帝は言った。「何一つ隠さずに、ありのままの真実を教えてくれ」

「かしこまりました！」ミショーはかすかな、ほとんど目に見えぬ笑みを唇に浮かべて答えたが、この時にはすでに自分の回答を、軽やかで慇懃な言葉遊びの形でまとめ上げていたのだった。「陛下！　私が出立する際には全軍が、指揮官の面々から最下級の一兵卒に至るまで、ただ一人の例外もなく、大きな、由々しき不安に打ち震えておりまして……」

「何だと？」俄然険しい表情になった皇帝が口をはさんだ。「わがロシア軍ともあろうものが、負け戦ごときでくじけるとは……まさか！……」

これこそまさにミショーが、言葉遊びのきっかけとして待ち構えていた反応だった。

「陛下」慇懃さと茶目っ気の混じった表情で彼は言った。「兵士たちが憂慮しているのはただ一つ、皇帝陛下がその優しき御心から、和平を結ぶ決断を下されはしないかということでございます。彼らは再戦の機を求めて逸《はや》り立っているところでありますロシア国民の全権使節は言うのだった。「自らの命を犠牲にして陛下にお示ししたいのです、自分たちの陛下への忠誠ぶりを……」

「おお！」ほっとした様子で優しい光を目に浮かべながら、皇帝はミショーの肩をポンと叩いた。「それを聞いて安心したぞ、大佐」

皇帝はそのままうつむいて、しばらく黙り込んでいた。

「分かった、では軍に戻りたまえ」すっと身を伸ばすと、皇帝は優しさと威厳のこもった身振りでミショーに向き直って語り掛けた。「そしてわが勇猛なる兵士たちにも、君が道中にたどる各地の臣民たちにも伝えてくれ――もしも余に一人の兵も残らぬこととなったあかつきには、余が自ら親愛なる貴族たちと善良なる農民たちの先頭に立ち、わが国の全資源を使い果たすまで戦うであろう。その資源は敵が思っているより豊かである」皇帝の言葉にはますます感奮がみなぎってきた。「しかし、もしも神慮《しんりょ》によって」皇帝はその美しい、静かな、あふれる気持ちに輝く目で天を振り仰いだ。「わが家系が先祖代々占めてきた玉座に君臨することがかなわぬさだめならば、わが力の及ぶ限りの手段を使い尽くした後に、余はここまで髭を伸ばして（皇帝は胸の半ばあたりを手で示した）、わが農民のうち最も貧しき者と一つのジャガイモを分かち合う道を選ぶであろう。わが祖国と愛する国民の恥となる講和に名を記すよりは。国民の犠牲の価値を余はわきまえているからだ！……」昂《たかぶ》った声でそう言い終えると、皇帝は目に浮かんだ涙をミショーから隠そうとするように、不意に後ろを向いて、執務室の奥まで歩いて行った。その先でしばしたたずんでいたかと思うと、大きな足取りでミショーのところまで戻ってきて、力強い仕草で相手の肘の少し下をつかんだ。皇帝の美しい、静かな顔が真っ赤に染まり、目は決意と憤りの光に燃え立っていた。

「ミショー大佐、ここで余が君に言ったことを忘れないでいてくれたまえ。もしかしたらいつの日か、われわれはこのことを喜びとともに思い出すかもしれない……。ナポレオンか余かだ」自らの胸に手をやって皇帝は言った。「われわれはもはや、ともに帝位にあることはできない。余はすでにあの男の正体を見抜いてしまった。これ以上騙されることはない……」そう言うと皇帝は厳しい顔になって口をつぐんだ。この言葉を聞き、皇帝の目に浮かんだ固い決意の表情を目にすると、「外国人でありながら心も魂もロシア人」であるミショーは、この厳粛な瞬間に（後に本人が語った通り）「自分が耳にしたことのすべてに恍惚となってしまった」そこで彼は次のような表現によって、自らの感情ばかりか、自分がその全権使節だと自任しているロシア国民の感情をも、言い表してみせたのである。

「陛下！」彼は言った。「陛下はまさにこの瞬間、国民の栄光とヨーロッパの救済を、御名をもって約束されたのです！」

皇帝は一つ頷いてミショーを退出させた。

4章

ロシアが半ばまで侵略されて、モスクワの住民たちが遠い諸県へと避難し、次々と編成される義勇軍が祖国の防衛に立ち上がっていた頃には、当時を知らぬわれわれからすると、あたかもすべてのロシア国民が、老いも若きもこぞって、ひたすらわが身をなげうって祖国を救わんとし、はたまた祖国の滅亡を嘆いていたかのように思われがちである。当時を描いた物語やら記録やらは、みな例外なくロシア人の自己犠牲、祖国愛、絶望、悲哀、英雄的行動ばかりを語っている。だが実際はそうではなかった。われわれにそう見えるのは、単にわれわれが過去のうちに、その時代に共通の、歴史規模の関心事ばかりを見ようとして、当時の人々がそれぞれに持っていた様々な個人的、人間的な関心事に目を向けようとしないからである。ところが実際には、目先の個人的な関心事のほうが共通の関心事よりもはるかに重要なのであって、共通の関心事などはそのかげに隠れて一切意識されない（気づかれることさえない）ほどである。当時の人の大半は、全体状況などには何の関心も払わず、ひたすら目先の個人的な関心事に支配されていた。そしてそうした人々こそが、この時代のもっとも有益な活動家だったのである。

事態の全体状況を理解しようとつとめ、身を犠牲にして英雄的に関与しようとした人々こそが、まさに一番無益な社会の成員だった。そうした者たちは何もかもあべこべに理解していたため、良かれと思ってすることが、ことごとく無益な愚行に終わった。ロシアの村々で略奪行為を働いたピエールやマモーノフの義勇軍しかり、決して傷痍兵《しょういへい》のもとに届かなかった貴族夫人たちお手製の綿撒糸《めんざんし》しかり、といった具合である。頭のいいところを見せよう、自分の気持ちを表現してみせようとして、ロシアの現況を論ずる者たちの場合でさえ、その発言のうちには無意識に、ごまかしや嘘の刻印が、あるいはまったくいわれのない罪で非難されている者たちへの、無益な糾弾や悪意の刻印が紛れ込んでいた。歴史の諸事件においてこそまさに、知恵の木の実を食すことへの戒めの意味が、この上なく明らかになる。ただ無意識の活動のみが成果をもたらすのであり、歴史上の出来事に役割を果たす人物は、決してその出来事の意味を理解してはいない。たとえ理解しようとしても、結果の虚しさに愕然とするばかりだろう。

この当時ロシアで起こりつつあった出来事の意味は、間近にかかわっていた人物ほど自覚するところが少なかった。モスクワから遠く離れたペテルブルグや各県都では、貴婦人たちや義勇軍の制服を着用した男性たちが、ロシアを嘆きモスクワを嘆き、自己犠牲を語り、といった状態であったが、モスクワを越えて退却していった軍においては、モスクワのことはほとんど話もしなければ考えもせず、モスクワの燃える姿を目にしても、誰もフランス軍への仕返しを誓ったりすることもなく、兵たちはただ次の三半期分の給料を思い、次の宿営地を思い、従軍酒保の女給マトリョーシカを偲《しの》び、といった調子だった……。

ニコライ・ロストフは、自己犠牲といった目的とは全く無縁なまま、たまたま軍に勤めている時に戦争が起こったから、祖国防衛戦に間近にかつ継続的に関与してきたのだったが、それゆえにこそ、当時ロシアで起こりつつあった出来事を絶望もせず悲観もせずに直視していた。もしもロシアの現状をどう思うかと訊かれたら、きっと、そんなことは俺の考えることじゃない、そのためにはクトゥーゾフなり他の連中なりがいるのである、それよりまた連隊が再編されると聞いたから、きっと戦争はまだ長いこと続くだろうし、今のままの状況であれば、二年もすれば俺も連隊を預かる身になってもおかしくないな――といった答えを返したことだろう。

事態をそんな目で見ているせいで、自分が師団の軍馬補充のためヴォロネジへの出張任務を仰せつかっても、直近の戦闘に加わることができぬことを悔やんだりはせず、大いに喜んでこれを受け、そのことを隠しもしなかったし、また同僚もその気持ちを十分に理解したのだった。

ボロジノ会戦の数日前、ニコライは金と書類を受け取ると、軽騎兵たちを先発させておいて、自分は駅逓《えきてい》馬車でヴォロネジを目指した。

旅するニコライが味わっている歓びは、経験した者にしか分からぬものだった。なにしろ何か月もぶっ通しで軍の戦闘生活の雰囲気に浸ってきた後で、ようやく馬糧徴発隊だの食糧運搬車だの野戦病院だのが展開している地域の外に出ることができたのだ。兵隊も大型荷馬車も宿営の汚い跡地もないところで、農夫や農婦が暮らす村々や、地主屋敷や、家畜が草を食《は》む草原や、駅長のまどろんでいる駅逓《えきてい》を目にした彼は、まるで何もかもはじめて見たかのような喜びを覚えていた。とりわけいつまでも彼を驚かせ、喜ばせたのは、女たちだった。それも若い、健康そうな女たちで、一人一人に十人もの将校がまとわりついていることもなく、行きずりの将校がからかうのを、喜んでうれしそうに受け入れてくれるのだった。

最上の気分で真夜中にヴォロネジの宿屋に着いたニコライは、軍では長いこと味わえなかったものを片端から注文し、翌日はきれいに髭を剃り上げて久しぶりに正装すると、当地の上官たちへの挨拶回りに出掛けた。

義勇軍司令官を務めるのは勅任文官の老人で、どうやら軍人の肩書と地位を与えられたのがうれしくて仕方ないようだった。隊長は怒ったような表情で(軍人とはそういう顔をするものと思っていたのだ)ニコライを迎えると、しかつめらしい態度で、まるでそうする権利があって戦争の概況を検討するのだと言わんばかりに、ニコライにあれこれ問いただしては、賛成やら反対やらを表明するのだった。上機嫌だったニコライには、これもまた愉快なだけであった。

　義勇軍司令官の次には県知事を訪問した。知事は小柄な元気のいい人物で、きわめて愛想が良く、気取りがなかった。彼はニコライに馬が手に入る養馬場をいくつか教え、一番いい馬を持っているこの町の馬商人と、町から二十キロのところに住む地主を推薦したうえで、何でも力を貸すと約束した。

「イリヤ・ロストフ伯爵の御子息ですな? うちの家内は、ご母堂と大変親しい仲ですよ。家では木曜にお客を呼ぶのですが、今日はちょうど木曜ですから、どうかお気軽にお越し下さい」ニコライを送り出しながら知事はそんな招待をした。

　知事邸を出たその足で駅継ぎ馬車を雇うと、騎兵曹長も一緒に乗せて、ニコライは養馬場を持つ地主屋敷を目指して二十キロの道を飛ばした。ヴォロネジ滞在の初めの頃、ニコライにはすべてが楽しく簡単に思え、そして人間が気分を良くしている時にはえてしてそうであるように、何もかもがスムーズにサクサクと進んだ。

　ニコライが訪れた地主は、年老いた騎兵上がりのやもめ暮らしで、馬の目利きであり、狩猟家であり、絨毯部屋[7]と、百年物の香料入りウオッカ《ザベカンカ》と、古いハンガリーワインと、見事な馬たちを持っていた。

ニコライはほぼ即断で六千ルーブリの金を払って十七頭の（彼の表現では）選り抜きの牡馬を購入すると、それを今回の軍馬補充の目玉とした。食事をごちそうになり、いささか余計にハンガリーワインを聞こし召した彼は、すでに「君、僕」の仲になっていた地主とたっぷり別れの口づけをかわし、ひどいでこぼこ道を、この上ない上機嫌で、馬車を飛ばして帰途に就いた。その間も県知事の夜会に遅れぬようにと、ひっきりなしに御者を急《せ》き立てていたのである。

着替えをして体に香水を振りかけ、頭に冷水を浴びると、ニコライは知事邸を訪れた。いささか遅めではあったが、「遅くともなさざるに勝る」という例の諺《ことわざ》を言い訳に用意していたのである。

夜会は舞踏会ではなかったし、ダンスがあるとの予告もされていなかったが、しかし誰もが、カテリーナ・ペトローヴナがクラヴィコードでワルツやエコセーズを弾くだろうし、つまりはダンスになるだろうと思っていた。だから皆そのことを念頭において、舞踏会服で集まっていた。

地方の県の生活は、一八一二年もいつもとまったく同じだったが、ただモスクワを

7　東洋風の絨毯コレクションを飾った贅沢な部屋。

逃れた富裕層がたくさん家族で訪れていたせいで県都が普段よりにぎわっていたことと、この時期のロシアでの出来事全てに見られたとおり、とにかく怖いもの知らずで、人生なるようになるさといった、何かしら妙にタガの外れたような気分が目につく点が異なっていた。おまけにもう一つ異なっていたのは、人々の付き合いに欠かせない下世話な雑談のタネが、かつてはお天気のこととか共通の知人のことだったのに、今やモスクワのことだったり軍隊のことだったりナポレオンのことだったりする点だった。

知事邸に集まったのは、ヴォロネジの最上流層だった。

女性の数がきわめて多く、何人かニコライのモスクワでの顔見知りもいた。しかし男性の中には、聖ゲオルギー勲章の拝受者で、軍馬補充にやって来た軽騎兵で、おまけに性格もよければ育ちもよいという、このニコライ・ロストフ伯爵に太刀打ちできるような人物は一人もいなかった。男性客の中には、フランス軍の将校であった一名のイタリア人捕虜が交じっていたが、この捕虜がいるおかげでニコライは、ロシア軍の英雄たる自分の存在意義がなおさら高まっているような気がした。まるで捕虜が自分の戦利品のように見えたのだ。いったんそんな感想を覚えると、ニコライには、皆もまた同じような目でイタリア人を見ているように思われ、それで彼は品位ある抑制のきいた態度で、その将校を優しく遇したのだった。

軽騎兵の制服姿のニコライが香水と酒の匂いを漂わせながら入室して、例の「遅くともなさざるに勝る」という諺を自分でも口にし、また同じ言葉が何度か返ってくるのを耳にすると、彼はすぐさま客たちに取り囲まれた。すべての視線を身に受けて、彼はたちまち自分が皆の寵児となったのを感じた。それはこうした地方の県ではいかにも彼に似つかわしい、いつだって心地よい立場だったが、しかし長らくそんな機会がなかった後でいまこうして改めてもてはやされてみると、うれしさに酔いそうになるのだった。馬車の駅逓にも、宿屋にも、先ほどの地主邸の絨毯部屋にも、彼が目を向けると喜ぶような女中たちがいたが、この知事邸の夜会の場にもまた、ひたすらニコライが注目してくれるのをじりじりしながら待っているような、うら若い貴婦人や麗しい娘たちが、数え切れぬほど（とニコライには思えた）いたのだった。貴婦人や娘たちは彼の気を引こうとし、老婦人たちは早くも初日からこの若く気ままな軽騎兵に嫁を取らせて身を固めさせようと奔走し始めた。県知事夫人自身もその仲間に入っていて、夫人はニコライを近い親戚のように受け入れ、フランス語風に「ニコラ」と呼んで、身内のようにうちとけた口をきいた。

カテリーナ・ペトローヴナが本当にワルツやエコセーズを弾き始めてダンスが始ま

ると、ニコライはダンスの巧みさでも、県の上流貴族たちを軒並み魅了してしまった。その独特な、型にとらわれない踊り方は、皆にとって驚きでさえあった。ニコライ自身もこの晩は、自分の踊りっぷりにいささかびっくりしたほどである。モスクワでは一度もそんな踊り方をしたためしはなかったし、そこまで砕けた踊り方をするのは無作法で悪趣味だとさえ感じたことだろうが、ここでは、ちょっと並外れたことをして皆を驚かしてやりたいという気持ちが働いた。つまり、この田舎ではまだ知られていないけれど首都ではこれが普通なんだと思わせるようなものを、何か一つ見せつけてやりたくなったのである。

夜会の間ずっとニコライは、もっぱら一人の青い目の、ふくよかな、見目麗しいブロンド女性に注意を奪われていた。それはこの県のある役人の妻だった。ひどくご機嫌な状態になった若者にありがちなように、世の人妻というものは自分のためにいるのだといった、おめでたい思い込みに囚《とら》われたニコライは、この女性のそばを離れようとせず、相手の夫に対しても、打ち解けた、なにやら陰謀の共犯者めいた態度で接していた。まるで、お互い口には出さないけれど、自分たちが、つまりニコライとその男の妻が、実に似合いのカップルだということはちゃんと分っていますよね、というった態度である。ただし夫の方はどうやらそんな思い込みを共有してはいないようで、つとめてニコライに無愛想な対応をしようとしていた。だがニコライの憎めない無邪気さは止《とど》まるところを知らぬため、ともするとついつい夫の方も、相手の浮かれた気分に屈してしまうのだった。しかしさすがに夜会も終わりという頃になると、妻の顔がますます紅潮し生気を帯びてくるにつれて、夫はどんどん憂鬱な白茶けた顔になってきた。あたかも夫婦の活気の総量は常に一定で、妻の活気が増せばその分だけ夫の活気が減る、といった塩梅《あんばい》だった。

5章

ニコライは絶えざる笑みを浮かべたまま安楽椅子に前かがみに腰かけ、ブロンド女性の間近まで身を乗り出すようにして、女神だの妖精だのといったお世辞を語り掛けていた。

乗馬ズボンを穿いた脚を威勢よく組み替え、体からは香水の匂いを漂わせ、相手の貴婦人にも、自分の姿にも、ぴったりとした騎兵ズボンに包まれた自分の脚の美しい形にもうっとりと見惚れながら、ニコライはそのブロンド女性に、自分はこのヴォロネジで一人の女性をかどわかすつもりだと告げた。

「いったいどんな女性を？」

「魅力的な、神々しい女性ですよ。その目は（ニコライはしばし話し相手の顔を見つめた）青く、唇は……サンゴの色、肌は白く……」彼は相手の肩に目を遣った。

「月の女神ディアーナさながらで……」

夫が二人に近寄ってきて、暗い顔で妻に、何の話をしているのかと訊いた。

「やあ！　ニキータ・イワーヌィチ」礼儀正しく席を立ちながらニコライは言った。そして、あたかも夫までも自分の冗談に引き込もうとするかのように、この相手にも一人のブロンド女性をかどわかそうという自分の目論見を披露しはじめた。

夫は難しい顔で苦笑いをし、妻は朗らかに笑った。気のいい県知事夫人が、感心しませんねという表情で歩み寄ってきた。

「アンナ・イグナーチエヴナさんがあなたに会いたがっていますよ、ニコラ」夫人がアンナ・イグナーチエヴナという名をあげた時の改まった口調から、ニコライは即座にその女性がきわめて大事な人物だと察した。「行きましょう、ニコラ。確かそう呼んでいいと言ったわよね？」

「もちろんですよ、おばさま。ところでその方はどなたです？」

「マリヴィンツェフの奥さまよ。あなたのことは姪御《めいご》さんからお聞きになったのですって、あなたに助けてもらったお嬢さんから……。分かるかしら？……」

「僕が助けた女性はたくさんいますからね！」ニコライは言った。

「姪御さんというのは、ボルコンスキー公爵のご令嬢よ。こちらに、ヴォロネジにいらしているの、叔母さまのところにね。あらま！　真っ赤になったわね！　どうしたの、もしかして？……」

「いやそんな気は全然、よしてくださいよ、おばさま」

「ま、いいわ、いいわ。まったく、あなたって人は！」

知事夫人がニコライを、青い帽子《トック》を被った、背の高い、とても太った老婦人のところへ連れて行くと、相手はちょうど町一番の重鎮たちとのカードゲームを終えたところだった。これがマリヴィンツェフ夫人、マリヤの母方の叔母にあたる裕福な、子供のない未亡人で、ずっとヴォロネジに住んでいた。ニコライが近寄っていくと、夫人は立ったままカードの負けの清算をしていた。厳しい顔でいかにも大ごとのように目を細めた夫人は、彼を振り向きながら、なおも自分から金を巻き上げた将軍を罵り続けた。

「よくいらっしゃいましたわね」夫人は彼に手を差し出して言った。「どうか家へいらしてくださいな」

まずはマリヤの話をして、さらに、どうやら嫌っていたらしい今は亡きマリヤの父親の話題を済ませ、さらに同じく馬の合わぬ相手と見えるアンドレイ公爵の消息についてニコライの知っていることを問いただすと、貫禄満点の老夫人は、再度家に来るようにと招待してから、ニコライを解放した。

ニコライは訪問を約束したが、一礼してマリヴィンツェフ夫人のもとを去る時には、また顔を赤らめていた。公爵令嬢マリヤの名前が出るたびに、ニコライは自分でもなぜか分からず恥じらいの気持ちを覚え、恐れさえも感じるのだった。

マリヴィンツェフ夫人のもとを辞したニコライは、再びダンス会場に戻ろうとしたが、小柄な知事夫人がふっくらとした小さな手で彼の袖口を押さえて引き留めると、ちょっとお話があると言って、彼を休憩室に案内した。その部屋にいた客たちは、夫人のお邪魔にならぬようにと、すぐに出て行った。

「いいこと、あなた」小さな優しい顔に真剣な表情を浮かべて夫人は言った。「これこそまさにあなたの理想の結婚相手よ。よければ、私が間に立つけれど、いかが？」

「相手は誰です、おばさま？」ニコライは訊ねた。

「例の公爵令嬢よ。カテリーナ・ペトローヴナはリリーさんがいいと言うけれど、私の考えはちがう、やっぱり本命はあの公爵令嬢よ。どう？　きっとあなたのお母さまはお喜びになるわ。だってそうでしょう、とっても素敵なお嬢さんじゃない！　しかも器量だって決して悪いわけじゃないし」

「器量が悪いなんてとんでもない」まるで気を悪くしたようにニコライは言った。「おばさま、僕も兵士ですから、何ひとつねだりもしなければ、断ることもしませんよ」自分の言っていることの意味を考える暇もなく、ニコライはそう口走っていた。

「じゃあ覚えておいてね、これは冗談ごとじゃないのよ」

「もちろんです！」

「そうね、そうね」まるで自問自答しているかのように知事夫人は言った。「それからもう一つ、いいこと、言っておきますけど、あなたはあのブロンド女性に、妙にしつこく言い寄っていたでしょう。あれじゃご主人が可哀そうよ、全く……」

「いやいや、あの男とはもう親友の仲ですから」あっけらかんとニコライは答えた。自分にとってこれほど楽しい気晴らしが、誰かに不愉快な思いをさせようなどとは、およそ彼の頭に浮かびさえもしないのだった。

『それにしても、俺は何て馬鹿なことをあの知事夫人に言ってしまったのだ！』夜食の席でふとニコライは先ほどのことを思い出した。『あの人はきっと仲人役にとりかかるぞ。となるとソーニャは？……』いよいよ知事夫人にいとまごいをして、相手から笑顔でもう一度「じゃあ、覚えておいてね」と言われた時、ニコライは夫人を脇に誘って言ったのだった。

「おばさま、実はちょっと、正直に申し上げておきたいことが……」

「何、どんなことなの。ちょっとこっちに来て、座って話しましょう」

ニコライは不意に、自分の胸に秘めてきた（母にも妹にも友人にも打ち明けたことのない）思いのたけを、このほとんど赤の他人の女性に打ち明けてしまいたいという願望を、そしてその必要性を覚えた。何に促されたわけでもなく、説明のつけようもないこの告白衝動が、実は彼にとって極めて重大な結果をもたらすことになるのだが、後になってこの衝動を振り返ったとき、彼には（人にはいつも過去のことがそんなように思えるのだが）、単にばかげた気分に駆られたものだとしか思えなかった。しかるにこの告白衝動こそが、他の数々の小さな出来事と相まって、彼にも彼の家族にも大きな結果をもたらしたのであった。

「実は、おばさま、うちの母はもう前から僕を裕福な相手と結婚させようとしていますが、僕にはそうした金目当ての結婚など、考えるだけでも嫌なのです」

「そうね、分かるわ」知事夫人は言った。

「でもボルコンスキー公爵家の令嬢は、話が別です。第一に、正直に申し上げますが、僕はあの人にとても好意を覚えています。ぴったりくるんです。しかも、あのような状況下で、あんな不思議な出会い方をしたせいで、これは運命の出会いだというような考えもよく頭に浮かびました。とりわけご留意いただきたいのは、母がずいぶん前からこのことを考えていたのに、僕はあの時まであの人と会う機会がなかったということです。何かしらそういう巡り合わせで、会ってはいなかったんです。それに、ナターシャがあの人の兄上と婚約していた間は、僕があの人と結婚することなんて、考えるべくもなかったわけですから。それが、事もあろうに、ちょうどナターシャの婚約が破談になったときに、僕があの人と出会って、そこからすべてが始まったんです……。まあそんなところですよ。僕はこんなこと誰にも話したことはありませんし、これからも話しはしません。おばさまにだけお話ししたのです」

知事夫人はありがとうというふうに彼の肘のところをぎゅっと握った。

「おばさまは僕の従妹のソーニャをご存知ですね？　実は彼女のことが好きで、結婚の約束をしていますし、結婚するつもりです……。ですから、お分かりでしょうが、この話は、そもそもあり得ないのです」しどろもどろになって赤面しながら、ニコライは言うのだった。

「ちょっとお待ちなさい、どうしてそうなるの？　だって、ソーニャさんは無一文なんですよ。それにあなたが自分で言ったとおり、お宅のお父さまの経済状態はひどく悪いんでしょう。じゃあ、お母さまはどうなるの？　そんなことをしたら、お母さまの命取りになるわ。これが第一。それに、ソーニャさんにしたって、もしも情のある娘さんだとしたら、平気で生きていけるかしら？　お母さまは絶望する、家計は火の車よ……。いいえ、いいこと、あなたもソーニャさんも、そこのところをわきまえるべきよ」

ニコライは黙って聞いていた。こういう結論を聞かされるのは、まんざらでもなかったからである。

「でもおばさま、やっぱりあり得ない話ですよ」しばしの沈黙の後で、彼は一つため息をついて言った。「それに一体、僕のところになんかお嫁に来ますかね、あのお嬢さんが？　しかも、向こうは今、喪中なんですよ。いったい、そんなことを考えられるものでしょうか？」

「まさかあなた、私が今すぐあなたを結婚させるなんて思っているの？　何にでもそれなりの段取りというものがあるのよ」県知事夫人は答えた。

「お見それしました、おばさま……」ニコライはそう言って夫人のふっくらとした小さな手に口づけした。

6章

ニコライとの出会いの後、マリヤがモスクワに移ってくると、そこには家庭教師に付き添われた甥っ子がいて、兄アンドレイからの手紙が待ち受けていた。手紙はヴォロネジの叔母マリヴィンツェフ夫人のもとへ疎開するようにとの指示で、経路まで書かれていた。疎開にまつわる心労、兄の身の心配、新しい家に暮らす支度、新しい人々との出会い、甥の教育——そうしたものが重なったおかげで、父親が病に倒れ死んでいった後、とりわけニコライと出会った後にマリヤを苦しめていた誘惑にも似た感覚は、影を潜めた。彼女は悲しかった。父親を亡くした印象が、胸のうちでロシアの破滅と一つになり、こうして平穏な状態でひと月を過ごした今となって、ますます強く感じられるのだった。彼女は不安だった。自分に残ったただ一人の近しい人間である兄がさまざまな危険に身をさらしているという思いが、彼女を絶えず苦しめていた。甥の教育のことでは気苦労が絶えず、自分には人を教える能力はないと、いつも感じさせられていた。しかし胸の奥底には、そんな自分自身と折り合う気持ちがあった。それはニコライの出現を契機に頭をもたげようとした個人的な夢や希望を、自分が心の中で圧殺したという意識から来るものであった。

例の夜会の翌日、知事夫人がマリヴィンツェフ夫人宅を訪れて、自分のプランについてこの叔母と打ち合わせをし（昨今の状況では正式な縁組のようなことはできないと断りながら、それでも若い二人を引き合わせて互いに確かめ合わせるのは可能ですと言ったのだった）、叔母の賛成を得たうえで、マリヤの前でニコライの話をはじめ、彼をほめそやしては、マリヤの名前を出したときニコライが顔を赤らめたというエピソードまで披露した。しかしこの時のマリヤが覚えたのは、喜びよりもむしろ痛みのような感覚だった。せっかくの心の調和が失われ、またもや願望やら疑いやら自責やら希望やらが、頭をもたげてきたからである。

そんな知らせが届いた時から実際にニコライが訪れてくるまでの二日間、マリヤはずっと、ニコライに対してどういう態度をとるべきかを考え暮らしていた。いったんは、ニコライが叔母を訪ねてきても自分は客間に出て行くまいと決心しかけた。まだ喪の明けない自分がお客のお相手をするのは無作法だと思ったのだ。しかしまた、あんなにお世話になった相手にそんな態度をとるのは、失礼だと思い直した。叔母と知事夫人が自分とニコライのことで何かしら企んでいるのではないかという気もした（二人の目つきや言葉が、そうした推測を裏付けているように思えたのだ）。だが一方で、あの二人のことをそんなふうに邪推するのは単にお前の心が邪《よこしま》なせいだと、自分を責めた。まだ喪章も外していない状態の自分にこのような結婚話を持ち掛けるのは、自分に対しても父親の思い出に対しても侮辱に当たるということを、叔母たちが忘れるはずはないからである。では訪ねてくれた彼に会うとして、相手は自分にどんな言葉をかけてくるか、それに自分はどんな言葉で答えるのか──そんなことも考えてみた。すると自分の言う言葉が不当に冷たく思えたり、あるいはあまりにも大きな意味を持ってしまうように思えたりした。一番恐れていたのは、彼に会った時自分がうろたえてしまうことだった。相手を見た途端、きっと自分は取り乱して、何もかもさらけ出してしまうだろうと感じていたからである。

しかし日曜日の祈禱式の後、召使が客間でロストフ伯爵がお見えですと告げた時には、マリヤは取り乱した気配すら見せず、ただ頰がほんのりと赤らみ、目が今までにない煌めきを放ったのみであった。

「あの方にお会いになりましたの、叔母さま？」静かな声で訊ねるマリヤは、自分がどうしてこんな落ち着き払った、自然な様子を保っていられるのか、われながら不思議だった。

ニコライが部屋に入ってくると、マリヤは、客がまず叔母に挨拶する暇《いとま》を提供するといったふうにしばし面《おもて》を伏せ、その後、まさにニコライが自分の方を向いた瞬間に顔を上げると、キラキラと輝く目で相手のまなざしを迎えた。気品と優美さに満ちた身ごなしで、うれしそうな笑みを浮かべて立ち上がると、彼女は細く優しい手を相手に差し伸べて話しかけたが、その声にはこれまでになかった、いかにも女性らしい、深い響きがこもっていた。客間に居合わせたマドモワゼル・ブリエンヌが、いぶかしげな驚きの目でマリヤを見た。男に媚びを売る腕前では誰にも引けを取らないマドモワゼル・ブリエンヌであったが、その彼女でさえも、いざ気に入られるべき男性に出会った時、これ以上見事に立ち回ることはできなかったであろう。

『うちのお嬢さま、黒服があんなに似合ったかしら、それとも本当にあんなに器量がよくなっていて、ただ私が気づかなかっただけなのかしら。それに何よりも、あの如才なさと優雅さときたら！』マドモワゼル・ブリエンヌはそんな感慨を覚えたのだった。

もしもこの瞬間、マリヤにものを考える力があったなら、彼女はマドモワゼル・ブリエンヌ以上に、自分のうちに生じた変化に驚いたことだろう。愛《いと》しい人の優しい顔をひと目見た瞬間から、何か新しい力が彼女を支配して、本人の意思にはお構いなしに、語らせ、行動させていた。その顔も、ニコライが入って来た時を境に激変した。

ちょうど、稚拙《ちせつ》で地味で無意味なものと見えていた切子硝子《きりこガラス》のランプが、中に火をともした途端、驚くまでに美しい複雑玄妙な芸術作品を浮かび上がらせるように、マリヤの顔も瞬時にして変容したのだった。彼女がこれまで生きる糧としてきた、清い精神的な内面の営みがすべて、はじめて表にあらわれ出たのである。彼女の内で続けられてきた飽くことのない営みのすべて、その苦悩、善への希求、従順さ、愛、自己犠牲――そのすべてが今、キラキラした目に、うっすらとした微笑みに、その優しい顔の輪郭の一つ一つに宿り、光を放っていた。

ニコライはそのすべてをはっきりと見て取った。それはあたかも、彼がこの女性の全生涯を知っていたかのような具合だった。彼は感じた――目の前にいるこの人は、これまで自分が出会ったどんな相手ともまったく異なった、誰よりも優れた人であり、そして肝心なことに、自分自身よりも優れた人であると。

会話は極めて単純な、ありきたりのものだった。戦争の話が出たが、その際には二人も皆と同じように、この事態に対する愁いを大げさに表現した。この前の出会いについても語られたが、その際ニコライは、何とか別の話題に変えようと努めた。親切な県知事夫人のことも、ニコライとマリヤそれぞれの身内のことも話題に上った。

マリヤは兄のことを語ろうとはせず、叔母が兄の話を始めても、すぐに話題をそらした。どうやら彼女は、ロシアの不幸一般についてならうわべだけで話もできるが、兄というのは自分にとってあまりにも大事な存在なので、軽々しく話題にしたくないし、またできないようだった。ニコライはそのことに気付いていた。そもそも彼はいつもの彼らしくない鋭い観察眼を発揮して、マリヤの性格を微細な点に至るまで読み取っていたのだが、その結果はひたすら、彼女が全く特別な、非凡な存在であるという彼の確信を、裏書きしてくれるものだった。ニコライもマリヤとまったく同じで、相手の話題が出されると、あるいは相手のことを思っただけでも、赤くなったりうろたえたりしていたものだが、しかしこうして相手が目の前にいるとすっかりくつろいだ気分になり、話をするにも、あらかじめ準備してきたこととは全く別の、その都度頭に浮かんだことを口にして、それがまたちょうど間のいい話題となるのだった。

短時間の訪問の際、小さな子供のいる家ではいつもそうするように、ニコライはふと話題が途切れて皆が黙り込むと、アンドレイ公爵の小さな息子に救いを求めて、相手をあやしたり、軽騎兵になりたいかい、などと声をかけたりした。それから子供を両手で抱くと、楽しそうにくるくる回し、マリヤの方を振り返った。彼女のうっとりした、幸せそうな、おずおずとした視線が、愛しい男性の腕に抱かれた愛しい少年の姿を追っていた。ニコライはその視線にも気づき、そしてその視線の意味を悟ったかのように、満足そうに頰を染めると、優しく朗らかな表情で少年にキスをした。

マリヤは喪に服しているので外出はしなかったし、ニコライの方は、彼女の家にむやみに出入りするのは慎みがないと思って遠慮していた。しかし知事夫人はなおも仲人仕事を先に進めようとしており、マリヤがニコライについて言ったほめ言葉をニコライに伝え、反対にニコライの言葉をマリヤに伝えたりしながら、マリヤに意中を打ち明けなさいとニコライに迫った。その告白のために夫人は、昼の祈禱式の前に主教の家で若い二人が出会えるように段取りをした。

夫人に向かって、自分は何もマリヤに打ち明けるようなことはないと言ったものの、ニコライはその場に行くと約束した。

かつてティルジットで、皆が良いと認めていることの是非をあえて疑うことを自らに許さなかったニコライであったが、[8]今もまた全く同様に、人生を自分の理性によって構築していこうという試みと、おとなしく状況に従ってしまおうという気持ちとの間での、短いながらも真剣な葛藤を経たのちに、彼は後者を選択し、抗いがたい力で（と彼には思えた）自分をどこかへと引きずっていくその力に身を任せたのだった。

8　第2部第2編21章（第2巻567〜568頁）参照。

ソーニャに約束しておきながらマリヤに気持ちを打ち明けたりすれば、自分のいわゆる卑劣な行為になるということが、彼には分かっていた。そして自分が決して卑劣なまねはしないということも、彼には分かっていた。しかし彼には同じく分かっていた（分かっていたというよりも、胸の奥底で感じていた）――今こうして状況の力に、そして自分を導こうとする人たちの力に身を委ねることで、自分は何一つ悪いことを犯さないばかりか、むしろ何かしらとても大事なことを、これまでに一度もしたことのないほど大事なことをしようとしているのだと。

マリヤと会った後、ニコライの暮らしぶりは表面的に何も変わりはしなかったが、かつてのような楽しみごとはすべてすっかり魅力を失ってしまい、ただ頻繁にマリヤのことを思い浮かべるようになった。ただし彼が、かつて社交界で出会ったあらゆる令嬢たちを例外なく思い浮かべてきたような仕方で、あるいはソーニャのことを長いこと、時には歓喜とともに思い浮かべてきたような仕方で、マリヤのことを思い浮かべたためしは一度としてなかった。正直な若い男性ならほとんど誰もがするように、彼はあらゆる令嬢たちを未来の妻に見立てては、空想の中で結婚生活のいろんな条件を当てはめてみたものだった。すなわち白い部屋着姿の妻、サモワールに向かった妻、妻の箱馬車、生まれてくる子供たち、父母の様子、父母と妻の関係、等々といったことを思い浮かべ、そうした将来の情景を楽しんできたのだ。ところが今回の縁談の相手であるマリヤのことを考えても、彼は一度として将来の結婚生活のシーンを思い浮かべることができなかった。無理をして思い浮かべようとしても、どうもちぐはぐな、胡散臭《うさんくさ》いものになってしまい、空恐ろしさを覚えるばかりだったのである。

7章

ボロジノ会戦の帰趨とわが軍の戦死者、負傷者に関する恐るべき知らせが、そしてさらに恐るべきモスクワ陥落の知らせがヴォロネジに届いたのは、九月半ばであった。新聞で兄の負傷を知っただけで、詳しい情報を何一つ得られぬマリヤが、兄アンドレイを探しに出かけようとしている——そんな話がニコライの耳にも聞こえてきた（ニコライは直接彼女に会ってはいなかった）。

ニコライの方は、ボロジノ会戦とモスクワ放棄の知らせを受けても、とりわけて絶望だの怒りだの復讐心だのといった感情を燃やしはしなかったが、ただにわかにヴォロネジのすべてが味気なく腹立たしく思えて、何かしら疚《やま》しく居心地の悪い感じがしてきた。聞こえてくる会話がみな嘘くさく感じられるのだが、そうしたことすべてをどう判断すればよいのか分からず、ただ連隊に戻りさえすればまたすべてがはっきりするはずだと感じていた。それで軍馬の購入を早く終えようと焦り、しょっちゅう従卒や曹長にわけもなく当たり散らしていた。

ニコライの出立の数日前、大聖堂でロシア軍の収めた勝利にちなむ祈禱式が執り行われることになり、ニコライも昼の勤行に出かけて行った。彼は知事の少し後ろに立ち、勤行らしくかしこまった態度で、ただし頭の中ではありとあらゆることを考えながら、祈禱の終わりまで立っていた。祈禱式が終わると、彼は知事夫人に呼び寄せられた。

「お嬢さんに会ったの？」黒衣を纏って聖歌隊席のかげに立っている女性を首で示しながら、夫人は訊ねた。

ニコライはすぐにそれがマリヤだと分かった。帽子のかげに見えている横顔でというよりは、見た途端に胸に湧き上がってきた、いたわりや恐れや切なさの感覚によって、彼女だと悟ったのである。マリヤは見るからに自分の思いに浸りきっている様子で、教会を出る前の最後の十字を切っているところだった。

ニコライは驚きの目で彼女の顔を見つめていた。それは彼が前に見た通りの顔であり、そこに浮かぶ、内なる精神の営みを示す繊細な表情も、前と同じだった。しかし今その顔は、全く別の光を帯びていた。悲しみと祈りと期待のこもった、胸を打つ表情が浮かんでいたのである。前にも彼女がいるところでそうなったように、ニコライは、行っておやりなさいという知事夫人の忠告を待つまでもなく、またこんな教会のような場で彼女に話しかけるのが真っ当な、礼儀にかなった振る舞いかどうかと自問することさえもなく、そのまま彼女に歩み寄ると、悲しいお知らせを受けられたと伺いました、心からご同情申し上げますと告げた。彼の声を聞いた途端、にわかに彼女の顔に明るい光が燃え立ち、悲哀と喜びを同時に照らし出した。

「ただ一言だけ申し上げておこうと思いまして」ニコライは言った。「つまり、仮にお兄さまのアンドレイ公爵がご存命でないとすれば、連隊長でいらっしゃるからには、すぐに新聞で報道されているはずなのです」

マリヤは彼をじっと見つめていた。彼女には相手の言葉の意味は分からなかったが、ただ彼の顔に浮かぶ同情の表情がうれしかったのだ。

「それに、僕もいろんなケースを知っていますが、砲弾の破片による負傷というのは（新聞には榴弾《りゅうだん》とありましたね）、すぐに命取りになるか、そうでなければ反対に、ごく軽いかです」ニコライは言葉を継いだ。「ですからよい方に期待すべきでしょう、僕は確信しています……」

マリヤは彼を遮った。

「ああ、でもなんと恐ろしい……」話し始めながら興奮に声を途切れさせた彼女は、そのまま（彼の前ではどんな仕草もそうなるように）優美に一礼し、感謝のまなざしを彼に投げかけて、叔母の後について立ち去った。

この日の晩ニコライは、何人かの馬商人たちとの勘定にけりをつけるため、どこにも出掛けずに宿ですごした。用事が終わってみると、いまさらどこかへ出かけるには遅いが、かといって寝るには早いという時間だったので、彼には珍しいことに、長いこと一人きりで部屋を行ったり来たりしながら、自分の人生についてあれこれ思いを巡らすことになった。

スモレンスクの近郊で出会ったとき、マリヤは彼に好ましい印象を与えた。あの時あのような特殊状況で出会ったせいで、しかもその相手が、くしくも母親が裕福な結婚相手として彼に名指してみせたことのある女性だったせいで、彼は彼女に特別な関心を抱いたのだ。このたびヴォロネジで彼女を訪問した際には、印象は単なる好ましいものにとどまらず、強烈なものとなった。今回彼女のうちに見出した、際立った精神美というものに、衝撃を受けたのである。とはいえ彼はこの地を去ろうとしている身で、しかも、ヴォロネジを去ってしまえばマリヤに会う機会がなくなるということを、悔いる思いは浮かんでこなかった。ところがこの日の教会におけるマリヤとの出会いは、ニコライが予期していたよりも深く（これは実感だった）、また彼が心の平安のために願っていたよりも深く、彼の胸に根を下ろした。その青ざめた、痩せ細った悲しげな顔が、キラキラしたまなざしが、静かで優美な挙措《きょそ》が、そして何よりも、その面持ちの端々に表れた深くたおやかな愁いが、彼の胸を騒がせ、彼の同情を求めていたのだった。もしも相手が男性で、崇高なる精神生活を表情に浮かべていたりすれば、ニコライは見るだに我慢がならず、哲学者気取りだとかセンチメンタリズムだとか言って軽蔑したことだろう（だからこそ彼はアンドレイ公爵を嫌っていたのだ）。しかしマリヤの場合には、まさに自分には縁遠い精神世界の深みをあまねく映し出す愁いの表情に、ニコライは抗いがたい魅力を感じ取ったのだった。

『きっと素晴らしい娘さんに違いない！　あれこそまさに天使だ！』彼は自分に語り掛けた。『どうして俺は自由の身じゃないんだ、どうしてソーニャとのことを急いだんだろう？』するとわれ知らず、二人の女性の対比が頭に浮かんできたが、それはまさに、自分にはない故にこそ彼が高く評価している精神的な資質が、一方の女性には乏しく、もう一方には豊かであるという点にあるのだった。もしも自分が自由な身だったらどうなるだろうか――そんなことを考えてみようとした。自分はどんなふうにプロポーズをするだろうか、そしてあの人は自分の妻になるだろうか？　いや、彼にはそういう想像は不可能だった。ただ空恐ろしい気持ちになるばかりで、はっきりとしたイメージは一つも浮かんでこないのだった。ソーニャが相手なら、彼はすでに久しく将来像をきちんと作り上げていたが、それは万事が単純で明快な図柄だった。なぜなら全部頭の中で作り上げたものであり、ソーニャのうちにあるものなら彼はすべてを知っていたからである。しかしマリヤとの将来の生活を思い浮かべることは不可能だった。彼は彼女のことが理解できず、ただ愛しているだけだったからだ。

ソーニャのことを空想するのは、何かしら楽しい、ままごと遊びのようなものだった。しかしマリヤのことを考えるのは常に難しくて、ちょっと怖かった。

『あの人の祈り方ときたら！』彼は思い起こした。『見るからに、心の底から祈りに没頭していたじゃないか。そう、あれこそまさに、山をも動かすという祈りだ。きっとあの人の祈りはかなえられることだろう。じゃあ、どうして俺は自分に必要なことを祈ろうとしないのだ？』彼はそんなことに思い至った。『俺に必要なことって何だ？　自由だ、ソーニャと切れることだ。あの夫人の言葉は正しい』彼は知事夫人の言葉を思い返した。『俺がソーニャと結婚したら、不幸以外何も生まれない。もめごとは起きる、母は悲しむ……家計は……いや、もめるぞ、恐ろしくもめることだろう！　それに、俺は彼女を愛してさえいない。そう、真っ当に愛しているわけじゃないんだ。ああ、神さま！　この恐ろしい、出口のない状況から救い出してください！』にわかに彼は祈り出した。『そうだ、祈りは山をも動かす。しかし信じなくてはならないし、小さい頃ナターシャと祈ったような祈り方じゃダメなんだ。あの頃は雪が砂糖になりますようにとお祈りして、そのまま庭に駆けだして、ちゃんと雪が砂糖になっているか確かめようとしたっけ。あれじゃだめだ。だって今祈ろうとしているのは、あんなくだらないことじゃないのだからな』片隅にパイプを置き、聖像《イコン》の前に立つと、彼は両手を組み合わせた。そしてマリヤの思い出にうっとりしながら、久しくしてこなかったような仕方で熱心に祈り始めた。目に涙が浮かび、喉元にも涙がこみあげてくる。するとそのとき、ラヴルーシカが何かの書類を持ってドアから入って来た。

「ばか！　呼ばれもしないのに、なんで入ってくるんだ！」慌てて姿勢を変えながらニコライは言った。

「県知事さまのところから」寝ぼけた声でラヴルーシカが告げた。「急使が参りまして、旦那さまにお手紙です」

「そうか、よし、ご苦労だった、下がれ！」

ニコライは二通の手紙を手に取った。一通は母親から、もう一通はソーニャからだった。筆跡でそれを確認すると、まずソーニャの手紙を開封した。数行読むか読まないかのうちに早くも顔が青ざめ、目は驚きと喜びに見開かれた。

「いや、まさかこんなことが！」彼は声に出して言った。じっと座っていられずに、手にした手紙を読みながら、部屋の中を歩き出した。まずざっと目を通した後、一度、二度と読み返すと、肩をすくめ、両手を広げた格好で、部屋の真ん中に立ち止まった。口はぽかんと開き、目は据わっている。たった今、神さまがきっとかなえてくださるという確信をもって祈ったばかりのことが、その通り実現したのだ。だがニコライは驚いていた。まるでこれが何か並外れた、自分が決して予期していなかったことのような気がしたし、おまけにこんなにもすぐに実現したということ自体、このことが自分の頼んだ神さまの計らいではなく、ただの偶然の産物であることの証拠のような気がしたのである。

これまでニコライの自由を束縛していた、およそ解《ほど》くことは不可能と見えた結び目が、ソーニャの思いがけない（とニコライには思えた）、唐突な手紙ひとつで、パッと解けたのである。ソーニャは書いていた――このところの好ましくない諸状況や、モスクワのロストフ家の資産がほぼすべて失われてしまったことや、伯爵夫人が再三、ニコライをボルコンスキー公爵家の令嬢と結婚させたいという願いを口にしていることや、最近のニコライの沈黙と冷たい態度を総合的に考慮したうえで、彼の約束をなかったこととして、完全な自由を差し上げようと決心した、と。『自分が、大恩を受けたご家庭の悲嘆や反目の原因となるのだと考えるのは、あまりに辛いことでした』彼女は書いていた。『それに私の愛が目指すのは、自分の愛する人の幸せに他なりません。ですから、ニコラ、どうかご自分を自由だと思ってください。そして覚えていてくださいたとえ何があっても、あなたのソーニャほどあなたを強く愛することのできる者は誰一人いないのだと』

手紙は二通ともトロイツァから送られたものだった。もう一通は母親からだった。その手紙には、モスクワでの最後の日々のこと、出立のこと、火事のこと、全財産の喪失のことが書かれていた。同じ手紙で母夫人はまた、アンドレイ公爵が負傷者の一人として、一家と同行していることを告げていた。公爵の状態は甚《はなは》だ危険だったが、今では医者も、ひところより希望が出てきたと言っている。ソーニャとナターシャが、付き添い看護婦さながらに公爵を看病している——それが報告だった。

翌日ニコライはこの手紙を持ってマリヤを訪ねた。ニコライもマリヤも、『ナターシャが公爵を看病している』という言葉がどんな意味を持ちうるかについては、一言も語ろうとはしなかった。ただこの手紙のおかげで、ニコライとマリヤの距離がにわかに縮まり、ほとんど身内同士のような関係になった。

その翌日、ニコライはヤロスラヴリへ向かうマリヤを見送り、数日後、自分も連隊へ向けて出発した。

8章

ニコライの祈りをかなえてくれたソーニャの手紙は、トロイツァで書かれた。そのいきさつは、以下のとおりである。息子のニコライに資産家の嫁を取ろうという考えは、ますます老伯爵夫人の執念と化してきた。夫人は、主な障害となっているのがソーニャであることを知っていた。そんなわけで、伯爵夫人の家でのソーニャの暮しはこのところ、とりわけニコライがボグチャロヴォ村でマリヤと出会った次第を手紙に書いてきて以来、ますます肩身の狭いものになってきた。夫人はことあるごとにソーニャをつかまえては、侮辱的な、あるいは残酷な嫌味を言って聞かせたからである。

しかしいよいよモスクワを出るという数日前、いろいろな出来事に心を掻き乱されて気持ちが昂っていた夫人は、ソーニャを自室に呼び寄せると、責めたり要求したりする代わりに涙に掻き暮れながら彼女に語り掛け、どうかこれまでの恩返しだと思って、身を犠牲にするつもりでニコライから手を引いてくれないかと、懇願したのだった。

「あなたがそのことを約束してくれない限り、私は安心できないの」

ソーニャもヒステリックに泣き崩れ、何でもします、どんなことでも覚悟はできていますと、涙にむせびながら答えるのだったが、はっきりとした言質《げんち》は与えなかったし、要求されたとおりの決心をすることは、内心ためらっていた。自分を養い育ててくれた一家の幸福のために身を犠牲にすることは当然のことだった。他の人たちのために自分を犠牲にすることこそが、ソーニャの馴染んだ生き方だった。この家での自分の立場からして、身を犠牲にすることこそが自分の真価を示す唯一の手段であり、だからこそ彼女はわが身を犠牲にすることに慣れ親しんできたのである。ただしこれまでの彼女は、自己犠牲的な振る舞いをするたびに、まさに己を犠牲にする行為こそが、自分の目から見ても他人の目から見ても自分の価値を高めてくれ、ひいては生涯で何よりも愛するニコラに値する人間にしてくれるのだということを意識し、それを歓びのタネとしてきた。ところが今や、自分を犠牲にすることはすなわち、自分にとって自己犠牲のご褒美だったもの、生きている意味のすべてをなしてきたものを、断念することにならざるを得ないのだった。生まれて初めて彼女は、自分に恩をかけたあげく、今やこんなにも手ひどく苦しめている人々に対して、恨めしい気持ちを覚え、ナターシャへの羨望を覚えた。ナターシャは一度だってこんな経験をしたことがなく、身を犠牲にする必要もないうえに、自分のために他人に犠牲を払わせておきながら、なおかつ皆に愛されているからである。そして初めてソーニャは、自分のニコライに対する穏やかな純粋な愛が、激しい感情へと高まり、規範をも、道徳をも、宗教をも圧するような力を帯びてくるのを覚えたのだった。そんな感情に支配されるまま、これまでの隷従《れいじゅう》の暮らしの中で胸の内を隠すことを身に着けていたソーニャは、無意識に漠としたあいまいな言葉で夫人に返事をすると、それ以上の話し合いを避けて、ニコライと会える時を待つことにした。そしてその出会いの際に、相手を解放してやるどころか、反対に永遠に自分に結びつけてしまおうと思ったのである。

ロストフ家のモスクワでの最後の数日は、忙しさと恐ろしさとが、ソーニャの胸にのしかかっていた暗い想念をかき消してくれた。具体的な仕事でそうした思いがまぎれることが、彼女にはうれしかった。だが自分たちの家にアンドレイ公爵がいると知った時には、彼女は公爵にもナターシャにも心からの同情を覚えながらも、神さまは自分とニコライが別れることを望まれていないのだという、喜ばしくも迷信的な感情に捉えられたのだった。ナターシャがアンドレイ公爵一人を愛していたこと、そして今でも愛し続けていることを、彼女は知っていた。そして今こうして恐ろしい状況下で再会した二人が、また愛し合うだろうことも分かっていたし、その場合、親族関係になってしまうニコライとマリヤの結婚が不可能になることも承知していたのである。モスクワでの最後の数日と旅の最初の数日には何やかや恐ろしい出来事が生じたにもかかわらず、自分の個的な事柄に神さまが介入してくださっているという感覚が、ソーニャをうれしがらせてくれた。

トロイツァの大修道院でロストフ家の一行は、この旅で初めて一日の休息を取った。大修道院の宿泊所では、ロストフ一家に大部屋が三つ与えられ、その一つをアンドレイ公爵が占めた。負傷したアンドレイ公爵はこの日たいそう加減が良かった。ナターシャが彼に付き添っていた。隣の部屋には伯爵夫妻が入っていて、長年の知り合いであり寄進者である客に面会に来た修道院長を相手に、かしこまった態度で話をかわしていた。ソーニャも同じ部屋にいたが、彼女はアンドレイ公爵とナターシャの話している内容が気になって仕方がなかった。彼女はドア越しに、二人の声に耳を澄ましていた。アンドレイ公爵の部屋のドアが開いた。ナターシャが興奮した顔で出てくると、修道院長が迎えるように腰を上げて右手の広い袖口を押さえたのに気づきもせずに、ソーニャに歩み寄り、彼女の手を取った。

「ナターシャ、あなたどうしたの？　こちらにいらっしゃい」伯爵夫人が言った。

ナターシャが祝福を受けるために歩み寄ると、院長は神と聖者に救いを求めなさいという忠告を与えた。

院長が出て行くとすぐに、ナターシャは友の手を取って、一緒に空き部屋へ入っていった。

「ソーニャ、ね？　あの人、助かるわよね？」彼女は言った。「ソーニャ、私、なんて幸せでしょう、そしてなんて不幸なんでしょう！　だってね、ソーニャ、何もかも元通りなんだから、ただあの人が生きていてくれさえすれば。大丈夫よね、きっと……だって……だって……」ナターシャはわっと泣き崩れた。

「そうよ！　私、分かっていたわ！　よかったわね」ソーニャは言った。「あの人、助かるわよ！」

ソーニャは友に劣らず興奮していた――友の恐れと悲しみゆえに、そして自分一個の、誰にも打ち明けていない思いゆえに。彼女は泣きながらナターシャに口づけし、慰めの言葉をかけた。『あの方が生きていてくれさえすれば！』彼女は思った。ひとしきり泣き、言葉を交わしてから涙を拭うと、二人の友はアンドレイ公爵の部屋の戸口に歩み寄った。ナターシャがそっとドアを開けて、中を覗き込む。ソーニャは彼女と並んで、半開きのドアの脇に立っていた。

アンドレイ公爵は枕を三つ重ね、上体を高く起こした姿勢で横たわっていた。青白い顔は穏やかで、目は閉じ、規則正しく息をしているのがうかがえた。

「あ、ナターシャ！」急に叫ぶような声でそう言うと、ソーニャは従妹の手をつかんでドアから後ずさった。

「何、どうしたの？」ナターシャは訊いた。

「あれよ、あれだわ、ほら……」蒼白な顔になって唇をわななかせながらソーニャは言った。

ナターシャはそっとドアを閉じると、いまだ相手の言っていることが腑に落ちぬまま、ソーニャとともに窓辺へと身を移した。

「覚えているでしょう」驚愕もあらわな神妙な顔になってソーニャは言った。「覚えているでしょう、私があなたの代わりに鏡を覗き込んだ時のことよ……オトラードノエ村で、クリスマス週間だった……私が何を見たか、覚えているでしょう？……」

「ええ、ええ！」目をむき出すようにしてナターシャは言った。ぼんやりとながら、あの時ソーニャが寝ているアンドレイ公爵の姿を見て、何かしら言ったことを思い出したのだ［第2部第4編12章のエピソードを指す］。

「覚えているでしょう？」ソーニャは続けた。「私、あの時見て、皆に言ったのよ、あなたにもドゥニャーシャにも。私は見たのよ――あの方《かた》がベッドに寝ていて」話が細部におよぶたびに、片手の指を一本立てて手ぶりで説明を加えながら、彼女は語るのだった。「目を閉じていて、まさにピンクの毛布にくるまっていて、両手を組んでいたの」彼女はたった今見たばかりの姿を描写していたのだが、話が細かくなればなるほどに、ちょうどそのような細部を自分があの時確かに見たのだという確信を強めていった。あの時の彼女は、実は何も見ていなかったくせに、頭に浮かんできたことを見たこととして語ってみせた。なのにあの時自分がしたその作り話が、他のいろんな思い出と同じように、本当にあったことだと思われてきたのだ。あの方はこちらを向いてにっこり笑った、何か赤いものにくるまっていた――あの時自分がそう言ったのを覚えているばかりではなかった。彼女ははっきりと確信していたのだ――あの方はピンクの、そうまさにピンクの毛布にくるまって、目は閉じていたと自分はあの時すでに口にしたし、本当にそれをこの目で見たのだと。

「そう、そうだわ、確かにピンクだったわ」ナターシャが答えた。今や彼女もまた、ピンクだと言われたのを覚えているような気になり、そしてそのこと自体を、予言の不思議さ、神秘性の証ととらえているようだった。

「でも、それっていったい何を意味するのかしら?」ナターシャが考え込んだように言った。

「いや、私にも分からない、何もかも不思議なことばかりだもの!」ソーニャも頭を抱えた。

何分かしてアンドレイ公爵がベルを鳴らしたので、ナターシャは公爵の部屋へ入っていった。ソーニャは、めったに味わったことのない興奮と感動を覚えたまま窓辺に残り、この現象の不思議さについて、じっくりと思いを巡らした。

この日、軍に手紙を送る便があったので、伯爵夫人は息子に手紙を書いた。

「ソーニャ」姪が傍らを通りかかると、伯爵夫人は手紙から顔を上げて呼び止めた。

「ソーニャ、あなたはニコライに手紙を書かないの?」夫人が静かな、上ずった声で訊ねた。眼鏡越しにこちらを見るその疲れたまなざしの中に、ソーニャは相手がその言葉に込めた意味をすべて読み取った。そのまなざしは、懇願と、断られることへの怯えと、乞うような真似をしていることへの屈辱感と、拒絶された場合には徹底的に憎んでやろうという覚悟を表現していたのだ。

ソーニャは伯爵夫人に歩み寄ると、跪いて相手の手に口づけした。

「書きますわ、お母さま」彼女は言った。

この日生じた諸々の出来事のせいで、とりわけたったいま目にしたばかりの、摩訶《まか》不思議な占いの成就のおかげで、ソーニャは心の鎧《よろい》が外れ、興奮し、感動していた。ナターシャとアンドレイ公爵の縒《よ》りが戻ってニコライはマリヤと結婚できないと分かった今、彼女は、自分が好んで身に着け、慣れ親しんできた自己犠牲の気持ちが再び戻って来たのを、喜びとともに感じ取っていた。そして目に涙を浮かべ、自分が気高い行為を成し遂げようとしているという意識に喜びを覚えつつ、そのビロードのような黒い目を曇らす涙に幾たびか中断を強いられながらも、例の感動的な手紙を書き上げたのだった。受け取ったニコライをあんなにも驚かせたあの手紙を。

9章

ピエールが連行された営倉では、彼を逮捕した将校も兵士たちも、彼に敵対的でありながら同時に敬意のこもった対応をしていた。彼らの態度にはさらに、はたしてこいつは何者か（ひょっとしてかなりの大物ではないか）という疑念と、まだ新しい彼との取っ組み合いの記憶からくる反感があるのが感じられた。

　だが翌朝になって担当が交替すると、将校も兵卒も含めた新しい警備兵たちにとっては、もはや自分が、自分を捕まえた者たちにとって持っていたような特別な意味を持ってはいないのを、ピエールは感じ取った。実際、この二日目の警備兵たちは、百姓の長上着《カフタン》を着たこの大きな太った男のうちに、略奪兵や護送兵たちと必死の取っ組み合いを演じ、自分は子供を救助したのだと荘厳な口調で宣言した、あの威勢のいい人物の面影を見ることはなく、ただ単に、何かの理由で最高司令部の命令により勾留されているロシア人のうちの十七番目としか受け止めていなかったのである。ピエールに何か特別な点があるとすれば、それはただ彼が肝の据わった、ひたむきに考え込んだような様子をしていたことと、フランス人も驚くほど流暢なフランス語を話すことだけだった。そんなこととはかかわりなく、この同じ日にピエールは、同時に逮捕された他の容疑者たちと一緒の部屋に移された。彼が入っていた個室を、一人の将校が使うことになったからである。

　ピエールとともに勾留されていたロシア人は、最下層の者たちばかりだった。だからピエールが貴族の旦那だと見て取ると、皆が彼をのけものにするようになった。ましてフランス語を話す相手だからなおさらである。ピエールは暗い気持ちで自分への嘲弄の言葉を聞いていた。

次の日の晩、ピエールは勾留されている者たちが皆（おそらく自分も含めて）、放火の罪で裁かれることになっているのを知った。さらに次の日には、ピエールは他の者たちとともにある建物へと連行されたが、そこには白い口髭のフランス軍将官と二名の大佐、および腕章をつけた他のフランス人たちがいた。ピエールは他の者たち同様に、通例被告人の訊問に用いられる、あたかも人間の弱さなど超越したと言わんばかりの正確かつ厳密な口調でなされる、お前は何者だ？　どこにいた？　目的は何だ？　云々といった一連の質問を受けた。

生きていくうえで最も本質的なことがらを傍に置き、その本質を表に出す可能性を排除してしまうこの種の質問は、裁判の場で行われるあらゆる質問と同じく、ただ一つの目的を持っていた。つまり、裁く者たちが裁かれる者の答えを雨水のように受けとめて、それを所期のゴールに、つまり有罪という判決にまで誘導するための、樋《とい》を設置するという目的である。だから被告が何かしら有罪判決という目的にそぐわない回答をし始めるや否や、その樋は取り外されて、答えという雨水は勝手に垂れ流されて終わりとなるのだった。さらにピエールは、あらゆる裁判で被告が味わうのと同じ、何のためにこんなにいろんなことを訊かれなくてはならないのかという疑念も味わっていた。彼には、こんな雨樋式の問答のトリックが用いられるのは、ひとえに相手の寛大さ、もしくはある種の礼儀によるものだと思われた。自分がここにいる者たちの権力下にあること、ただ権力のみが自分をこの場へ引き連れてきたこと、権力のみが質問の答えを要求する権利を彼らに与えていること、そしてこの集まりの唯一の目的が自分を有罪とする点にあること――それが彼には分かっていた。とすれば、権力があり、有罪にしたいという希望がある以上は、わざわざ質問だの裁判だのというトリックを用いる必要はないはずなのだ。どんな答えをしようと有罪になると決まっているのは明らかだった。逮捕された時何をしていたかという質問に対して、ピエールは一種悲壮な表情で、火事から救い出した子供を親の元へ連れて行くところだったと答えた。なぜ略奪兵と争ったのかという問いに対しては、自分は女性を護ろうとしたのであり、侮辱された女性を護るのは万人の義務であって、しかも……と答えようとしたところで、止められた。本筋を外れた答えだったからだ。君は燃える屋敷の庭にいたのを目撃されているが、どうしてそんな場所にいたのかという問いに対しては、彼は、モスクワで何が起こっているか見に行くところだったと答えた。彼はまたもや止められて、訊いているのは、どこへ行こうとしていたのかではなく、何のために火事場の近くにいたのかということだ、と問い直された。君は何者だ？――またもや、自分が回答を拒否した最初の問いが蒸し返された。彼は再度、それは言えないと答えた。

「書き留めておきなさい、けしからん。実にけしからん」血色のいい赤ら顔に白い口髭を生やした将官は、厳しい口調で彼に告げた。

四日目にはズーボフ土塁で火災が起きた。

ピエールは他の十三人と一緒にクリミア浅瀬《クルィムスキー・ブロート》[9]の、ある商家の馬車小屋に移された。通りを歩いていく間、ピエールは煙にむせた。煙は町中に立ち込めているように思えた。四方八方に火の手が見えたのである。このときのピエールはいまだモスクワが焼けたことの意味も分からぬまま、ただ暗澹《あんたん》として火事の光景を眺めていた。

クリミア浅瀬《クルィムスキー・ブロート》のその商家の馬車小屋にピエールはさらに四日いたが、その間にフランス兵たちの会話から、収監《しゅうかん》されている者たちは全員、ある元帥の下す決定を日々待っている状態なのだということが判明した。それが何という元帥かは、兵士たちからは知り得なかった。一兵卒から見れば当然、元帥は権力の位階の最高の、いくぶん謎に包まれた部分に位置するからである。

この後九月八日に、皆は再度の審問に連れていかれたのだったが、そこに至るまでのこの最初の数日が、ピエールにとって最もつらい日々だった。

10章

九月八日、皆が収監されている小屋に一人の将校が入って来た。警備兵たちの恭しい対応ぶりからして、かなりの大物である。おそらく司令部付きのその将校は、名簿を手にロシア人収容者全員の点呼をしたが、その際ピエールは「名乗らない者」と呼ばれた。それから、しらっとした目でつまらなそうに全員を見渡すと、将校は警備将校に、この者たちを元帥のもとへ連行する前に、服装を整え、身ぎれいにさせておくようにと命じた。一時間後、一個中隊が到着して、ピエールは他の十三名とともに、乙女が原《デーヴィチエ・ポーレ》に連れていかれた。雨上がりにからりと晴れあがった明るい日で、空気も珍しく澄んでいた。火事の煙も、ズーボフ土塁の営倉から連れ出されてきたあの日のように低く立ち込めてはおらず、澄んだ大気の中にまっすぐな柱となって立ち上っている。どこにも火の手は見えなかったものの、煙の柱が四方八方にモクモクと立ち

9　クレムリンの南西方向に位置するモスクワ川の昔の渡河地点。かつてクリミア・タタールがモスクワ襲来の際にここで渡河し、後にはクリミア・ハーン国の使節や商人がこの近辺に館を構えたことから、この名で呼ばれる。

上って、ピエールに見える限り、モスクワ全市が焼け野原と化していた。どこに目を遣っても見えるのはペチカや煙突だけが残った空地ばかりで、ほんのところどころに石造りの家々の焼け焦げた壁が見える。焼けた町のあちこちに仔細に目を凝らしても、ピエールには馴染みの市街の各地区の見分けがつかなかった。ところどころに焼けずに残った教会が見えた。クレムリンも破壊を免れ、いくつもの塔とイワン大帝の鐘楼を備えた姿を、遠くに白々とさらしていた。間近に楽しげに輝いているのはノヴォデーヴィチ修道院の円屋根で、そこからひときわ高らかに、礼拝を告げる鐘の音が響いてきた。その鐘の音でピエールは、今日が日曜で、生神女誕生祭《しょうしんじょたんじょうさい》[10]だったのを思い出した。だがどうやら誰一人その祭日を祝う者はないようだ。どこもかしこも猛火に破壊し尽くされ、ほんの時折見かけるロシア人も、ぼろを着て怯えきった者たちばかり。それもフランス兵の姿を見ると、さっと隠れてしまうのだった。

どうやらロシア人たちの巣穴はすっかり壊れてなくなっていた。そのロシア的な秩序の崩壊のかげにピエールが図らずも感じ取ったのは、そうして壊された巣穴の上に、独自の、全く異なった、とはいえしっかりとしたフランス風の秩序が打ち立てられているということだった。自分を他の罪人たちとともに護送する兵士たちが、整然とした隊列を組んで威勢よく陽気に行進する姿を見た時に、彼はそれを感じた。どこかの偉そうなフランス人の役人が、兵士の操る新品の四輪幌馬車に乗って前方からやってくる姿を見た時も、彼はそれを感じた。乙女が原《デーヴィチエ・ポーレ》の左手から軍楽隊の陽気な演奏が聞こえてきた時も、彼はそれを感じたが、とりわけ、この朝現れたフランス人将校が点呼する際に読んだ例の名簿によって、それを感じまた理解したのだった。ピエールは一群の兵士たちによって逮捕され、それから一つの場所へ、また別の場所へと、他の十数名と一緒に移された。したがって敵は彼のことなど忘れて、他の者たちと一緒くたに考えていてもおかしくないと思えた。しかしそうはならなかった。彼が最初の尋問の際にした返答が、「名乗らない者」という呼称の形で、きちんと自分のところへ戻って来たのだ。そしてわれながら不気味に響くそんな名前の存在として、今ピエールはどこかに連れていかれようとしていた。しかも護送兵たちの顔には、他の捕虜たちも彼自身も含めた全員が、まさに護送すべき者たちであり、そして連れて行く先も、まさに彼らにふさわしい場所なのだという、揺るがぬ自信がみなぎっていた。ピエールはあたかも、何か自分には分からないが整然と作動している機械の歯車に巻き込まれた、ちっぽけな木っ端になったような気がした。

10　生神女（聖母）マリアの誕生を記憶する祭日。露暦九月八日。

ピエールは他の罪人とともに、乙女が原《デーヴィチエ・ポーレ》の右手、修道院からほど近い、広大な庭のある大きな白い建物に連れていかれた。それはシチェルバートフ公爵[11]の屋敷で、ピエールはかつて何度もこの家を訪れたことがあるが、今ではそこに、兵士たちの話によれば、元帥でエックミュール公のダヴーが駐留しているのだった。

表階段のところまで一緒に連れていかれた後、彼らは一人一人順番に邸内に入れられた。ピエールは六番めだった。見覚えのあるガラス張りの回廊、玄関ホール、控えの間を通って、彼は細長く天井の低い書斎へと導かれた。ドアの前には副官が立っていた。

ダヴーはその部屋の一番奥に、机にかぶさるように座り込んでいた。鼻眼鏡をかけている。ピエールはその間近まで歩み寄った。ダヴーは目を上げようともしない。どうやら目の前に広げた何かの書類を照合しているところのようだ。そうして目を上げぬまま、彼は静かな声で訊ねた。

「君は何者だ?」

ピエールは黙っていた。口がきけなかったのだ。ダヴーはピエールにとって単なるフランス軍の将軍ではなかった。ピエールにとってダヴーとは、残忍さで名を売った人物であった。時が来るまで我慢して答えを待とうとする厳しい教師のようなダヴーの冷徹な顔を見つめながら、ピエールはこの先一秒でもぐずぐずすれば命を奪われるかもしれぬという危険を感じていたが、それでもどう答えればいいのか分からなかった。最初の尋問の際に言ったことを繰り返す決心はつかなかったが、かといって自分の身分や地位を明かすのは危険でもあり、恥ずかしくもあった。ピエールは黙っていた。だがこちらが何かの踏ん切りをつける間もなく、ダヴーが頭をもたげると、眼鏡を額まで上げ、目を細めて、じっとピエールを見つめた。

「この男なら知っている」抑えた冷たい声で彼は言い放った。明らかにピエールを怯えあがらせてやろうという計算が入っていた。先ほど背筋を駆け抜けた悪寒が今や頭にとりつき、まるで万力《まんりき》で締め付けられるようだった。

「将軍、あなたが私をご存じのはずはありません。お目にかかったことはありませんし……」

「こいつはロシアのスパイだ」ピエールの言葉を遮《さえぎ》って、ダヴーはもう一人の将軍にそう告げた。同じく部屋にいた人物だが、ピエールは気づいていなかったのだ。ダヴーがぷいとそっぽを向く。ピエールは思いがけぬ大音声《だいおんじょう》で、やにわに早口で喋り

11　ドミートリー・シチェルバートフ（一七六〇～一八三九）。モスクワ県セルプホフ郡の貴族会長。

だした。

「違います、殿下《モンシニョール》」急にダヴーが公爵だったことを思い出して、彼は敬称で話しかけた。「違います、殿下、殿下が私をご存じのはずはありません。私は義勇隊将校で、モスクワを出たことはありません」

「名前は？」ダヴーはまた訊ねた。

「ベズーホフです」

「君が嘘をついていないと誰が私に証明できる？」

「殿下！」苛立ったというよりは懇願するような声でピエールは叫んだ。

ダヴーが目を上げて、じっとピエールを見つめた。何秒かの間、両者は互いを見つめ合い、そしてその視線の交換がピエールを救った。見交わしたそのまなざしの中で、戦争や裁判のあらゆる条件を越えて、この二人の人物の間に人間としての関係が成立したのである。この瞬時の間に、両者ともぼんやりとながら数え切れぬほど多くのことを感じつくしたあげく、悟ったのだ――自分たちがともに人類の子であり、同胞であることを。

はじめダヴーが見ていたリストには、人間の行いも生命も番号付きの箇条書きになっていて、最初にその書類から目を上げた時のダヴーにとっては、ピエールは単なる周囲の状況の一こまにすぎなかった。したがって彼は悪行の疚《やま》しさを覚えることもなく、相手を銃殺刑に処すことができただろう。だが今の彼はすでに、相手のうちに人間を見出していた。彼は一瞬考え込んだ。

「君の言っていることが間違いでないと、どうして私に証明できる？」ダヴーは冷ややかに言った。

ピエールはあのラムバールを思い出して、彼の連隊名、姓、例の屋敷の所番地を告げた。

「君は自分で言っているような人物ではないな」ダヴーがまた言った。

震え、とぎれがちな声で、ピエールは自分の供述が正しいという証拠を挙げ始めた。だがその時副官が入って来て、ダヴーに何かを報告した。

副官の報告を聞いてにわかに顔を輝かせたダヴーは、服のボタンをかけ始めた。明らかにピエールのことなどすっかり忘れている。

捕虜はどういたしますかと副官が問うと、ダヴーは渋い顔になり、ピエールを顎で示して、連れて行けと命じた。しかし自分がどこに連れていかれることになるのか、元の小屋へ戻されるのか、それとも乙女が原《デーヴィチエ・ポーレ》を通る途中で仲間に教えられた、急造の処刑場へ連行されるのか――ピエールには分からなかった。

首をめぐらして見ると、副官がさらに何か聞き返していた。「そうだ、もちろんだ！」ダヴーはそう答えたが、何が「そうだ」なのか、ピエールには分からなかった。

自分がどんなふうに、どれほどの時間、どこに向かって歩いているのか、ピエールには覚えがなかった。すっかり知覚を失って呆然とした状態の彼は、周囲のものもまったく目に入らず、ただ他の者たちと一緒にひたすら両足を動かしたあげく、皆が止まったところで自分も足を止めた。この間ずっと、一つの思いがピエールの頭を占めていた。誰が、いったい誰が、結局、彼に処刑宣告を出したのかという思いだった。それは取り調べの際に彼を尋問した者たちではなかった。連中の誰一人として、宣告することを望んでいなかったし、そして明らかに、そうはできなかったからだ。それはダヴーでもなかった。あんなにも人間的な目で彼を見つめていたからだ。もう一分もすれば、ダヴーは自分たちのしていることが悪いことだと悟っていたはずだが、入って来た副官がその一分を邪魔してしまったのだ。そしてその副官でさえ、明らかに何も悪気があったわけではなく、ただ入ってこなくてもよかったというに過ぎない。では一体誰が彼ピエールを、すべての彼の思い出、志向、希望、思想もろとも、刑に処し、殺し、命を奪おうとしているのか？　そんなことをしようとしているのは誰なのか？　誰でもない——そうピエールには感じられた。

それは秩序であり、状況の積み重なりであった。

何かしらの秩序が彼ピエールを殺そうとし、彼の命を、彼のすべてを奪い、無に帰そうとしていたのである。

11章

シチェルバートフ公爵邸から捕虜たちはまっすぐに乙女が原《デーヴィチエ・ポーレ》を下り、ノヴォデーヴィチ修道院の左手の菜園に連れていかれたが、そこには一本の柱が立っていた。柱のかげには掘りたての大きな穴と、まだみずみずしい土の山ができており、その穴と柱を大勢の人群れが半円形に取り巻く形で立っていた。人群れの中にロシア人の数は少なく、大半は戦列を離れたナポレオン軍兵士で、いろいろな軍服を着たドイツ人、イタリア人、フランス人が混じっていた。柱の左右には、青い軍服に赤い肩章、ゲートルに筒型軍帽《シャコー》姿のフランス軍兵士が、横隊をなしている。

罪人たちはリストにある通りの順番に並べられ（ピエールは六番目だった）、柱のそばまで連れていかれた。やにわに左右両側でいくつかの太鼓が打ち鳴らされ、ピエールはその音とともに魂の一部がもぎ取られるような気がした。彼は思考力も推理力も喪失していて、ただただ見ることと聞くことしかできなかった。そんな彼の願いはただ一つ、これから起こるべき何やら恐ろしい出来事が、一刻も早く済んでくれますようにということだけだった。ピエールは仲間を見回し、その姿をつぶさに観察した。

端っこにいる二人の男は、髪を剃られた囚人だった。一人は背が高く痩せており、もう一人は浅黒く、毛深く、筋肉質で、鼻がひしゃげている。三番目はどこかの召使で、年は四十代半ば、胡麻塩頭で、まるまるとした肉付きの良い体をしている。四番目は百姓で、たいそうな美男であり、豊かな亜麻色の顎鬚を生やし、黒い目をしている。五番目は工員風、生気のない顔の、痩せた十八歳ばかりの青年で、作業着姿だった。

ピエールの耳に、フランス人たちが銃殺手順を相談する声が聞こえてきた——一人ずつやるか、それとも二人ずつまとめてやるかと、話し合っている。「二人ずつだ」上級将校が冷たく平然と答えを出した。兵士の隊列が組み替えられる。皆が急いでいるのが目についたが、それは決して分かり切った作業を手早くこなそうという急ぎ方ではなく、やらざるをえないが気に染まない、わけの分からない作業をさっさと済ませてしまいたい、といった急ぎぶりだった。

腕章をつけたフランス人の役人が罪人たちの列の右側に歩み寄ると、ロシア語とフランス語で判決を読み上げた。

続いて、二名のフランス兵が罪人たちに歩み寄り、将校の命令に従って、一番端に立っていた二名の虜囚を引き立てていった。虜囚たちは柱のところまで行って立ち止まり、かぶせられる袋が持ってこられるのを待つ間、黙ったまま周囲を見回していた。まるで手負いの獣が近寄ってくる猟師を見るような目つきだった。一人はずっと十字を切り続け、もう一人は背中を掻きながら、唇をまるでほほえむときのようにうごめかしている。兵士たちがせわしい手つきで作業にかかると、二人に目隠しをし、袋をかぶせ、柱に縛り付けた。

銃を持った十二名の狙撃兵が、規則正しいゆっくりとした足取りで隊列の奥から出てくると、柱から八歩のところに立ち止まった。ピエールはこれから起こることを見まいとして顔をそむけた。不意に、はじける音、轟く音が響いた。ピエールにはどんな恐ろしい雷鳴よりも大きな音に聞こえた。彼は視線を戻した。煙が立ち込めており、フランス兵たちが、青ざめた顔で手を震わせながら、穴のそばで何かしていた。別の二名が引き立てられてきた。最初の者たちと同じように、全く同じ目つきでこの二人も皆を見つめ、空しくも目だけで、黙ったまま助けを請うていた。これから起ころうとしていることを、理解もしていなければ、信じてもいない様子だった。彼らにそれが信じられなかったのは、自分の命が自分にとって何なのかということを、本人である彼らだけは知っていたからである。それゆえ、その命を取り上げられることがあり得ようなどとは、理解もできなければ信じることもできなかったのだ。

ピエールは見まいとして、また顔をそむけた。だがまたもや恐るべき爆発音が彼の耳を聾し、その爆発音とともに、彼の目が煙を、誰かの血を、そしてまたもや柱の脇で、震える腕で互いに押しのけ合いながら何かしている、青ざめた、怯えきったフランス兵たちの顔を見て取ったのだった。ピエールは息遣いを荒らげながら、これはいったいどういうことだと問うように、周囲を見回した。見交わしたどの目にも、全く同じ問いが浮かんでいた。

ロシア人の顔にも、フランス兵や将校の顔にも、例外なくすべての顔に、彼は自分の心中にあるのとまったく同じ、驚きと恐怖と葛藤を読み取った。『とすると、つまりいったい誰がこんなことをしているのだ？　彼らだって皆、この僕と同じように苦しんでいるじゃないか？　じゃあ誰の仕業だ？　いったい誰の仕業なんだ？』一瞬ピエールの胸にそんな問いが浮かんだ。

「第八十六部隊狙撃班、前へ！」誰かが号令した。ピエールの隣の五番目の男が引き立てられていった。一人だけだった。ピエールは分かっていなかったが、彼は命拾いしたのだった。彼とそして残りの全員は、単に処刑に立ち会うためだけにここに連れてこられていたのである。喜びも安堵も感じぬままに、彼はますます恐怖を募らせながら、事態を見つめていた。五番目の男は、作業着姿の工員だった。体に手を触れられるや否や、男は恐ろしさに飛び退《すさ》り、ピエールにしがみついた（ピエールはびくっとして、相手から身をもぎ放した）。工員は歩くこともできなかった。脇をかかえて引きずられていく間、彼は何か喚いていた。柱のところまで連れていかれると、ふと黙り込んだ。あたかも急に何かを悟ったかのようだった。叫んでも無駄だと悟ったのか、それとも人が自分を殺すはずがないと悟ったのか、いずれにせよ彼は柱のそばに立って、他の者たちと同じように目隠しされるのを待ちながら、弾を食らった獣のように、ギラギラ光る眼で周囲を見回していた。

ピエールはもはや顔を背けて目を閉ざす気にはなれなかった。この第五の殺人を目前にして、彼も群衆の全員も、好奇心と興奮を極限まで募らせていた。これまでの者たちと同様に、この五番目の男も落ち着いているように見えた。彼はしきりに作業着の前を重ね合わせ、裸の足の片方をもう一方にこすりつけて掻いていた。目隠しをされる時には、後頭部に食い込んだ結び目を自分で直した。そして血に濡れた柱に身を寄せられる段になると、背中から倒れ掛かる格好になってしまい、そのままでは居心地が悪いので、姿勢を直してしっかりと両足で立ってから、落ち着いて寄りかかった。ピエールは男の姿に目を釘付けにしたまま、どんなかすかな動きも見逃さなかった。

きっと号令が聞こえ、号令に続いて八つの銃の発射音が鳴り響いたに相違なかった。しかし後からどんなに思い出そうとしても、ピエールはほんのわずかな発砲音さえ聞いた覚えがなかった。彼はただ、縄で縛られた工員がなぜか突然にがくりと身を倒し、体の二か所から血が噴き出すのを、そして縄そのものがぶら下がった体の重みでひとりでに緩んで、工員が不自然な形で首を垂れ、片足をたたむようにしてしゃがみこむのを見ただけだった。ピエールは柱に駆け寄った。誰も彼を引き留めようとはしなかった。工員の周りでは、怯え、青ざめた者たちが何かしていた。一人の年配の口髭を生やしたフランス兵は、縄の結び目をほどこうとしながら下顎を震わせていた。死体がくずれ落ちた。兵士たちが不器用な手つきであたふたと死体を柱のかげに引っ張っていき、穴に突き落とした。

明らかに、全員が間違いなく自覚していた——彼らは犯罪者であり、だからこそ一刻も早く犯罪の痕跡を隠さねばならなかったのだ。

ピエールが穴を覗き込んでみると、工員は両膝を頭の近くまで曲げた姿勢で横たわり、片方の肩がもう一方よりも上に上がっていた。その肩はピクリピクリと規則正しく上がったり下がったりしている。しかしすでにシャベルですくった土が体全体に振りかけられていた。一人の兵士が腹を立てて、憎々しげな声を異様に張り上げ、戻れとピエールを一喝した。だがピエールは何を言われているのかも分からず柱のそばに立ち続け、誰も彼を追い払おうとはしなかった。

穴がすっかり埋められると、号令が聞こえた。ピエールはもとの位置に戻され、柱の両側に横隊をなして整列していたフランス兵が九十度回転すると、規則正しい足取りで柱の脇を行進し始めた。撃ち終わった銃を携えて輪の真ん中に立っていた二十四名の狙撃兵も、中隊が脇を通るときに駆け足でそれぞれの位置に戻っていく。二名ずつ輪の外に駆けだして行くその狙撃兵たちを、ピエールは今やうつろな目で眺めていた。全員が中隊に合流し、残るは一名だけとなった。死人のように青ざめた顔をして軍帽を後ろにずらしたその若い兵士は、いまだに銃を下ろしたまま、先ほど自分が射撃をした場所に、穴に向かってたたずんでいた。まるで酔っぱらいのように、前に数歩、後ろに数歩とたたらを踏みながら、倒れそうになる体を支えようとしている。年配の下士官が一人、駆け足で隊列を離れると、若い兵士の肩をつかみ、引きずるようにして中隊に連れ戻した。群れていたロシア人もフランス人も散り始めた。みんな黙りこくって、うなだれて歩いていく。

「放火犯へのいい見せしめだ」フランス人の誰かが言った。ピエールが声のする方に目を遣ると、それは一人の兵士で、今行われたことに何かの気休めを見出そうとして失敗したのだった。言いかけたことをしまいまで言わぬまま、兵士は片手を一振りして脇に去っていった。

12章

処刑の後、ピエールは他の被疑者たちとは別にされ、ある小さな、荒れ果て汚れた教会に一人残された。

日暮れ前に警備隊の下士官が二名の兵士を従えて教会に入って来ると、ピエールは罪を免じられて、今度は戦争捕虜の収容所に入れられると告げた。言われたことの意味も分からぬまま、ピエールは立ち上がって兵士たちの後に従った。彼は、原っぱを上ったところに焼け焦げた板や丸太や小割板でこしらえられたバラック群に連れていかれ、その一つに入れられた。薄暗い小屋の中、二十名ばかりの雑多な人々が彼を取り囲んだ。ピエールはその者たちを眺めたが、一体彼らが何者なのか、なぜここにいるのか、自分に何を求めているのか、理解できなかった。話しかけられる言葉は耳に入ってくるものの、そこから何の結論も推測も導けなかった。意味が分からなかったのだ。問われたことにはこちらも返事をしたが、聞いている相手が何者なのか、自分の返事がどう解釈されているのか、見当もつかなかった。人々の顔や体つきに目を向けても、どれもこれも同じように意味をなさない感じがした。

人を殺すことを望みもしなかった人々の手で行われた例の恐るべき殺人を目撃した瞬間から、あたかも彼の胸の内で、すべてのものを支え、生命あるものと見せていたゼンマイが不意に引き抜かれ、何もかもがくずれ落ちて無意味なごみの山と化してしまったかのようだった。自分できちんと理解していたわけではないが、世界の秩序を信ずる気持ちも、人類を信ずる気持ちも、自分の精神を信ずる気持ちも、神を信ずる気持ちも、彼の内から消え失せてしまったのだ。こんな状態は以前にも経験済みではあったが、しかしそれが今ほど切実に感じられたことはなかった。かつてピエールに同様な疑念が芽生えた時には、その疑念は彼自身の罪咎《つみとが》を原因としたものだった。だからピエールは心の奥底で、そうした絶望や疑念から救われる方途《ほうと》は、自分自身の中にあるのだと感じていたのである。ところが今の彼は、世界が目の前でくずれ落ち、ただ無意味な廃墟だけになってしまったのは、自分の罪のせいではないと感じていた。だから、生への信頼の回復も、自分の力に余る業だと感じたのである。

暗がりの中、彼を囲むように人々がたたずんでいた。きっと、彼の内の何かが人々の強い関心をそそったのだろう。何やら語り掛けられ、何かを問われたあとで、彼はどこかへ連れていかれた。そして最後に気付いてみると、彼はバラックの奥でどこかの人々の列に加わっており、その人々があちこちで話をかわしたり、笑いかわしたりしているのであった。

「それが何と、皆の衆……王子さまだったのさ、ほら例の……」(「例の」という言葉に格別のアクセントを置きながら) そんなふうに語る誰かの声が、バラックの反対側の隅から聞こえてきた。

壁際の藁の上に黙って身動きもせずに座り込んだまま、ピエールは目を開けてみたり閉じてみたりしていた。しかし目を閉じるや否や、目の前にあの工員の恐ろしい顔、素朴なだけになおさら恐ろしい顔が浮かび、さらに、したくない殺人をさせられた者たちの、動揺しているだけ一層恐ろしい顔が浮かんでくる。それで彼はまた目を開き、暗がりの中で意味もなく周囲を見回してみるのだった。

彼の隣には誰か小柄な男が、うずくまるようにして座り込んでいた。ピエールがはじめその男の存在を意識したのは、動くたびに相手の体から強烈な汗の臭いが漂ってくるためだった。男は暗がりの中で自分の足に何かを施しているところだった。男の顔は見えなかったが、ピエールは相手がずっとこちらをちらちら見ているのには気づいていた。暗がりに目を凝らしてみると、ピエールには相手が巻き脚絆《きゃはん》を外しているところだと分かった。そしてその作業の仕方が、ピエールの関心を引いた。

片方の足に巻きつけてあった細い脚絆をほどくと、彼は丁寧にそれを巻きとり、そしてすぐさまもう一方の足にとりかかった。そうする間もちらりちらりとピエールの方をうかがっている。片手がまだ脚絆をぶら下げているうちに、別の手はすでに別の足の脚絆をほどき始めていた。そんなふうに正確でまろやかでてきぱきとした、次から次へとよどみなく続く動作で脚絆を全部外してしまうと、男は頭の上に打ち込んである小さな棒杭に脱いだ脚絆を架け、ナイフを取り出して何かを削り、ナイフをたたんで枕の下に片付け、居心地よく座り直すと、立てた膝頭を両手で抱えて、まっすぐな目をピエールに向けてきた。この人物のそうした一連のてきぱきとした動作にも、片隅に居心地よくしつらえられた彼のねぐらにも、あげくは相手の体臭にさえ、何かしら気持ちよく心安らげてくれるような、まろやかなものが感じられたので、ピエールはじっと目をそらさずに相手を見つめていた。

「あんた、大変な目に遭ってきたんでしょうな、旦那さん？　ええ？」その小柄な男が急に話しかけてきた。歌うようなその声には、胸にしみるようないたわりの気持ちと純朴さとがにじみ出ていたので、ピエールは答えようとしながら、図らずも顎が震えだし、涙があふれだしてくるのを覚えた。すると直ちに小柄な男は、動揺を外に表す暇をピエールに与えず、同じく気持ちのいい声で先を続けた。

「まあ、兄さん、くよくよしなさんな」年のいったロシアの農婦のような、優しく歌うような慰め口調で彼は言った。「くよくよしなさんなよ。がまんは一時《いっとき》、生きるは一生ってね！　全くその通りさ、ねえ。しかもここに暮らしていりゃあ、ありがたいことに、いやな目にも遭わないし。まあ人間どこにでも、悪い奴もいれば、いい奴もいるがね」まだ言い終わらないうちに滑らかな動きで膝を突いて体重を乗せると、彼はすっくと立ちあがって、咳ばらいをしながらどこかへ出かけて行った。

「おや、来たな、このいたずら小僧！」ピエールの耳にバラックの向こう端から同じ優しい声が響いてきた。「来たな、いたずら小僧め、覚えていたんだ！　ほら、ほら、もうたくさんだ」飛びついてくる犬をそう言って押しのけると、男は自分の場所に戻ってきて腰を下ろした。手には何か、ぼろ切れにくるんだものを持っている。

「さあ、どうぞおあがりなさい、旦那さん」また最初の丁寧な口調に戻ってそう言うと、男は包みを開いて何個かの焼いたジャガイモをピエールに差し出した。「昼にはは汁もあったんだが、でも、なんたってイモが一番だからね！」

丸一日何も食べていなかったピエールには、ジャガイモの匂いが格別うまそうに感じられた。兵士に礼を言って、彼は早速食べ始めた。

「おやおや、そのままかね？」にっこり笑ってそう言うと、兵士は自分もジャガイモを一つ手に取った。「ほら、こうするのさ」またもや折り畳みナイフを取り出すと、彼は手のひらでジャガイモを半分に切り、ぼろ切れに入っていた塩を振りかけて、ピエールに差し出した。

「イモが一番だからね」彼は言った。「おあがりなさい、ほらどうぞ」

ピエールは、生まれて初めてこんなにうまいものを食べたような気がした。

「いや、僕は何ともなかったんだけど」ピエールは言った。「しかし、奴らはどうしてあの哀れな者たちを銃殺したんだろう！……最後の一人はまだほんの二十歳くらいだった」

「やれやれ……」小柄な男は言った。「罪なことだ、それこそ罪なことだ……」急いでそう付け加える。まるでいつでも言葉が口の中に用意されていて、ひとりでに飛び出してくるかのように、彼はさらに続けた。「ところで旦那さん、あんたはまた何でこうしてモスクワに残りなさったのかね？」

「敵がこんなに早く来るとは思わなかったんだよ。何となく残ってしまったのさ」ピエールは答えた。

「それで、またどうしてあんた、連中に捕まったのかね、家で捕まったのかい？」

「いや、火事場に行ったら、そこで捕まってしまったんだ。放火犯と見られてね」

「裁きのあるところに過ちあり」小柄な男が合いの手を入れる。

「あんたはここに来て長いのかい？」最後のジャガイモを噛みしめながらピエールは訊ねた。

「あたしかね？　日曜日にモスクワの病院で捕まって連れてこられたのさ」

「仕事は、兵隊さん？」

「アプシェロン連隊[12]の一兵卒。熱病になって死にかけていたところさ。何も聞かされていなかったんだ。二十人ばかりが一緒に病院に臥せっていた。そこへ、寝耳に水さ」

「どうだい、こんなところに居たら寂しいだろう？」ピエールは訊ねた。

「そりゃそうだよ、兄さん。ああ、あたしの名はプラトン、通り名［ここでは苗字］はカラターエフ」そう言い添えたのは、ピエールが呼びかけやすくしてやろうという気配りのようだった。「隊ではただあんちゃんと呼ばれていましたがね。そりゃあ、寂しくないわけがありませんや！　だってモスクワは町々の母というでしょう。それがこんなざまになったのを見りゃ、寂しいはずですわ。芋虫がキャベツに食らいついても、食いつくす前にくたばっちまうって――年寄りがよく言っていましたっけが」彼は早口で付け加えた。

「ええ、今なんと言ったんだい？」ピエールが訊ねる。

「あたしがですか？」カラターエフが聞き返す。「言ったのは、人の知恵より神の御裁きってことですよ」前に言ったことを繰り返すつもりでそんなふうに答えると、彼はまたすぐに先を続けるのだった。「それで旦那さん、領地はお持ちで？　お屋敷は？　だったら、満ち足りたもんじゃないですか！　それで奥さまも？　で、親御さんはお達者で？」そんなふうに彼は立て続けに訊ねてくる。暗がりで目には見えなかったものの、ピエールは、質問する兵士の唇に、控えめな優しい笑みの皺《しわ》が浮かんでいるのを感じ取った。どうやら兵隊はピエールが両親を亡くしていること、とりわ

12　アプシェロン連隊は第三西方軍に属し、ボロジノ会戦とは無縁だった。作品の第一稿では、この人物はボロジノ会戦に加わったドーフトゥロフ将軍配下の第六歩兵軍団に属するトムスク連隊の下士官と設定されていた。

け母親がいないことを気の毒に思ったようだった。

「女房は相談相手、姑《しゅうとめ》はお愛想相手、産みのおふくろほど恋しいものはないってね！」彼は言った。「じゃあ、お子さんは？」とまた質問を続ける。子供がいないというピエールの返事にまたもやがっかりした様子を見せながら、彼は急いで付け加えた。「なあに、若いんだから、まだまだ必ず子宝に恵まれますよ。夫婦仲良く暮らしていさえすりゃあ……」

「いや、こうなったらもうどうでもいいがね」ピエールは思わずそう応じた。

「いやいや、あんた」プラトンが言い返す。「乞食暮らしも囚人暮らしも、決して捨てたもんじゃありません」いかにもこれから長話に入りますといったふうに、彼は座り直し、しっかりと咳払いをした。「これはね、あんた、あたしがまだ実家に暮らしていた頃の話だが」彼は語り出した。「うちのご領主は豊かな身代をお持ちで、土地も広く、百姓たちもいい暮らしをさせてもらって、うちの実家もおかげをこうむっていましたよ。親父さんを頭《かしら》に一家七人で草刈りに出たもんです。いい暮らしでした。本物のキリスト教徒の百姓でしたっけ。ところがある時……」そう言うとプラトンはある出来事を長々と物語った——あるとき他人の森に木を伐りに出掛けたところ、森番に取っ捕まって鞭打たれ、裁判にかけられて兵隊にやられたという顚末《てんまつ》である。

「それがどうです、あんた」彼は笑いを含んだ声で続けた。「とんだ災難だと思ったところが、実はこれこそ幸いだったんだよ！　だって、これがもしあたしの罪じゃなくって、うちの弟が兵隊行きになっていてごらん。なにせ弟のところは小さな子供を五人もかかえてるからね。そこへいくとうちは、兵隊後家が一人出ただけですんだんだから。いや女の子が一人いたんだが、まだ兵隊に行く前に神さまに召されたから。そんなわけで休暇に家に戻ってみると、どうだい、昔よりもいい暮らしをしてるじゃないか。家畜は庭にあふれ、家の仕事は女たちで切り回し、二人の弟は出稼ぎに出ていた。末のミハイロだけが家に残ってたな。親父さんが言いましたっけ。『わしにはどの子も同じようにかわいい。どの指を噛まれても痛いのと同じだ。もしプラトンが兵隊にとられていなかったら、ミハイロが行く羽目になっていただろう』ってね。それからあたしたちみんなを呼んで――なんと――聖像《イコン》の前に立たせたんだ。『ミハイロ、ここに来て、兄さんにしっかり頭を下げろ、それから嫁よ、お前も頭を下げろ、それから孫たちも、みんな頭を下げるんだ。分かったか？』って。まあそんな調子さ、あんた。運命《さだめ》は向こうからやってくるんだ。それをあたしたちはこれが良くないだの、あれがまずいだのと、小理屈ばかり言っている。あたしたちの幸せはね、あんた、引き網《あみ》の中の水みたいなもんで、引っ張っているうちはどんどん膨らむけど、上げてみりゃ何もない。まあそんなところだよ」そう言ってプラトンは敷き藁の上で座り直した。

しばし黙っていたかと思うと、プラトンは立ち上がった。

「どうだい、そろそろ眠たいんだろう?」そう言うと彼は素早く十字を切りながら祈りを唱え始めた。

「主イエス・キリストよ、聖者ニコラよ、フローラとラウラよ[13]、主イエス・キリストよ、聖者ニコラよ！ フローラとラウラよ、主イエス・キリストよ、われらを憐れみ、救いたまえ！」唱え終わると彼は地に着くお辞儀をし、身を起こすと、深く息をついて、敷き藁に腰を下ろした。「これでよしと。神さま、石ころのように寝かせ、丸パンのように起こしてください」そう言うと彼は、横になって外套を布団代わりにかぶった。

「何と唱えたんだね、今のお祈りは?」ピエールは訊ねた。

「何だって?」プラトンは言った（彼はすでに眠りに就こうとしていた）。「何と唱えたって? 神さまにお祈りしただけさ。それとも、あんたはお祈りしないのかい?」

「いや、僕もお祈りするよ」ピエールは言った。「でも、さっきの文句は何ていうの、フローラとラウラとか?」

「当たり前さ」プラトンは即座に答えた。「馬の祭日だからね。家畜にも情けをかけてやらなくちゃ」プラトンは言う。「おや、いたずら小僧め、戻ってきやがったな。あったまってやがるな、このちくしょうが」足元に来た犬の体を手探りしながらそう言うと、彼はまたくるりと寝返りを打ってたちまち眠り込んだ。

外ではどこか遠くで泣き声や喚き声が聞こえ、バラックの壁の隙間から火が見える。しかしバラックの中はしんとして暗かった。ピエールは長いこと眠りもせず、闇の中で目を開けたまま自分の場所に横たわり、隣に寝ているプラトンの規則正しいいびきに耳を傾けていた。そうしていると、いったんは崩壊したと思われた世界が、いまや新たなる美を備え、何か新しい、堅固な基盤に立ったものとして、胸の中に立ち現れてくるのが感じられたのである。

13　初期キリスト教の殉教者（致命者）となった石工の兄弟フロルスとラウルスのことで、その聖骸が家畜の病死を止める力を持つという言い伝えから、ロシアでは古来馬の守護神とされる。

13章

ピエールが入れられて四週間を過ごすことになったバラックには、二十三名の兵士と三名の将校と二名の文官が捕虜として収容されていた。

後になると全員が霧に包まれたようなうすぼんやりとしたイメージとしてしか思いうかばなかったが、プラトン・カラターエフだけはいつまでも、ピエールの心にきわめて強烈な、大切な記憶として残った。それはあらゆるロシア的なもの、善良なもの、まろやかなものを体現した存在だった。最初の日の翌朝早朝、改めてこの隣人を見た時も、何となくまろやかだ、つまり丸っこいという第一印象はいささかも変わらなかった。フランス軍の外套を羽織って腰のところを縄で締め、帽子を被って靭皮《じんぴ》の靴を履いたその全身が丸々していたし、頭も完全に丸く、背中も胸も肩も、さらにはまるでいつも何かを抱こうとしているかのようなその両腕も、すべて丸っこかった。気持ちの良い笑顔も、大きな茶色の優しい目も、また丸々としていたのである。

古参兵として語ってくれたこれまでの従軍体験談から推察すると、プラトン・カラターエフは五十を超えているはずだった。本人は自分が何歳か知らず、どうしてもはっきりしたことが言えなかったが、笑うときに（彼はまたよく笑ったのだが）半円形にむき出される、まばゆいほど白くて頑丈そうな上下の歯列は一つの欠けもなく揃っていたし、髭にも髪にも一筋の白髪もなく、そして体全体が見るからにしなやかで、とりわけ頑健で頑張りがききそうな様子をしていた。

プラトンの顔は、幾層もの丸い小じわが刻まれているにもかかわらず、無邪気で若々しい表情を宿し、声は心地よい、歌うような調べだった。だが彼の言葉の一番の特徴は、率直でよどみのないところだった。どうやら自分が何を言ったか、そしてこれから何を言うかについて、一度として考えたことはないようだった。だからこそ、サクサクと歯切れのいいその口調が、格別の、否定しがたい説得力を帯びるのである。

捕虜になりたての頃のプラトンはとびぬけた体力と俊敏さを示し、まるで疲れも病気も知らないかのように見えた。毎日、朝晩の寝床で、彼は同じ文句を唱えた。晩には「神さま、石ころのように寝かせ、丸パンのように起こしてください」と言って横になり、朝起きる時には、いつも同じように肩をすくめながら「眠る時には丸くなり、起きたら元気に武者震い」と言うのだった。そして実際、横になるとたちまち石のように眠りこみ、いざ起きてぶるっと身を震わせるとたちまち、ちょうど起きた途端におもちゃをつかむ子供のように、一秒の猶予もなく何かの仕事にとりかかった。仕事は何でもできて、大した手際とは言えないまでも、そつなくこなした。焼くのも煮るのも、縫物もカンナ掛けも、長靴の刺し縫いもできた。いつも何かをしていて、ただ夜にだけ、好きなお喋りをしたり、歌を歌ったりするのを自分に許した。彼の歌い方は、上手な人が聞き手の存在を意識しながら歌うのとは違って、ちょうど鳥が歌うような歌い方だった。ときどき伸びをしたり歩き回ったりしないではいられないのと同じように、声を出さずにはいられないから歌っているのだというのが明らかだった。そんな彼の歌声はいつもか細く、優しく、ほとんど女性のような切ない声で、歌うときは顔つきもきわめて真剣になるのだった。

捕虜になって髭も伸ばし放題になると、彼はどうやらそれまでまとってきたお仕着せの、兵士の風貌をすっかりかなぐり捨て、ひとりでに昔の、百姓らしい、民衆風のたたずまいに戻ってしまったようであった。

「兵隊が暇をもらうと、シャツの裾もズボンから出る」――よくそんなふうに彼は言った。兵士時代のことはあまり語りたがらなかったが、愚痴をこぼすこともなく、自分は兵士勤めの間一度も殴られたことはないと、何度も繰り返し口にした。話すときの話題は主として百姓《クレスチヤニン》だった頃の（彼の発音では「キリスト教徒《フリスチアニン》」だった頃の）思い出で、それをいかにも大事そうに語るのだった。彼の話には諺《ことわざ》がふんだんに登場したが、その大半は、兵隊たちが口にする類の下品で荒っぽい慣用句ではなくて、民衆風の言い回しだった。それらは個別に見ればごく他愛のない表現としか思えないのだが、いざツボにはまると俄然《がぜん》深い知恵としての意味を得るのである。しばしばプラトンは、前に自分が言ったのと全く反対のことを口にしたが、そのいずれもが当を得ていた。彼は話し好きで、話し上手でもあり、その話には愛情のこもった表現や諺がいっぱい出てきたが、ピエールが思うに、それらは自分で思いついたものだった。だが彼の話の一番の魅力は、ごく平凡な出来事、時にはピエールが気づかずに見過ごしているような出来事が、彼が話すと俄然厳《おごそ》かで高貴な性格を帯びるということだった。彼は夜な夜なある一人の兵士が語る（いつも決まりきった）お話を聞くのを好んでいたが、何よりも聞いて喜ぶのは本当にあった話だった。そうした話を聞くときは、いかにもうれしそうにほほえみながら、自分からも言葉をはさんだり質問をしたりしたが、それは今聞かされている事柄がいかに真っ当なことかを自分で納得するためだった。ピエールが理解している意味での執着やら友情やら愛情やらの対象となるものを、プラトンは何一つ持っていなかった。だが彼は、人生で巡り合ったすべてのものを愛して仲良く共存したし、とりわけ人間は好きだった。ただしそれは誰か特定の人間ではなく、今目の前にいるすべての人間であった。彼は自分の小犬を愛し、同僚を愛し、フランス人を愛し、隣に来たピエールを愛した。ただしピエールは感じ取っていた——こんなにも自分に親身に接してくれた（そしてそれによっておのずとピエールの精神生活を尊重してくれた）このプラトンが、仮に自分と別れることになっても、一瞬たりとも悲しむことはないだろうということを。そしてピエールの方もプラトンに対して、同じ感情を抱き始めていたのである。

プラトン・カラターエフは他のすべての捕虜たちにとっては、ただごくありふれた兵隊だった。彼はあんちゃんだのプラトーシャだのと呼ばれ、悪気のないからかいの的にされ、届いた荷を取りに行かされたりしていた。だがピエールにとっては、彼は最初の夜に感じたような、素朴さと正しさを一身に体現した、摩訶《まか》不思議な、まろやかな、永遠の存在として、この先もずっと変わらずにあり続けたのである。

プラトン・カラターエフは、自分の祈りの他は何一つ空で覚えているものはなかった。だから話をするときも、話し始めてはみたものの、どう終わるのか自分でも分かっていないのではないかと思われた。

時折彼の言葉の意味に胸を衝かれたピエールが、今言ったことをもう一度繰り返して言ってくれと頼んでも、プラトンはほんの一分前に自分でした話を思い出すことができなかった。同じように、彼は自分の好きな歌をピエールに言葉で伝えることがどうしてもできなかった。そこには「愛しいあの白樺《しらかば》よ、やるせなきわが胸よ」という文句があったが、言葉として言うと何の意味も浮かんでこないのだった。発話の中からいくつかの言葉が切り離されてしまうと、彼にはその言葉の意味が分からなくなり、そして理解するすべも持たなかったのだ。彼の発する一語一語、その振る舞いの一つ一つが、自分にも分からないある一連の活動の表れであり、その活動こそが彼の生命だった。ただし彼の生命は、彼自身の見方によれば、ただ一個の生命として意味を持つものではなかった。それはある全体の一部分として初めて意味を持つのであり、その全体なるものを彼は絶えず感じていた。彼の言葉も行為も、ちょうど花から香りが発散されるように、彼の体からよどみなく、抑えがたく、あるがままに流れ出てくるものだった。だから一つ一つの行為や言葉を切り離されると、その価値も意味も自分で理解できなくなってしまうのだった。

14章

兄がロストフ一家とともにヤロスラヴリにいるという知らせをニコライから受けたマリヤは、叔母が止めるのも聞かず、直ちに旅支度をした。しかも自分一人ではなく、甥も連れて行こうというのだった。それが困難なことかどうか、可能か不可能かを彼女は問おうとしなかったし、知りたくもなかった。自分の務めはただ単に兄の、もしかしたら瀕死の床に付き添うことばかりではなく、全力を尽くして兄のもとへ息子を届けることだ――そう思い定めたからこそ、彼女は出立を決断したのである。確かにアンドレイ公爵が自らマリヤにこのことを知らせてきたわけではないが、マリヤはそれを、兄が衰弱のあまり手紙も書けぬ状態にいるためか、さもなくば、これだけ長距離の移動が妹と息子に過剰な困難と危険をもたらすのを案じての配慮だろうと解釈したのだった。

マリヤは数日で旅支度を終えた。乗り物は、彼女がヴォロネジまで乗って来た公爵家の大型旅行馬車と軽四輪馬車と荷馬車。同行の顔触れは、マドモワゼル・ブリエンヌ、甥のニコールシカとその家庭教師、年寄りの乳母、三人の小間使い、チーホン、若い下男、叔母が付けてくれた旅行用の従者だった。

通常の道程でモスクワ方面へ向かうのは考えるまでもなく無理だったので、マリヤはリペツク、リャザン、ウラジーミル、シューヤという迂回コースを辿《たど》らねばならなかったが、これはきわめて長い距離で、どこでも駅逓馬《えきていば》が払底しているせいで極めて困難、おまけにリャザンのあたりにはフランス軍が出没しているという噂もあって、危険でさえあった。

この困難な道中、マドモワゼル・ブリエンヌも家庭教師のデサールもマリヤの召使たちも、彼女の意志の強さと行動力に度肝を抜かれた。彼女は誰よりも遅くまで起きていて、誰よりも早く起き、どんな困難の前にも立ち止まることはなかった。その行動力とエネルギーに同行者たちも励まされ、おかげで二週間目の終わりには、一行はヤロスラヴリに辿り着こうとしていた。

ヴォロネジ滞在の最後の期間に、マリヤは人生最大の幸福を味わった。ニコライへの愛は、もはや彼女を悩ますことも、動揺させることもなかった。その愛は彼女の胸をいっぱいに満たして、彼女自身の切り離しがたい一部と化し、もはやマリヤはそれに抗うこともなかった。今や彼女は確信していた――といっても、はっきりと言葉にして自分に告げたことは一度もなかったのだが――すなわち、自分は愛されており、そして愛していると確信していたのだ。それを確信したのは、ニコライとの最後の面談の際、訪ねてきた彼が、兄がロストフ一家のもとにいると彼女に告げた時だった。こうなった以上（もしも兄アンドレイが回復した場合には）兄とナターシャの以前の関係が復活する可能性があるなどということは、ニコライは一言も漏らしはしなかったが、マリヤは相手の顔から、彼がそれを心得、頭に置いているのを感じ取った。そしてそれにもかかわらず、彼女に対する彼の態度は――慎重で、優しく、愛情に満ちたその態度は――単に変わらないばかりか、彼はどうやら、今やマリヤとの間に生まれた身内のような縁のおかげで、彼女に対する自分の友情と愛情の混じった気持ちを、より自由に表現できるようになったことを、歓迎している様子だった。それはマリヤが時折思っていたことと同じだった。これが生涯最初で最後の恋だとわきまえ、しかも自分が愛されているのを感じていたマリヤは、その意味で幸福で、心安らかでいられたのである。

ただし心の半分で味わっていたその幸福感は、彼女が兄の身を思って悲嘆に暮れるのを妨げはしなかったし、それどころか、ある意味でその心の安らぎこそが、兄への思いにまるごと身を委ねる可能性を拡げてくれていた。ヴォロネジを出発した時点での彼女のその思いはあまりにも強いものだったので、随行した者たちは苦しみやつれた悲痛な表情を見て、令嬢は道中で病気になるに違いないと思ったものだった。しかしまさにこれが困難な、心配事だらけの旅であり、しかもそれに精力的に取り組んだことが、彼女を一時的に悲哀の淵から救い、力を与えてくれたのだった。

旅をしている時はどうしてもそうなるが、マリヤはただ旅自体のことだけを考えて、旅の目的が何だったのかを忘れていた。しかしいよいよヤロスラヴリに近づいて、これから起こるべきことが改めて目前に浮かび、しかもそれがもはや何日も先のことではなく、今晩にも自分が直面することだという状況になると、マリヤの不安は極限にまで達した。

ロストフ家の宿泊先やアンドレイ公爵の容体《ようだい》を確かめるためヤロスラヴリに先乗りさせていた従者が、市の関門の入り口あたりに立って大きな旅行馬車を出迎えたが、その従者は、車窓からこちらに向かって突き出された令嬢の顔が恐ろしく青ざめているのを見て、ぎょっとしたほどだった。

「すべて調べがつきました、お嬢さま。ロストフ家の皆様は広場の、商人ブロンニコフの屋敷にご滞在です。さして遠くない、ヴォルガ河に臨むところです」従者は告げた。

マリヤは怪訝な表情で、問いかけるように相手の顔を見つめた。従者の言っていることが分からなかったし、なぜ相手が、兄の容体はどうかという肝心の問題に触れようとしないのかが分からなかったからだ。マリヤに代わってマドモワゼル・ブリエンヌがその問いを発した。

「公爵は？」彼女は訊ねた。

「旦那さまも皆さまと一緒に、同じ屋敷にご滞在です」

『ということは、生きているんだ』そう思ったマリヤは小声で「どんな様子？」と訊ねた。

「伺ったところでは、全くお変わりはないようで」

『全くお変わりはない』が何を意味するのか、マリヤはあえて問おうとはせず、ただ前の席に座って町に着いたのを喜んでいる七歳のニコールシカをちらりと隠し見ただけだった。彼女は面《おもて》を伏せ、そのまま重い旅行馬車が轟音を響かせ、ぎしぎしゆさゆさ揺れたあげくどこかに停止するまで、顔を上げなかった。降車用の踏み台を降ろす高い音が響いた。

馬車のドアが開く。左手は水――大きな川で、右手には玄関へと続く表階段があり、そこに人の姿が見える。男女の召使と、頬の赤い大きなお下げの娘が一人。その娘が気持ちの悪い愛想笑いを浮かべているように、マリヤには見えた（それはソーニャだった）。マリヤが階段を上っていくと、愛想笑いをしていた娘が「こちらへ、こちらへどうぞ！」と声をかけてきた。そして気がつくとマリヤは玄関室で、感無量の面持ちで素早く応対に出てきた東洋風の顔をした年配の女性と向かい合っていた。これが伯爵夫人だった。夫人はマリヤをかき抱き、キスを浴びせた。

「わが子《モナンファン》よ！」夫人はフランス語で言った。「あなたが好きよ、ずっと前から知っているわ」

動揺していたとはいえ、さすがにマリヤもこれが伯爵夫人であることに気付いて、自分も何か言わねばならないと思い当たった。そこで自分でも要領を得ないまま、相手が語り掛けてくるのとまったく同じ調子で、何かしら丁重なフランス語の単語を二言三言口にして、それから「兄の様子は？」と訊ねた。

「お医者さまがおっしゃるには、危険はないそうですよ」それが伯爵夫人の答えだったが、そう口にしたとき、フッと息を吐いて目を上に向けた夫人のしぐさには、言葉とは矛盾した表情が浮かんでいた。

「兄はどこですの？　会いたいのですが、よろしいでしょうか？」マリヤは訊ねた。

「すぐに、すぐにご案内しますわ、お嬢さま。あら、あの方の息子さん？」デサールに連れられて入って来たニコールシカを見て夫人は言った。「みなさんお泊りいただけますよ、家は広いから。おや、なんて素敵な坊やなの！」

伯爵夫人はマリヤを客間へ招き入れた。ソーニャはマドモワゼル・ブリエンヌと話をかわしていた。伯爵夫人は少年のご機嫌をとっていた。老伯爵が部屋に入って来て、マリヤに挨拶をした。老伯爵は、マリヤが最後に見かけた時と比べて、ひどく様変わりしていた。威勢のいい、快活な、自信たっぷりの老人だったのが、今では見るからに惨めな、尾羽《おは》打《う》ち枯《か》らした人間だった。マリヤと話していても、しょっちゅう周囲を見回しては、自分のしていることはこれでいいのかと、皆の顔色をうかがう仕草を見せるのだった。モスクワとともに財産も灰燼《かいじん》に帰して、慣れ親しんできた人生の轍《わだち》から外れてしまったこの人物は、自分の存在意義を見失い、もはやこの世にいるべき場所はないと感じているように見えた。

心配でいても立ってもいられず、一刻も早く兄の顔を見ることだけを願っていたマリヤは、そんな一念に駆られている時にのんびりと応対され、甥へのお世辞を聞かされていることを苦々しく思ったが、それでも周囲の状況をすべて察知し、自分が飛び込んだこの新たな場所の秩序に、とりあえずは従わざるを得ないと感じていた。これはすべて必要なことだと納得し、居心地は良くなかったものの、人々には腹を立てなかったのである。

「これは私の姪ですが」伯爵がソーニャを示して言った。「ご存知ではありませんでしたかな、お嬢さま」

マリヤはソーニャの方を振り向くと、胸にこみあげてきたこの娘への敵意を懸命に押し殺しながら、相手に口づけした。とはいえ、周囲のすべての者たちの気分が自分の胸中とこんなにもかけ離れているのかと思うと、憂鬱になってくるのだった。

「兄はどこですの？」彼女はまた、一同に向かって訊ねた。

「下の部屋です。ナターシャが付き添っています」ソーニャが顔を赤らめながら答えた。「今確かめに人を遣りました。さぞかしお疲れでしょう、お嬢さま？」

マリヤは忌々しさのあまり目に涙を浮かべた。くるりと振り返ると、彼女は伯爵夫人に向かって、兄のいるところへはどう行ったらいいかと訊ねようとしたが、その時ドアの向こうから、まっしぐらに近づいてくる軽やかな、楽しげにも響く足音が聞こえてきた。振り向くとマリヤの目に、ほとんど駆け込むようにして現れたナターシャの姿が映った。ずいぶん前にモスクワで出会った時には、あれほど気に入らなかったあのナターシャの姿が。

だがそのナターシャの顔をよく見る暇もないうちに、マリヤは気づいた——これこそが心から悲しみを分かち合ってくれる仲間であり、それゆえ自分の友だと。マリヤはこちらから駆け寄って行くと、相手をかき抱いて、その肩に泣き伏した。

アンドレイ公爵の枕元に詰めていたナターシャは、マリヤの来訪を知るや否や、そっと病室を抜け出して、例の、マリヤの耳には楽しげなようにも響いた速い足取りで、彼女めがけて走って来たのだった。

部屋に駆け込んだ時の彼女の興奮した顔には、ただ一つの表情しか浮かんでいなかった。それは愛の表情、すなわち彼に対する、マリヤに対する、愛する者に近しいすべてのものに対する無限の愛の表情であり、他者を哀れみ、他者の身を思って苦しむ表情であり、人々を救うために自分のすべてを投げ出したいと切望している表情だった。この瞬間のナターシャの胸中には、自分についての思いも、自分と彼の関係についての思いも、一片もないのは明らかだった。

勘の鋭いマリヤはナターシャの顔をひと目見ただけでそのすべてを悟り、切ない喜びを味わいつつ彼女の肩で泣いたのだった。

「行きましょう、あの人のところへ行きましょうね、マリー」そう言ってナターシャは、彼女を別の部屋へと誘った。

マリヤは面を上げ、涙を拭ってナターシャを正面から見た。この相手に訊けば何でも分かるし確かめられると彼女は感じた。

「それで……」彼女は質問を仕掛けたところで不意に口ごもった。言葉では問うことも答えることもできないと、ふと感じたのだ。ナターシャの顔と目こそが、すべてをよりはっきりと、そしてより深く告げてくれるはずだった。

ナターシャはこちらを見つめていたが、しかしどうやら、自分の知っていることをすべて告げたものかどうかと、恐れ、躊躇《ためら》っているようであった。とはいえ、心の奥底までも見通してくるようなマリヤの光り輝く目を前にすると、自分が目にしたままの真実を洗いざらい口にしないわけにはいかないと感じているようでもあった。突然ナターシャの唇がぶるっと震え、その口の周りに醜くゆがんだ皺ができたかと思うと、わっと泣きだして両手で顔を覆った。

マリヤはすべてを理解した。

だが彼女はそれでも期待を込めて、言葉では無理と承知で質問した。

「兄の傷の具合はどうなんです？　そもそもどんな状態なんでしょうか？」

「ご自身で、ご自身で……ごらんになってください」ナターシャにはそれしか言えなかった。

まずは涙を鎮めてから落ち着いた表情でアンドレイのもとへ顔を出そうと、二人は階下の病室の脇にしばらく腰を下ろした。

「病気全体の経過は？　悪くなってからは長いのですか？　そもそもこんなことになったのはいつからですの？」マリヤは立て続けに質問する。

ナターシャは語った——初めの頃は、危険のタネは高熱と痛みだったが、トロイツァの町でそれは消え、医者が恐れるのはただ壊疽《えそ》だけになった。しかしその危険も去った。ヤロスラヴリに着くと、傷が化膿し始めたが（ナターシャは化膿その他にまつわるあらゆる知識を得ていた）、医者は、化膿はたぶん正常に推移するだろうと言っていた。高熱の発作が始まったが、医者はその発熱はさほど危険ではないとみなしていた。

「でも二日前に」とナターシャは切り出した。「急にあんなふうになって……」彼女は嗚咽《おえつ》をこらえた。「原因は私には分かりませんが、でもご自分でご覧になってください、あの方がどんな状態か」

「衰弱したの？　痩せたのですか？……」マリヤは訊ねた。

「いいえ、そうじゃありませんが、もっと悪いのです。ご覧になってください。ああ、マリー、マリー、あの方はあまりにいい人すぎて、できないのです、できないのですよ、生きていくことが……だって……」

15章

慣れた手つきで病室のドアを開けたナターシャに促されて先に入室しようとしたマリヤは、早くも胸にたまっていた慟哭《どうこく》が喉元にこみあげてくるのを覚えた。どんなに気持ちの準備をして、落ち着こうと努めたところで、自分には涙なしに兄に会う力はないと分かっていたのだ。

あの方は二日前にあんなふうになった——そんな言葉でナターシャが何を言いたかったのか、マリヤは理解した。つまりそれは、兄の緊張が急に解けたこと、そしてその弛緩《しかん》、恍惚が死の前兆だということを意味していたのだ。まだドアにたどり着く前から、マリヤの脳裏にはすでに懐かしい子供時代のアンドリューシャの顔が浮かんでいた。優しく穏やかでうっとりとしたようなその顔は、めったに見せないだけに、マリヤにいつも強烈な印象を与えるものだった。彼女には分かっていた——兄がやがて自分に向かって、ちょうど父親が死の前に言ったような、静かな、優しい言葉を告げるだろうということが。そして自分がそれに耐えきれず、兄の枕元で泣き出してしまうだろうということが。だが遅かれ早かれそれは起こらざるを得ないと思い定め、彼女は部屋に入っていった。慟哭がどんどん喉元にせりあがってくるのを覚えつつ、彼女は近視の目で次第にはっきりと兄の姿を見分け、顔の輪郭を捉えようと努め、そしてとうとう兄の顔を目の当たりにして、目と目を見交わした。

兄はソファーの上に、クッションを体のあちこちにあてがって横たわっていた。栗《り》鼠《す》の毛皮のガウンにくるまっている。痩せて青白かった。痩せ細った、透き通るほど白い片方の手にハンカチを握り、もう一方の手は、静かな指の動きで、伸びた繊細な口髭を撫でている。その目は入って来た者たちを見つめていた。

兄の顔を目の当たりにして目を見交わすと、マリヤは急に足取りを緩めた。涙がにわかに乾き、慟哭もおさまったのが感じられた。兄の顔と目の表情を捉えると、ふと彼女は気後れして、疚しいことをしているような感じを覚えたのだった。

『でも、いったい私のどこがいけないんだろう？』彼女は自問した。『悪いのは、お前が生きていて、命あるもののことを考えていることだ。しかるに俺は！……』兄の冷たい、厳しい視線がそう答えていた。

兄がおもむろに妹とナターシャをじろりと見た時の、外に向けられているというより自分自身を見つめているような深い視線には、ほとんど敵意のようなものが宿っていた。

兄と妹は、いつものように手を取り合って口づけした。

「よく来たな、マリー、道中無事だったか？」視線と同じく平坦な素っ気ない声で兄は言った。もしも兄が身も世もないような声で叫び喚いたとしても、その叫びはこの声音《こわね》ほどにマリヤを怯えさせはしなかっただろう。

「ニコールシカも連れてきたのか？」同じく平坦なゆっくりとした声で、いかにも思いだすのに骨が折れるといった様子で兄は言った。

「兄さんのお加減はいかが？」そう問いかけたマリヤは、自分の言葉に自分で驚いていた。

「それはな、お前、医者に訊くがいい」そう答えると兄は、愛想よくしようとさらなる無理を重ねる様子で、口だけで「来てくれてありがとうな」とフランス語で言うのだった（兄が考えてもいないことを口にしているのは明らかだった）。

マリヤは兄の手を握りしめた。兄は妹の手の握力に、うっすらと顔を顰《しか》めた。兄が黙っているので、妹は何を言ったらいいか分からなかった。この二日間で兄の身に生じた事柄を、彼女は理解した。兄の言葉に、その声音に、とりわけその冷たい、ほとんど敵意のこもったそのまなざしに、生きた人間にとって恐るべき、現世のものすべてからの隔絶が感じられた。今や兄は明らかに、何であれ生きているものを理解するのに困難を感じていた。ただし同時に感じ取れるのは、兄が生きているものを理解できないのは、理解力が失われたからではなく、何か別のもの、生きている存在には理解できないものを理解するようになり、それが兄の全体を呑み込んでしまったからだ、ということであった。

「それにしても、僕たちが再会したのは全く運命の不思議というやつだね！」兄が沈黙を破ってナターシャを指さしながら言った。「この人はずっと僕に付いて離れないのさ」

マリヤは聞きながらわが耳を疑った。繊細で思いやりに富んだアンドレイ兄さんが、愛し愛されていた女性の前で、どうしてこんな口が利けるのだろうか！　もしも兄がこの先生きていくつもりだったら、こんなことをこんなにも冷たい、嫌味な口調で言いはすまい。自分が死ぬのだと分かっているのでなければ、彼女を失いたくないと思うはずだし、その相手の前でこんな口が利けるはずはない！　とすれば理由はただ一つ——兄はもはやすべてがどうでもよいという気になっているのだ。なぜかと言えば、何か別の、もっと大事なものを見出したからだ。

会話は冷たい、脈絡のないものとなり、ぶつぶつ途切れてばかりだった。

「マ、リ、リーはリャザンを通って来たのよ」ナターシャが言った。アンドレイ公爵は彼女が妹を親しげにマリーと呼んだのにも気づかなかった。一方ナターシャは、アンドレイ公爵の前で口にしてみて初めて、自分がそんな呼び方をしているのに気づいたのだった。

「それで？」アンドレイ公爵は言った。

「そこで聞いた話では、モスクワは全焼、完全に焼け落ちて、もうまるで……」

ナターシャは言葉を止めた。話し続けるべきではなかった。アンドレイ公爵は明らかにきちんと聞こうと努力していたものの、やはり無理だったのだ。

「ああ、焼けたそうだね」彼は言った。「とても残念だ」そう言って口髭を指で撫でつけながら、じっと前を見つめている。

「ところでマリー、ニコライ伯爵と会ったんだろう？」不意にアンドレイ公爵が言った。どうやら二人へのサービスのつもりのようだった。「こちらへ届いた彼の手紙によると、なんでもお前のことがとても気に入ったようだ」率直な、落ち着いた口調で彼は続けた。どうやら自分の発言が生きた人間たちにとって持つ複雑な意味合いを、逐一理解するだけの力がないようだった。「もしお前の方も彼を好きだったら、とてもいいだろうね……二人が結婚すれば」最後に付け加えた一言は幾分早口だったが、そこにはあたかも、長いこと探していた言葉をようやく見つけたという喜びがこもっているかのようだった。兄の言葉はマリヤの耳にも届いていたが、しかし彼女にはそれは、兄がもはや生きとし生けるものから恐ろしくかけ離れたところに行ってしまったということを証明する意味しか持っていなかった。

「私の話なんかよしましょう！」落ち着いてそう応ずると、マリヤはナターシャをちらりと見た。ナターシャは自分に向けられたその視線を感じたが、見返そうとはしなかった。またもや皆が黙り込んだ。

「兄さん、よか……」不意にマリヤが声を震わせて言った。「よかったら、ニコールシカに会う？　あの子、いつも兄さんを思い出しているのよ」

アンドレイ公爵は初めてうっすらと笑みを浮かべた。ただし、兄の顔を知るマリヤが慄然《りつぜん》として悟ったとおり、それは喜びの笑みでもなければ、息子かわいさゆえの笑みでもなかった。それは、マリヤがいよいよ、自分を正気付かせるための最後の切り札（と彼女が思っている手段）を使ってきたことに対する、静かで控えめな嘲笑だった。

「ああ、ニコールシカに会えるのはとてもうれしい。あいつ、元気かい？」

連れてこられたニコールシカは怯えたように父親を見つめていたが、泣いてはいなかった。誰も泣いたりしていなかったからだ。そんな息子にアンドレイ公爵はキスをしたが、どんな話をしたらいいのか戸惑っているようだった。

ニコールシカが引き取られていくと、マリヤは改めて兄のそばにより、口づけをして、そしてもはやこらえきれずに泣き出してしまった。

兄はじっと妹を見つめている。

「あの子のことで泣いているのか？」彼は訊ねた。

マリヤは泣きながら、うんと言うように頷いた。

「マリー、お前知っているかい、福音……」だが彼は突然黙り込んだ。

「何のこと？」

「何でもない。ここは泣く場所じゃない」変わらぬ冷たいまなざしで妹を見ながら彼は言った。

マリヤが泣き出したとき、これはニコールシカが父無し子として残されるのを泣いているのだなとアンドレイ公爵は察した。大変な努力を自分に課して命あるものの側に戻ろうと努めたあげく、彼は生者の視点に立ってみたのだった。

『なるほど、彼女たちにはこれが痛ましいことと思えるに違いない！』彼は思った。『実際は実に単純なことなのに！』

『空の鳥は播《ま》かず、刈らず、しかし汝らの父はこれを養いたまう』[14]彼は自分にそう告げ、妹にも同じことを告げたいと思った。『いや、よそう、連中は自分流に理解するだけで、本当のことは分かりはしない！　連中には分からないのだ――自分たちが

14　マタイ福音書第六章二十六節の不完全な引用。

大事だと思っているこうした感情はすべてわれわれ人間のものであり、われわれ人間にいかにも重要に思える思想というやつも、すべて無用なものだということが。俺たちは互いに理解し合えないのだ』そう思って彼は黙り込んでしまった。

　アンドレイ公爵の息子はまだ七歳と幼かった。読むこともおぼつかなく、何の知識もなかった。彼がたくさんのことに出会い、知識を、観察力を、経験を蓄えていくのは、この日より後のことである。だが、仮にこの少年が、後に獲得することになるそうした能力のすべてをこの時点で既に持っていたとしたところで、自分が目撃した父親と叔母マリヤとナターシャによるこの一幕の意味を、この時の彼が理解したほど正しく、深く理解することはできなかったことだろう。少年はすべてを理解しながら、泣きもせずに部屋を出ると、後から出てきたナターシャに黙って歩み寄り、悲しい思いをたたえた美しい目で恥ずかしげに彼女を見あげ、そのすこしまくれ気味の赤い上唇をひくひくと震わせたかと思うと、彼女の体に頭を寄せて泣き出したのだった。

　この日以来少年は家庭教師のデサールを避け、かわいがってくれた伯爵夫人を避けるようになった。そうしてぽつんと一人きりでいるか、もしくは叔母のマリヤや、叔母よりももっと好きになった様子のナターシャのそばに寄って、そっと恥ずかしげに甘えるのだった。

アンドレイ公爵の病室を出た時、マリヤはナターシャの顔が自分に物語っていたことをすべて、完全に理解していた。彼女はもはやナターシャを相手に、兄の命が救われる見込みについての話をむしかえそうとはしなかった。彼女はナターシャと交代で兄の横たわるソファーのもとで看護に付き、もはや泣くこともなく、ただひたすら、かの永遠なる、人知を超えた存在に向かって祈っていた。もはや命脈の尽きた人間の頭上には、その存在がひときわはっきりと感じられるのであった。

16章

アンドレイ公爵は自分が死ぬことを知っているばかりか、自分が今まさに死のうとしており、すでに半ば死んでいるのだということを実感していた。この世のすべてのものと無縁になり、存在が軽やかになっていく、喜ばしくも不思議な感覚を、彼は味わっていた。急ぐでもなく怯えるでもなく、彼は来るべきものを待っていた。生涯ずっとその存在を感じ続けてきた例の恐ろしい、永遠の、未知の遥かなるものが、今や彼に近しいものとなり、そして今味わっている存在の不思議な軽やかさのおかげで、ほとんど理解し、感じとることのできるものとなっていた。

……………………………………………………………

以前の彼は終焉を恐れていた。死の、終焉の恐怖という辛く耐えがたい感覚を、彼は二度味わっていたが、今やもうそれが理解できなくなっていた。

最初にその感覚を味わったのは、あの榴散弾が目の前で独楽《こま》のようにくるくる回り、刈り取り後の畑を、灌木の茂みを、空を眺めながら、目の前に死が迫っているのを悟った時だった。だが負傷の後でわれに返り、瞬時にして胸の内に、あたかもこれまで自分を抑えつけていた生の重圧から解放されたかのように、永遠の、自由な、この世の生に左右されないあの愛の花が開いた時、彼はもはや死を恐れず、死を思うこともなかった。

負傷の後、苦痛に満ちた孤独と半ば昏睡の状態で過ごしたあの長い時間に、この新たな、自分に開けた永遠の愛の原理について思いを深めれば深めるほど、彼は、自分でもそれと気づかぬうちに、どんどん地上の生を放棄していった。すべてのもの、すべての人を愛し、常に愛のために自らを犠牲にすることは、すなわち誰をも愛さぬことであり、それはすなわちこの地上の生を生きないことを意味する。その愛の原理に身を委ねれば委ねるほど、彼はますます生を放棄し、そしてこの愛がないときに生と死との間に立ちはだかっている恐るべき障壁を、ますます完璧に打ち壊した。この第一の時期、自分が死なねばならぬことを思い起こすたびに、彼は自分に言ったものである――まあいいさ、むしろそのほうがいいんだ、と。

だがあのムィティシチの夜、半ば昏睡状態の彼の前に求めていたあの女性が現れ、その女性の手を自分の唇に押し当てて、静かな、喜びの涙を流した時から、一人の女性への愛が気づかぬ間に胸に忍び込み、またもや彼を生につなぎ止めようとし始めた。そして喜ばしくも心かき乱す様々な思いが、脳裏に去来するようになった。包帯所でクラーギンを見かけたときのことを思い起こしても、もはやあの時の気持ちに立ち返ることはできず、あの男は生きているかという疑問に苦しめられた。しかも、それを口に出して問う勇気はなかった。

彼の病気の進行は肉体の法則に沿うものだったが、ナターシャが「あの方が、あ、あんなふうに、なった」という言葉で表現したことが彼の身に生じたのは、マリヤが着く二日前のことだった。それは生と死をめぐる最後の精神の戦いであり、その戦いにおいて死が勝利したのである。それは、自分がいまだ生に、ナターシャへの愛という形で現前した生に執着しているという思いがけない自覚であり、そして最終的な屈服に通じる、未知なるものへの恐怖の発作だった。

それは夕刻のことだった。いつも通り彼は午餐の後軽く熱に浮かされた状態で、思考は極めて明晰だった。ソーニャがテーブルの脇に腰かけており、彼はまどろみかけていた。すると突然、幸福の感覚が彼を包んだ。

『ああ、彼女が入って来たんだ！』彼は思った。

実際、ソーニャが座っていた場所に、たった今足音を消して入って来たばかりのナターシャが座っていたのだった。

ナターシャに世話をしてもらうようになってからずっと、彼はこんなふうに彼女がそばにいるのを体で感じる経験を重ねてきたのだ。彼女は燭台の光を体で遮る形で、彼に脇を向けて安楽椅子に座り、靴下を編んでいた（彼女が靴下編みを覚えたのは、アンドレイ公爵が彼女に、病人の世話をするなら靴下を編む年寄りの乳母に勝るものはない、靴下を編む姿には何か心安らぐものがある、と言った時以来だった）。時たまぶつかり合う編み針を彼女の細い指が素早くさばき、物思いにふけるようなそのうつむいた横顔が、彼の目にはっきりと見えた。彼女がちょっと動いたはずみに、毛糸玉が膝から落ちて転がった。ビクッとして彼を振り返ると、彼女は片手で燭台を隠しながら、慎重でしなやかで正確な動きで身をかがめ、毛糸玉を拾い上げて元の場所に腰を下ろした。

身じろぎもせずに見つめていた彼は、一連の動作を終えた彼女が、大きく一息つきたいところなのに、そうすることを躊躇《ためら》って、そっと息を継いでいるのに気づいた。至聖三者大修道院《トロイツカヤ・ラーヴラ》で二人で昔の話をした時、彼は彼女に、もしも自分が生き延びることができたら、この負傷のおかげで再会できたことを永遠に神に感謝するだろうと述懐した。だがそれ以来、二人は一度も将来の話をしていなかった。『生き延びることはあり得るのかそれともあり得ないか』今彼女の姿を見つめ、鋼の編み針の立てる軽い音に耳を傾けながら、彼は考えていた。『まさかこんなにも数奇な形で運命が二人をめぐり合わせてくれたのは、その結果ただ俺を死なせるためだったんだろうか？……それとも、人生の真実が俺の目の前に開かれたのは、ただ偽りの中で生きさせるためだったんだろうか？　俺は彼女をこの世の何よりも愛している。だが、愛しているからといって、一体俺に何ができるんだ？』そう自問すると彼は不意に思わずうめき声を立てた。それは数々の辛い時を経て身についたくせだった。

そのうめき声を聞きつけると、彼女は靴下を置いてこちらへと身を傾けたが、思いがけなく彼の目が輝いているのに気づくと、軽やかな足取りで近寄ってきて、彼の上にかがみ込んだ。

「眠っていらっしゃらないの？」

「うん、さっきからあなたを見ていた。あなたが入って来たのを感じたんだ。あんなに柔らかな静けさを……あんな光を僕に与えてくれるのは、あなたしかいないから。うれしくてつい泣きそうになる」

ナターシャはさらに間近に身を寄せた。彼女の顔は歓喜に輝いていた。

「ナターシャ、僕はあまりにもあなたを愛しすぎている。この世の何よりも一番」

「私だって」彼女は一瞬顔をそむけた。「でも一体なぜあまりにもなんておっしゃるの？」彼女は言った。

「なぜあまりにもか？……では、あなたはどう思う、どう感じている、胸の中で、胸の奥で——僕は生きるだろうか？　どう思う？」

「絶対よ、そう信じていますわ！」激しい勢いで彼の両手をぎゅっとつかむと、彼女はほとんど叫ぶような声でそう言った。

彼はしばし黙り込んでいた。

「そうなったらいいだろうな！」彼はそう言って彼女の片手を手繰《たぐ》り寄せ、口づけした。

ナターシャはうれしさに舞い上がったが、すぐにこんなことをしていてはいけないと思い当たった。彼には安静が必要だからだ。

「でもあなたは眠っていらっしゃらなかったんでしょう」喜びをぐっと押し殺して彼女は言った。「どうかお眠りになってください……お願いですから」

彼が彼女の手をぎゅっと握ってから放すと、彼女は燭台のそばに戻ってまた元の場所に腰を下ろした。二度彼女は彼を振り返ったが、彼の輝く目は相変わらずまっすぐこちらを見ていた。彼女は靴下に集中するよう自分に言い聞かせ、一つ編み終わるまでは決して振り向くまいと心に誓った。

実際、彼はその後間もなく目をつむり、眠り込んだ。だが眠っていた時間は短く、また不意に冷汗を浮かべて不安そうに目を覚ました。

眠りに落ちる途中で彼がずっと考えていたのは、このところいつも考えていること、すなわち生と死についてであった。しかもどちらかと言えば死についてであった。死の方が自分にとって身近に感じられたのである。

『愛？　愛とは一体何だろう？』彼は考えた。『愛は死の邪魔をする。愛とは生なのだ。何であれ俺が理解するものはすべて、ひとえに俺が愛するがゆえに理解できる。ただ俺が愛するがゆえに、すべてはあり、すべては存在している。すべては愛によってつながれている。愛とは神であり、死ぬとはすなわち、俺という愛の一粒子が、全体の、永遠の根源に回帰することなのだ』こうした考察は彼には心安らぐものと思えた。だがこれは単なる考察にすぎなかった。そこには何かが足りず、個人的なもの、思弁的なものに偏っていて、明解さが欠けていた。だからまたもや不安なもの、曖昧なものが残った。彼は眠りに落ちた。

彼は夢を見た。自分が実際に横たわっているのと同じ部屋に横たわっている夢だ。ただし彼は負傷しておらず、健康だった。アンドレイ公爵の前にたくさんのいろんな人々が、つまらない、無関心な人々が現れる。彼はその人々と会話し、何か無用なことを論じている。人々はどこかへ出かけようとしているところだ。こんなことはすべて下らぬことであり、自分には他にもっとずっと大切な用事がある——そんなことをぼんやりと思い起こしつつも、アンドレイ公爵は喋り続け、何やら空疎な、頓智の利いた言葉を発しては人々を驚かせている。少しずつ目立たぬように人々が皆姿を消し始め、そしてただ一つ、閉めただけのドアをどうするかという問題が残る。彼は立ち上がり、ドアのところに行って閂《かんぬき》をかけ、施錠しようと歩き出す。施錠が間に合うか間に合わないかにすべてがかかっているからだ。急いで歩を進めようとするのに足が動かず、施錠は間に合わないなと悟るが、それでも狂おしく全身の力を振り絞っている。するとすさまじい恐怖が彼を捉える。そしてその恐怖こそが死の恐怖である。

ドアの向こうにあれが立っているのだ。だが、彼がよろよろとぎこちない足取りで、這うようにドアに向かう間に、その恐るべき何者かはすでに向こう側からドアを圧《お》し、部屋に押し入ろうとしている。何かしら人間ではないもの、死が、ドアから押し入ろうとしており、それを食い止めなくてはならない。彼はドアに飛びつき、ありったけの力を振り絞って、もはや施錠は間に合わないので、せめて支えて食い止めようとする。だが力が弱く、もたついているため、怪物の力で圧された片方のドアがさっと開き、そしてまた閉じる。

もう一度あれが向こう側からのしかかってくる。最後の、超人的な努力もむなしく、二枚のドアがともに音もなく開いた。あれが入って来た、そしてあれとは死だった。こうしてアンドレイ公爵は死んだ。

ところが死んだとたんに、アンドレイ公爵は自分が眠っていることを思い出し、死んだまさにその瞬間に、力を振りしぼって、目をさました。

『そうだ、あれは死だった。俺は死んだ――そして俺は目覚めた。そうだ、死とは覚醒なのだ！』不意に胸の内に一条の光が差し、それまで彼の心眼を閉ざしてきた帳が上がった。あたかも今まで身中に拘束されていた力が解き放たれたかのような、不思議な軽やかさを彼は覚え、そしてこの時以来その軽やかさは彼から去ることがなかった。

冷汗にまみれた彼がソファーの上でうごめきだすと、ナターシャが歩み寄ってきてどうしたのかと訊ねた。答えもせず、彼女の言うことが分かりもせぬまま、彼は奇妙な目つきで彼女を見つめた。

これがまさにマリヤが訪れる二日前の出来事だった。ちょうどこの日以来、医者の言葉によれば、体を消耗させる高熱が質《たち》の悪いものになったのだが、ナターシャは医者の言葉などに耳を貸さなかった。例の恐るべき、彼女にとってより疑いのない、精神面の兆候を見て取っていたからである。

この日以来アンドレイ公爵の身に、眠りからの目覚めとともに生からの目覚めが始まった。そして人生の長さからすればその生からの目覚めは、夢の長さからみた眠りからの目覚めに比べて、遅いとは思えなかった。

この比較的遅い目覚めには、何一つ恐るべきもの、激烈なものはなかった。

彼の最後の日々と時間は、いつも通りさりげなく過ぎた。付きっ切りのマリヤもナターシャも、そのことを感じていた。彼女たちは泣くことも戦《おのの》くこともせず、最後の時になると、自分でもそれを意識しながら、もはや彼の世話をしているのではなく

(彼はすでにおらず、彼女たちから去っていたので)、最も親密な彼の思い出を、すなわち彼の肉体の世話をしていたのだった。二人の感情は極めて強かったので、死の外面的な、恐ろしい側面に動じることもなく、わざわざ自分たちの悲しみを掻き立てる必要も感じはしなかった。二人は彼の前でも彼のいないところでも泣きはしなかったし、お互いの間で彼の話をしたことも一度としてなかった。自分たちに分かっていることは言葉では表現できないと感じていたのだ。

二人とも彼が次第に深く、ゆっくりと穏やかに、自分たちのもとからどこか向こう側へと沈んでいくのに気づいており、そして二人ともそれはまさにそうあるべきであり、良いことであるとわきまえていた。

彼に告解と領聖が施され、皆が別れを告げに訪れた。息子が連れてこられると、彼は息子に唇を寄せ、そのまま顔をそむけた。これは辛さからでも哀れみからでもなく(マリヤとナターシャは理解していたが)、ただ単にそれが自分に求められていること

15　死、眠り(夢)、生を連続的に考えるこうした思想は、古来類例があるが、近代思想にもモデルがある。本訳の原典(後掲)の注釈者は、ヘルダーの『人類歴史哲学考』(一七八四〜九一)の影響を示唆し、藤沼貴(『トルストイ』第三文明社)他はショーペンハウアーの『意志と表象としての世界』(一八一八)との類似を指摘している。両書ともトルストイの愛読書だった。

のすべてだとみなしたからに過ぎなかった。だが息子さんを祝福してあげなさいと言われると、彼は求められた通りのことを行い、それから、まだ何かするべきことはあるかと問うように、ぐるりとあたりを見回したのだった。

霊魂に置き去りにされた肉体の最後の痙攣が起こった時、マリヤとナターシャはそれに立ち会っていた。

「終わったの⁉」動かなくなった彼の体が目の前に横たわったまま何分か経ってから、マリヤは言った。ナターシャが歩み寄って死者の目を覗き込み、急いで閉じてやった。目を閉じてやりながら彼女はその目に口づけはせず、ただ最も親密な彼の思い出だったものに身を寄せたのだった。

『あの人はどこへ行ってしまったの？　今どこにいるの？……』

清められ、装束を着せられた遺体がテーブルの上の棺に横たえられると、皆が寄って来てお別れをし、皆が泣いた。

ニコールシカは訳も分からぬまま悲痛な思いに胸をかきむしられて泣いていた。伯爵夫人とソーニャは、ナターシャを哀れに思い、彼がもはやいないことを思って泣いた。老伯爵は、やがて自分も同じ恐るべき一歩を踏み出さざるを得ないと感じて、それを思って泣いていた。

ナターシャとマリヤも、この時は泣いていたが、個人的な悲しみゆえに泣いていたのではなかった。自分たちの目の前で単純かつ厳粛な死の秘蹟が成就されたのを意識して、敬虔なる感動に胸を打たれて泣いていたのである。

第2編

1章

人間の頭脳は、諸現象の諸々の原因をそっくり把握することができない。だが原因を突き止めようとする欲求は人間の心に組み込まれている。だから人間の頭脳は、それぞれが単独で原因となりうるような条件が無数に、複雑に絡み合った現象のメカニズムを見通せぬまま、最初に頭に浮かんだ一番分かりやすい推論に飛びついて、これこそが原因であると言うのだ。歴史上の出来事の場合（この場合観察対象は人々の行動であるが）、推定されたもっとも原始的な原因が神々の意思であり、その次が、歴史上最も目立つ位置にいた人々、すなわち歴史的英雄たちの意思であった。しかし個々の歴史的出来事の本質をなすもの、すなわちその出来事にかかわった人間集団全体の行動に分け入ってみさえすればすぐ納得できることだが、歴史的英雄の意思は大衆の行動を指導しえないばかりか、むしろ自分の方が絶えず大衆の行動に引きずられているのである。歴史的な出来事の意味をどんなふうに捉えようと、結局同じことだと思えるかもしれない。しかし、西の世界の諸民族が東の世界に侵入したのを、ナポレオンがそれを望んだからだと説明する人と、それが起こったのはそうなるべき必然性があったからだと説明する人との間には、地球が静止していて諸惑星がその周りをまわっていると断言した人々と、地球を支えているものが何かは分からないまでも、地球の運動とその他の惑星の運動をともに支配している法則があるのは分かっていると語った人々との間にあるのと、同じだけの差がある。歴史的な事件の原因というのは、あらゆる原因のもとをなす単一の原因以外にないし、またあり得ない。だがいろいろな出来事を支配している法則群は存在しており、その一部はわれわれには分かっていないが、一部は探り当てられている。そうした法則の解明は、われわれが一人の人間の意思に原因を求めるのを断念した時、はじめて可能になる。ちょうど、地球が不動の存在であるという考えを人々が捨てた時、はじめて諸惑星の運動の法則が解明可能となったように。

ボロジノ会戦、敵によるモスクワ占領およびモスクワ焼失の後、歴史家たちが一八一二年戦争で最も重要なエピソードとして認めているのは、ロシア軍がリャザン街道[16]からカルーガ街道［旧カルーガ街道］へ、そしてタルーチノ村の陣地へと転進した、いわゆるクラスナヤ・パフラー南方での側面行軍[17]である。歴史家たちはこの天才的な偉業の栄誉を様々な人物に帰そうとして、そもそもこれが誰の手柄だったかについて言い争っている。外国の、それもフランスの歴史家たちでさえ、この側面行軍を語る際にはロシア軍司令官たちの天才性を認めている。だが軍記作家たちが、そして彼らに続いてすべての人々が、この側面行軍を誰か一人の人間の深謀遠慮の産物だとみなし、それがロシアを救いナポレオンを滅ぼしたのだと思う理由は何なのか——これは極めて理解しがたい。第一に、この転進のどこが深謀遠慮であり天才的なのか、理解に苦しむ。なぜなら、軍にとって最良の場所は（敵の攻撃を受けていない限り）より多くの食糧がある場所であると悟るのに、さして頭を働かせる必要はないからである。一八一二年においてモスクワ撤退後の軍にとって最善のロケーションがカルーガ街道だったということくらい、誰でも、たとえ出来の悪い十三歳の子供でさえも、たやすく見抜くことができた。つまり理解しがたいことの第一点目は、歴史家たちはいったい何をどう思ってこの作戦が深謀遠慮の産物だという結論に達したのかということである。第二の、いっそう理解に苦しむ点は、この作戦がロシア軍に救いを、フランス軍に破滅をもたらしたと歴史家たちが判断する根拠は、そもそも何かということである。というのも、前後の状況次第では、この側面行軍がロシア軍に破滅を、フランス軍に救いをもたらすこともあり得たからである。この転進が行われてからロシア軍の状況が好転したからといって、それだけでこの転進がその原因だったとは決して言えないのだ。もしもほかの諸条件が伴わなかったとしたら、この側面行軍は何らの利益ももたらさなかったばかりか、ロシア軍の破滅につながっていたかもしれない。もしもモスクワが焼け落ちなかったら、いったいどうなっていたか？　もしもミュラがロシア軍を見失っていなかったとしたら？[18]　もしもナポレオンが手を拱《こまぬ》いていなかったとしたら？　もしもベニグセンやバルクライの助言通りロシア軍がクラスナヤ・パフラー近

16　モスクワから南東約二百キロのリャザンに通じる街道。

17　側面行進、側敵行などとも呼ばれる。敵の正面に対して平行方向に（味方の正面を側面に変える形で）、秘かに軍を移動させる作戦。敵の主力を迂回し裏をかく行動としてすぐれているが、輸送隊など速度の遅い隊を引き連れ、移動中の不測の攻撃にも備えつつ、安全に目的地に達するために高度な技術が必要とされる。ナポレオン軍もこれを得意とし、一八〇五年のドナウにおける対オーストリア軍戦にも活用した。第1部第2編3章に出てくるオーストリアのマック将軍の敗戦はこれによる（第1巻311頁以降参照）。

辺で戦闘を仕掛けていたとしたら？　もしもロシア軍がパフラー川の南側を進んでいた時にフランス軍が攻撃を仕掛けていたとすれば、いったいどうなっていたか？　もしも後にナポレオンがタルーチノに迫った時に、せめてスモレンスクで攻撃した際の十分の一の勢力を使って攻撃を仕掛けていたらどうなっていたか？　もしもフランス軍がペテルブルグへ向かっていたらどうなっていたか？……こうしたあらゆる仮定に立てば、側面行軍による救済が滅亡に変わっていたかもしれないのである。

　第三の、最も不可解な点は、この側面行軍を誰であれ一人の人間の手柄とするのは不可能だということに、歴史を研究する者たちが意識的に目をつぶっていることである。誰一人これを予測した者はいないし、この作戦は、ちょうどフィリにおける退却と同じく、実際には誰一人、一度としてその全貌をイメージしたものはおらず、むしろ一歩一歩、一つ一つの出来事を踏まえながら、この瞬間はこう、また次の瞬間はこうというふうに、無数のきわめて雑多な条件の中から導き出されてきたものであって、それが遂行されて過去の出来事となった時、はじめてその全貌が明らかになったのである。

　フィリの作戦会議におけるロシア軍上層部の大多数の意向は、至極当然ながらまっしぐらな退却、すなわちニジェゴロド街道[19]を後退していこうというものだった。その証拠に会議での大多数の発言はその趣旨でなされたし、会議の後の総司令官と食糧調達部主計ランスコーイとの有名な会話も、これを裏書きする。そこでランスコーイは総司令官に、軍の食糧は主としてオカ川沿いのトゥーラ、カルーガの両県に集められており、ニジニ・ノヴゴロドへ退却した場合には、備蓄された食糧が広いオカ川で軍から切り離されてしまい、冬の初めには渡河も難しくなる旨を報告したのだった。それまで最も自然と見なされていたニジニ・ノヴゴロド方面への直進を見直さざるを得なくなった最初の徴候が、これだった。軍はより南に進路をとり、食糧備蓄地に近いリャザン街道を辿《たど》ることになる。その後、ロシア軍を見失ってしまうほどのフランス軍の怠慢さに加えて、トゥーラの兵器工場を防衛する必要、そして何よりも自軍の食糧備蓄地へ接近する利益を勘案した結果、軍はさらに南のトゥーラ街道へと進路をずらすことになった。パフラー川を渡ってしゃにむにカルーガ街道に向かうあたりでは、

18 クトゥーゾフはモスクワを出てまずリャザン街道を進み、九月五日に方向転換して旧カルーガ街道に向かったが、その際ミュラの軍の追跡を撒くため、コサック軍の二個連隊に、そのままリャザン街道を進ませていた。

19 モスクワから東にウラジーミル、ムーロム経由でニジニ・ノヴゴロドへと続く街道。

20 ロシア中部の県で、県都トゥーラはモスクワの南百六十五キロの産業都市。

ロシア軍の司令官たちはポドリスク近辺にとどまるつもりで、タルーチノ陣地のことなど頭になかった。しかし無数の状況要因に加えて、ロシア軍を見失っていたフランス軍がまた現れて戦闘計画が立てられたこと、および重要なことに、カルーガには食糧がふんだんにあったことから、わが軍はさらに南に進路を変え、自分たちの食糧補給ルートのど真ん中へ、トゥーラ街道からカルーガ街道へ、タルーチノへと移っていったのだった。ちょうどモスクワがいつ放棄されたのかという問いに答えることができないように、タルーチノへの移動がいったいいつ誰によって決定されたのかという問いも解答不能である。無数の種々多様な力が重なった結果、軍がタルーチノに到着した時になってはじめて、人々は、自分たちはまさにこうすることを望んでいたのであり、前からこうなると思っていたのだと、自分に言い聞かせるようになったのである。

2章

有名な側面行軍とは要するに、進撃の時とは正反対の方向にまっしぐらに後退しようとしていたロシア軍が、フランス軍の進撃が止んだ後、当初の直進後退コースを外れ、後方からの追撃がないのを見て、自然の勢いで豊かな食糧の誘う側へと転進したということにすぎない。

もしもロシア軍のトップに天才的な司令官などおらず、指揮官すらいない一軍隊だったと仮定したところで、その軍隊もまた、より食糧の多い、より豊かな土地を経由しながら、弧を描いてモスクワに戻るという動きを取るほか、何一つできなかっただろう。

ニジェゴロド街道からリャザン街道、さらにトゥーラ街道、カルーガ街道へというこの転進は実に自然な動きであって、ロシア軍の略奪兵たちが逃げ延びたのもこの方向だったし、さらにはペテルブルグの政府も、まさにこの方向に軍を移動させるよう、クトゥーゾフに要求したのだった。タルーチノでクトゥーゾフが受け取った皇帝の書状には、リャザン街道へ軍を進めたことへの譴責に近いことが書かれており、同時にカルーガの手前に陣を敷くよう指示が下されていたが、それを受け取った時点で、彼はすでにその場所にいたのである。

ロシア軍を一つのボールに喩えれば、そのボールは全戦役及びボロジノ会戦の際に衝撃を受け、弾《はじ》かれた方向に転がっていったのだったが、衝撃のエネルギーが消えて新たな衝撃を受けることもなくなったため、そのまま自分にとって自然な位置を占め

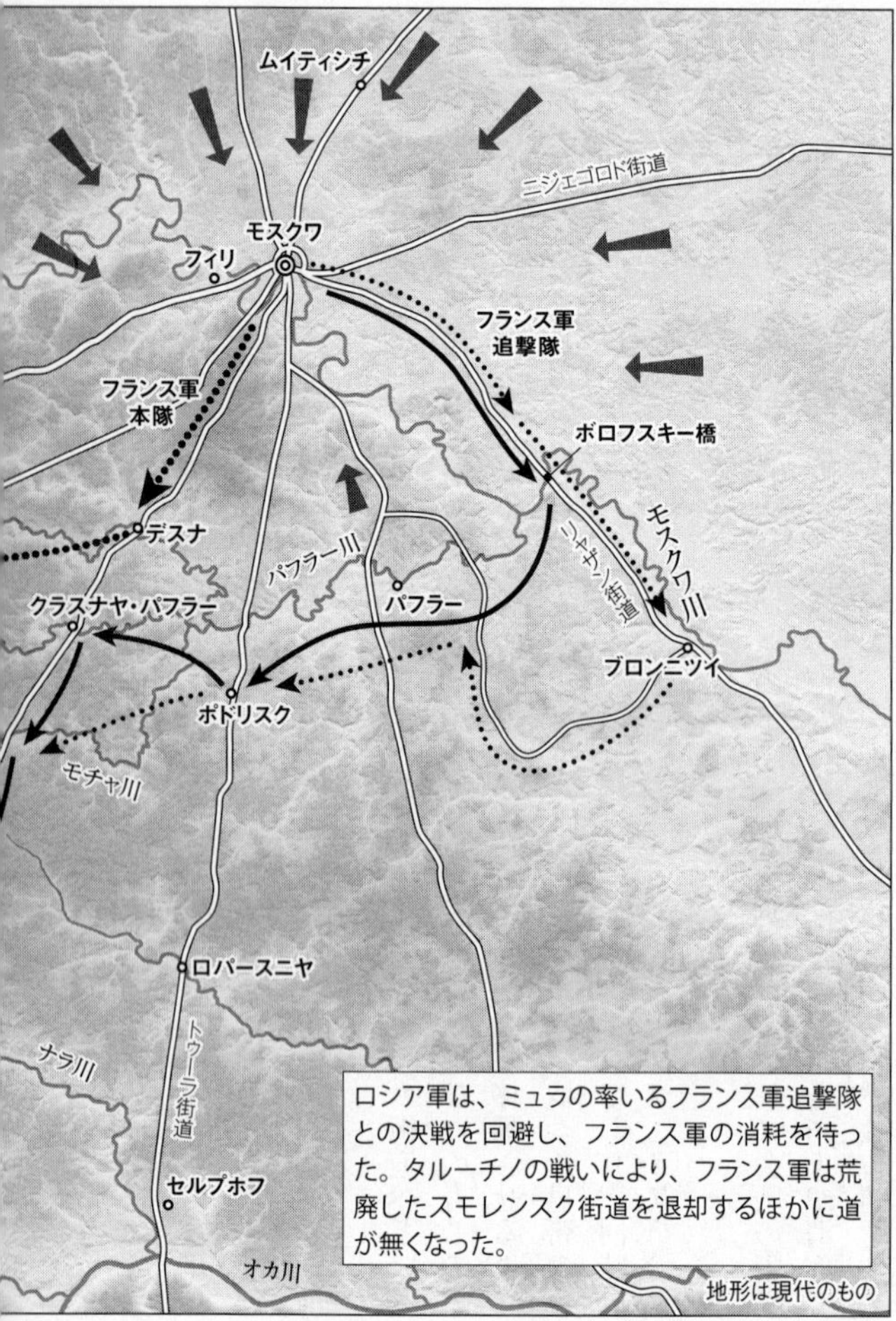
ムイティシチ
ニジェゴロド街道
モスクワ
フィリ
フランス軍
追撃隊
フランス軍
本隊
ボロフスキー橋
モスクワ川
リャザン街道
デスナ
パフラー川
パフラー
クラスナヤ・パフラー
ブロンニツイ
ポドリスク
モチャ川
ロパースニヤ
トゥーラ街道
ナラ川
セルプホフ
オカ川
ロシア軍は、ミュラの率いるフランス軍追撃隊との決戦を回避し、フランス軍の消耗を待った。タルーチノの戦いにより、フランス軍は荒廃したスモレンスク街道を退却するほかに道が無くなった。
地形は現代のもの

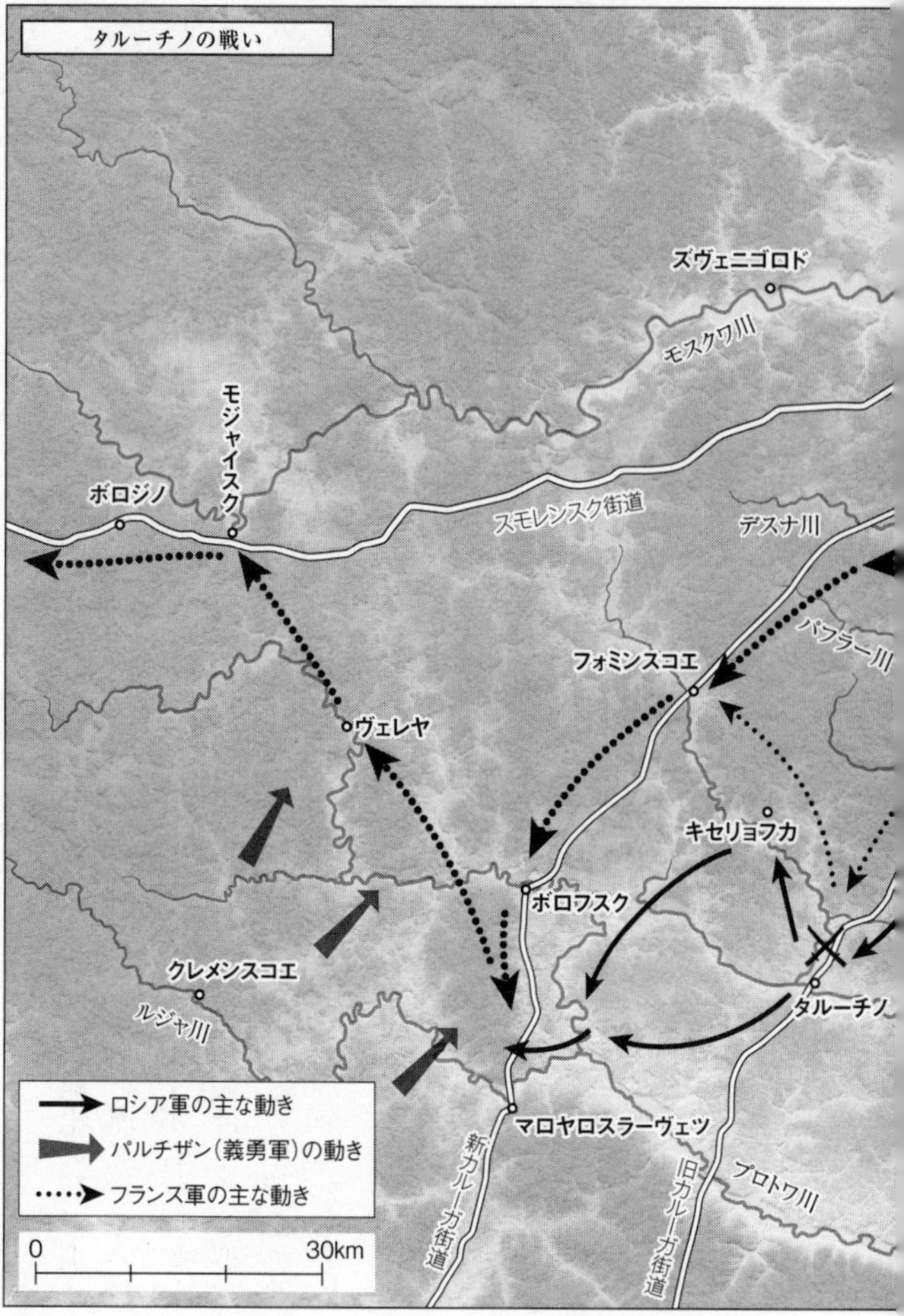
タルーチノの戦い
ズヴェニゴロド
モスクワ川
モジャイスク
ボロジノ
スモレンスク街道
デスナ川
パフラー川
フォミンスコエ
ヴェレヤ
キセリョフカ
ボロフスク
クレメンスコエ
ルジャ川
タルーチノ
マロヤロスラーヴェツ
新カルーガ街道
旧カルーガ街道
プロトワ川
ロシア軍の主な動き
パルチザン（義勇軍）の動き
フランス軍の主な動き
0
30km

たわけである。

クトゥーゾフの功績は、よく言われるような、ある種の天才的な戦略上の駆け引きといったものにあったわけではなく、彼一人が進行中の出来事の意味を理解していた点にある。フランス軍が動かずにじっとしている意味をすでにリアルタイムで理解していたのは彼一人だったし、ボロジノ会戦が勝利に終わったと主張し続けたのも彼一人だった。そして彼一人が、総司令官という立場上当然攻撃を仕掛ける方に惹かれそうなものなのに、その彼一人が、ロシア軍に無益な戦闘をさせまいと、全力を尽くして頑張ったのである。

ボロジノ付近で手傷を追った獣が、逃げ去った猟師に置き去りにされたまま、どこかそのあたりに横たわっている。だがその獣がまだ生きているか、余力が残っているか、ただ身を隠しているだけかということは、猟師には分からない。そこへふいに獣の呻《うめ》きが聞こえてきた。

フランス軍というこの手負いの獣の破滅を明るみに出すその呻きに当たるのが、ローリストン駐露大使に講和を求める書状を託してクトゥーゾフの陣営に送り込んできた行為だった。

ナポレオンは、正しいことが良いことなのではなく、自分の頭に浮かんだことが良いことだという平素の確信通り、ただぱっと頭に浮かんだだけで何の意味もない言葉をクトゥーゾフに書き送ってきた。彼の書面は次の通りだった。

『クトゥーゾフ公爵殿

多くの重要な事柄について閣下と交渉するために、わが侍従将官一名を派遣いたします。どうかこの者の申すことを、すべて御信じ下さい。とりわけ余がかねてから閣下に抱いている尊敬と格別の親愛の念を閣下にお伝えする言葉を……。本状の目的は以上に尽きるものであり、神がその聖なる庇護の覆いのもとに閣下をお守り下さるよう、お祈りいたします。

モスクワ《モスクー》、一八一二年十月三日[21]

ナポレオン』

『もしもこの私が何らかの取引の張本人と見なされるならば、私は後世に呪われる

21　露暦（ユリウス暦）では九月二十一日。書簡がクトゥーゾフに届いたのは十月五日（露歴九月二十三日）だった。

ことでしょう。それが、わが国民の今の気持ちなのです』そう返事をすると、クトゥーゾフは引き続き軍が攻撃に出ようとするのを抑えることに全力を傾けたのだった。

フランス軍がモスクワで略奪にいそしみ、ロシア軍がタルーチノに落ち着いて駐留していた一月《ひとつき》の間に、両軍の勢力関係に（士気と兵員数で）変化が生じ、その結果ロシア軍の方が勢力優勢となっていた。フランス軍の状態や兵員数はロシア軍側には不明であったものの、両者の勢力関係が変わるとたちまち、攻撃の機が熟したことを告げる無数の様々な兆候が表れてきた。その兆候とは――ローリストンが派遣されてきたことであり、タルーチノに食糧があふれていることであり、あちこちから伝わってくるフランス軍の無為と無秩序ぶりに関する情報であり、味方の諸連隊に新兵が補充されたことであり、好天が続いていることであり、ロシア兵たちが味わっている長期の休息と、通例休息状態に置かれた軍に湧き起こってくる、自分たちが召集されたその目的を果たそうと逸《はや》る気分であり、久しく姿を見せないフランス軍の内部で何が起こっているのかという好奇心であり、今やこのタルーチノに駐留しているフランス軍の周囲を駆けまわるロシア軍の前哨の大胆な動きであり、百姓やパルチザンたちがやすやすとフランス軍をやっつけたという知らせと、それに触発される羨望であり、フランス軍がモスクワに居座る限り一人一人のロシア人の胸に残り続ける復讐心であり、そして（肝心なことに）曖昧ながら一人一人の兵士の胸に生まれてきた、もはや勢力関係が変わっていて、優勢なのは自軍の方ではないかという意識であった。実質的な勢力関係が変わり、攻撃が必至となった。するとちょうど時計の針が一周すると必ずボンボンと時が告げられ、チャイムが奏でられるのと同じように、ロシアの上層部でも、実質的な勢力変化に応じて動きが激しくなり、時計のゼンマイがジーと鳴って、チャイムが奏でられ始めたのである。

3章

ロシア軍はクトゥーゾフとその司令部、およびペテルブルグの皇帝によって指揮されていた。ペテルブルグではまだモスクワ放棄の報せを受ける前から、戦争全体の詳細なプランが作成され、それが指針としてクトゥーゾフに届けられた。そのプランはまだモスクワがわが軍の手にあるという前提で作成されたものだったが、司令部ではそれが承認され、実行すべく採用された。ただしクトゥーゾフは、遠隔地からの攪乱《かくらん》作戦は常に実行困難であるとのみ書き送った。すると直面する困難を打開するための新たなる指針と要員が続々と送られてきたが、後者はクトゥーゾフの行動を監視して報告する任務を帯びていた。

それればかりか、今やロシア軍司令部全体の改編がすすんでいた。戦死したバグラチオンと気分を害して任を辞したバルクライの後釜《あとがま》[22]選びが行われていたのだ。Bのいたポストに A を据えて、BはDの後任にするのがいいか、あるいは逆にDをAのポストに着けた方がいいか等々といったことが大真面目に検討されていたが、それはまるで、その決定次第でAやBが喜ぶかどうかということ以外に何か影響をこうむることがあるかのような熱の入れ方だった。

司令部の中では、クトゥーゾフと参謀長ベニグセンとの不仲、皇帝の特命を帯びた者たちの存在、さらには今回の人事改変のおかげで、平素よりも複雑な派閥争いが進行していた。AがBを陥れようとすれば、DはSを陥れようとする、といったふうに、場を変え相手を変えては、限りない足のすくい合いが行われていたのである。そうした謀略合戦において、争いの的となっているのは大抵の場合、それぞれの人物が指揮を執っているつもりの軍事行動であった。しかし当の軍事行動自体は、こうした者たちに左右されることなく、まさに進むべき形で進んでいた。すなわち決して誰かが思いついたアイデア通りにはならず、国民大衆の意向に沿って進行していた。ただ上層部の者たちだけが、自分たちの様々な思いつきが、交わりあったりもつれあったりしたあげく、まさに起こるべきことを正しく反映するのだと思い込んでいたのだ。

『クトゥーゾフ公爵！』タルーチノの戦いの後に届いた十月二日付の書簡に、皇帝はこう書いていた。『九月二日以来モスクワは敵の手中にある。貴下の最新の報告は二十日付だったが、この間ずっと、敵に対抗しわが国の古都を解放するためにいかなる手立ても取られてこなかったばかりか、貴下の最新の報告によれば、貴下はまたさらに後退を重ねている。セルプホフ[24]はすでに敵の手に落ち、かの名だたる、わが軍に不可欠なる工場を備えたトゥーラ[25]も、危機に瀕している。ヴィンツィンゲローデ将軍の報告によれば、一万の敵軍団がペテルブルグ街道を進んでいる模様。数千からなる別軍団もまたドミトロフを目指して進んでいる。第三の軍団はウラジーミル街道を前進し始めた。第四のかなり強大な軍団が、ルザ[26]とモジャイスクの間にとどまっている。

22　九月十六日付のクトゥーゾフによる軍の再編指令の結果、自らの権限が縮小されたことに気分を害したバルクライ・ド・トーリは、病気を理由に退役した。

23　十月六日に行われた、ロシア軍とミュラ率いるフランス軍との戦い。

24　モスクワの南百キロの古都。

25　モスクワの北六十五キロの都市。

ナポレオン自身は二十五日時点ではまだモスクワにいた。以上すべての情報を総合すれば、敵はその勢力をいくつかの強力な部隊へと分散させており、ナポレオン自身はいまだ近衛隊とともにモスクワにいるということになるが、そうした状況下でなおも、貴下の直面している敵の勢力が、貴下の攻撃行動を阻むほどに強大であるなどということがありうるだろうか？　それどころか大方のところ、貴下を追撃している敵は数個部隊もしくは一軍団にすぎず、その勢力は貴下に委ねられている軍よりもはるかに弱いとみなすべきであろう。思うに、貴下はこの有利な状況に乗じて力で劣る敵に攻撃を仕掛け、敵を殲滅するか、もしくは少なくとも、敵を撃退して目下敵の手に落ちている諸県の大半の部分をわれらが手に奪回し、それによってトゥーラはじめわが国の内陸諸都市の危機を解消することが可能であろう。もしも敵が大規模な軍団をペテルブルグ方面に割《さ》き、大きな兵力を擁しえないこの首都を脅かしうるとすれば、それは貴下の責任となる。なぜならば貴下の手に委ねられている軍をもって果敢かつ機動的に行動することにより、貴下はこの新たなる災いを遠ざける十分なる手段を有しているからだ。思い起こしたまえ、貴下にはいまだモスクワを失うことで祖国に味わわしめた屈辱を償う責任があることを。余が常に貴下の労に報いる気持ちでいることは、貴下も経験でお分かりだろう。余のその気持ちが弱まることはないが、しかし余もロシアも、貴下に精勤と堅忍と成果を期待する権利を有している。それらは貴下の頭脳と戦略的才能と、そして貴下が率いる軍の勇猛さをもってすれば、当然期待されてしかるべきものであるがゆえに』

この書簡はペテルブルグにおいてもすでに勢力関係の実情が実感されていることを明かすものだったが、いまだこの書簡が送付の途次にあった段階で、クトゥーゾフはもはや指揮下の軍の手綱を抑えきれなくなり、すでに戦闘の火蓋《ひぶた》は切られていたのだった。

十月二日、斥候中のコサック兵シャポヴァロフが一羽の兎《うさぎ》を銃で仕留め、もう一羽に手傷を負わせた。傷を負った兎を追っているうちに森の奥に迷い込んだシャポヴァロフは、そこでまったく無警戒でいるミュラの軍の左翼に突き当たった。コサックは、危うくフランス軍に出くわすところだったと、笑いながら同僚に語った。するとその話を聞きつけたコサック軍少尉が、隊長に報告したのである。

コサック兵は呼びつけられて質問攻めにされた。コサック軍の指揮官たちは、この機を利用して敵の馬を横取りしてやろうと企んだが、指揮官の一人でロシア軍の上層

26　モスクワの西百キロの都市。

部と通じている者が、この事実を司令部の将軍に伝えた。このところ司令部の状況は極度に緊迫していた。エルモーロフはこの数日前、ベニグセンのもとを訪れ、どうか最高司令官に対するご自身の影響力を発揮して、攻撃が開始されるようお計らい願いたいと懇願していた。

「仮に私が貴君という人を知らなかったならば、てっきり貴君はご自身が依頼したその件を望んではいないのだと判断したことでしょうな。なにしろ、私が何か助言しようものなら、総司令官は確実にその反対のことを行うでしょうから」ベニグセンは答えたものだった。

コサック軍がもたらした知らせは、派遣された斥候たちによって確認され、いよいよ機が熟したことが証明された。ピンと張りつめた弦が外れ、時計のゼンマイがジーと鳴って、チャイムが奏でられ始めたのだ。クトゥーゾフがいかに表向きの権力を有し、知性と経験と人間知において秀でているとはいえ、皇帝にじかに報告を送っているベニグセンの提出した覚書[27]や、全将軍連が異口同音に表明している要望や、推測される皇帝のご意向や、コサック兵からの報告を勘案すると、さすがの彼も不可避的な動きを押しとどめるわけにはいかず、自らが無益かつ有害と見なしていたことを命令せざるを得なかった。すなわち出来上がった事実を追認したのである。

ベニグセンが攻撃の必要を訴えて提出した覚書や、フランス軍の左翼ががら空きだというコサック軍からの情報は、いよいよ攻撃の指令を下さざるを得ないという最後のシグナルにすぎなかったのであり、その通り攻撃は十月五日に決行と決まった。

十月四日の朝、クトゥーゾフは作戦命令に署名した。トーリがこれをエルモーロフに口述し、この先の指揮を執るよう申し入れた。

「分かった分かった、ただ今は暇がない」そう言ってエルモーロフは百姓家から出て行ってしまった。トーリが作成した作戦命令書は大変立派な出来だった。アウステルリッツの作戦命令書と同様、『第一縦隊[28]はこれこれの場を目指し、第二縦隊はこれこれの場を目指し……』といったふうに（ドイツ語でこそなかったものの）きちんと書かれていた。そして書面上は、名指されたすべての縦隊が指定された通りの場所に

27　十月三日付で、ミュラの軍の前衛が弱いのを根拠に攻撃の可能性を証明したもの。
28　縦に並んでいる隊形を示すと同時に移動と布陣の単位をも意味する語。規模は軍団、師団、旅団など様々であり得る。

赴き、敵を殲滅《せんめつ》する手はずになっていた。あらゆる作戦命令書がそうであるように、すべてが見事に計算し尽くされていた。ただしあらゆる作戦命令書による行動がそうであるように、しかるべき時にしかるべき場所に到着した縦隊は一つとしてなかった。

この作戦命令書が必要な部数だけ作成されると、一人の将校が呼ばれ、実行に移すべき命令書をエルモーロフに届けるために派遣された。クトゥーゾフの伝令をつとめるこの若い近衛重騎兵隊将校は、任務の重要さを喜びながら、エルモーロフの宿舎を訪れた。

「お出かけになりました」エルモーロフの従卒はそう答えた。

エルモーロフがよく出入りしている将軍のもとに赴いたが、そこでも、「お見えではありませんし将軍もお留守です」という答えだった。

近衛重騎兵隊将校は馬に乗ってもう一人の将軍を訪ねた。

またもや「いらっしゃいません、お出かけです」とのこと。

『伝達遅延の咎《とが》がこちらに降りかかってこなければいいが！　まったく腹が立つ！』将校は思った。陣営全体を回ってみたが、エルモーロフが他の将軍たちと連れ立って馬でどこかへ出かけるのを見たと言う者もいれば、きっともう宿舎に帰っているだろうと言う者もいた。将校は食事も抜きで晩の六時まで探し回った。だがどこにもエルモーロフはおらず、誰一人所在を知る者もいなかった。同僚のところで大急ぎで小腹を満たすと、またもや馬に乗って前衛部隊のミロラードヴィチを訪ねた。ミロラードヴィチもまた留守だったが、そこで彼は、ミロラードヴィチがキーキン将軍のところの舞踏会に出かけており、エルモーロフもきっとそこに居るはずだということを聞きつけた。

「その場所はどこです？」

「ほら、あそこのエチキノ村です」コサックの将校が遠くの地主屋敷を指さして答えた。

「あそこって、あれは散兵線の向こう側じゃないですか？」

「散兵線にわがコサック軍から二連隊出してありますよ。あそこじゃ今日は大変などんちゃん騒ぎですからね、困ったことに！　楽隊が二つに軍歌隊が三つ、呼ばれていますよ」

将校は散兵線を越えてエチキノ村を目指した。道中、まだ屋敷までかなり距離があったが、すでに彼の耳は兵隊の舞踊歌のよく揃った陽気な響きを捉えていた。

「牧場にて……牧場にて！……」口笛とトルバン［ウクライナの弦楽器］の調べを伴った歌が、時折叫び声にかき消されながら聞こえてくる。そんな調べを聞くと将校の胸も弾んだが、しかし同時に、自分に託された重要な指令書をこんなにも長いこと伝達し損なっている疚しさのせいで、空恐ろしい気持ちにもなってきた。すでに八時を回っていたのだ。馬を下りた彼は、ロシア軍とフランス軍との中間にそっくりそのまま残っている大きな地主屋敷の表階段を上り、玄関部屋へと入っていった。食器室でも玄関部屋でも、酒や料理を持った召使たちがせわしげに動き回っている。窓辺には軍歌隊が立ち並んでいた。部屋に案内された途端、彼の目に軍の最重鎮の将軍たちがずらりと並んだ姿が飛び込んできた。大柄で目立つエルモーロフの姿もそこに混じっていた。将軍たちは全員、フロックコートの前をはだけて半円形に立ち並び、赤く染まった顔を輝かせながらゲラゲラと大笑いしていた。広間の真ん中では同じく赤い顔をした美男の小柄な将軍が、威勢良く器用にトレパーク［ロシア農民舞踊］を踊ってみせているところだった。

「あっはっはっ！　いいぞ、ニコライ・イワーノヴィチ！　あっはっはっ！……」

このような瞬間に重要な命令を届けたりしたら自分は二重に間違いを犯すことになると思って、彼はしばらく待とうとした。だが一人の将軍が彼の姿を認め、何をしに来たのか察しをつけると、エルモーロフに伝えた。エルモーロフは渋々顔で将校のところまで出てくると、話を聞いて、何も言わずに書類を受け取った。

「君、あの人物が留守をしたのは偶然だったと思うか?」その晩、司令部将校の同僚が、エルモーロフについてこの近衛重騎兵隊将校に言ったものだ。「いや、策略さ、全部わざとやっているんだよ。コノヴニーツィン[29]を陥れようとしてな。見ていろ、明日は大変な騒ぎになるぞ!」

5章

翌日の朝早く、クトゥーゾフはよぼよぼの体で起き上がると、神に祈り、服を着て、気の進まなかった会戦の指揮をとらねばならぬという不愉快な意識に駆られつつ、幌馬車に乗りこんでタルーチノの後方五キロのレタシェフカ村を出発し、出動する縦隊群の結集予定地めがけて出発した。道中、居眠りをしたり目覚めたりを繰り返しながらも、クトゥーゾフは右手の方から砲声が聞こえはしないか、戦闘が開始されてはいないかと、耳を澄ましていた。だがあたりはまだ、しんと静まり返ったままだった。じめついてどんよりとした秋の一日が、ようやく明けようとしていた。タルーチノの

29 第3部第2編15章(第4巻363頁)に登場した総司令官付き当直将官で、連絡授受の責任者。

すぐ手前でクトゥーゾフは、馬を水飲み場に連れて行くために馬車のゆく手を横切ろうとしている騎兵たちの姿に気付いた。彼らの様子をじっと観察していたクトゥーゾフは、馬車を停めると、どこの連隊の者かと訊ねた。騎兵たちの所属連隊は、もう遥か前方で待ち伏せ態勢に入っているべき連隊だった。『手違いがあったんだな、恐らく』老いた総司令官はふとそんな風に思った。だがさらに先へと行ったところでクトゥーゾフは、歩兵連隊の兵士たちが叉銃《さじゅう》したまま、股引姿で粥をすすったり薪を運んだりしているのを目撃した。将校が呼びつけられる。将校の報告によれば、出動命令など全く受けていないとのことだった。

「受けていないとはどういう……」クトゥーゾフは思わず口走ったが、すぐに口をつぐみ、上級将校を呼ぶように命じた。幌馬車から這い降りると、うなだれて重い息をつきながら、あたりを行ったり来たりしつつ、黙って相手を待った。呼ばれた司令部付きの将校アイヘンが姿を見せると、クトゥーゾフの顔は怒りのあまり真っ赤になったが、これは別にこの将校が手違いの責任者だったからではなく、ただ怒りをぶちまけるにふさわしい相手だったからである。こうして全身を震わせ、息をあえがせながら、この老人は彼一流の、地面をのたうち回るような狂憤状態に陥っていった。そうしてアイヘンに襲い掛かり、両手で威嚇し、叫び、下品な言葉でさんざんに罵ったのである。たまたまそこを通りかかったもう一人のブローズィン大尉も、何の咎もないのに、同じ目に遭わされることになった。

「こいつはまた、どこの悪党だ？　このろくでなしどもをまとめて撃ち殺してしまえ！」両腕を振り回して足をよろめかせながら、クトゥーゾフはかすれ声でどなりちらすのだった。彼は身を切られるような苦痛を味わっていた。総司令官であり大公爵である自分、かつてロシアでこれほどの権力をもった人物はいないと誰しもが認めるこの自分が、こんな体《てい》たらくに追い込まれ、全軍の笑いものになっているのだ。『この日のためにあれほど心を砕いて神に祈ってきたのも、夜も寝ずにあれこれとつぶさに検討してきたのも、全て無駄だった！』彼は自分のことをそんなふうに思った。『いまだうら若い将校だった時でさえ、誰一人この俺をここまで馬鹿にするような奴はいなかった……それが今となって！』あたかも体刑を食らっているかのような、骨身に響くがごとき苦痛を味わっている彼は、その苦痛を怒りと苦悩の叫びによって表さずにはいられなかった。だがやがて力も尽き、あたりを見回して、自分がひどい罵《ば》詈雑言《りぞうごん》を吐き散らしたことを感じ取ると、また幌馬車に乗りこんで、黙って来た道を引き返した。

発散された鬱憤がそれ以上戻ることもなく、クトゥーゾフは、ベニグセン、コノヴニーツィン、トーリが（エルモーロフは翌日まで姿を現さなかった）言い訳やら自己弁護やらを並べ、不発に終わった当の作戦行動は明日決行すると主張するのを、力弱く目をしばたたきながら聞いていた。そしてまたもや彼は同意を与えざるを得なかったのである。

6章

翌日、軍は夕刻から所定の場所に集結して、夜更けに進軍が開始された。秋らしい、暗い藤色の雨雲のたなびく夜だったが、雨は降っていなかった。地面は湿っていたがぬかるんではいなかったため、軍は足音もなく進み、ただ時折砲兵隊の砲の軋みがわずかに聞こえるばかりだった。大声で話したり、パイプを吹かしたり、火打石で火をおこしたりするのは禁じられ、馬のいななきも抑えられていた。そんな秘密めかしたところが、この作戦の魅力を増していた。兵たちは陽気に歩んでいた。すでに予定の場所に到着したと思って歩みを止め、叉銃《さじゅう》して、冷たい大地に身を横たえる縦隊もあれば、中には（こちらの方が大半だったが）一晩中歩いたあげく明らかに見当外れの場所に出てしまった縦隊もあった。

オルロフ＝デニーソフ伯爵[30]の率いるコサック部隊は（他よりもひときわ小規模な分遣隊だったが）唯一しかるべき時にしかるべき場所に到着していた。分遣隊が歩を止めたのは、ストロミロヴァ村からドミトロフスコエ村へと続く小道に面した森の外れの空き地だった。

夜明け前、まどろんでいたオルロフ＝デニーソフ伯爵は揺り起こされた。フランス軍陣地からの脱走兵が連行されてきたのである。これはポニャトフスキー軍団のポーランド人下士官だった。自分が軍を脱走してきたのは職務上の侮辱を受けたせいであり、自分はとっくに将校になっているべき人間であって、誰よりも勇猛な戦士である、だから自軍に見切りをつけてきたし、報復してやりたいと思っている――下士官はポーランド語でそんな説明をした。彼はさらに、ミュラはここから一キロばかりのところで野営しているので、もしも自分に百名の護衛隊を付けてくれれば、ミュラを生け捕りにしてくると言明した。オルロフ＝デニーソフ伯爵は同僚と相談した。投降者の申し出は、断るにはあまりに魅力的なものだった。誰もが自分が行くと立候補し、

30　ワシーリー・オルロフ＝デニーソフ（一七七五～一八四三）。侍従武官長で近衛コサック隊の指揮官。

試してみるべきだと進言した。さんざん議論し、考えを巡らしたあげく、グレーコフ少将がコサック軍二個連隊を率いて下士官に同行することに決まった。

「いいか、覚えておけ」オルロフ＝デニーソフ伯爵は下士官を行かせる際に念を押した。「もしもお前の話がガセネタだったら、犬ころのように縛り首にしてやる。もし本当だったら、金貨百枚やろう」

下士官は毅然とした顔つきのままこれに答えることもせず、馬にまたがると、手早く支度を済ませたグレーコフとともに出発した。彼らの姿は森に消えた。オルロフ＝デニーソフ伯爵はかすかに白み始めた朝の新鮮な大気に肩をすぼめながら、自分の責任で企てた作戦に胸を躍らせつつグレーコフを見送ると、森を出て敵の陣営を見渡し始めた。明け始めた朝の光と燃え尽きようとしている焚火の火に照らされて、そこは今や現実離れした景観を呈していた。右手の開けた斜面には、味方の縦隊群が見えるはずだった。オルロフ＝デニーソフ伯爵はそちらに目を遣ったが、遠くからでも目に付くはずの縦隊群が、目に入っては来なかった。一方フランス軍の陣営では、オルロフ＝デニーソフ伯爵の見るところでも、そしてとりわけ目のいい副官の言によっても、人影がうごめき始める気配があった。

「ああ、やはり後れを取ったか」敵陣営を見ながらオルロフ＝デニーソフ伯爵はもらした。よくあるように、ひとたび信用した相手がいざ目の前から姿を消してしまうと、途端に彼には、あの下士官は食わせ物であり、さんざんほらを吹いたあげく二個連隊をどこか知らないところへ迷い込ませ、こちらの力を削いで攻撃を台無しにしようとしているのだということが、火を見るよりも明らかに思えてきたのだった。だいたいが、あれほどの大軍の中から総司令官を捕縛できるはずがあろうか？

「そうだ、騙しおったな、あのペテン師が」伯爵は言った。

「呼び戻すことは可能です」側近の一人が言った。この男もオルロフ＝デニーソフ伯爵と同じく、敵陣を眺めているうちに、この企てへの疑念が芽生えてきたのだった。

「何？　本当か？……君はどう思う――このままやらせるか、それとも中止か？」

「呼び戻させましょうか？」

「呼び戻せ、呼び戻すんだ！」オルロフ＝デニーソフ伯爵は時計を見ながら急に断固とした声で言った。「手遅れになる、すっかり明けてきたからな」

副官が一人、森の中を馬を飛ばしてグレーコフの後を追った。グレーコフが戻ってくると、オルロフ＝デニーソフ伯爵は、中止されたこの企てのせいで、また一向に姿を見せない歩兵縦隊を待ちくたびれたせいで、さらには敵が間近にいるせいで、興奮を募らせたあげく（彼の分遣隊の将兵はみな同じ気持ちを味わっていたが）、攻撃の決断を下した。

伯爵が声を抑えて「乗馬！」と命令すると、一同はそれぞれ位置について十字を切った……。

「成功を祈る！」

「ウラアアア！」雄叫《おたけ》びが森に響き渡り、一中隊また一中隊と、槍を水平に構えたコサックたちが、まるで袋から豆が飛び出すように陽気に駆け出すと、小川を越えて敵陣目指して突き進んだ。

最初にコサックたちに気付いたフランス兵が、怯えあがって絶望的な叫びをあげると、陣営にいた者たちがすべて、着るものも着ずに寝ぼけ眼のまま、砲も銃も馬もほったらかしにして、足の向く方向へと逃げだして行った。

もしもコサックたちが自分たちの背後や周囲に残されたものに気を取られず、まっしぐらにフランス軍を追撃していたなら、彼らはミュラも捕獲できれば、そこに残されたものもすべて手に入れていたことだろう。指揮官たちもそれを望んでいた。だが、いったん戦利品と捕虜を手に入れたコサックたちをその場から動かすのは不可能だった。命令は誰も聞こうとしなかった。なにせ一挙に千五百名の捕虜、三十八門の砲、軍旗、そしてコサックにとって何より大事なことに、馬、鞍、毛布及び様々な物品が捕獲されたのだ。そのすべてを処理し、捕虜や砲はしっかり確保し、戦利品は分配し、仲間同士で怒鳴り合いや取っ組み合いまでしなくてはならなかった。コサックたちはそのすべてにかかりきりだった。

フランス兵たちは、もはや敵が追ってこないのに気づくと徐々にわれに返り、小隊ごとに集まって銃で応戦し始めた。オルロフ＝デニーソフ伯爵は全縦隊が揃うのを待って、それ以上攻撃を仕掛けなかった。

一方で、『第一縦隊はこれこれの場を目指し』云々という作戦命令書に従ってベニグセンの命令を受け、トーリが統率する縦隊の歩兵軍団は、遅ればせながら型どおり出動したにもかかわらず、いつものごとく、どこかへと到着したものの、それは予定された場所ではなかった。いつものごとく、陽気に出発した兵たちの足取りが徐々に重くなり、不満の声が聞こえ、混乱の気配が漂い、どこかを目指して後戻りが始まった。副官や将軍たちが馬を飛ばして行き来しながら、さんざん喚いたり、怒ったり、口論したり、全く見当はずれの場所に来て後れを取ったと文句を言ったり、誰かを罵ったりしたあげく、結局は皆あきらめて、どこでもいいからとにかく行こうとばかりに前進を始めた。「きっとどこかへ着くさ！」というわけである。そうして実際着くには着いたのだったが、見当はずれの場所に出た者たちもいれば、目的地に着きはしたもののもはや手遅れで何の役にも立たず、ただいたずらに敵の射撃の的となった者たちもいたのである。この戦闘でかのアウステルリッツにおけるワイローターの役割を演じたトーリは、懸命に馬を走らせてあちこちの地点を回ったが、どこでも目にするのはちぐはぐな事態ばかりだった。そんな折、森の中を駆けていた彼は不意にバゴヴット[31]の軍団に出くわしたが、この時にはすっかり夜が明けており、この軍団はとっくにオルロフ＝デニーソフ伯爵のいる場所に着いていなければならないはずだった。ことの不首尾への苛立ちと嘆きに駆られ、これは誰かの仕業に違いないと思い込んでいたトーリは、軍団の指揮官に馬で駆け寄ると、厳しく譴責して、これは銃殺に値する失態だと言い放った。バゴヴットは老練で闘志に満ちた沈着な将軍だったが、彼もまた停滞や混乱や矛盾だらけの状況にうんざりしていたところだったので、誰もが驚いたことに普段の性格を全く裏切ってかんかんに腹を立て、トーリに向かって散々口汚く反論した。

「私は誰の説教も聞く耳は持たんが、兵とともに命を落とす覚悟なら、誰にも負けない」そう言うと彼は一個師団を率いて前進していった。

　平原に出てフランス軍の砲火に直面すると、興奮しきった勇猛なバゴヴットは、現時点で自分が戦闘に加わることが有益か無益かについて頭を巡らすこともなく、一個師団を率いてまっしぐらに前進し、自軍を敵の砲火にさらした。危険と砲弾と銃弾こそが、まさに憤った彼の気分に必要なものだったのだ。最初の銃弾の一つが彼を殺し、次の銃弾が多くの兵士たちを殺した。こうして彼の師団は、しばしの間何の益もないまま砲火に身をさらして立ち尽くしていたのである。

7章

この間に前線から別の縦隊がフランス軍に攻撃を仕掛ける段取りになっていたのだが、その縦隊にはクトゥーゾフがついていた。わが意に反して開始されたこの戦闘からは混乱の他は何も生まれないと十分に承知していたクトゥーゾフは、力の及ぶ限り軍を抑えようとした。つまり動かなかったのだ。クトゥーゾフは例の灰色の小さな馬にまたがって黙々と歩を進めながら、攻撃しましょうという提案に面倒くさそうに応じていた。

「君らは二言目には攻撃を、攻撃をと言うが、わが軍が複雑な戦略をこなしうる能

31　エストニア人のロシア軍将軍（一七六一〜一八一二）。

力を欠いているのを自覚しておられない」前進の許可を願い出たミロラードヴィチに彼はそう言った。

「朝のうちにミュラを生け捕りにすることも、時刻通りに配置に着くこともなしえなかった以上、もはや打つ手立てはない！」別の相手には彼はそう答えたのだった。

フランス軍の背後は、前のコサック部隊の報告ではガラ空きということだったが、いまやポーランド軍の二個大隊が固めている――この知らせを受けると、クトゥーゾフは背後にいたエルモーロフをちらりと横目で見て言った（前日から二人はいまだ言葉を交わしていなかった）。

「攻撃しろと催促し、いろんな作戦を提案しておいて、いざことに当たると何の準備もできておらんから、予告してもらった敵がしっかり対抗措置を取るというわけだ」

これを聞きつけたエルモーロフは、目を細めてニヤッと微笑んだ。自分にとって嵐は通り過ぎた、クトゥーゾフはこの当てこすりだけでことをすませるだろうと悟ったのだ。

「あれは俺に嫌味を言って憂さ晴らしをしているんだ」すぐ脇に立っていたラエフスキーを膝がしらで突くと、エルモーロフは小声で言った。

この後まもなくエルモーロフは前に出てクトゥーゾフに歩み寄り、恭しい口調で進言した。

「機を逃したわけではありません、殿下、敵は去っておりませんから。攻撃をお命じになりませんか？　さもないと近衛隊は硝煙も見ずに終わることになりますから」

クトゥーゾフは何も答えなかったが、ミュラの軍が後退しようとしているという知らせを受けると、攻撃を命じた。ただしそれは百歩進むごとに四十五分も停止するような、だらだらした攻撃だった。

結局、戦闘はオルロフ＝デニーソフ伯爵のコサック部隊が行ったことに尽きたのであり、残余の軍はただいたずらに数百名の兵を失ったばかりであった。

この会戦の結果クトゥーゾフは金剛石《ダイヤモンド》勲章を授かり、ベニグセンも同じく金剛石《ダイヤモンド》勲章と十万ルーブリを授かった。他の者たちも各々その地位に応じて同じくたくさんの褒美をもらい、そしてこの会戦の後には、また新たに総司令部内での人事異動が行われたのである。

「ほら、わが軍のすることはいつだってこんな調子さ、すべてがちぐはぐなんだよ！」タルーチノの戦いの後でロシア軍の将校や将軍たちはそんなふうに言ったものだが、それは今どきの者たちが口にするのとまったく同じで、要するに、誰か間の抜けた奴があんなちぐはぐなことをしでかしたのであって、自分たちだったらあんなまねはしなかっただろうと言いたいのだ。だがそんなふうに言う者たちは、自分たちが言及している事柄に通じていないか、それとも意識的に自己を欺いているのだ。戦闘というものはすべて——それがタルーチノであれ、ボロジノであれ、アウステルリッツであれ——あらゆる戦闘は、指揮官が想定した通りには運ばないからだ。それが基本条件なのである。

戦闘の行方には、数え切れぬほどの自由な諸力が作用する（生死をかけた戦闘の時点におけるほど、人間が自由である場はないのだから）。したがって戦闘の向かう方向は決して事前に分かり得ないし、決してそれが何か一つの力の方向と一致することはない。

多くの力が同時に、しかも様々な方向に向けて何か一つの物体に作用するとすれば、その物体が動く方向は、複数の力のどれ一つの方向とも一致しえない。それは常に中間の、最短の方向、すなわち力学で力の平行四辺形の対角線と表現される方向を取るのだ。

歴史家の、とりわけフランス人歴史家の著作で、かの国においては戦争および戦闘があらかじめ決められた計画通りに遂行されたと記述されている場合、われわれがそこから導くべき唯一の結論は、そうした記述が間違いであるということに尽きる。

タルーチノの戦いにおいては、トーリが企図していたような、作戦命令通りに軍を秩序だった形で戦闘に投入するという目的も達成されていなければ、またオルロフ＝デニーソフ伯爵が目論んでいたかもしれぬ、ミュラを捕虜にするという目的も達成されておらず、はたまたベニグセンや他の面々が狙っていたかもしれぬ、一瞬にして全軍を殲滅するという目的も、あるいは作戦に参加していいところを見せたいというどこかの将校の思惑も、あるいはこれまで得たよりももっと多くの戦利品を得たいというコサック兵の思惑も、その他どんな目的も明らかに達成には至らなかった。だがもしも目的が、まさに実際に成し遂げられたこと、そして当時のすべてのロシア人が共通の願いとしていたこと（フランス人をロシアから追い払い、彼らの軍を殲滅すること）だったと仮定するならば、タルーチノの戦いこそ、まさにその支離滅裂さのおかげで、戦役のこの時点で必要とされていたものに他ならないということが、完全に明らかになるだろう。この戦闘の帰結としてどんなものがありえたかと考えた場合、まさに実際に起こった出来事ほど目的にかなった帰結を思いつくのは困難でありかつ不可能なのだ。最小の緊張と最大の混乱と、そして最小の犠牲をもって、戦役全体を通じて最大の戦果が達成された。すなわち退却から攻撃への転換がなされ、フランス軍の弱体ぶりが暴かれ、そしてナポレオン軍が敗走を開始するためにひたすら待ち焦がれていたきっかけが与えられたのである。

8章

ナポレオンはモスクワ川の戦い［ボロジノ会戦］での輝かしい勝利の後にモスクワに入城した。戦場がフランス軍の後方に残った以上、勝利は疑う余地のないものであった。ロシア軍は退却し、首都を明け渡したのだ。食糧、武器、弾薬、そして無尽蔵の富のあふれるモスクワが、ナポレオンの手に落ちた。フランス軍の半分の兵力しかないロシア軍は、その後一か月間、一度として攻撃の試みを見せなかった。ナポレオンの立場はこの上なく輝かしいものだった。残存するロシア軍に二倍の兵力で襲い掛かって殲滅するという選択肢を取ろうが、自分に有利な講和条件を押し付けて、拒絶された場合にはペテルブルグに向けて威嚇行動を起こすという選択肢を取ろうが、さらには万一ことが失敗した場合、スモレンスクないしヴィルナに戻るか、あるいはそのままモスクワに残るという選択肢を取ろうが——端的に言って、この段階でフランス軍が置かれていた輝かしい立場を維持するためには、格別の天賦の才は必要とされないように思えた。そのために必要とされるのは、もっとも単純かつ容易な手を打つことだった。すなわち、軍に略奪行為を禁じること、モスクワに全軍に足りるほど存在したはずの冬用の衣服を準備すること、および、(フランス人歴史家たちの証言によれば)モスクワに全軍を半年以上養うほどあった食糧をしっかりと調達することであった。歴史家たちの主張によれば天才中の天才で、しかも全軍の指揮権を持っていたあのナポレオンが、これを一つとして行わなかったのである。

彼はこうしたことを何一つ行わなかったばかりでなく、むしろ反対に、目の前にある全ての行動方針の中で最も愚かしくて破滅的なものを選びとるのに、自分の権力を行使した。モスクワで冬越しする、ペテルブルグへ行く、ニジニ・ノヴゴロドへ行く、北寄りの道もしくは後にクトゥーゾフが進んだ南寄りの道を通って引き上げる——と、ナポレオンの取りうる選択肢は数々あったが、何をどう考えたところで、ナポレオンが実行したことほど愚かで破滅的な行動は思いつくべくもなかった。十月までモスクワにとどまって軍に略奪をほしいままにさせ、その後、守備隊を残したものかどうかと迷いつつモスクワを出て、クトゥーゾフのもとまで歩を進めながら戦闘を開始することはせず、右手に折れてマロヤロスラーヴェツまで進み、またもやそこを突破するチャンスを回避して、クトゥーゾフが進んだ道を行かずに、荒廃しきったスモレンスク街道をたどってモジャイスクへと後退する――およそこれほど愚かしく、軍にとって破滅的な行動は思いつけぬほどであり、そのことはまさに結果が証明している。仮にナポレオンの目的が自分の軍を滅ぼすことにあったと仮定して、ナポレオン自身がとったものほど確実に、しかもロシア軍がどんな行動をとろうと一切かかわりなく、全フランス軍を見事に破滅させるような、別の行動プランを思いつくことができるかどうか、最高に優秀な戦術家たちに知恵を絞らせてみたいところだ。

天才ナポレオンはこれを成し遂げた。しかし、ナポレオンが自分の軍を滅ぼしたのは彼がそれを望んだからだとか、あるいは彼がきわめて愚かだったからだとか言うのは、ナポレオンがモスクワまで軍を導いたのは彼がそれを望んだからであり、彼がきわめて賢く天才的であったからだと言うのとまったく同様に、正しくない。いずれの場合においても、彼個人の行動は個々の兵士の行動よりも大きな力を持っていたわけではなく、ただそれが現象の帰趨《きすう》をつかさどる諸法則に合っていただけなのである。

ナポレオンの力はモスクワで衰えたのだという歴史家たちの言説は、真っ赤な嘘である（それは単に、結果がナポレオンの行動を裏切ったせいにすぎない）。彼はこれ以前と同様、またこの後の一八一三年の時とも同様、自らと自らの軍のために最良のことをなすべく、己の能力と力の限りを尽くしていた。この間のナポレオンの活動ぶりは、エジプトにおける、イタリアにおける、オーストリアにおける、そしてプロイセンにおける彼の活動ぶりに劣らず目覚ましいものだった。四千年の時が彼の偉大さに見惚れていたという[32]、エジプトでのナポレオンの天才ぶりなるものがどの程度まで実話なのか、われわれには確かなところは分からない。その偉大なる功業をわれわれに描き出してくれるのは、フランス人ばかりだからである。オーストリアやプロイセンにおける彼の天才ぶりについても、われわれには確かな判断はできない。それらの地での彼の活動に関する情報も、フランスかドイツの資料から汲み取らざるを得ないからだ。ドイツで行われた対ナポレオン戦争で、数個軍団が戦わずして投降したり、幾つもの要塞が包囲もされないのに明け渡されたりという不可解な現象を見たドイツ人たちは、唯一の説明としてナポレオンの天才性を認めるしかなかったのだ。しかしわれわれには、幸いなことに、自分たちの恥を隠すために彼の天才性を認めなくてはならない理由はない。われわれはそれなりの犠牲を払って、事実をそのまま、まっす

32　一七九八年七月のピラミッドの戦いを前にして、ナポレオンがフランス兵士たちに「四十世紀の時がピラミッドの頂上から諸君を見下ろしている」と演説したのを踏まえている。

ぐに見つめる権利を得たのであり、その権利を譲るつもりはない。

モスクワにおけるナポレオンの活動ぶりは、あらゆる場所におけるのと同様目覚ましく、また天才的であった。モスクワに入城してからそこを出る時まで、彼のもとから次々と命令や計画が発せられた。住民や代表使節団が不在なことも、モスクワ大火そのものも、彼を当惑させはしなかった。自軍の安寧も、敵の行動も、ロシア諸民族の安寧も、パリの政務も、来るべき講和の条件に関する外交上の思惑も、何一つ彼は見落としていなかったのである。

9章

軍事面では、モスクワに入城すると直ちにナポレオンは、セバスチアーニ将軍[33]にロシア軍の動きを追うように命じ、諸街道に軍団を派遣し、ミュラにはクトゥーゾフを見つけろと命じた。続いて彼はせっせとクレムリンを固める算段をし、次にはロシア全土の地図を見ながら、今後の作戦の天才的なプランを作成している。外交面では、略奪を受けてぼろぼろの姿のままモスクワを出る方途もつかずにいたヤコヴレフ大尉[34]を呼び寄せて、自らの政策と寛大な意図を懇切に説き聞かせ、アレクサンドル皇帝に向けて、自らの義務として、ラストプチンがモスクワでとった措置は悪しきものであった旨を友であり同胞である貴殿にお伝えするという書簡を認《したた》めたうえで、ヤコヴレフをペテルブルグに送ったのだった。同じく彼はトゥトルミーン[35]にも自らの抱負と寛大な意図を子細に説き聞かせ、そしてこの老人をも同じくペテルブルグへ交渉のために送っている。

司法の面では、大火の直後に犯人を見つけ出して罰せよとの命令が下された。またかの悪党ラストプチンには、罰として当人の屋敷を焼けという命令が下された。行政面では、モスクワに憲法が授けられ、市会が設置され、そして以下の布告が発

33　ホレス・セバスチアーニ（一七七二〜一八五一）。ナポレオン軍の前衛部隊を率いた元帥。

34　イワン・ヤコヴレフ（一七六七〜一八四六）。退役大尉。作家・思想家ゲルツェンの父。モスクワに残っていたところをナポレオン軍に捕獲され、アレクサンドル帝へのメッセージを届ける条件で釈放された。ゲルツェンの『過去と思索』第一部第一章には、この時の模様が詳述されている（アレクサンドル・ゲルツェン（金子幸彦・長縄光男訳）『過去と思索1』（筑摩書房、一九九八）18頁以下参照）。

35　イワン・トゥトルミーン（一七五二〜一八一五）。少将。当時モスクワ孤児院の院長として、町に残っていた。

せられた。

『モスクワ住民に告ぐ！

諸君は惨憺《さんたん》たる災厄をこうむったが、皇帝にして国王である陛下は、その流れを断つご意向でおられる。数々の恐るべき事例によって諸君は、陛下がいかなる形で不服従と犯罪に報いるかを学んだ。無秩序に終止符を打ち全般的な治安を回復するため、厳格なる措置が取られた。諸君自身のうちから選出された自国民による行政主体が、諸君の市会あるいは市庁を構成する。それが諸君の身に配慮し、諸君の要求に、諸君の福利に対処することであろう。その組織の成員は識別のために赤い綬を肩に掛け、市長はそれに加えて白い帯を着ける。ただし勤務時間以外は、いずれも左腕に赤い腕章を着けるにとどめる。

市警察は従来の規定に従って設置され、その活動によってすでに秩序は改善されている。政府は二名の警視総監すなわち警察長官、および二十名の警視すなわち警察署長を任命し、後者を市の各地区に配置した。彼らは左腕に着ける白い腕章によって識別される。諸宗派に属すいくつかの教会が再開され、支障なく勤行を営んでいる。諸君の同胞市民も日ごとにもとの住居に帰りつつあり、罹災後の支援や保護が受けられるよう、通達がなされている。以上が、秩序回復と諸君の窮状軽減のために政府がとった方策である。ただしこれが所期の目的を達成するためには、諸君が政府と力を合わせて努力することが必須であり、できるならば諸君のこうむった不幸を忘れ、巡りくる運命がさほど厳しからぬものであろうという期待に身を委ね、諸君自身および諸君の残った財産を侵害する者には必ずや恥ずべき死が待っているという信念を持ち、ひいては諸君の身も財産も保全されるであろうことを疑わぬ態度が必要である。何となれば、それこそがすべての君主のうちでもっとも偉大かつ公正な陛下のご意志だからである。民族を問わず、すべての兵士と住民に告ぐ！　国家の幸の源泉である公共の信頼を回復し、互いに同胞として暮らし、援助と保護を提供し合い、一丸となって悪意ある者たちのたくらみを跳ね返し、軍民それぞれの当局に従うべし。そうすれば、いま諸君の流している涙も遠からず止むことだろう』

軍の食糧面では、ナポレオンは全部隊に対し、順次モスクワに赴いて食糧備蓄のための略奪を働くよう指示を与えた。そういう形で軍の今後を保障しようとしたのである。

宗教面では、ナポレオンは聖職者たちを呼び戻して教会の勤行を復活させるよう命じた。

商業面では、軍の食糧調達も兼ねて、次の布告が至る所に掲示された。

布 告

『罹災のため町を離れた冷静なるモスクワ住民、職人、労働者諸君、並びに、故なき恐怖に茫然としたままいまだ野にとどまっている農民諸君、耳を傾けたまえ！ この首都には平穏が戻り、秩序が回復されつつある。諸君の仲間も、丁重に扱われることを見て取ると、勇気をもって隠れ家を出てきている。住民とその財産に対する暴行は、すべて即刻処罰される。皇帝にして国王であられる陛下は、住民を庇護し、自らの命令に背く者を除いては、何人《なんぴと》も敵と見なすことはなさらない。陛下は諸君の不幸に終止符を打ち、諸君をそれぞれの家に、それぞれの家族のもとに戻すことを望んでおられる。陛下の善き意図に応え、一切の危惧を捨ててわれわれのもとへ来たまえ。住民諸君！ 信頼してもとの住処《すみか》に戻りたまえ。そうすれば速やかに必要を満たす手段が見つかるだろう！ 手仕事に従事する諸君及び勤勉なる職人諸君！ 仕事場に戻ってきたまえ。家が、店舗が、警備兵たちが諸君を待っており、諸君の労働に対してはしかるべき対価が支払われる！ そして最後に農民諸君、恐怖のあまり隠れた森林を出て、恐れずに、間違いなく身が護られるという確信をもって、もとの家に戻りたまえ。町には農民諸君が余剰の穀物や野菜を持ち寄ることのできる直売所が開設されている。政府は農民諸君に自由販売を保障すべく、次の措置を講じた。

（1）本日以降、農民、地主、およびモスクワ近郊の住人は、種類によらず自らの貯蔵食糧を一切の危険なしに市内に搬入し、二か所の指定の直売所、すなわちモホヴァーヤ通りとオホートヌィ・リャードの直売所に置くことができる。

（2）その食糧は、購買者と販売者が互いに折り合う価格で買い取られる。ただし、仮に販売者が必要とする正当な対価を得られない場合には、自由に商品を自分の村に持ち帰ることが可能であり、何人《なんぴと》も、いかなる形であれ、それを妨害することはできない。

（3）毎週日曜日と水曜日を特大市《いち》の日と定め、そのため火曜日と土曜日には、輸送に当たる荷馬車を警護するために、十分な数の警護兵がすべての主要街道沿いに、首都から必要な距離だけ配備される。

（4）帰途につく農民が荷馬車と馬を含めて妨害行為を受けぬよう、同様の措置をとる。

（5）通常の商取引を回復すべく、直ちに方策を講ずる。

都市と農村の住民諸君、並びに労働者、職人諸君に、民族の隔てなく呼び掛ける！　皇帝にして国王であられる陛下の慈父のごときご意志を果たし、陛下とともに公共の福利を促進せよ。陛下の足下に尊敬と信頼を捧げ、即刻われわれと団結すべし！』

軍と民の士気向上の面では、絶え間なく閲兵式が行われ、褒賞がなされた。皇帝はあちこちの通りを騎馬で回って住民を慰撫し、政務に忙殺されていたにもかかわらず、自分の指示で開設された劇場を、自ら訪れた。

君主の最善の勲功たる慈善の面でも、ナポレオンはみずからの裁量によってできる限りのことを行った。種々の慈善施設には「わが母の家」という看板を掲げるように命じ、君主としての偉大なる徳業に、人の子としての優しい感情を添えたのだった。彼は孤児院を訪れ、自らが救った孤児たちに自分の白い手に口づけさせ、院長のトゥトルミーンを相手に慈愛に満ちた会話をした。さらに、ティエールの雄弁なる記述によれば、彼は自軍の将兵に自らの作ったロシアの偽造紙幣で俸給を支払うように命じた。『彼自身にもフランス軍にもふさわしい行為でこの種の措置の価値を高めようとして、彼は焼け出された者たちに援助を与えるよう命じた。ただし、備蓄食糧は、大半が敵対感情を持っている異郷の住民に分け与えるにはあまりにも貴重だったので、ナポレオンは彼らが他所で食糧を調達できるよう、金を与えるのが良策とみなした。そこで、彼は住民たちにルーブリ紙幣を分け与えるよう命じたのだった』

軍の規律面では、職務不履行を厳重に処罰せよ、略奪を禁止せよという命令がひっきりなしに出された。

10章

ところがおかしなことに、こうした指示や配慮や計画はすべて、他の同様なケースに適用されたものと比べて全く遜色のないものだったにもかかわらず、事態の核心に触れるものとはならず、あたかもゼンマイ仕掛けから切り離された時計の針のように、歯車とかみ合わぬまま勝手に意味もなく回るばかりだった。

軍事面で言えば、かのティエールが『彼［ナポレオン］の天才をもってしても、これほど深慮に富んだ巧妙な、驚嘆すべき計画が生み出されたことはいまだかつてなかった』と称え、わざわざかのフェーン氏[36]と論争までして、これが作成されたのは十月四日ではなく十五日［グレゴリオ暦］であることを論証しようとした、「天才的作戦計画」なるものは、一向に実行されず、また実行されるべくもなかった。一から十まで現実離れしていたからである。クレムリンの防衛強化は、モスク（ナポレオンは福者ワシーリー寺院をそう呼んだ）の取り壊しを必要とするような大計画だったが、全く無益であることが判明した。クレムリンの地下に地雷を埋設するのも、いよいよモスクワを出て行くときにはクレムリンを破壊してやりたいという、皇帝の希望をかなえる役にしか立たなかった。いわば子供が転んでけがをした床を殴りつけるような、八つ当たりにすぎない。ナポレオンがひどく執心していたロシア軍への追撃は、前代未聞の結果となった。フランス軍の指揮官たちは六万もの兵を擁するロシア軍をすっかり見失ってしまい、かろうじて、かのティエールの言によれば、ミュラの手腕と、恐らくはまたしても天才をもって初めて、あたかも一本のピンを発見するがごとくに六万のロシア軍を発見することができたのであった。

外交面で言えば、ナポレオンがトゥトルミーンの前で、さらにほとんど外套と荷馬車を手に入れることしか頭になかったヤコヴレフの前で、自分の寛大さと公正さを論証してみせたことは、すべて無駄に終わった。アレクサンドル皇帝はこの二人の使節を引見せず、彼らに託されたメッセージにも返事をしなかったからである。

司法面で言えば、放火犯と目された者たちが処刑された後も、モスクワの残りの半分が焼尽した。

行政面で言えば、議会の開設は略奪行為を止めることはできず、これによって利益を得たのはただ、議会に職を得て、秩序維持の名のもとにモスクワ市の財産を略奪し、あるいは自らの資産を略奪から守った、若干の者たちばかりであった。

宗教面で言えば、エジプトではイスラム教のモスクを参詣することで簡単に事態が収まったのに、ここでは同じ行為が何の成果ももたらさなかった。モスクワで見つかった二人か三人の司祭がナポレオンの意図を実現しようと試みたが、一人はお勤めの最中にフランス兵にびんたを食らい、もう一人に関しては、フランス人の役人が以下のような報告を行う始末だった。

『本官が見つけてミサを再開すべく招致した司祭は、教会を清掃したうえで施錠した。するとその晩またもや賊が襲来し、門を破り錠を壊し、書物を引き裂き、その他さまざまな狼藉を働いた』

商業面で言えば、勤勉なる職人たちやすべての農民たちに対する例の布告は、何の

36　ナポレオンの秘書官で後に一八一二年のナポレオンの事績を克明に綴った二巻本の記録書を出している。

反応も得られなかった。そもそも勤勉なる職人なるものは存在せず、また農民たちは、当該の布告を携えて奥地に深入りしすぎた警察署長たちを捕まえ、殺害してしまったのである。

民衆や兵士の娯楽に芝居を供するという企画も、同じく不首尾に終わった。クレムリンとポズニャコフ邸に作られた舞台は、女優や男優が強盗に遭ったため、直ちに閉鎖されてしまった。

慈善の施策も、これまた功を奏さなかった。偽札と本物の紙幣がモスクワにあふれ、ともに価値を失ってしまった。戦利品を集めたフランス人にとって、必要なのは金《きん》のみだった。ナポレオンが恵まれぬ者たちにかくも慈悲深く分け与えた偽札が無価値になったばかりでなく、銀も金に対する価値を下落させていた。

だが当時至上命令が無効だったことを何よりもはっきりと物語っているのが、略奪をやめさせ秩序を回復しようと奮闘するナポレオンの姿だった。

軍の監督官たちは以下のような報告をしている。

『略奪禁止令にもかかわらず、市街では略奪が続けられている。秩序はいまだ回復しておらず、正規の商売をしようという商人は一人もいない。物を売っているのは従軍酒保の店主ばかりで、しかも売り物は略奪品にすぎない』

『本官の担当区域の一部はいまだに第三軍団の兵たちによる略奪をこうむっている。兵たちは、地下に隠れた無辜《むこ》の住民たちのなけなしの財を奪うのみでは飽き足らず、残酷にもサーベルで彼らに危害まで加えている。本官はそれを何度も目撃した』『異状なし、ただ兵たちが略奪と窃盗をほしいままにしているのみ。十月九日［露暦九月二十七日］』

『窃盗と略奪は続いている。われわれの管区には盗賊団が存在し、いずれ強固な措置によってこれを制止せざるを得ないだろう。十月十一日［露暦九月二十九日］』

『略奪をやめよという厳重命令にもかかわらず、クレムリンに帰還する近衛部隊に略奪兵の姿しか見えないことに、皇帝は極めてご不満である。古参近衛隊では昨日、および昨夜から本日にかけて、規律違反と略奪行為がいつになく激しい勢いで再燃した。皇帝は、ご自身の身を護る使命で編成された選り抜きの兵士たちが、服従の範例を示すべきであるにもかかわらず命令違反をほしいままにし、軍のために用意された地下蔵や倉庫を打ち壊すまでに至っているのを目の当たりにして、心を痛められておられる。また別の者たちは堕落の果てに、歩哨や警備将校の注意を聞かず、罵ったり殴ったりする始末だ』

『儀典長官が極めて憂慮しているのは』と県知事は書いている。『いくら禁止しても兵士たちがあちこちの内庭で小便をするのをやめず、皇帝の部屋の窓の下でまで、これを行っていることだ』

この軍隊はまさに放たれた家畜の群れさながらに、餓死から守ってくれるはずの餌を足下に踏みにじりながら、いたずらにモスクワに長居しているうちに、日々崩壊し、滅びつつあった。

だが軍は動こうとしなかった。

軍がようやく逃走を開始したのは、スモレンスク街道で輸送馬車が敵に乗っ取られた事件[37]と、タルーチノの戦いとによって、思いがけぬ恐怖の戦慄に見舞われた時だった。まさにそのタルーチノの戦いの知らせを閲兵の最中に突然受けたナポレオンは、ティエールによれば、ロシア軍を懲らしめたいという欲求を掻き立てられ、全軍が必要としていた出陣の命令を発したのだった。

モスクワから逃げる際に、この軍の者たちは略奪した物品をすべて持ち出した。ナポレオンもまた自身の宝物《トレゾール》を運び出していた。軍は大荷物の集団と化し、その輸送車の列を見て、ナポレオンは（ティエールの言によれば）慄然《りつぜん》とした。しかしあれほどの戦争経験を持ち、モスクワへの進軍の際にはある元帥の荷馬車を焼き払ってみせた彼が、この時は、余分な荷馬車を全部焼き払えという命令を発することはしなかった。それどころか彼は、兵士たちを乗せた幌馬車や旅行用馬車を眺めて、こういう乗り物は食糧も病人もけが人も運べるから大変都合がいい、と言ったものである。

この全軍の状況は、自分の破滅を知りながら自分のしていることが分かっていない、傷ついた獣の状況に似ていた。モスクワに入城してから軍が滅びるまでの間のナポレオンと彼の軍の巧妙な作戦行動及びその狙いを研究することは、致命傷を負った獣が見せる断末魔の跳躍や痙攣の意味を研究することに等しい。よくあることだが、傷を負った獣は、かすかな物音を聞きつけると、撃とうとする猟師に向かって飛び掛かっていったあげく、前に逃げたり後ろに逃げたりしているうちに、自分で自分の死を早めてしまう。まったく同じことをナポレオンは全軍の重圧のもとで行った。タルーチノの戦いのかすかな物音がこの獣を怯えあがらせ、銃声のする方へまっしぐらに前進して猟師の間近まで駆け寄ってから後退し、また前進と後退を繰り返したあげく、ついには獣が皆そうするように、最も不利で危険な、しかし見覚えのある古い足跡のある道を、逃げ戻ったのだ。

37　スモレンスク近郊でコサック部隊がフランス軍の輸送隊を襲った事件で、ナポレオンは九月二十一日か二十二日にこの報を受けた。

われわれの目には、ナポレオンこそがこの運動すべての統括者だと映っていた（それはちょうど、船の舳先に刻まれた人形が、未開人の目に船をつかさどる力と映るようなものだった）。しかるにナポレオンは自らの活動の全期間を通じて、ちょうど馬車の中に括りつけられた編み紐につかまりながら、自分がその馬車を御《ぎょ》しているのだと思い込んでいる子供のようなものだったのである。

11章

十月六日の早朝、バラックを出たピエールは、戻ってくると扉の外に立ち止まったまま、足元にまとわりついてくる胴長で曲がった短い足をした灰青色の小犬と戯れた。これはこのバラックに居ついている小犬で、夜はカラターエフと一緒に過ごしているが、時折町のどこかに出かけて行っては、また戻ってくるのだった。どうやら一度も誰にも飼われたことのない様子で、いまだに誰の飼い犬ともいえず、決まった名前さえなかった。フランス人たちはこの犬をアジュール［青］と呼び、例の昔話をする兵隊はフェムガルカと呼び、カラターエフや他の者たちはセールィ［灰色］、時にはヴィースルィ［たれ耳］と呼んでいた。飼い主もなく、名前もなく、品種や決まった毛色さえないことも、どうやらこの灰青色の犬は一向に苦にしていないようだった。ふわふわの毛におおわれた尻尾は帽子の飾り羽根のようにくるんと上向きに立っており、曲がった足は実に自在に動いて、犬自身、しばしば足は四つも要らないよとばかり、後ろ足の片方を優雅に持ち上げたまま、三本足でたいそう巧みにすばしこく駆けまわっているほどだった。小犬にはすべてがお楽しみのタネだった。よく嬉しそうにキャンキャン鳴きながら仰向けに寝転がったり、思索にふけっているようなもっともらしい顔で日向ぼっこをしていたり、木切れだの藁くずだのを玩具にしてはしゃぎまわったりしていた。

今やピエールが身に着けているのは、かつての衣服のうち唯一残った、汚れてぼろぼろになったワイシャツと、カラターエフのすすめで防寒用にくるぶしの部分を紐で結わえてある兵隊用のズボンと、長上着と百姓帽子だけだった。この間にピエールの体は大きな変化を遂げていた。一族の遺伝で相変わらず大柄で力の強そうな印象はあるものの、彼はもはや太っているようには見えなかった。顔の下半分は顎鬚と口髭に覆われ、伸び放題もつれ放題の髪の毛は、虱《しらみ》の巣となり、今ではもじゃもじゃの帽子をかぶったような外観をしていた。目つきはしっかりと落ち着いて、威勢よく何でも来いといわんばかりの、かつてのピエールには決してみられなかったような表情をたたえていた。かつてその目にも表れていた弛緩したようなところが、今やいつでも動き出し反撃してやろうといわんばかりの、エネルギッシュな、引き締まった感じに様変わりしていた。足は裸足だった。

ピエールはこの朝、荷馬車や騎馬の者たちが行き来している眼下の平原を見たり、遠くの川向こうを見たり、本気で嚙みつくふりをしてみせる小犬の姿を見たり、あるいは自分の裸足の足を見ながら、うれしそうに両足にいろんな格好をさせては、汚れた太い親指をもぞもぞ動かしてみたりしていた。自分のむき出しの足を見るたびに、彼の顔には生き生きとした自己満足の微笑みが浮かんだ。その裸足の足を見ると、この間に自分が経験し理解したことが逐一思い起こされ、そしてその思い出が彼には快かったのである。

もう何日か穏やかな、良く晴れたお天気で、朝方だけちょっと冷え込むという、いわゆる女の夏［小春日和］が続いていた。

大気も日差しも熱を含み、その熱が、まだ空気中に残っている朝冷えのしゃきっとするような清涼さと混じると、また格別快かった。

遠景も近景も含めてすべての事物の表面が、秋のこの時期にしかない魔法のクリスタルのような艶を帯びていた。遠くには雀が丘《ヴォロビョーヴィ・ゴールィ》が望まれ、そこにある村や教会や大きな白い屋敷が見える。裸の木々も、砂地も、岩も、家々の屋根も、教会の緑の尖塔も、遠くの白い家の角も、すべてが透き通った大気の中に、不自然なほどくっきりと、ごく細い線で刻まれたように浮き立って見えた。近くにはフランス軍が住み着いている見慣れた半焼けの地主屋敷の廃墟があり、塀沿いにはまだ暗緑色をしたライラックの茂みが見える。崩れ、汚れきったその屋敷のたたずまいは、曇った日にはあまりの無残さに目をそむけたくなるが、今、この明るい、まったりとした光の中では、何かしら心安らぐ美しさを帯びて見えた。

フランス軍の伍長が、軍服の前をはだけて三角帽をかぶった寛いだ姿で、短いパイプを歯でくわえてバラックのかげから姿を現すと、親しげにウインクしながらピエールに近寄って来た。

「何と良い日差しじゃないですか、ええ、ムッシュー・キリール（フランス兵は皆ピエールをこう呼んでいた）。春といってもいいくらいだ」そんな挨拶をすると、伍長は扉に寄りかかり、ピエールにパイプをすすめた。すすめられるたびに断っているにもかかわらず、必ずすすめてくるのだった。

「こんなお天気こそ、まさに行軍日和《こうぐんびより》ですな……」伍長は話を始めた。

出動についてどんな話を聞いているかとピエールが訊ねると、伍長が答えるには、ほぼ全軍が出動するところで、捕虜に関しても本日命令が下るはずだということだった。ピエールのいるバラックでは、ロシア兵の一人でソコロフという者が病気で死にそうな状態だったので、ピエールは伍長にその兵士の処置を決める必要がある旨を告げた。伍長は心配には及ばないと答えた。そういう場合のために移動病院も常設病院も存在しており、病人についてはそれなりの措置が講じられる。そもそも、起こりうる事態についてはすべて上層部が予測済みだから、というのだった。

「それにね、ムッシュー・キリール、あんたからうちの大尉にひとこと言えば済むじゃないですか……あの人はほら、ああいう人だから……何一つ忘れやしません。大尉が巡回に来たときに言うんですな。何でもしてくれますよ、あんたのためならね……」

伍長の言う大尉は、よくピエールと長話をする仲で、何につけピエールを厚遇してくれるのだった。

「これは誓って本当のことですがね、大尉はある時私に言ったものですよ。『キリールというのは、あれは教養のある人物で、フランス語も話せる。ロシアの地主貴族で、不幸な目には遭ったが、しかしひとかどの人物だ。ものが分かっている……。もし彼が何かを必要とするなら、何でもかなえてやる。何か少しでも教育を受けた人間は、教養を愛し、育ちのいい人物を愛するものだ』とね。これはあんたのことを言っているんですよ、ムッシュー・キリール。この前のことだって、もしあんたがいてくれなかったら、きっと困ったことになっていたでしょうよ」

この後もしばらくお喋りをしたあげく、伍長は立ち去った（伍長の話に出てきた「この前のこと」とは捕虜とフランス兵の間の喧嘩騒動で、その際ピエールは上手に仲間をなだめる役を果たしたのだった）。二人の話を聞いていた何人かの捕虜が即座に、伍長は何と言ったのかと訊ねてきた。伍長が出動に関して話したことを仲間に伝えていると、バラックの扉口に、痩せて顔色の悪いぼろ着のフランス兵が歩み寄って来た。気後れしたような様子で、あいさつのしるしにさっと何本かの指を額のところに持っていくと、フランス兵はピエールに向かって、シャツの仕立てを頼んだプラトーシュという兵隊はこのバラックにいるかと訊ねた。

一週間前、長靴用の革と布地の支給を受けたフランス兵たちは、それを捕虜の兵士たちにあずけて長靴とシャツの仕立てを頼んでいたのだった。

「できているよ、できているよ、兵隊さん！」当のプラトン・カラターエフがきちんと畳んだシャツを持って現れた。

陽気が暖かく、また仕事がしやすいという理由で、プラトンは兵隊ズボンに泥のように黒いルバシカ一枚という格好だった。髪は職人がよくやるように菩提樹の靭皮《じんぴ》を紐にして結わえていたので、丸顔がますます真ん丸になって愛嬌がある。

「約束と仕事は実の兄弟というからね。金曜までと約束したから、その通り仕上げたさ」にこにこ顔で仕立てたシャツを拡げながらプラトンは言った。

フランス兵は不安そうにあたりを見回してから、迷いを振り払うようにして手早く軍服を脱ぎ捨て、シャツを着た。彼はもともと軍服の下にシャツを着ておらず、血色の悪い痩せた体の上に、だらりと長い、脂じみた、小花の模様を散らした絹のチョッキを着込んでいた。じっと見ている捕虜たちに笑われるのを警戒しているらしく、急いでシャツに頭を突っ込んだ。捕虜は誰一人、一言も発しようとしない。

「ほーら、ぴったりだ」シャツを引っ張って整えながらプラトンは言った。フランス兵は頭と両腕を通し終わると、そのまま目を上げずに、身にまとったシャツをしげしげと見まわし、縫い目を点検している。

「まあな、兵隊さん、なんてったってここは縫製所じゃないし、本当の道具もない。ことわざにも、道具なしでは虱《しらみ》も殺せぬって言うからね」丸々とした笑顔でそんな風に言うプラトンは、どうやら自分でも仕事の出来栄えを喜んでいるようだった。

「上出来だ、上出来、ありがとう、で、余った布はどうした?」兵隊がフランス語で言う。「じかに体の上に着れば、もっとピタッと締まるからね」相変わらずうれしそうに自分の作品に見惚れながらプラトンは言った。「見た目も良いし、着心地も良いってわけだ」

「ありがとう、ありがとう、恩に着るよ、それで余った布は？……」フランス兵は笑顔で同じセリフを繰り返すと、取り出した紙幣をプラトンに渡した。「あとは余った布を……」

プラトンにはフランス兵の言っていることを聞く気がないのだと察したピエールは、通訳もせずに、ただ傍観していた。プラトンは支払われた金の礼を言うと、そのまま自分の作品に見とれている。余り布にこだわるフランス兵は、ピエールに自分の言っていることを通訳してくれと頼んできた。

「余った布がこの人に何の役に立つというのかね？」プラトンは言った。「あたしたちにとっては、絶好の脚絆《きゃはん》の材料なんだがね。まあ、仕方ないか」そう言うとプラトンは不意に一転して顔を曇らせ、懐から余り布を丸めたものを取り出すと、相手の顔も見ずにフランス兵に差し出した。「やれやれ！」そう言い捨てて来た方へと戻っていく。フランス兵はしばし布切れを見つめ、考え込んでいたかと思うと、ふと目を上げてピエールを見た。するとまるでピエールの目が彼に何かを語り掛けたかのようだった。

「プラトーシュ、おいプラトーシュ」急に顔を赤くしたフランス兵は、甲高《かんだか》い声で呼び止めた。「これは取っておきなよ」そう言って余り布を渡すと、くるりと後ろを向いて立ち去った。

「ほらね」プラトンは首を振り振り言った。「異教徒なんて言われちゃいるが、やっぱり心はあるんだな。よく年寄りたちが言っていたよ、汗をかいた手は気前がいいが、乾いた手はけちん坊ってね。自分が素寒貧《すかんぴん》のくせに、こうして恵んでくれたじゃないか」しみじみとした顔で微笑んで余り布を見つめたまま、プラトンはしばし黙り込んでいた。「とにかくあんた、これで豪勢な脚絆ができるよ」そう言うと彼はバラックに戻っていった。

12章

ピエールが捕虜になってから四週間が過ぎた。フランス兵は彼を兵士用のバラックから将校用のバラックに移そうと言ってくれたのだったが、彼はあえて初日に入ったバラックにそのまま残っていた。

滅び焼け落ちたモスクワで、ピエールはおよそ一人の人間が耐えることのできるぎりぎりの窮乏を味わってきた。だが、丈夫な体と本人が思いがけなかったほどの健康に恵まれていたことに加えて、とりわけその窮乏なるものが、いつ始まったのか特定できぬほどこっそりと忍び寄って来たおかげで、彼は自分の置かれた状況にやすやすと耐えたばかりか、むしろそれを喜んで味わったほどだった。そしてまさにこの期間に彼は、かつていくら求めても得られなかった心の平安と自足感を得ることができたのである。まさにボロジノの会戦の際に兵士たちのうちに見出してはっと驚いたような、そうした平安を、自分との折り合いを、彼はこれまで長いこと様々な方面に探し求めてきた。彼はそれを慈善行為に、フリーメイソンに、社交生活の気晴らしに、酒に、英雄的な自己犠牲の偉業に、ナターシャへのロマンチックな愛に求めようとしてきた。彼はそれを思索の道を通じて求めてきたが、そうした探求や試行はすべて彼を裏切った。その彼が、死の恐怖を、窮乏を味わった果てに、そしてプラトンのうちに彼が読み取ったものを通じて、ようやく、自分でも思いがけないことに、その平安と、そして自分との折り合いを得ることができたのだった。処刑の際に味わった例のおぞましい数分間が、かつては重要と思われた不安な思念や感情を、彼の想像と記憶のうちから永遠に拭い去ってしまったかのようだった。ロシアについても、戦争についても、政治についても、ナポレオンについても、およそ何の思念も浮かばなかった。そうしたことはどれも自分とは無関係であり、自分にはそうした一切のことを判断する使命もなければその力もないということが、彼にははっきり分かったのだ。「ロシアと夏の陽気は、相性が悪い」――プラトンの言葉を口にすると、不思議とその言葉が彼を落ち着かせてくれた。ナポレオンを殺そうとした自分の意図が、そしてカバラの数と黙示録の獣に関する自分の計算が、今では不可解で滑稽なものとさえ思えた。妻への憎悪と、自分の名を辱められまいとする警戒心が、今ではつまらぬことであるばかりか、お笑い草とさえ思えた。あの女がどこで好き勝手な人生を送ろうと、それが自分に何の関係があるというのだ？　捕虜の名前がベズーホフ伯爵だということが知られようが知られまいが、誰にどんな関係があろう、とりわけ自分自身にとって何の関係があろうか？

今や彼はよくアンドレイ公爵との会話を思い起こしては、公爵が言ったことに心から納得していた。とはいえ彼はアンドレイ公爵の考えを少し違うふうに解釈していた。アンドレイ公爵は、幸福とはもっぱら消極的なものであると考え、口にしていたが、そう言う彼の口ぶりには、悲哀と皮肉のニュアンスが感じられた。まるで口ではそう言いながら、実は別の考えを表明しているかのようだったのだ。つまり、われわれが積極的な幸福への志向を持たされているのは、しょせんそれが達成できぬ苦しみを味わわせるためだ、といった考えを。しかしピエールは何の裏の意味もなしで、これが正当なことだと認めていた。苦しみがなくなり、欲求が満たされ、その結果いかなる仕事をするのか、すなわちどんな生き方をするのかという選択の自由を得ることこそが、今のピエールには疑いもなく人間の最高の幸福だと思われた。食べたいときに食べ、飲みたいときに飲み、眠りたいときに眠り、寒い時に暖をとり、喋りたいときや人の声を聞きたいときに人と話す――そうした喜びの大切さをピエールは、ここで今ようやく、生まれて初めて理解したのである。欲求を満たしてくれるもの、すなわちうまい食べ物、清潔さ、自由が、今やそうしたものすべてを奪われたピエールには、完全なる幸福そのものと思えたし、仕事を選択すること、すなわち生きることも、その選択の幅が極端に限られた今となっては、ごく簡単な事柄に見えた。そのせいで彼は、恵まれ過ぎた生活が欲求充足の幸福感を台無しにしてしまうことや、かつての人生で教養、富、世間的な地位が彼に与えてくれた自由のような、あり余るほどの仕事の選択の自由こそが、まさに仕事の選択をとんでもなく困難なものとし、ひいては仕事をしたいという欲求も可能性も失わせてしまうということを、ついつい忘れるほどだった。

ピエールは今やひたすら、自分が晴れて自由の身になるときを夢見ていた。とはいえこの後も一生ピエールは、捕虜として過ごしたこのひと月のことを、すなわちただこの時期にのみ自分が味わった、あの二度と戻らない強烈な、喜ばしい感覚と、さらに肝心なことに、あの完全なる心の平安、完全なる内的な自由のことを、歓喜とともに思い出し、語ったものである。

初めの日、朝早く起きて払暁《ふつぎょう》の刻にバラックを出た彼が、まずノヴォデーヴィチ修道院の黒々とした円屋根や十字架の群を目にし、埃っぽい草の葉に宿る露を目にし、雀が丘《ヴォロビョーヴィ・ゴールィ》の丘陵の連なりや、川に沿ってうねりながら薄紫色の遠景に消えていく木立の多い河岸を目にし、すがすがしい大気を肌に感じ、モスクワを飛び立って野を横切っていく黒丸鴉《こくまるがらす》の声に耳を澄ましていると、ふいに東の方に光のしぶきが上がり、太陽の上端が荘厳に黒雲の背後から浮かび上がって、教会の円屋根も十字架も、草の露も、遠景も川も、すべてのものが喜ばしい光を浴びてきらめきだしたとき、ピエールは新しい、これまでに味わったことのない喜びと、命の確かさの感覚を覚えたのだった。

そしてその感覚は、囚われの身でいた間ずっと彼のうちにとどまっていたばかりか、状況が困難さを加えれば加えるほど、彼のうちでますます拡大していったのである。

もはや何が来ても怖くないといった、この潔く引き締まった精神は、バラック入りして間もなく捕虜仲間の間でピエールへの敬意が定着したことで、より一層確かな足場を得た。複数の言語を知り、フランス兵たちからも一目おかれ、請われればなんでもあげてしまうような純朴さをもち（彼は将校並みに週三ルーブリを支給されていた）、兵士たちの前でバラックの壁に釘をめり込ませて見せるほどの怪力を持ち、同僚に対する態度はあくまでも謙虚で、じっと座って何もせずに思考に没頭するという不可解な能力を備えた彼は、兵士たちから見ればいささか神秘的な、自分たちより上の存在であった。かつて暮らしていた別の世界では、彼にとって有害とまでは言わぬまでも、世間体《せけんてい》が悪かったような特徴、すなわち彼の怪力ぶり、生活の利便性を軽視する態度、無頓着ぶり、単純さといったものが、ここに暮らすこの人々の間では、彼にほとんど英雄《ヒーロー》のごとき位置づけを与えてくれたのだった。そしてピエールの側も、そうした周囲の思い入れに応えざるを得なくなっているのを感じていた。

13章

十月六日から七日にかけての夜半、フランス軍の出動が開始された。炊事場が、バラックが壊され、馬車に荷が積まれ、そして兵士と荷馬車の列が動き出した。

朝の七時には行軍用の制服を着て高い軍帽を被り、銃と背嚢《はいのう》と大きな袋を携帯したフランスの護送部隊がバラックの前に立ち並び、罵《のの》り言葉だらけの生きのいいフランス語が、隊列のあちこちで飛び交っていた。

バラックの中では全員が準備を整え、服もベルトも履物も身に着けて、外へ出ろという命令を待つのみだった。ただ病気の兵士ソコロフだけは、青ざめ痩せこけて目の周りに青いクマができた顔で、靴も履かず服も着ぬままいつもの場所に座り込み、痩せたために飛び出した眼で、自分に見向きもしない同僚たちを問いかけるように見つめながら、低い規則的なうめき声をあげていた。どうやらそのうめき声のもとは、苦痛というよりは(彼は赤痢にかかっていた)、一人で取り残されることへの恐れと悲しみだった。

例のフランス兵が靴底に縫い付けてもらおうと持参した茶箱の覆いの余り革でプラ

トンが縫ってくれた靴を履き、ベルト代わりに縄を腰に巻いた姿のピエールが、病気の兵士に歩み寄ると、相手の目の前にしゃがみこんだ。

「大丈夫だよ、ソコロフ、連中だって完全に撤退するわけじゃないさ！　病院は残るんだから。もしかしたら、君の方が僕らよりもいい目を見るかもしれないよ」ピエールは言った。

「ああ苦しい！　だめだ、死んじまう！　ああ苦しい！」兵士は前よりも声高に呻きだした。

「よし、今もう一度確かめてやるからな」そう言うとピエールは立ち上がり、バラックの出口に向かった。ピエールが扉口の近くまで行ったちょうどその時、昨日彼にパイプをすすめた例の伍長が、二人の兵を従えて外から近付いてきた。伍長も兵士も行軍用の制服を着て背嚢を背負い、軍帽を被り、顎紐の留め金をかけていたので、見慣れた顔が様変わりしている。

伍長は指揮官の命令で、いったん扉を閉めるためにやって来たのだ。捕虜を出す前に、数を確認する必要があったからである。

「伍長さん、病人はどうするんです？……」ピエールは声をかけた。だがそう口にしたとたん、彼は相手がいつもの馴染みの伍長なのか、それとも別の見知らぬ人物なのか、自信が持てなくなった。それほどまでにこの瞬間の伍長は様変わりしていたのだ。おまけに、まさにピエールが話しかけた瞬間に、突然左右から太鼓の響きが聞こえてきた。伍長はピエールの言葉に顔を顰《しか》めると、意味不明な罵言を吐いて、ぴしゃりと扉を閉めた。バラックの中が薄暗くなり、左右から響く強烈な太鼓の音に、病人のうめき声もかき消された。

『そうか！……またあれか！』胸の内でつぶやくと、思わずピエールの背筋を寒気《さむけ》が走った。一変した伍長の顔にも、その声音にも、煽《あお》り立て耳を聾《ろう》する太鼓の響きにも、ピエールは例の不思議な、無慈悲な力を感じ取った。それは自分と同じ人間を殺すことを無理やり人に強いる力であり、その力の作用を彼はあの処刑の時に目撃したのだった。その力を恐れて免れようとすることも、またいったんその力の道具と化した人間たちに願い事をしたり諭したりすることも、一切無駄であった。それを今やピエールは知っていた。ただ時を待ち、耐えるしかないのだ。ピエールはもはや病人のそばに寄りもせず、彼を振り返ることもしなかった。そうしてただ黙って暗い顔をしたまま、バラックの扉の脇にたたずんでいた。

バラックの扉が開け放たれて、捕虜たちが羊の群れさながらに押し合いへし合いしながら出口に殺到して来ると、ピエールはいち早くそこをすり抜けて、例の大尉のところへ歩み寄った。ピエールのためなら何でもしてくれると、かの伍長が請け合った人物である。大尉もまた行軍用の制服を着ていたが、その冷徹な顔にもまた、ピエールが伍長の言葉や太鼓の響きに読み取ったのと同じ「あれ」が浮かんでいた。

「急げ、急げ」苦虫をかみつぶしたような顔で周囲にあふれかえる捕虜たちを睨みつけながら、大尉は号令していた。しょせん無駄と知りながらも、ピエールは大尉に近寄っていった。

「どうした、何の用だ？」何者だという風に冷たい目で一瞥すると、大尉は言った。

ピエールは病人の件を口にした。

「歩けるだろう、ろくでなしめが！」そう答えると大尉はピエールに目もくれず「急げ、急げ」と号令を続ける。

「むりです、死にかけています……」ピエールは言い返そうとした。

「いい加減にせんか⁉」忌々しげに眉をひそめて大尉は怒鳴った。

ダラン、ダダダンダンダンと太鼓の音が響く。ピエールは、あの不思議な力がすでにこの者たちを完全に支配しており、もはやこの上何を言っても無駄だと悟った。

捕虜のうち将校は兵士と区別され、先頭を進むよう命じられた。将校はピエールも数に入れて三十名ほど、兵士は三百名ほどであった。

別のバラックから出てきた捕虜の将校たちは、皆ピエールと面識のない者たちばかりで、着ているものも彼よりはるかにましで、彼と彼の履物を、いかにも胡散臭《うさんくさ》そうなよそよそしい目で眺めていた。ピエールの近くを歩いているのは、どうやら捕虜仲間の尊敬を集めているらしい太った少佐で、カザン風のガウンを着込んで腰のところをベルト代わりの手拭《ポロテンツェ》いで締め、むくんで血色の悪い、不機嫌な顔をしていた。巾着《きんちゃく》の煙草入れを提げた片手を懐に入れ、もう一方の手は長いトルコパイプの軸をしっかり握っている。少佐はゼイゼイと荒い息を吐きながら、皆に小言を言って怒りまくっていた。彼には、なんだか皆が自分にぶつかってくるような、急ぐ当てもないのにせかせかしているような、何一つ驚くようなことがないくせに何やかやと騒ぎ立てているような気がするのだった。もう一人の小柄な痩せた将校は、皆に話しかけては、自分たちはこれからどこへ連れて行かれるのか、今日一日でどこまで歩けるかといった見込みを述べ立てていた。フェルトの長靴を履いて兵站部《へいたんぶ》[38]の制服を着た役人は、あちこち駆けまわって焼けたモスクワを観察して戻ってきては、何と何が焼けたとか、今見えているのはモスクワのどの部分かといった自分の観察を、大きな声で告げ知らせている。訛《なま》りからポーランドの生まれと分かるもう一人の将校が、この役人に食って掛かり、相手がモスクワの街区を間違って捉えていると論証してみせていた。

「何を言い合っておる?」例の少佐が腹を立てて言った。「ニコラだろうがヴラスだろうが同じことだ。[39] 見ろ、ぜんぶ焼けている、一巻の終わりだ……。おい、何でぶつかって来る、道は広いのに」彼は腹立たしげに後ろから来る連中に向かって言ったが、その実、誰もぶつかったりはしていないのだった。

「いやはや、ひでえことをしやがる!」それでもあちらこちらから焼け跡を見た捕虜たちの声が聞こえてきた。「川向《ザモスクヴォレーチェ》こうも、ズーボヴォも、クレムリンの中まで、見ろ、半分はなくなっているぜ……。ほら俺が言っただろう、川向こうは全滅だって、その通りじゃねえか」

「おい、焼けたのが分かっているんなら、何を四の五の言うことがある!」少佐が言った。

ハモヴニキ(モスクワで焼け残ったわずかな街区の一つ)のとある教会に差し掛かったとき、捕虜の集団が突然道の片側に身を寄せたかと思うと、恐怖と嫌悪の叫びが上がった。

38　軍需品の補給輸送、管理にあたる機関。
39　ニコラとヴラスはともにロシアの聖人の名で、それぞれの名を冠した教会がモスクワに存在した。

「人でなしどもめが！　まさに邪教徒の仕業だ！　おい死んでいる、本当に死んでいるぞ……おまけに何か塗られてるぜ」

ピエールもまた、皆の叫びを誘発したものが置かれた教会に近寄り、ぼんやりとながら何かが教会の塀に立てかけられているのを目にした。自分より目の良い仲間たちの言葉から、彼はその何かが、立ったまま塀に立てかけられて顔に煤《すす》を塗られた、人間の死体であることを知った……。

「前へ進め、こいつらめ……さっさと歩くんだ……畜生どもが……」護送兵たちの罵声が響き、フランス兵たちはまたもやカッとなって、死人を眺めていた捕虜の群れを短剣で追い散らした。

14章

ハモヴニキの裏通りをたどって進む間は、捕虜たちは護送隊だけに付き添われ、後ろからついてくる大小の荷馬車も、護送隊のものばかりだった。ところが軍用食料品店が立ち並んでいる場所に出てみると、そこは密集して進む砲兵隊の巨大な荷馬車群に個人の荷馬車が入り混じった行列の、真っただ中であった。

橋のたもとまで来ると全員が立ち止まり、前を行く馬車が渡るのを待っていた。橋から見渡す捕虜たちの目には、他の荷馬車の列が、前にも後ろにも果てしなく延びているのが映った。右手の方、ニェスクーチノエ庭園[40]の脇を回り込んだカルーガ街道が遠くまで延びて消えているあたりには、軍と輸送馬車の隊列が延々と果てしなく続いていた。それは全軍に先んじて出発したボアルネ[41]軍団の部隊だった。後方の河岸通りから石橋《カーメンヌィ・モスト》を渡る形で延びているのは、ネイの部隊と輸送隊である。

捕虜たちが属しているダヴーの部隊は、クリミア浅瀬《クルィムスキー・ブロート》を渡って、すでに一部はカルーガ通りに入っていた。しかし荷馬車隊はだらりと延びきっていたので、ボアルネ軍団の最後尾の荷馬車隊がまだモスクワからカルーガ通りに出ていないのに対して、ネイの部隊の先頭は、すでにボリシャヤ・オルディンカ通りを出ようとしていた。クリミア浅瀬《クルィムスキー・ブロート》を通過してからの捕虜たちは、何歩か進んでは立ち止まり、また少し進むといった具合で、おまけに四方八方から押し寄せる馬車や人間でぎゅう詰め状態になって来た。一時間以上もかけて橋からカルーガ通りまでの数百歩を進み、何本か

40　モスクワ川南岸の貴族領地に作られた庭園。ニェスクーチノエは慰安、快楽、気晴らしの意味。

41　ウジェーヌ・ローズ・ド・ボアルネ（一七八一～一八二四）。ナポレオンの妻ジョゼフィーヌの子でナポレオンの養子。イタリア副王。ロシア遠征とロシアからの撤退に際して功績を挙げた。

の川向こう《ザモスクヴォレーチェ》の通りがカルーガ通りと出会う広場に着くと、捕虜たちはぎゅっとひとかたまりになったまま足を止め、そのまま何時間かその交差点に立ち止まっていた。四方八方から車輪の轟音や人の足音が潮騒のごとく小止みなく響き、怒声や悪罵の声も鎮まることがなかった。ピエールは火事で焼けた家の壁に押し付けられるようにして立ったまま、そうした音に耳を澄ましていたが、それは彼の脳裏で例の太鼓の音と一つに溶け合っていた。

何人か捕虜の将校が、見晴らしを得ようとして、ピエールが身を寄せている焼けた家の壁によじ登った。

「すごい人の波だぜ！　うじゃうじゃいるぞ！……」「大砲の上にまで荷を積んでやがる！　見ろ、毛皮だ……」将校たちは言い交わしていた。「いやあ、悪党め、よくもかき集めやがったもんだ……」「ほらあの後ろのやつ、荷馬車の上を見ろよ……あれは聖像《イコン》から剝いできたんだ、間違いない！……」「あれはきっとドイツ兵だな。それに俺たちの仲間も一人交じってやがる、間違いない！……」「ああ、下種《げす》どもが！……見ろあいつ、あんなに背負い込みやがって、歩くのもやっとじゃねえか！」「おやおや、軽馬車だ——あんなものまで盗み出しやがった！……」「おいおい、長持の上に座り込んだぞ」「いやはや！……喧嘩を始めやがった！……」

「ほら、その野郎に一発食らわしてやれ、面《つら》を張るんだ！」「こんなんじゃ晩になっても埒《らち》が明かんぞ」「見ろ、おい見ろよ……あれはきっと、ナポレオンご本人の馬車だぞ。みろ、すごい馬じゃないか！　頭文字の紋様に王冠が入っている」「あれは組み立て式の家だぞ」「袋を落としやがったが、気づきもしねえ」「また取っ組み合いを始めたな……」「女が赤ん坊を抱いている、なかなか器量よしだ。ああ、大丈夫、お前さんなら通してもらえるとも……」「見ろよ、果てしない行列だぞ」「ロシアの娘っ子たちだ、間違いない、娘っ子たちだ！　のうのうと幌馬車に収まっているじゃないか！」

またもや、先刻のハモヴニキの教会付近で起こったような好奇心の波に駆られて、捕虜たちが一斉に道路際に押しよせる。ピエールは長身を利して他の者たちの頭越しに、捕虜たちの好奇の的となっているものを目にすることができた。弾薬箱を積んだ馬車群に混じって三台の幌馬車が進んできたが、中には派手な衣装を着込んで頬紅を塗った女たちが、折り重なるようにぎゅうぎゅう詰めになっていて、何かキーキー声で叫んでいるのだった。

例の不思議な力の出現を意識した瞬間から、ピエールにはどんなことであれ、奇妙とも恐ろしいとも感じられなくなっていた――ふざけて煤を塗りたくられた例の死体も、急いでどこかへ行こうとしているこの女たちも、モスクワの焼け跡も。今や何を目にしようとピエールの胸には、ほとんど何の印象も浮かばなかった。あたかも困難な戦いに向けて身構えている彼の心が、その力を削ぐような印象を受け入れるのを拒絶しているかのようだった。

女たちを乗せた馬車隊が通り過ぎると、その後にまた荷馬車、兵隊、大型荷馬車、兵隊、フード付き荷馬車、箱馬車、兵隊、弾薬車、兵隊、たまに女たち、といった調子で長い列が続く。

ピエールは一人一人の人間を見ず、ただ全体の動きを見ていた。人間も馬もすべて、あたかも何か目に見えぬ力に急《せ》き立てられているかのようだった。ピエールが観察していた一時間の間ずっと、彼らは次々といろんな通りからあふれ出てきては、みなひたすら一刻も早くここを通り抜けようと焦っていた。皆同様に互いにぶつかり合っては腹を立て、喧嘩を始めた。そうして白い歯をむき出し、眉根を寄せ、決まりきった罵り言葉を浴びせ合うのだが、どの顔にもまったく同じ、威勢のいい断固たる表情、残忍かつ冷酷な表情が浮かんでいた。それはこの朝太鼓の音がする中で、ピエールが例の伍長の顔に見かけて、ぎょっとした表情だった。

夕方近くになってようやく護送隊長が部下を集めると、怒鳴り声を上げ、喧嘩を売る勢いで輸送隊の列に割り込んだので、捕虜たちは周囲を固められたままカルーガ街道に出た。

そのまま休憩もとらずにかなりの速度で歩き続け、足を止めたのはようやく日も沈みかけたころだった。輸送隊が続々と折り重なるように押し寄せてくるなか、人々は野営の支度に入った。誰もが腹を立てたような、不満そうな顔をしていた。四方八方からいつまでも、罵声や怒声や取っ組み合いの音が聞こえてくる。護送隊の後からやって来た箱馬車が護送隊の荷馬車に追突して、轅《ながえ》で穴をあけてしまった。双方から数人の兵士が荷馬車に駆け寄ると、ある者たちは箱馬車につながれた馬の頭をひっぱたいて向きを変えさせようとし、別の者たちは取っ組み合いの喧嘩を始めた。ピエールは一人のドイツ兵が剣で頭に重い傷を負ったのを見た。

こうして寒い秋の夕べに野原の真ん中に足を止めた今、人々は皆、大急ぎで出立してどこへともつかずまっしぐらに進んでいた頃に取りつかれていた熱気が冷めていくような、不快な感覚を一様に味わっているらしかった。立ち止まってみると、自分たちがどこに向かっているのかもいまだ分からず、そして前途には数々の苦難困難が待ち受けているだろうということを、皆が悟ったようだった。

この休憩時、護送隊の捕虜に対する待遇は、出立の時よりもさらにひどくなった。

この休憩時に初めて、捕虜に出される肉料理が馬肉になったのである。

将校から末端の兵士まで例外なく、以前の友好的な態度とはがらりと変わって、捕虜一人一人に対する個人的な憎しみのごときものをにじませていた。

捕虜の再点呼が行われて、その結果、モスクワを出る時のごたごたに紛れて一名のロシア兵が腹痛を装って脱走したことが判明すると、この憎しみはさらに度を加えた。ピエールは、道路から遠くまで離れたという理由でロシア兵がフランス兵に打擲《ちょうちゃく》されるのを目撃したし、自分の友人だった大尉が、ロシア兵を脱走させた咎で下士官を叱りつけ、裁判にかけるぞと脅しているのを耳にした。下士官が、件《くだん》の兵士は病気で歩けませんでしたと言い訳すると、将校は、遅れる者は射殺せよと命じられていると言明した。ピエールは、例の処刑の際に自分の心を打ち砕きながら、捕虜生活の間は姿を隠していたあの破壊的な力が、今また自分の存在をわしづかみにするのを感じた。恐怖を覚えつつも彼は、その破壊的な力が自分を押しつぶそうとのしかかってくればくるほど、胸の内で、そんな力に支配されない生命力が育ち、強まってくるのを感じていた。

ピエールは馬肉の入ったライ麦粉のスープで夜食を済ませると、しばし仲間と話をした。

ピエールも仲間も誰一人として、モスクワで目撃したことについても、フランス兵の態度の横暴さについても、自分たちに申し渡された射殺命令についても、話題にしようとはしなかった。あたかも状況の悪化に抗うかのように、皆ことさら元気で陽気に振る舞っていた。それぞれ自分の思い出を語り、行軍中に見た滑稽なシーンを語ることで、現状に関する話を封じようとしていたのである。

日はとっくに沈んでいた。明るい星々が空のそこここに点りだした。昇る満月の、火事のように赤々とした照り返しが空の果てに広がり、巨大な赤い球体が灰色がかった靄《もや》の中で、不思議なほどに揺らめいている。あたりが明るくなってきた。もはや宵の刻は過ぎたが、まだ夜は始まっていない。ピエールは立ち上がって新しい仲間のもとを離れ、焚火の間を縫って道路の反対側へ向かった。そこで捕虜の兵士たちが野営していると聞いたからだ。彼は兵士たちと話がしたかった。だが道路を渡ろうとしたところでフランス軍の哨兵が彼を止め、引き返せと命じた。

ピエールは戻って来たが、仲間のいる焚火のところへは向かわず、馬を外されて無人の荷馬車のところへ行った。脚をたたみ頭を垂れた格好で荷馬車の車輪のそばの冷たい地面に腰を下ろし、じっと座ったまま長いこと物思いにふけっていた。一時間以上が経った。誰もピエールの邪魔をする者はいない。不意に彼は持ち前の太い、人のよさそうな声で笑い出した。あまりに大声で笑ったので、あちこちにいた者たちがぎょっとして、その奇妙な、明らかに一人きりの笑い声のする方を振り返った。

「わっはっはっ!」ピエールは笑い、そして声に出して自分を相手に語るのだった。「あの兵士は僕を止めた。僕を捕まえ、閉じ込めた。僕を捕虜にしているんだ。誰を捕まえたつもりだろう? この僕を? つまり、僕の不滅の魂をだ! わっはっはっ!……わっはっはっ!……」目に涙を浮かべながら彼は笑い続けた。

誰かが身を起こし、この不思議な大男がいったい一人で何を笑っているのか、確かめようと近寄って来た。ピエールは笑うのをやめて立ち上がり、やじ馬から身を遠ざけて立ち止まると、ぐるりとあたりを見回した。

さっきまで焚火のはぜる音や人声で騒がしかった巨大な、果てしなく広い野営地が、今はしんと静まっている。赤い焚火の火も消えかけて、うすぼんやりとしている。明るい空の高みに満月がかかっていた。さっきまで見えなかった野営地の外の森や野原の光景が、いまでは遠くに開けている。そしてその森や野原のさらに向こうには、明るく揺らめく果てしなく遠い光景が、呼び招くようにその姿を見せていた。ピエールは空を見あげ、遠ざかりつつまたたいている星々の世界の奥を覗き込んだ。『このすべてが僕のものであり、このすべてが僕のうちにあり、このすべてが僕なのだ![42]』ピエールは思った。『そのすべてを連中は捕まえて、板囲いのバラックに押し込めたわけだ！』ふっと微笑むと、ピエールは寝るために仲間たちのもとへ向かった。

15章

十月の初旬にまた、ナポレオンの書状と講和の提案を携えた軍使がクトゥーゾフのもとを訪れた[43]。書状にはモスクワよりと認められていたが、それは偽りで、実はナポレオンはすでにクトゥーゾフの前方のほど近いところ、すなわち旧カルーガ街道に出ていた。クトゥーゾフは先にローリストンが届けてきた書状に答えたのと同じく、このたびの書状に対しても「講和は論外である」の一言で答えた。

42　トルストイの愛誦した詩人フョードル・チュッチェフ（一八〇三～七三）の次の詩を踏まえている。「灰青色の影が溶け合い／色は褪せ、音はしずまり／命が、動きが解きほどかれて／さだかならぬ薄明り、遠い響きと成り果てる……／目に見えぬ蛾の飛ぶ音が／夜の大気の中に聞こえる……／えも言えぬ憂愁の時よ！／すべてはわれの内にあり、われはすべての内にある！……」（一八三五）。川端香男里『トルストイ』（講談社、一九八二）178頁参照。

43　十月八日のことで、クトゥーゾフはこの時タルーチノの近くのレタシェフカ村にいた。

この後まもなくして、タルーチノの左翼方面で行動していたドーロホフ[44]のパルチザン部隊から、フォミンスコエ村に敵軍がおり、その軍はブルシエの一個師団のみからなっていて、しかも他の部隊から離れているので、容易に殲滅可能とみられるとの報告が入って来た。将兵はまた働きたくてうずうずしていた。タルーチノでの楽勝の記憶に勢いづく司令部の将軍たちも、ドーロホフの提案を実行すべしとクトゥーゾフに迫った。クトゥーゾフのほうは何ら攻撃の必要を認めていなかった。そこで折衷案がとられ、落ちつくべきところに落ちついた。フォミンスコエ村に一個小隊を送り込み、それでブルシエ師団を攻撃すべしというわけである。

　不思議なめぐりあわせで、後に極めて困難かつ重要なものであると判明したこの任務を仰せつかったのは、かのドーフトゥロフであった。おとなしい小男のドーフトゥロフは、誰の記述を見ても、作戦を構築しただとか、連隊の前で舞い踊るような指揮ぶりを見せただとか、砲台に十字勲章を投げつけただとかいった武勇伝[45]とは一切無縁で、むしろ優柔不断で洞察力に欠けるとみなされ、またそう言われてきた人物であるが、しかるに、じつはこのドーフトゥロフこそ、アウステルリッツ会戦から一八一三年に至るまで、露仏戦争の全期間を通じて、状況が困難な地点ではどこでも、指揮官としてわれわれの目の前に現れる人物なのだ[46]。アウステルリッツでは、彼はアウゲストの堤防に最後までとどまり、全軍が敗走し壊滅して後衛には一人の将軍もいないという状況下で、兵をまとめ、救える限りの者を救ったのだった。彼はまた、熱病を押して二万の兵を率いてスモレンスクに赴き、全ナポレオン軍から町を守ろうとした。そのスモレンスクでは、モロホフスキエ門に詰めていて、熱の発作で危うく昏睡しかけたところを、全市に及ぶ猛砲撃の音に目を覚まし、おかげでスモレンスクは丸一日持ちこたえたのだった。ボロジノ会戦の日にバグラチオンが戦死し、わが軍の左翼の十人に九人がやられて、フランス軍砲兵隊の攻撃が全部その一点に集中した時、そこに送り込まれたのは他でもない、この優柔不断で洞察力に欠けたドーフトゥロフであ

44　イワン・ドーロホフ（一七六二～一八一五）。クトゥーゾフから兵員約二千名の大パルチザン部隊を任された中将。

45　第3部第2編32章のエルモーロフのエピソードを指している（第4巻507頁）。

46　ドーフトゥロフは実際、作中に何度か登場する。第1部第2編9章では一八〇五年十月末の対モルチエ師団戦の勝利の立役者として言及され、アンドレイ公爵はこの将軍からクトゥーゾフ将軍への戦況報告を命じられる（第1巻386頁）。第1部第3編18章のアウステルリッツ会戦後のアウゲスト堤防の場面にも、ドーフトゥロフは後衛軍指揮官として登場している（第2巻234頁）。ボロジノ会戦の場面（第3部第2編35章）では、クトゥーゾフがヴュルテンベルク公に委ねかけた第一軍の指揮権をドーフトゥロフに移す（第4巻525頁）。

り、しかもクトゥーゾフは、いったんは別の者を派遣しかけ、慌てて自らの間違いをただしたのだった。こうして小男のおとなしいドーフトゥロフがその現場に赴き、そしてボロジノはロシア軍の最高の名誉と化したのである。しかるに、あまたの英雄たちが詩や散文に描かれる中で、このドーフトゥロフについてはほぼ一言の記述もない。

今回もまたドーフトゥロフはこのフォミンスコエ村へ、そしてそこからさらにマロヤロスラーヴェツへと派遣されることになった。まさにこれこそがフランス軍との最後の戦闘の舞台となった場所で、そしてもはやフランス軍の壊滅が始まったことが明らかになった場所である。それゆえ戦役のこの時期に関して、またもや天才や英雄として記述される人物は数多いが、ドーフトゥロフに関しては一言もないか、あるいはごく乏しい、もしくは疑わしげな記述しかない。まさにこうした黙殺ぶりこそが、ドーフトゥロフの真価を何よりもはっきりと証明しているのである。

機械の動く仕組みを知らない人が動いている機械を見て、たまたまその機械に巻き込まれた木っ端《こば》が中でバタバタしながら動きの邪魔をしているのに目を止め、あの木っ端《こば》こそが機械の一番重要な部品だと思う——これは自然なことだ。機械の仕組みを知らない人は、動きを損ない妨げる木っ端《こば》ではなく、音もなく回転している小さな伝動歯車こそが、一番の要《かなめ》の部品の一つだということが、理解できないのだ。

十月十日、すなわちドーフトゥロフがフォミンスコエ村への道半ばでアリストヴォ村に歩を止め、与えられた指令を正確に遂行するための準備にかかっていた日、フランスの全軍はめまぐるしく動き回ったあげく、ミュラの陣地まで来たところで、どうやら戦闘を仕掛けようとしたらしく、わけもなく左に折れて新カルーガ街道に出ると、それまでブルシエだけが駐留していたフォミンスコエ村に入っていった。この時ドーフトゥロフの指揮下には、ドーロホフの部隊のほかフィグネルとセスラーヴィンの二つの小隊がいた。

十月十一日の晩、そのセスラーヴィンがアリストヴォにいる上官のもとに、捕虜に取ったフランスの近衛兵を連行してきた。捕虜が語るには、今日フォミンスコエ村に入った軍は全大陸軍《グラン・ダルメ》の前衛をなすものであり、ナポレオンもそこにおり、全軍はすでにモスクワを出て五日目になるとのことだった。同じ晩、ボロフスクからやって来た屋敷勤めの男が、大きな軍隊が町に入るのを目撃したと語った。ドーロホフの部隊のコサックたちも、フランスの近衛隊がボロフスクへ向かう道を進んでいくのを見たと報告してきた。こうしたすべての情報から明らかになったのは、一個師団しかいないと思われていた場所に今や全フランス軍が集まっており、しかもそれがモスクワを出て思いがけぬ方向に、すなわち旧カルーガ街道に沿って進んできたものである、ということだった。ドーフトゥロフは何一つ手を打とうとはしなかった。今や何が自分の使命なのかが分からなくなったからだ。彼はフォミンスコエ村を攻撃せよと命令されていた。だがそのフォミンスコエ村には、今まではブルシエがいただけなのに、今では全フランス軍がいるのだ。エルモーロフは自分の裁量で行動しようとしたが、ドーフトゥロフはあくまでもクトゥーゾフ大公爵の命令を仰ぐ必要があると主張した。そこで司令部に報告を送ることに決まった。

報告役に選ばれたのは目端のきく将校のボルホヴィチノフで[47]、書面の報告を届けるだけでなく、口頭でも一部始終を説明する使命が負わされた。夜中の十一時過ぎ、封書を託され口頭での命令を受けたボルホヴィチノフは、コサック兵一名と控え馬数頭を引き連れ、総司令部目指して騎馬で出発した。

16章

暗く暖かな秋の夜だった。もう四日も小雨が降り続いている。二度馬を乗り替え、一時間半でぬかるんだ泥道を三十キロも駆け抜けたボルホヴィチノフは、夜中の一時過ぎにはもうレタシェフカに着いていた。編み垣に「総司令部」の看板がかかった百姓家の前で馬を下りると、馬をほったらかしたまま暗い玄関口に入っていく。

「当直将官に至急お会いしたい！　極めて重要な用件だ！」玄関の暗がりに身を起こして鼻息を立てた何者かに向かって、彼は言った。

「昨日から大変お加減が悪くて、もう三晩も寝ておられません」従卒らしい声が将官をかばうようにささやいた。「まず大尉を起こされたらいかがですか」

「きわめて重要な用件だ、ドーフトゥロフ将軍からだ」ボルホヴィチノフはそう言うと、手探りで確かめながら開いているドアの奥に入っていった。先に入った従卒が、誰かを起こしにかかった。

「上官殿、上官殿、急使です」

「何、何だって？　誰からだ？」何者かが眠そうな声で言った。

「ドーフトゥロフと、それにアレクセイ・ペトローヴィチ〔エルモーロフ〕に遣わされました。ナポレオンはフォミンスコエ村にいます」ボルホヴィチノフは答えた。暗がりで質問してきた相手の顔は見えなかったが、声音《こわね》から相手が当直将官のコノヴ

47　実際にはドーフトゥロフ配下の当直参謀将校ドミートリー・ボロゴフスキー（一七七五〜一八五二）。

ニーツィンでないことは察していた。

起こされた人物はあくびをして伸びをした。

「閣下をお起こしするのは気が進まないんですがね」手探りで何か探しながらその人物は答えた。「ひどくお加減が悪いですから！　それに、単なる噂話かもしれないし」

「ここに報告書もあります」ボルホヴィチノフは言った。「即刻、当直将官殿にお届けするようにとの命令を受けています」

「待ってくださいよ、灯をつけますから。おい貴様、またどこへしまい込みやがった？」伸びをした人物が従卒を責める。これはシチェルビーニンという名の、コノヴニーツィンの副官だった。「ああ、あった、あった」彼は続けて言った。

従卒が火打石をカチャカチャと打った。シチェルビーニンは手探りで燭台を探していたのだった。

「えい、しょうのない奴らだ」彼は忌々しそうに言った。

火花の明かりでボルホヴィチノフには、蠟燭を持ったシチェルビーニンのうら若い顔と、前方の片隅でまだ眠っている人物が見えた。それがコノヴニーツィンだった。

火口《ほくち》の火が硫黄マッチに移って、はじめは青い、それから赤い炎があがり、シチェルビーニンがその火で獣脂蠟燭をともすと、蠟燭にたかっていたチャバネゴキブリが燭台から一斉に逃げ出した。シチェルビーニンは使者の姿をしげしげ見た。ボルホヴィチノフは全身泥まみれで、袖口で顔を拭っても、泥を塗りたくる結果にしかなっていなかった。

「通報者は？」封書を受け取ったシチェルビーニンが訊ねる。

「確かな情報です」ボルホヴィチノフは答えた。「捕虜もコサック兵も斥候も、皆口をそろえて同じ証言をしております」

「やむをえませんね、お起こししましょう」そう言って立ち上がると、シチェルビーニンはナイトキャップを被って外套にくるまっている人物に歩み寄った。「ピョートル・ペトローヴィチ！」名前を呼んでもコノヴニーツィンはピクリともしない。「総司令部の召集！」にやりと笑って副官は声をかける。こう言えば絶対に目が覚めると分かっているのだ。すると案の定、ナイトキャップを被った頭が即座に持ち上がった。コノヴニーツィンの美しい、きりっとした顔は、熱のために頰が赤くほてっていたが、その顔に一瞬だけ、現実感覚を欠いた夢見心地な表情の名残りが見えたものの、すぐさまぶるっと身を震わせたかと思うと、その顔はいつもの落ち着いた、引き締まった表情を取り戻した。

「で、用件は？　誰の使いだ？」まぶしさに瞬きしながらも、彼はあわてることもなく、即座にそう訊ねる。将校の報告に耳を傾けながら、コノヴニーツィンは封を切って書状に目を通した。読み終えるや否や、毛の靴下を履いた足を土の床に下ろし、靴を履きはじめた。それからナイトキャップを脱いでこめかみの毛を撫でつけ、軍帽を被る。

「ずいぶん飛ばしてきたんだろう？　大公爵《スヴェトレイシー》のところへ行こう」

届いた報告が極めて重要なものであり、一刻の猶予も許されないことをコノヴニーツィンは悟っていた。これが良い知らせなのか悪い知らせなのか、彼は考えもしなければ自分に問いもしなかった。それは彼の関心事ではなかった。戦争にまつわるあらゆる事象を、彼は頭や理屈でとらえるのではなく、何か別のものでとらえていた。彼の胸のうちには、深い、口には出さない信念があった。それは、万事はうまくおさまるようになっているが、それをあてにしてはならないし、ましてや口に出してはならず、ただひたすら自分の務めを果たすべきである、というものだった。それゆえ彼は自分の務めを果たすことに全力を注いでいたのである。

ピョートル・ペトローヴィチ・コノヴニーツィンは、例のドーフトゥロフと同様、バルクライやラエフスキーやエルモーロフやプラートフやミロラードヴィチといった、いわゆる一八一二年の英雄たちの列にただお体裁で加えられているのみであり、ドーフトゥロフと同様、ごく乏しい能力と知識の持ち主だという世評に甘んじ、ドーフトゥロフと同様、作戦計画の立案に携わったことはなかったが、それでいていつも最も困難な場所に身を置いていた。当直将官に任命されてからは常に、使者が来たらいつでも起こすようにと命じたうえでドアを開け放ったままで眠り、戦闘の際には常に砲火の下に身を置くので、クトゥーゾフはそのことでよく彼を叱責し、送り出すのを躊躇《ためら》うほどだった。すなわちドーフトゥロフと同様、軋みもせず音も立てずに機械の一番重要な部分を構成している、目立たぬ歯車の一つだったのである。

百姓家から湿った暗い夜の中に出ると、コノヴニーツィンはふと顔を顰めた。一つには頭痛がひどくなったからであり、また一つには、この知らせを聞けば司令部に巣食う有力者たち全員の間で、きっと大変な騒動が持ち上がるだろうという不愉快な思いが浮かんだからであった。とりわけタルーチノの戦いの後でクトゥーゾフと犬猿の仲になっているあのベニグセンが、さぞかしあれこれ提案したり異を唱えたり命令したり撤回したりすることだろう。そうならざるを得ないと分かってはいるものの、やはりその予感は彼には不愉快であった。

そして実際、彼がこの新たな知らせを報告しに立ち寄ったトーリは、即座に自分の見解を同房の将軍相手に述べ立て始めたので、黙ったまま疲れた体で耳を傾けていたコノヴニーツィンもついに、総司令官にお知らせする必要があると、注意を促す羽目になったのである。

17章

年寄りの例にもれず、クトゥーゾフは夜あまり眠らなかった。日中はよく不意に居眠りをし始めるのだったが、深夜には着替えもせずにベッドに横たわったまま、たいてい眠らずに考えごとをしていた。

この時もまた彼はベッドに肘を突いて横たわり、重くて大きい、不格好な頭をふっくらとした手で支え、開いた片目で闇を見据えながら、考え事をしていた。

皇帝と文通をかわして今や総司令部で一番の実力者となったベニグセンが自分を避けるようになって以来、クトゥーゾフは、ふたたび軍を率いて無益な攻撃行動に駆り立てられるのを免れたという意味で、気が楽になっていた。自分にとって苦い思い出となったあのタルーチノの戦いとその前夜の教訓も、またいい薬になっているはずだと彼は思っていた。

『攻撃行動に出ればわれわれは負けるのみ──それを連中は理解するべきだ。忍耐と時間こそが、わが戦士であり勇者である！』そうクトゥーゾフは思う。リンゴが熟すまでは木からもいではいけないということを彼はわきまえていた。熟せばリンゴはひとりでに落ちるのに、未熟なうちにもぐと、果実も木も傷めてしまい、おまけに自分も酸っぱい思いをすることになる。経験豊富な猟師として、彼は獣が手傷を負っていることを、それもロシアが渾身の力で食らわせた深い手傷を負っていることを知っていたが、ただしそれが致命傷か否かは、いまだ未解明の問題だった。今やロリストンやベルテレミ[48]が使者として派遣されてきたことから、またパルチザンの報告から、クトゥーゾフは敵が瀕死の重傷を負っているのをほぼつかんでいた。だが、さらにその証拠が必要であり、待つ必要があったのだ。

『彼らは駆けだして行って、自分たちが獲物を仕止めたのを確かめたいと思っている。待っていればおのずと分かるのに。作戦だの攻撃だのしか考えない！』彼は思った。『それが何になる？　ただ目立ちたい一心さ。なんだかまるで戦うのが楽しいみたいにな。連中は子供みたいなもので、何があったかも説明できない。みんなただ、

48　正確にはベルテミ大佐。十月八日（露暦）にナポレオンがタルーチノに派遣した使者。

いのに。

腕っぷしの強さを見せつけたがっているだけだからだ。今はそんなことはどうでもい

しかもなんとご立派な作戦をあの連中はこの俺に進言してくることか！　連中はただ二、三のケースを想定しただけで（彼はペテルブルグから届いた全体計画を思い出した）、すべてを想定し尽くした気になっている。ところがケースなどというものは無数にあるのだ！』

ボロジノで敵に負わせた傷が致命傷だったのかそうでないのか――未解決のその問いが、すでにまる一月もの間クトゥーゾフの頭上にぶら下がったようになっていた。一面から見れば、フランス軍はまんまとモスクワを占領した。だが別の面から見れば、クトゥーゾフは自分が全ロシア人とともに渾身の力で加えたあのすさまじい攻撃が、必ずや致命傷となったはずだという、間違いのない感触を覚えていたのだ。しかしとにもかくにもそれを証明するものが必要であり、それを彼はもう一月も待ち望んでいた。そして時がたてばたつほど、彼は我慢が利かなくなってきたのだった。眠れぬ夜々にベッドに横たわりながら、彼はまさに例の若い将軍たちと同様に、自分が非難の的としたのとまったく同じ作業をしていた。すなわちもはや間違いのない、既定の事実となったナポレオンの破滅が明るみに出る、ありとあらゆるケースを想定しよう

としていたのである。そうしたケースを想定するという点では彼は若い連中と違いがなかったが、ただし違う点は、彼がそうした想定を根拠に何かを組み立てようとはしなかったことであり、また彼が二つや三つにとどまらず、何千ものケースを思い浮かべていたことである。考えれば考えるほど、ますます多くのケースが頭に浮かんでくるのだ。彼はナポレオン軍のありとあらゆる動きを想定し、相手が全軍で、あるいは部分に分かれて、ペテルブルグを目指すケース、自分に向かってくるケース、自分を避けて通るケース、さらには（これを彼は最も恐れていたのだが）ナポレオンがこちらの武器を使って対抗しようという意図で、モスクワに残ったまま自分を待ち受けるというケースまで想定したのだった。クトゥーゾフはさらに、ナポレオン軍がメドゥイニやユフノフ[49]まで後退するというケースも想定してみた。ただしただ一つ彼が予見できなかったのは、まさに実際に起こったこと、すなわちモスクワを出た直後の十一日間におけるナポレオン軍の常軌を逸した、断末魔のあがきぶりだった。このあがきこそが、さすがのクトゥーゾフもこの時はまだ考えもしなかったことを、すなわちフランス軍の全滅を可能にしたのだった。ブルシエ師団に関するドーロホフの報告も、

49　ともにカルーガ州の都市。

ナポレオン軍の窮状に関するパルチザン部隊からの知らせも、モスクワからの撤退準備の噂も――すべてフランス軍が弱り果てて逃げ出そうとしていることを裏付けていた。だがそれは単に仮定にすぎず、若い連中には重みのあるものに見えても、クトゥーゾフにはそうではなかった。齢《よわい》六十を数える己の経験から、彼は噂話がどれほど当てにならぬものか知っていたし、何か期待を持っている人間が、とかくいろんな情報を勝手につぎはぎして、それらが自分の期待を裏書きしていると思い込みがちなことを、そしてその際に、自分の期待にそぐわぬ情報を好き勝手に無視してしまいがちなことを、知っていたのである。だからクトゥーゾフは、自分が望む情報であればあるほど、あえてそれを信じまいと自制していた。この問題に彼は自己の精神力のすべてを注いでいた。残余のものはすべて、彼にはただの習慣的な生活の営みにすぎなかった。そうした習慣的な生活の営み、生活への服従の形として、彼は司令部の者たちとお喋りをし、タルーチノからはかのスタール夫人へ手紙を書き送り、いくつかの小説を読み、褒賞を授与し、ペテルブルグと文書をかわし、等々のことを行っていた。しかし自分だけが予見していたフランス軍の壊滅という事柄こそが、彼の心底からの、ただ一つの願いだったのである。

十月十一日の深夜、彼は肘を突いて横たわったまま、まさにそのことに思いを巡らしていた。

するとと隣室がざわめいて、トーリ、コノヴニーツィン、ボルホヴィチノフの足音が聞こえてきた。

「おや、誰だ？　入りたまえ、入りたまえ！　何かあったのか？」クトゥーゾフは声をかけた。

従僕が蠟燭を点している間に、トーリが通報の中身を話して聞かせた。

「誰が届けた？」クトゥーゾフは訊ねる。点った蠟燭の炎に照らされたその顔の冷徹で厳格な表情に、トーリはぎょっとした。

「閣下、疑いの余地はありません」

「呼べ、ここへ呼ぶんだ！」

上体を起こしたクトゥーゾフは、片脚をベッドの外に垂らし、曲げたもう一方の脚で大きな腹を支える姿勢になっていた。使者の姿をよく見ようとして、見える方の目を細めている。あたかもその相手の顔に自分の心を占めている問題の答えを読み取ろうとしているかのようだった。

「さあ、話してくれ」はだけたシャツの前を合わせながら、彼は静かな、年寄りじみた声でボルホヴィチノフを促した。「こっちへ、もっとそばに寄るがいい。君は私にどんな知らせを持ってきたんだ？　ええ？　ナポレオンがモスクワを出たって？　それは本当なのか？　ええ？」

ボルホヴィチノフはまず、自分に命じられた事柄全ての詳細な報告にとりかかった。

「さっさと語らんか、ええい、もどかしい」クトゥーゾフが口をはさむ。

全てを伝え終わると、ボルホヴィチノフは口をつぐんで命令を待った。トーリが何か言いかけたが、クトゥーゾフがそれを制止した。何かを言おうとした彼の顔が急にひきつり、しわくちゃになった。トーリに向けて片手を振ると、彼はくるりと振り向いて反対側の、いくつも聖像《イコン》が置かれているせいで黒ずんで見える、部屋の上座のほうに向き直った。

「主よ、創り手なる神よ！　われらの祈りを聞き入れたまいし……」両手を合わせ、震える声で彼は唱えた。「ロシアは救われました。感謝いたします、主よ！」そうして彼は泣き出したのだった。

18章

この通報を受けてから戦役の最後に至るまで、クトゥーゾフの活動はただひたすら、権力を、術策を、懇願を尽くして、自分の軍に無益な攻撃や、作戦や、命脈の尽きた敵との衝突を控えさせることに注がれた。ドーフトゥロフはマロヤロスラーヴェツへと向かったが、クトゥーゾフは全軍を擁したますぐには動かず、カルーガへの道を空けろと命じている。カルーガより先まで後退することも十分ありうると想定していたのである。

クトゥーゾフはいたるところで後退を重ねたが、敵は彼の後退を待つまでもなく、反対の方向に逃げ帰っていった。

ナポレオンを語る歴史家は、タルーチノとマロヤロスラーヴェツにおける彼の巧妙な転進の手際を示して、もしもナポレオンが首尾よく豊かな南部諸県に入りこめていたらどうなっただろうかと仮定してみせる。

しかし（ロシア軍が道を譲ったからには）ナポレオンがその南部諸県に達するのを妨げるものは何一つなかったことはあえて言わないが、そもそもそうした歴史家たちは忘れているのだ――すでにこの時、避けがたい破滅の条件を身中に宿していたフランス軍は、たとえ何があろうと救われるはずがなかったということを。この軍隊は、モスクワでは豊かな食糧を見つけながらそれを保持できずに足で踏みにじってしまい、スモレンスクに来れば、食糧を買い占めるかわりに略奪して回った。そんな軍隊がどうしてカルーガ県で陣を立て直すことができただろうか？　そこにはモスクワとまったく同じ、火がついたものをすべて焼き尽くす炎のごとき気性のロシア人が住んでいたのだから。

ナポレオンの軍は、もはやどこに行こうと立て直し不能となっていた。ボロジノの会戦とモスクワでの略奪の後、いわば化学的な分解の条件を満たす身となっていたからである。

かつて軍であった集団の成員たちは、指揮官たちに伴われ、どこへという自覚もないままに逃走していた。彼らの願いは（ナポレオンから個々の兵卒に至るまで）ただ一つ——誰もが漠然とながら意識しているこの絶望的な状況を、自分だけでもさっさと免れたいということであった。

まさにそれゆえにこそ、マロヤロスラーヴェツでの評議会で、将軍たちが議論しているふりをしてあれこれと意見をかわしている時に、最後に発言した素朴な軍人タイプのムートン[50]が、皆の本音を代弁するように、ともかく一刻も早くここを立ち去るべきだと述べると、一同思わず絶句して、誰一人、ナポレオンでさえも、皆が認めるこの真実に反論一つしえなかったのである。

とはいえ、撤退すべきだということはみんな承知していても、逃げ出さざるを得ないと認めるのを恥とする意識がまだ残っていた。この恥の意識を吹っ切るような、外的なきっかけが必要だった。するとまさに必要なときに、そのきっかけが現れた。フランス軍が「皇帝万歳突撃」と名づけたものである。

評議会の翌日、ナポレオンは早朝に、軍と過去及び将来の戦場の視察という目的を装って、元帥たちと警護兵をお供に従え、軍の配備線の真ん中を馬で進んでいった。するとと戦利品の臭いを嗅いで出没していたコサック兵たちが、この皇帝とばったり出くわして、あわや捕獲しそうになった。この時ナポレオンがコサックに捕獲されなかったのは、まさにフランス軍を破滅に導いたのと同じものが、彼を救ってくれたからだ。つまりタルーチノでもここでも、コサックたちは人間をほったらかして戦利品に飛びつく。彼らはナポレオンに目もくれずに戦利品に飛びつき、おかげでナポレオンは逃げ延びたのだった。

「ドン河の子《レ・ザンファン・デュ・ドン》」と呼ばれた敵のコサックたちが、フランス軍の真ったただ中であわや皇帝を捕獲しかかったとなれば、もはや打つ手はなく、一刻も早く最寄りの見知っ

50　レジ・バルセルミー・ムートン＝デュヴェルネ（一七七〇〜一八一六）。フランス軍の将軍。露暦十月十三日の会議で、最短の最もよく知ったルートで、ロシアから撤退すべきだと主張した。

た街道を通って逃げるしかないのは明らかだった。四十男の出っ腹を抱え、すでに往時の敏捷さも大胆さも失ったのを自覚するナポレオンには、この出来事の意味合いが理解できた。コサックから味わった恐怖に駆られるまま、彼はたちまちムートンの言に賛成し、歴史家たちのいわゆる、スモレンスク街道への退却命令を下した。

ナポレオンがムートンに賛成して軍が退却しはじめたからといって、彼がそれを命じたという証明にはならない。むしろそれは、全軍に作用してモジャイスク街道を進ませた力が、同時にナポレオンに対しても作用したことを証明しているのだ。

19章

運動中の人間は、常に自分にとってのその運動の目的を考え出す。人間が千キロを歩くためには、その千キロの果てに何か良きものがあるのだと思い込む必要がある。動く力を得るために、約束の地[51]のイメージが不可欠なのだ。

フランス軍にとってのその約束の地は、進撃してきた時にはモスクワであり、退却する時には祖国だった。とはいえ祖国はあまりにも遠かったし、そもそも人間が千キロを踏破しようとするなら、ともかくその終点のことはひとまず忘れ、自分にこう語り掛けてやらねばならない――『今日四十キロ進めば、休憩して野営できる場所に着くんだ』そうすればこの第一行程の間は、その休憩地のイメージが最終目的地を覆い隠し、願いや期待を一手に引き受けてくれる。個々の人間に現れる意志は、集団の内で常に増幅される。

旧スモレンスク街道を退却し始めたフランス兵たちにとって、最終目的地たる祖国はあまりにも遠かった。そこで、集団の内でとてつもなく大きく膨らんだ願いや期待を一手に引き受ける最寄りの目的地とされたのが、スモレンスクだった。べつに兵士たちが、スモレンスクに行けば豊富な食糧とフレッシュな軍勢が待っていると知っていたからでもなければ、そう聞かされていたからでもない（それどころか軍の上層部もナポレオン自身も、スモレンスクには食糧が乏しいことを知っていた）。ただそれだけが彼らに、動く力と目の前の窮乏に耐える力を与えてくれたからである。知っている者も知らない者も、皆同様に自分を欺き、約束の地を目指すがごとくスモレンスクを目指したのである。

広い街道に出るとフランス軍は驚くべきエネルギーを発揮し、聞いたこともないス

51　旧約聖書の神がイスラエルの民に与えると約束した土地。転じて、いつかたどり着くべき理想郷。

ピードで仮想の目的地めがけて走り出した。フランス兵の大群を一つにまとめ、ある種のエネルギーを与えているこの共通の意志という原因の他に、彼らを結びつけるもう一つの原因があった。その原因とは彼らの数であった。彼らのかたまりの大きさそのものが、物理学の引力の法則さながらに、個々の人間という原子を引き寄せていた。彼らは十万という数の大群をなして、まるで一つの国家のように進んでいったのである。

彼らの一人一人の願いはただ一つ、投降し捕虜になって一切の恐怖と不幸から逃れることだった。だが一方では、スモレンスクという目的地を目指す共通の意志が皆を同じ方向に引き寄せていたし、また他方では、一個軍団が一個中隊の捕虜になるわけにはいかないという事情があった。それゆえフランス兵たちは、機を見ては互いから離れようとし、ちょっとでもうまい口実があれば捕虜になってやろうと窺っていたのだが、そんな口実はなかなか巡ってこなかった。彼らの数の多さそのものと密集した急速な動きが、そうした可能性を奪い、フランス兵の集団の全エネルギーが注がれたその運動を押しとどめることは、ロシア軍にとって困難なばかりか不可能となっていた。物体を機械的に分断したところで、進行中の分解のプロセスをある一定限度以上に早めることはできないのだった。

雪のかたまりを一瞬で溶かすことはできない。必要な時間の枠が決まっていて、どんなに熱を加えようとそれ以上速く雪は溶かせない。それどころか、熱を加えれば加えるほど、残った雪はますます固まっていく。

ロシア軍の司令官のうちでそのことが分かっているのは、クトゥーゾフを除いて一人もいなかった。フランス軍の逃走方向がスモレンスク街道と決まると、十月十一日の夜にコノヴニーツィンが予見したことが実現し始めた。軍の高官たちが一斉に功を焦って、フランス軍を分断し、行く手を遮り、捕捉し、撃退しようと言い立て、異口同音に攻撃を要求した。

クトゥーゾフはただ一人、持てる力のすべてを注いで（とはいえどんな総司令官も持てる力は極めて小さかったのだが）、攻撃を止めようとした。

今日のわれわれが言うようなことを、彼が司令官たちに向かって言うことはできなかった。つまり――どうして戦いを仕掛けたり行く手を塞いだりして、味方の人命を失い、不幸な敵を無慈悲に殺すようなことをするのだ？　モスクワからヴャジマまで[52]の間に戦いもなしで敵の兵力の三分の一が消えたというのに、どうしてわざわざそん

52　スモレンスク州の都市。

な事を仕掛けるのだ？——とは言えなかったのである。代わりに彼は年寄りの知恵袋の中から相手にも分かりそうな話を取り出して、「黄金の橋」の教訓[53]を語った。すると相手は彼をあざ笑い、誹謗し、殺した獣を八つ裂きにして放り投げ、愚弄するような、散々な目に遭わせた。

ヴャジマの近辺では、フランス軍に接近していたエルモーロフ、ミロラードヴィチ、プラートフその他が、敵の二軍団を分断し、蹴散らしたいという気持ちをどうしても抑えられなくなった。クトゥーゾフに自分たちの意図を知らせる際に、彼らは封書を送ったが、そこには報告の代わりに一枚の白紙が入っていた。

こうしてクトゥーゾフの懸命の制止にもかかわらず、わが軍は攻撃を仕掛け、道を塞ごうとした。話によれば歩兵連隊が楽隊の演奏と太鼓の音入りで突撃し、何千もの兵を殺したり失ったりしたという。

だが敵の分断という意味では、一人として分断できず、蹴散らすこともかなわなかった。そしてフランス軍は、危険に直面してますます身を固めたまま、同じ勢いで溶けつつも、ひたすらスモレンスクへの破滅の道を進み続けたのである。

（第4部第2編終わり）

53　窮地に陥った敵をあえて完全包囲せず、逃げ道を作ってやることで、無益な犠牲をさけよというラテン語の諺「逃げる敵に銀の橋を作る」に由来する。『孫子』の「囲師《いし》には必ず闕《か》く」（敵を包囲する際逃げ道を開けておけ）にも通じる。

読書ガイド

望月哲男

舞台はモスクワへ

第五巻ではついにナポレオン軍がモスクワに侵入し、この大都市が小説の主舞台となります。

モスクワは十二世紀に建設された要塞都市で、十三世紀からユーラシアに勢力を張ったモンゴル帝国の支配下で力を蓄えた後、十五世紀のイワン三世の時代に、統一されたロシア国家（モスクワ・ルーシ）の首都となりました。滅亡した東ローマ帝国の後を継いでモスクワが（正確にはその聖なる教会が）「第三のローマ」としてキリスト教世界に君臨するというこの時代のイデオロギーが、この都市のイメージを神聖化する役割を果たしました。王朝がリューリク朝からロマノフ朝に変わった十七世紀以降も、モスクワは国家の中心に君臨し、十八世紀初期のピョートル大帝の欧化政策の下で政治的な首都機能がバルト海沿岸の新都市ペテルブルグ（サンクト・ペテルブルグ）に移された後も、もう一つの聖なる首都の役を果たし続けました。例えば皇帝の戴冠式は、常にこの町で行われたのです。

モスクワは巨大なクレムリン（要塞）を取り巻く中心部の石造りの市街の印象から「白亜の都」と称された美しい町で、大きく蛇行《だこう》して流れるモスクワ川が、景観にアクセントを与えています。四十の四十倍《ソーロク・ソロコーフ》と表現されるたくさんの聖堂の円屋根が陽光に輝く幾分「東洋風」の魅力は、本書で叩頭の丘《ポクロンナヤ・ガラ》から初めて町を眺めるナポレオンの感慨にも反映されています（138頁以降）。国家の内懐《うちぶところ》に位置するこの都市が外敵の侵入を許したのは、モンゴル帝国の支配時代を除けば、十七世紀初期の政治的動乱期に皇帝僭称者を擁したポーランド軍に占領された時だけでした。この危機は、ニジニ・ノヴゴロドの商人クジマ・ミーニンとドミートリー・ポジャールスキー公の率いる国民義勇軍によって乗り越えられましたが、十九世紀初期の祖国戦争におけるナポレオンのモスクワ占領は、しばしばこの二世紀前の国難の再来とみなされました。本書にいろんな形で出てくる義勇軍神話も、そうした連想の働きを感じさせます。なおフランス軍侵入直前のモスクワの人口は、およそ二十七万。市域の概念は今ほど明確ではありませんが、市の外周を成していたと言われる税務庁土塁《カーメル・コレーシスキー・ヴァル》（作中でナポレオンが代表使節団を待って佇んでいた境界線）の全長が約三十七キロメートルなので、東京の山手線（全周三十四・五キロメートル）の内側よりやや広い範囲を思い浮かべていただければ、物語世界の理解に役立つかと思います。

首都陥落前後の歴史的経緯

フランス軍のモスクワ占領そのものは、一八一二年の九月二日（露暦、以下同じ）から十月六〜七日にかけての一か月余りの出来事ですが、第五巻の物語はその時間枠を少し超えています。

モスクワに屋敷を持つ富裕層の間には、フランス軍のロシア侵入当初から戦争の首尾を危ぶんで町を避ける者もいたので、七月半ばには皇帝が直々にモスクワに赴いて、貴族や商人たちの団結・協力を要請しました（第3部第1編22章、以下3-1-22のように表示）。しかし八月六日のスモレンスクの陥落と焼尽の報が、「次はモスクワだ」という危機感をあおり、いろんな階層の都市住民の避難が本格化します。八月下旬には、政府や市当局も文書や資産の搬出を始めました。最終的に二十七万のモスクワ住民のうち町に残ったのは数千人あるいは一万人以下だったと言われています。

八月二十六日、モスクワの手前百十キロのボロジノでの会戦で敵を止められなかったロシア軍は、九月一日のフィリ村での軍議でモスクワ放棄を決定、同日深夜から三日朝にかけて、最後の避難民の群れとともにモスクワ市内を通って撤退していきます。

これを追ってフランス軍が九月二日にモスクワに入り、三日午前にはナポレオン自身が、がらんとした町を通ってクレムリンに入城します。すると、二日夕刻にキタイ・ゴロドなど市の中心部のいくつかの場所を起点に発生した火事が、三日から四日にかけての強風にあおられて大火となり、クレムリンをも脅かす状況となりました。四日に北東部のペトロフスキー宮殿に避難したナポレオンが、下火になった六日に再度クレムリンに戻った時には、市街の四分の三が灰燼に帰していました。ナポレオンはこの後、放火犯を逮捕処分し、略奪・家屋占拠に走った将兵を取り締まり、市の行政・治安体制を構築し、種々の布告を発して住民を呼び戻し、市に生活と秩序を取り戻そうとします。そして同時に、ペテルブルグの皇帝と軍のクトゥーゾフのもとへ使者を送り、戦争に決着をつけるための講和提案を行います。

一方、モスクワを経て撤退したロシア軍は、はじめリャザン街道を通って南東方面へ進み、九月四〜五日にモスクワ川を渡ると、追跡してくるミュラの軍をうまく撒いて右（西）に方向転換したうえで、東西に流れるパフラー川の南岸を西進し、八日にはモスクワから南に延びる旧カルーガ街道のクラスナヤ・パフラーに陣を張ります。その後旧カルーガ街道をさらに南下して二十日にはタルーチノ村に落ち着き、そうして豊かな食糧に恵まれ、敵の動向の監視にも好適なこの地で、力を蓄えつつナポレオン軍の動きを待ったのです。

十月六日、モスクワを放棄してカルーガ方面へ向かったナポレオン軍は、フォミンスコエ村に集まったところをロシア軍に察知され、いったんマロヤロスラーヴェッツに陣を張った後、まっしぐらにスモレンスクへ向けて退却し、さらにロシアからの脱出を目指して敗走することになります。

物語の仕組みと進行

マクロの、戦争物語としての興味の中心は、ロシア軍のモスクワ放棄とナポレオン軍による占領がいかにして行われたか、そこで何がどのようにして起こったか、それが戦争の経緯にどのような影響をもたらしたか、モスクワを出たナポレオン軍がどういう経緯をたどって全面敗走に転じたか、といったところにあるでしょう。トルストイもそうしたことに目を配り、史実を踏まえたうえで、自分なりの描写や説明を加えています。第四巻から始まった歴史的な事件のメカニズムや指導者と大衆の役割に関する考察、あるいは人間の思考の枠組みが歴史認識に与える歪みや限界に関する大きな議論も、より先鋭化して登場します。

しかし作家としての彼の関心は、そうした集団の運命や歴史認識の問題を語るだけには収まらず、むしろそれぞれの志向や性格をもった様々な立場の個人が、この共同の運命をどのように体験し、何を思ったかに寄せられています。したがって、軍事や政治の中枢にいる者たちにはむしろ大小の脇役か道化役が割り振られ、生活の現場にいる人々が前面に登場します。モスクワを出ていく者、残る者、貴族たち、召使、商人、職人、負傷者、前線で働く将兵、捕虜、囚人、地方都市の住民、ペテルブルグの社交界……。おなじみの主人公たちも、それぞれ異なった場所、違う立場で、出来事を経験する設計になっています。

そんなわけで小説は、これまでよりは短い時間単位でシーン割りされたエピソード集のような形で展開していくことになり、その結果、たとえばモスクワの故バズデーエフ宅に身を潜めたピエールが、偶然命を救ったフランス軍大尉と痛飲した後、九月二日夜の火事の空焼けを見るシーンの直後に、避難途中のムィティシチにいるロストフ家の者たちが遠方から同じ火事の明かりを眺めるといった、面白い効果も生まれています(3-3-29〜30)。

物語の構成については、以上の他に特に強調すべき点はないようですが、話題とシーンの交替が頻繁なために、前後関係が紛れやすいきらいがあります。第四巻のように、順番に読むとほぼ事件の経緯がたどれるような仕組みになっていないせいもあり、丹念に読んだ読者でも、後で出来事を時間順に並べてみようとすると、戸惑うかもしれません。

情報整理の一助として、歴史的事件の歩みに登場人物たちの経験を埋め込んだ、大まかな出来事の時間表(試作版)を次節に掲示します。念のため、第五巻の出来事の前後の情報も若干含みます。日付は露暦で、十二を足すと現行のグレゴリオ暦になります。

出来事と主人公たちの経験

八月六日、スモレンスクの陥落と焼尽。モスクワ住民の退去が進む。

八月八日、クトゥーゾフ、ロシア軍全権総司令官に任命される。

八月二十〜二十二日、モスクワの外交文書や公的資産が搬出される。この頃ニコライは馬匹《ばひつ》調達のため南部の町ヴォロネジに派遣され、やがて疎開していたマリヤと再会する。

八月二十四日、シェワルジノの戦い。

八月二十六日、ボロジノ会戦。アンドレイ公爵が重傷を負う。ペテルブルグのアンナ・シェーレルの夜会でエレーヌの病気が話題になる。離婚を求めるエレーヌの手紙がモスクワのピエールの留守宅に届く（エレーヌはこの後まもなく死亡）。戦場を観察したピエールが、帰途三人のロシア兵と道連れになる。

八月二十七日、アレクサンドル皇帝の誕生日（作中の設定で、正しくはおそらく八月三十日、皇帝の聖名日）、クトゥーゾフの会戦後第一報がペテルブルグに届くが、以降報告がなく、皇帝は情報が得られず苛立つ。

八月二十八日、モスクワのロストフ家に末っ子ペーチャが戻る。

八月三十日、モスクワに戻ったピエールが、モスクワ総司令官ラストプチン［ロストプチン］にフリーメイソンであることを咎められ、市外退去を勧められる。

八月三十一日、このころまでに多数の負傷将兵がモスクワに運び込まれる。ピエール、家を出てフリーメイソンの指導者だった故バズデーエフの家に身を隠す。ロストフ家が疎開準備を開始。深夜、重傷のアンドレイ公爵がロストフ家に収容される。

九月一日、クトゥーゾフ、フィリの軍議でモスクワ放棄を最終決定。同日付でラストプチンがアレクサンドル皇帝に、軍議の決定を報告。三ツ丘関門《トリ・ゴルィ》での市民防衛戦の呼びかけにピエールも民衆に交じって応じるが、提唱者ラストプチンは現れず、ピエールはナポレオン暗殺を決意。午後、ロストフ一家が馬車の多くを負傷者に回し、馬車四台で出発。アンドレイ公爵の馬車も同行。途中、スーハレフの塔の近辺で武器購入に来た百姓姿のピエールを見かける。ロシア軍本隊が深夜から二日午後二時にかけてモスクワを通過（撤退完了は三日朝）、リャザン街道を進む。

九月二日、朝十時、ナポレオンが叩頭の丘《ポクロンナヤ・ガラ》からモスクワを展望。その後ドロゴミーロフ関門で空しく代表使節団を待つ。通過するロシア軍の一部が隊を離れ、市中で略奪を働く。午後、ラストプチンの屋敷に詰めかけた群集の前で政治犯ヴェレシチャーギンが斬殺される。午後三時過ぎ、フランス軍がモスクワに入り、クレムリンの伏兵を掃討。将兵が略奪者と化し各地区の住居を占拠。バズデーエフ宅の発砲事件でフランス人大尉ラムバールの命を救ったピエールが、相手と親しくなる。夜、火災が発生。ムィティシチに宿泊中のナターシャが、アンドレイ公爵が同行しているのを知って夜更けに会いに行き、以降看護生活に入る。

九月三日、ナポレオンがクレムリンに入城。モスクワ大火始まる。昼に短剣を懐に市の中心部へ向かったピエールは、ポヴァルスカヤ通りで火事場から娘を救い、アルメニア女性をフランス兵の暴行から救うが、逮捕され、営倉に入れられる。

九月四日、ナポレオン、火事を逃れペトロフスキー宮殿へ避難。

九月五日、リャザン街道を進んでいたロシア軍が、西に方向転換。

九月六日、市の四分の三を焼いた大火が鎮静に向かい、ナポレオンはクレムリンへ戻る。ピエール、最初の尋問を受ける。

九月七日、アレクサンドル皇帝、モスクワ放棄と報告怠慢を非難する勅書をクトゥーゾフに送る。

九月八日、ロシア軍、旧カルーガ街道に到着。クトゥーゾフの使者ミショーがペテルブルグのアレクサンドル皇帝にモスクワ放棄の正式報告。ピエール、焼け野原の市街を連行されてダヴー元帥の審問を受け、帰途ノヴォデーヴィチ修道院脇で五名の放火犯の処刑に立ち会う。夕刻捕虜収容所に移され、四週間を過ごす。農民出身の兵卒プラトン・カラターエフと出会い、興味をもってこの相手を観察する。

九月半ば、ボロジノ会戦とモスクワ陥落の知らせがヴォロネジに届き、マリヤが兄アンドレイ公爵の負傷を知る。ニコライはソーニャがトロイツァで書いた別れの手紙を受け取り、さらにアンドレイ公爵がロストフ一家に同行しているのを知る。数日後、マリヤは甥を連れて兄のいるヤロスラヴリに出発（その後二週間で到着）、ニコライは隊に戻る。

九月二十日、ロシア軍、旧カルーガ街道を南下し、タルーチノ村周辺に陣を置く。

十月二日、アレクサンドル皇帝がクトゥーゾフに作戦進捗を促す書簡を送る。

十月五日、クトゥーゾフのミュラ元帥の軍への攻撃計画が、将軍たちのサボタージュで日延べに。ナポレオンがローリストン駐露大使に託した講和交渉の書簡（露暦九月二十一日付）がクトゥーゾフに届く。

十月六日、ロシア軍とミュラの軍がタルーチノで交戦。この日の夜半から翌朝にかけて、ナポレオン軍がモスクワを撤退し、カルーガ方面へ向かう。ピエール、捕虜たちとともにこれに同行。

十月初旬、マリヤがヤロスラヴリに到着、ナターシャとともに兄の死を看取る。

十月十日、ナポレオン軍がフォミンスコエ村にいるのをロシア軍が察知、攻撃計画を練る。

十月十一日、ナポレオン、マロヤロスラーヴェツに移動。

十月十二日、マロヤロスラーヴェツの戦い。

十月十四日、ナポレオン軍、スモレンスクを目指して退却。

様々な時空間、多様な視点

以上のように第五巻の出来事は、ニコライが南部に馬匹調達に出張するボロジノ会戦以前の八月下旬から、アンドレイ公爵が死に、ナポレオン軍が敗走を始める十月中旬までの二か月弱にわたっています。空間としても、ロシア軍が陣を敷いた旧カルーガ街道沿いの村々をはじめ、南部のヴォロネジ、北部のムィティシチやヤロスラヴリといった疎開先、そしてペテルブルグへと広がっています。

ただし物語の中心を占めるのは、やはり八月末から九月初めにかけての数日間のモスクワで、ロシア軍とフランス軍の入れ替わりとその後の略奪や火事、処刑やリンチなどを含む、都市の危機の衝撃的な状況が、様々な角度から描かれています。

危機的状況の下で、馴染みの主人公たちの運命にも思いがけぬ展開が生じます。重傷で搬送されるアンドレイ公爵がたまたまロストフ家で一夜を過ごして疎開の列に加わり、やがて元の婚約者ナターシャと再会するのも、疎開の馬車の窓からナターシャが変装したピエールを見つけて言葉を交わすのも、すべてこの非日常の状況が可能にした、数奇な偶然です。ニコライとマリヤのヴォロネジでの再会も、非常時ゆえに生じた出来事でしょう。このような偶然の重なりの結果、重傷のアンドレイ公爵と必死に看病するナターシャとの結婚話が再燃すれば義姉弟となるマリヤとニコライの恋愛は成就しないという新たな問題が立ち上がり、ニコライを慕うソーニャをも巻き込んだ小さなドラマが展開されます。

ただしピエールだけは、モスクワの外に展開していく愛のドラマとは無縁に、市中にとどまり続けます。そうして、フランス軍大尉と昵懇《じっこん》になったり、ナポレオン暗殺に出かけるつもりが人命救助をしたあげく放火容疑で逮捕されたりといった形で、潜伏者・救済者・被疑者・捕虜と立場を変えながら、独自の体験・見聞を重ねます。温厚で誠実な人柄と外国語能力のおかげで、彼はフランス軍将兵からも信望を得ますが、いわば軍人と民間人、貴族と庶民、フランス人とロシア人の狭間に身を置き続けるこの中間的人物のおかげで、占領終了までの変貌するモスクワとそこにいる人々の姿を、われわれも垣間見ることができます。そしてその中から、プラトン・カラターエフという興味深い農民像も立ち現れてくるのです。

これとは対照的に、情報の不足に苛立つ皇帝を含むペテルブルグの人物群は、どこか不自然な、風刺的な筆致で描かれています。エレーヌの二人の恋人をめぐる明らかに場違いなエピソードは、この時代以前からロシア貴族社会に影響を強めていたフランス人イエズス会士という存在に対する、トルストイ流の皮肉な挨拶でしょう。そればかりでなく、都市入城の儀式の自己演出に失敗した後、空っぽのモスクワでいろんな指令や布告や講和提案を発し続けるナポレオンの様子も、つじつまの合わぬ行動に走るラストプチンの振る舞いも、あるいは陰謀やサボタージュの渦巻く中で軍から浮き上がっていくクトゥーゾフの状況も、皮肉や慨嘆をたっぷりと含んだパロディ画のような印象を与えます。重大な決断の場となったフィリの軍議の光景からして、ペチカの上から「お爺さん」と「裾長さん」の口論を見守る六歳の少女の視点で描かれているのが、作者の姿勢を象徴しています（3-3-4）。

上層の政治・軍事の世界でも貴族のサロンでもなく、がらんとした聖都にうごめく兵士や民間人や犯罪者、捕虜たちのいる世界こそが、リアルな空間を成しているのです。

様々な言葉の形

トルストイの小説は総じていろんな文体やレトリックの自在な応用から成り立っていますが、とりわけ本作のこの部分は、諸ジャンルの用語・論理・文彩の陳列館ともいうべき観を呈しています。

運動を連続したものとして捉えることや、現象の諸々の原因をそっくり把握することに対する人の頭脳の限界を説く、正面切った立論口調（3-3-1、4-2-1など）、エレーヌの離婚の「イエズス会的」正当化に代表される詭弁法（3-3-6など）、木造都市が住民を失えば焼けるに決まっているといった挑発的な断定口調（3-3-26）、目先の関心事に支配されてモスクワを出ていった人たちこそがもっとも有益な活動家だったというような逆説法（4-1-4など）、「ロシアはモスクワにあるのではなく、祖国の子らの心の中にある！」（111頁）、「約束と仕事は実の兄弟」（486頁）といった格言や諺の文体、他者の発言を強引に方向づけてしまう尋問や命令の口調（4-1-9など）、外交官のビリービンが連発するトリッキーな警句群――語り手も登場人物も含めて、その言葉のスタイルの多彩さには目を見張ります。「丸い」「自然な」といった概念を基調にしたプラトン・カラターエフの描写（4-1-13）は、リズミカルな反復・漸層法のモデルになっています。また、ピエールが夢の中で得た「（思想をすべて）つなぐべきだ」という着想が、「（そろそろ馬を）つながなくては」という馬丁の言葉にすり替わるような語呂合わせスタイル（3-3-9）は、緊張の高まりを落語風に弛緩させる、アンチ・クライマックスの効果を発揮しています。

比喩も作者の得意芸で、戦闘をボールの衝突に（431頁）、フランス軍を「手負いの獣」に（434頁など）、ナポレオンを「船の軸先に刻まれた人形」に（480頁）喩えるような、いかにも軍記もの風の直喩から、マリヤの美しさを、火を入れた時にだけ分かる切子硝子の美に喩える詩的な諷喩（333頁）、さらに第四巻から使われている「愛国心の潜熱」のような物理学の概念を使った隠喩表現にいたるまで、枚挙にいとまがありません。

とりわけ目を引くのは、住民の去った空っぽのモスクワを女王蜂が去って荒廃した蜜蜂の巣箱に喩えたくだり（3-3-20）で、注に記したクルイロフの寓話を思わせる単純な直喩が、ここでは巣箱を覗く養蜂家に託した視点から延々と展開されて、本書の版では四頁強に及びます。こうした表現法は、ホメロス風古代叙事詩の大仰《おおぎょう》な比喩・形容や、スターンやゴーゴリの語り手の饒舌な逸脱ぶりを連想させる点で、トルストイの文体の古風《アーカイック》な、あるいは非リアリズム的な側面を代表するともみなされます。ただしこのような微細な分析的描写を含む手の込んだ比喩こそが、どんな写実的な状況描写にもまして、場の雰囲気を、そしてそれを見たナポレオンの驚きや困惑を、哀愁と滑稽感をブレンドした形で伝えてくれることも確かです。

「水が乾いた地面に流れ込むと、結果として水もなくなれば乾いた地面もなくなってしまうが、それとまったく同様に、飢えた軍隊が豊かで人気《ひとけ》のない町に入った結果、軍隊も消滅し、豊かな町も消滅してしまった」という諷喩を中心にした同じく長い一節（3-3-26）も、同様な効果を発揮しています。

こうしたレトリカルな背景の中でこそ、ストレートな叙景や心情吐露や内省の言葉が異彩を放つのも確かです。疎開先で深夜に目覚めたアンドレイ公爵が、テーブルや聖像《イコン》の上を這うゴキブリや、枕元の肥えた蝿や奇妙な形に溶けた獣脂蠟燭を意識することから始まる思索と幻覚めいた知覚の描写は、読者を戦慄させます（3-3-32）。一方、負傷者をモスクワに放置して出立しようとする母親に「こんなの最低だわ！人の道に外れているわ！」と反発するナターシャの直言（115頁）は、やるせない疎開準備のシーンを、一瞬で倫理的な審判の場に変質させる力を持ちます。これとはまったく異質ですが、ピエールに惚れ込んだフランス人大尉が酒杯を手に延々と語る数奇な恋愛体験談も、それにつられたピエールのナターシャへの愛情の吐露も、状況の奇妙さや不自然さを忘れて人物の心境に移入させてくれるような作用を持っています（3-3-29）。そしてこうした特異な言葉が、やがてまた理詰めでレトリカルな語り手の言葉に場所を譲っていくのです。

　中心人物たちが経験から得る発見や悟りの表現も、同じように特異な印象をもたらす言語空間を作っています。

　アンドレイ公爵が死の前に到達する「死とは覚醒なのだ！」という認識（4-1-16）は、これに先立つ肉的存在と霊的存在の幸福及び愛の差異に関する考察（3-3-32）と同じく、意志のコントロールを欠いた状態で味わう夢や幻覚と結びついていますが、それ故にこそ意識的な論理や文彩の加工を経た表現とは異質な、内的感覚の発見・表出ともいうべき鮮烈な効果を発揮しています。捕虜のバラックで暮らすピエールが農民兵プラトンとの付き合いのうちで感じた、世界の再生の感覚や、個体としてではなく全体の一部としての生の意識（4-1-12～13）、チュッチェフの詩を踏まえた、世界と自己が一つであるという感覚、およびそうした自分を拘束しようとする者たちへの嘲笑（4-2-14）も、また同様な、感染力に富んだ言葉で表現されています。

　思想的背景としては、アンドレイ公爵の至った境地は、おそらくヘルダーやショーペンハウアーの死生観に源泉が求められますし、ピエールの思想は、シェリングの自然哲学の汎神論的側面や有機的世界観、ロシア・スラヴ派が希求した全一性《ぜんいっせい》の理念など通底しているように見えます。それぞれトルストイの思想の歩みを考えるうえでも、極めて重要な要素です。

ただし作中では、このような発見や思想表現の言葉もまた、そのまま特権的な地位に納まるのではなく、様々な性格を帯びた他の、異質な言葉や観念との対比の場に置かれ、常にその強度と正当性を脅かされています。事実主人公たちは、これまでのそう長くない人生において、相矛盾する多様な価値観や世界観に身を委ねながら生きてきたのだし、この先も（死んでゆくアンドレイ公爵は別にして）、また新しい状況下で新しい世界のイメージを得ながら、しかるべき生き方を模索していきます。ピエールはこの意味でも、固定的なアイデンティティを持たないがゆえに常に新しい経験と認識に向けて開かれた、永遠の中間的人物だと言えるでしょう。

歴史への態度について

トルストイが祖国戦争の歴史をどのように調査し、自己流に編集し、表現したかということについては、きわめて多くの研究・見解があり、ここで詳述することはできません（彼の歴史観全体については、第六巻のエピローグが総集編になるので、そこで整理することができるでしょう）。

ただ本巻に現れた部分で言えば、トルストイは一種の不可知論的な立場から、一元的に歴史を見ようとしているような印象を与えます。すなわち、切れ目なく連続する歴史の運動をそのまま理解し、因果の複雑な総体を丸ごと捉えることは人知には不可能であるという認識を前面に掲げたうえで、多くの事象を、人為の及ぶ域を超えた何らかの大きな営みとして、あるいは個々の場における自然な選択の連なりが導いた帰結として、説明する立場です。その結果、彼はモスクワの大火の原因も、一般に言われているモスクワ総司令官ロストプチン［作中ではラストプチン］のような特定の人物の行為（放火）に求めるのではなく、木造都市を放置すれば必ず火災が起こるという一般論から説明します。ロシア軍の撤退時における旧カルーガ街道への方向転換（側面行軍）も、特定の人物の知恵ではなく、その場その場の選択による自然な帰結で、誰がやっても同じ結果になっただろうと書いています。

人知も人為も超えた出来事自体の論理や趨勢のようなもの、あるいはショーペンハウアー的な「世界の意志」のごときものの存在を連想させるこうした議論は、ちょうど作者がクトゥーゾフという人物に託した、軽挙妄動せずに忍耐と時間をつくして事態の帰趨を推定するという、賢人風の態度と符合します。また、ピエールがプラトン・カラターエフのうちに見た、あくまでも自然体で、個ではなく全体の一部としての生を営む人のイメージとも、折り合いがいいようです。そういう観点から作者は、身を犠牲にして聖都を危機から救おうとした者よりも、目先の関心事を優先してモスクワを出て行った市民の方を評価し、また武勇伝とは無縁のまま機械の一部品として働くドーフトゥロフや、「万事はうまくおさまるようになっている」と信じつつひたすら自分の務めを果たそうとするコノヴニーツィンのような、地味な将官たちに光を当てるのです（4-2-15〜16）。総じてトルストイ版モスクワ被占領物語には、野望を振りかざすナポレオンを自然体で受け止めるロシア、すなわち人為と自然の対抗の寓話といった味付けが感じられます。

もちろんトルストイの議論は、出来事を英雄的な指導者の意図や戦略からだけで説明したがるような、ある種の軍事史や国家史の立場へのアンチテーゼとして提起されているもので、彼の立場を全面的に不可知論や宿命論に押し込めるのは間違いです（「歴史の微分」といった方法論に関する関心の在り方を見ても、それが分かります）。ただし具体的な事実史の立場から見れば、トルストイ流の大きな論の立て方は、事象の細かな背景を説明するよりもむしろ隠蔽してしまうことにつながりやすく、それゆえの曖昧さや危険をはらんでいます。トルストイの物語の特徴や魅力を理解するためにも、出来事の「真相」が一般にどのように解釈されているのかを意識しておくのは、無駄ではありません。

例えばこの読書ガイドでも何度もお世話になった佐藤雄亮氏の研究は、トルストイが書こうとしなかったモスクワ大火の経緯について、多くの資料を参照しながら、明快で説得力に満ちた対抗的解釈《カウンター・ストーリー》を提供しています。その要点をまとめれば——放火の下手人は通説通りロストプチンと警察であり、さらに軍も、消火器材の搬出・破壊や、弾薬を積んだ船の放火などで、これに関与していた（フランス軍の側には、町に入ったとたんに放火する理由はなかった）。火事の広がりと被害状況の深刻さから、これが組織的な放火であることは歴然としており、またクレムリンに故意に大量の火薬が残されていたことから、ナポレオンの爆殺までもが狙われていた可能性が強い。ただし、戴冠式の行われるウスペンスキー寺院や、過去の皇帝皇族の墓があるアルハンゲリスキー大聖堂などを破壊する決断は、ロストプチン個人や市当局の権限を超えている。一方ロシアはここまで徹底した焦土戦術を続け、聖都スモレンスクを含む放棄都市をすべて焼尽してきた。以上から、開戦後早い段階でモスクワ放棄と放火の計画は政府と軍の上層部で練られており、クトゥーゾフはもちろんアレクサンドル皇帝もこれを承認していたはずだ。ロストプチンは事態の首謀者ではなく、この計画の実行者に過ぎない――ということになります。[1]

こうした推論は、モスクワ放棄が直前のフィリの軍議で決定したとか、それを知ったロストプチンや皇帝が驚き怒ったとかいう物語の前提を吹き飛ばすと同時に、モスクワ市民の疎開がスモレンスク会戦以後に加速し、すでにボロジノ会戦の前からモスクワ市の文書や財産の搬出が始まるといった、官民にわたる事前了解や察知のありようを、うまく説明してくれます。ただし、その戦略的な意味付けや評価は別にして、皇帝と軍の了解のもと、聖都が二万以上もの残留負傷兵もろとも計画的に焼き払われたというのは、いわば不都合な真実に当たるので、佐藤氏自身が書いているように、

1　佐藤雄亮『前期レフ・トルストイの生活と創作――「内なる女性像」から生じた問題とその解決を中心に――』（博士論文、二〇〇八年。ＰＤＦ版：https://ci.nii.ac.jp/naid/500000981094）２９６～３１４頁。

このような「真相」が正史の定説になることも難しそうです。トルストイの作品は、出来事の背後に人知の及ばぬ複雑な因果律を想定することによって、事件の企画者や行為者を特定する作業を無意味化し、結果的に、少なくともこの部分においては、愛国的な心情に受け入れられやすいストーリーになっているわけです。同じ一つの出来事が焦点の当て方次第で複数の異なった物語を生んでいく——その現場にわれわれは立ち会っているわけですが、そのようなことの意味も意識しながら、ピエールの見た光景やアンドレイ公爵の味わった心境が訴えかけてくるものを、じっくりと味わってみたいものです。

翻訳原典

Л. Н. Толстой. Война и мир. Собрание сочинений в двадцати двух томах. Т. 6, 7. Москва: Художественная литература, 1980.

*作品・読書ガイド中の暦は特に断りのない場合露暦（ユリウス暦）で、十二日を足すと現行のグレゴリオ暦になります。

引用・参考文献

川端香男里『トルストイ（人類の知的遺産52）』（講談社、一九八二年）
『舊新約聖書―文語訳』（日本聖書協会、二〇〇八年）
アレクサンドル・ゲルツェン『過去と思索１』（金子幸彦・長縄光男訳、筑摩書房、一九九八年）
佐藤雄亮『前期レフ・トルストイの生活と創作――「内なる女性像」から生じた問題とその解決を中心に――』（博士論文、二〇〇八年。ＰＤＦ版：https://ci.nii.ac.jp/naid/500000981094）
鳥山祐介「巣箱から飛立つ蜜蜂の群れのように――クルイロフの寓話詩『鴉と鶏』と１８１２年のモスクワ――」『千葉大学比較文化研究１』（二〇一三年）
藤沼貴『トルストイ』（第三文明社、二〇〇九年）
Борис Эйхенбаум. Лев Толстой. München: Wilhelm Fink Verlag, 1968.

kobunsha classics
光文社古典新訳文庫

戦争《せんそう》と平和《へいわ》5

著者　トルストイ
訳者　望月哲男《もちづきてつお》

2021年5月20日　初版第1刷発行

発行者　田邉浩司
印刷　新藤慶昌堂
製本　ナショナル製本

発行所　株式会社光文社
〒112-8011東京都文京区音羽1-16-6
電話　03（5395）8162（編集部）
03（5395）8116（書籍販売部）
03（5395）8125（業務部）
www.kobunsha.com

©Tetsuo Mochizuki 2021
落丁本・乱丁本は業務部へご連絡くだされば、お取り替えいたします。
ISBN978-4-334-75444-0 Printed in Japan

※本書の一切の無断転載及び複写複製（コピー）を禁止します。

本書の電子化は私的使用に限り、著作権法上認められています。ただし代行業者等の第三者による電子データ化及び電子書籍化は、いかなる場合も認められておりません。

いま、息をしている言葉で、もういちど古典を

長い年月をかけて世界中で読み継がれてきたのが古典です。奥の深い味わいある作品ばかりがそろっており、この「古典の森」に分け入ることは人生のもっとも大きな喜びであることに異論のある人はいないはずです。しかしながら、こんなに豊饒で魅力に満ちた古典を、なぜわたしたちはこれほどまで疎んじてきたのでしょうか。

ひとつには古臭い教養主義からの逃走だったのかもしれません。真面目に文学や思想を論じることは、ある種の権威化であるという思いから、その呪縛から逃れるために、教養そのものを否定しすぎてしまったのではないでしょうか。

いま、時代は大きな転換期を迎えています。まれに見るスピードで歴史が動いていくのを多くの人々が実感していると思います。

こんな時わたしたちを支え、導いてくれるものが古典なのです。「いま、息をしている言葉で」——光文社の古典新訳文庫は、さまよえる現代人の心の奥底まで届くような言葉で、古典を現代に蘇らせることを意図して創刊されました。気取らず、自由に、心の赴くままに、気軽に手に取って楽しめる古典作品を、新訳という光のもとに読者に届けていくこと。それがこの文庫の使命だとわたしたちは考えています。

このシリーズについてのご意見、ご感想、ご要望をハガキ、手紙、メール等で翻訳編集部までお寄せください。今後の企画の参考にさせていただきます。
メール　info@kotensinyaku.jp

光文社古典新訳文庫　好評既刊

戦争と平和1
トルストイ
望月 哲男 訳

ナポレオンとの戦争（祖国戦争）の時代を舞台に、貴族をはじめ農民にいたるまで国難に立ち向かうロシアの人々の生きざまを描いた一大叙事詩。トルストイの代表作。（全6巻）

戦争と平和2
トルストイ
望月 哲男 訳

ナポレオンの策略に嵌り敗退の憂き目にあったアウステルリッツの戦いを舞台の中心に、アンドレイとニコライ、そして私生活ではピエールが大きな転機を迎える——。

戦争と平和3
トルストイ
望月 哲男 訳

アンドレイはナターシャと婚約するが、結婚までの1年を待ちきれないナターシャはピエールの義兄アナトールにたぶらかされて……。愛と希望と幻滅が交錯する第3巻。（全6巻）

戦争と平和4
トルストイ
望月 哲男 訳

ナターシャと破局後、軍務に復帰したアンドレイと戦場体験を求めて戦地に向かうピエール。モスクワに迫るナポレオンと祖国の最大の危難に立ち向かう人々を描く一大戦争絵巻。

アンナ・カレーニナ（全4巻）
トルストイ
望月 哲男 訳

アンナは青年将校ヴロンスキーと恋に落ちたことを夫に打ち明けてしまう。一方、公爵令嬢キティはヴロンスキーの裏切りを知って—。十九世紀後半の貴族社会を舞台にした壮大な恋愛物語。

光文社古典新訳文庫　好評既刊

死の家の記録
ドストエフスキー
望月　哲男　訳
恐怖と苦痛、絶望と狂気、そしてユーモア。囚人たちの驚くべき行動と心理、そしてその人間模様を圧倒的な筆力で描いたドストエフスキー文学の特異な傑作が、明晰な新訳で蘇る！

カラマーゾフの兄弟　1〜4＋5エピローグ別巻
ドストエフスキー
亀山　郁夫　訳
父親フョードル・カラマーゾフは、粗野で精力的で女好きの男。彼と三人の息子が、妖艶な美女をめぐって葛藤を繰り広げる中、事件は起こる—。世界文学の最高峰が新訳で甦る。

罪と罰（全3巻）
ドストエフスキー
亀山　郁夫　訳
ひとつの命とひきかえに、何千もの命を救える。「理想的な」殺人をたくらむ青年に押し寄せる運命の波—。日本をはじめ、世界の文学に決定的な影響を与えた小説のなかの小説！

悪霊（全3巻＋別巻）
ドストエフスキー
亀山　郁夫　訳
農奴解放令に揺れるロシアは、秘密結社を作って国家転覆を謀る青年たちを生みだす。無神論という悪霊に取り憑かれた人々の破滅と救いを描く、ドストエフスキー最大の問題作。

白痴　1〜4
ドストエフスキー
亀山　郁夫　訳
純真無垢な心をもち誰からも愛されるムイシキン公爵を取り巻く人間模様を描く傑作長編。ドストエフスキーが書いた「ほんとうに美しい人」の物語。亀山ドストエフスキー第4弾！

光文社古典新訳文庫　好評既刊

イワン・イリイチの死／クロイツェル・ソナタ
トルストイ
望月 哲男 訳
裁判官が死と向かい合う過程で味わう心理的葛藤を描く「イワン・イリイチの死」。地主貴族の主人公が嫉妬がもとで妻を殺す「クロイツェル・ソナタ」。著者後期の中編二作。

スペードのクイーン／ベールキン物語
プーシキン
望月 哲男 訳
ゲルマンは必ず勝つというカードの秘密を手にするが……現実と幻想が錯綜するプーシキンの傑作『スペードのクイーン』。独立した5作の短篇からなる『ベールキン物語』を収録。

大尉の娘
プーシキン
坂庭 淳史 訳
心ならずも地方連隊勤務となった青年グリニョーフは、司令官の娘マリヤと出会い、やがて相思相愛になるのだが……。歴史的事件に巻き込まれる青年貴族の愛と冒険の物語。

現代の英雄
レールモントフ
高橋 知之 訳
カフカス勤務の若い軍人ペチョーリンの乱行について聞かされた私は、どこか憎めないその人柄に興味を覚え、彼の手記を手に入れたが……。ロシアのカリスマ的作家の代表作。

われら
ザミャーチン
松下 隆志 訳
地球全土を支配下に収めた〈単一国〉。その国家的偉業となる宇宙船〈インテグラル〉の建造技師は、古代の風習に傾倒する女に執拗に誘惑されるが……。ディストピアSFの傑作。

★続刊

アルプスの少女ハイジ　ヨハンナ・シュピリ／遠山明子・訳

アルプスの山小屋に住む祖父に預けられたハイジは、たちまち山の生活にも慣れ、大自然のなかで成長していく。でもある日、ゼーゼマン家の足の不自由な娘クララの遊び相手として、都会の家に住み込むことになり……。挿絵多数で贈る新訳！

コモン・センス　トマス・ペイン／角田安正・訳

独立宣言へとアメリカに舵を切らせた空前絶後のベストセラー！　イギリス本国に不満をつのらせる市民への檄文「コモン・センス」は、アメリカの社会・政治体制の変革を促した書物としては唯一無二。ほか、ペインの筆の力が冴えわたる3篇を収録。

フロイト、性と愛について語る　フロイト／中山 元・訳

対象選択という観点からの男性心理について、またエディプス・コンプレックスから読み解く幼児期の性愛と同性愛のメカニズムについて、さらには西洋の文化のあり方と性愛の関係までをテーマに、「性と愛について」の考察を進めたフロイト論文集。